A.L.Kahnau

Ich. Du. Niemals wir.

Roman

A. L. KAHNAU

Ich. Du. Niemals wir.

FSC
www.fsc.org
MIX
Papier aus verantwortungsvollen Quellen
Paper from responsible sources
FSC® C105338

Originalausgabe, Auflage 4

Buchcoverdesign: © Cover- und Umschlaggestaltung: Laura Newman
Lektorat und Korrektorat: Caroline Becker

Sämtliche Handlungen, Charaktere und Dialoge in diesem Buch sind rein fiktiv. Jegliche Übereinstimmung mit realen Personen oder Unternehmen ist zufällig.

Impressum
A.L.Kahnau
c/o Papyrus Autoren-Club,
R.O.M. Logicware GmbH
Pettenkoferstr. 16-18
10247 Berlin
a.l.kahnau@gmail.com
www.alkahnau.com

Bibliografische Information der Deutschen Nationalbibliothek: Die Deutsche Nationalbibliothek verzeichnet diese Publikation in der Deutschen Nationalbibliografie; detaillierte bibliografische Inhalte sind im Internet über http://dnb.dnb.de abrufbar.

Herstellung und Verlag:
BoD – Books on Demand, Norderstedt

ISBN: 9783746091488

Für Remus und Nora.
Weil ich euch liebe. Jetzt und morgen und übermorgen.

Teil 1

Kapitel 1

Meine Stirn ruht an der kühlen Fensterscheibe unseres alten Polos und ich spüre das Vibrieren der Räder auf dem Asphalt, während wir unserem neuen Zuhause immer näher kommen. Kreuztal. Ich habe es mir im Internet angeschaut. Ein Ort, der sich wohl gerade so Stadt nennen darf. Ich glaube, dort liegt die Kuh begraben.

Mein Blick wandert nach links, auf die rot lackierten Fingernägel meiner Mutter, die sich angespannt in das Leder des Lenkrades krallen. Sie scheint meinen Blick zu bemerken. Ihre Augen huschen nervös zwischen mir und dem LKW, hinter dem wir seit gefühlten Stunden her schleichen, hin und her. „Es wird dir dort gefallen, Luisa. Ganz bestimmt. Die haben da auch eine kleine, alte Stadtbibliothek. Hab ich im Internet gesehen. Du wirst begeistert sein!"

„Sicher", nuschele ich, verschränke die Arme vor der Brust und wende mich von ihr ab. Im Radio läuft „Happy" von Pharrell Williams. Ich kann es nicht mehr hören. Doch meine Mutter dreht begeistert lauter und fängt an mitzusingen.

Ich beginne auf meiner Lippe herum zu kauen. Eine dumme Angewohnheit, die dazu geführt hat, dass meine Lippen immer spröde und kaputt sind. Es fällt mir nicht schwer, Düsseldorf zu verlassen. Ich hab nur keine Lust, wieder von vorne anzufangen.

Gefühlte Ewigkeiten später kommen wir schließlich an. Wir parken in der schmalen Einfahrt rechts vor dem Haus und steigen aus. Mein Gepäck ist schnell ausgeladen. Ein brauner Lederkoffer ist alles, was ich brauche. Ich mag ihn sehr gerne, weil er mich an den Koffer von Siebenstein erinnert.

Das Haus ist süß, das muss ich zugeben. Ich habe noch nie in einem Fachwerkhaus gewohnt. Die schwarzen Balken auf weißem Grund und die kleinen Sprossenfenster lassen es gemütlich erscheinen. Durch einen Holzbogen, bewachsen mit Weinreben, betreten wir den Vorgarten, in dem rote Rosen sprießen.

Vor der kleinen grünen Holztür wartet der Vermieter auf uns. Geschätzt genauso alt wie das Haus.

Herr Schmidt hebt die Hand, als er uns sieht und dann begrüßt er uns in einer uns unbekannten Sprache.

„Goare! doa gaan ech jo nur hoffe, dadd se godd hieher gefunge haa. Wie woar da de Fahrt? Es joa en wahne schürner Dag hööh. Hie haa se denn Schlössel, nur noch ungerschriewe, dass se denn kreje haa on daa jöö!"

Er hält meiner Mutter, die ihn nur aus großen Augen anstarrt, einen Schlüssel entgegen.

„Ich glaube, er hatte gerade einen Schlaganfall", flüstere ich meiner Mutter zu, während er erwartungsvoll zwischen ihr und mir hin und her schaut.

„Danke", sage ich und greife nach dem Schlüssel. Er nickt, dreht sich um und geht etwas steif vor uns ins Haus.

„Wohnt der etwa auch hier?“, frage ich entsetzt. Meine Mutter scheint sich berappelt zu haben und folgt ihm hinein. „Ich wusste gar nicht, dass Sie Amerikaner sind. Schmidt ist doch ein deutscher Name.“

„Amerikaner?“, fragt Herr Schmidt und scheint verwirrt zu sein. „Ech sie kenn Ami, ech sie en waschechter Sejjerlänner. Sie mein wurll weje dem gerolde „R". Wo komme Sie daa her… vaa Düsseldorf, woarr?“, Herr Schmidt hält ihr einen Kugelschreiber entgegen und sieht sie erwartungsvoll an. Meine Mutter lächelt erst ihn und dann mich an. „Das finde ich ja toll. Wir kommen auch aus Düsseldorf.“ Sie schnappt sich den Stift und unterschreibt das Übergabeprotokoll, das zum Glück in verständlichem Deutsch geschrieben ist.

„Mache sie edd erschtmoa godd.“

Herr Schmidt legt die Blätter in eine Mappe und wendet sich ab. Schon in der Tür ruft er „Nodda!“ und dann sind wir allein.

„Netter alter Mann“, sagt meine Mutter und lässt sich in den mit dunkelgrünem Stoff bezogenen Zweisitzer fallen. „Und? Wie findest du das Haus?“

„Die Decken sind so niedrig!“

Meine Mutter lacht. „Dann ist es ja gut, dass du nicht die Größte bist, nicht wahr?“

„Es riecht nach alten Menschen“, jammere ich während ich mir die Porzellanfiguren auf der dunklen Eichenholzanrichte anschaue. „Und ich werde hier ganz sicherlich nicht Staub wischen.“

„Wir können froh sein, dass wir dieses Haus gefunden haben. Komplett möbliert und die Miete ist auch akzeptabel. Wir zahlen fast 500 € weniger als für unsere kleine Wohnung in Düsseldorf.“

„Ja, weil wir am Arsch der Welt leben.“

Ich kann nicht verhindern, dass mir Tränen in die Augen schießen. Schnell wende ich mich von meiner Mutter ab und wische mir mit dem Handrücken über die Augen.

„Lu…" Für einen kurzen Augenblick klingt ihre Stimme verständnisvoll. Doch dann setzt sie wieder ihren heiteren Tonfall auf. „Wir sind ins Siegerland gezogen. Der Name kann doch nur Glück bringen, nicht wahr? Sei froh. Ein paar Kilometer weiter und wir wären im Sauerland gelandet. Dann könntest du sauer auf mich sein." Sie kichert albern über ihren dummen Scherz und steht auf. „Na komm schon. Wir müssen unsere Sachen aus dem Auto holen."

Mein Zimmer ist eine winzig kleine Kammer mit Schräge im Obergeschoss. Durch ein kleines Dachfenster fällt das orangene Licht der Abendsonne auf einen alten Sekretär. Ich liege rücklings auf dem Bett und starre in die Luft. Die gehäkelte rosa Überdecke riecht nach Mottenkugeln. Mitten im Raum steht mein Koffer. Alles, was ich besitze, ist in diesem unscheinbaren, abgenutzten Gepäckstück. Ich packe ihn vorerst nicht aus. Wer weiß, wann wir wieder weiter ziehen.

Meine Mutter ist rastlos. Ständig auf der Suche. Nach was, weiß sie wahrscheinlich selbst nicht so genau. Nicht selten ziehen wir auch wegen einem ihrer Kerle um. Entweder zu ihnen hin oder von ihnen weg. Früher oder später sind wir wieder unterwegs.

Diesmal ist kein Mann im Spiel gewesen. Meine Mutter war der Meinung, sie müsste mal abschalten. Ruhe finden, in der Natur. Im Internet sah sie das kleine Fachwerkhaus mit den Rosen im Vorgarten und war sofort hin und weg. Es wird nicht lange dauern, dann ändert sie ihre Meinung. Dann wird es ihr hier zu langweilig, zu spießig und zu einsam. Bis dahin muss ich mich irgendwie damit abfinden. Ich bin 15 Jahre alt. Noch drei Jahre, dann gehe ich meine eigenen Wege.

Als es an der Tür klopft, drehe ich mich auf die Seite und stütze den Kopf auf eine Hand.

Meine Mutter wartet nicht auf ein „Herein“ von mir. Sie steht bereits im Zimmer. In ihrem kleinen Schwarzen, die Lippen rot bemalt und die Haare zu Locken frisiert, könnte sie glatt meine Schwester sein. Wäre auch gar nicht so abwegig. Immerhin wird sie dieses Jahr erst dreißig Jahre alt. Als sie mich bekam, war sie vierzehn und stand mit einem Mal auf der Straße. Ihre Eltern warfen sie raus, ihr volljähriger Freund machte Schluss und zog weg und sie musste ins Mutter-Kind-Heim mit mir. Ich rechne es ihr hoch an, dass sie mich behalten hat. Obwohl ich mich manchmal frage, wie und wo ich wohl leben würde, wenn ich adoptiert worden wäre.

„Ich will mal sehen, was hier im Ort so los ist. Kommst du mit?“

„Es ist bereits nach zehn“, entgegne ich nach einem Blick auf die Uhr.

„Na und?“

„Ich muss morgen wieder in die Schule. Die Ferien sind zu Ende.“

Meine Mutter klatscht sich mit der flachen Hand vor die Stirn. „Hast ja Recht! Na gut. Dann sehen wir uns morgen Nachmittag, okay?“

„Okay“, seufze ich und lasse mich wieder in die Kissen sinken.

Kapitel 2

Es ist ein Tag im Winter. Ich bin fünf Jahre alt. Der Kindergarten ist aus und ich warte vor dem Eingangstor auf meine Mutter. Um mich herum verabschieden sich die Kinder voneinander, nehmen ihre Mütter und Väter an die Hand und laufen nach Hause. Eine Mutter bleibt neben mir stehen und bückt sich zu mir herunter. „Du bist Luisa, richtig? Soll ich dich mitnehmen?“.

Ich schüttele den Kopf. „Mama kommt gleich.“

Sie sieht sich suchend um, lächelt mich dann kurz an und geht. Eine meiner Kindergärtnerinnen entdeckt mich. Ich weiß ihren Namen nicht. Ich nenne sie immer nur Du.

„Luisa. Ist deine Mama noch nicht da?“.

„Mama kommt gleich“, wiederhole ich stur.

„Ich warte lieber mit dir hier“, sagt sie und stellt sich neben mich. Wir warten sehr lange. Meine Hände sind kalt und tun weh. Ich ziehe sie soweit es geht in die Jackenärmel. Die Kindergärtnerin hat bereits die dritte Zigarette geraucht und schnippt sie ungeduldig in die Hecke hinter uns „Das ist ja wohl nicht zu fassen“, zischt sie. „Wo bleibt die Frau?“

„Mama kommt gleich“, sage ich.

Der erste Schultag an der neuen Schule beginnt, wie ich es befürchtet hatte. Ich verschlafe. In

Windeseile schlüpfe ich in Jeans und T-Shirt, putze mir die Zähne und verknote meine langen braunen Locken zu einem Dutt. Auf dem Weg die Treppe hinunter schnappe ich mir meinen Rucksack und renne aus dem Haus. Die Bushaltestelle ist nur zwei Minuten vom Haus entfernt, doch kurz vorm Ziel überholt mich der Bus. Ich gebe noch einmal Gas, meine Füße fliegen geradezu über den Boden. Und im nächsten Augenblick bin ich es, die fliegt. Im hohen Bogen auf den Asphalt. Ich bleibe liegen, kneife die Augen zusammen und veratme den Schmerz, der sich in meinen Händen und auf meinen Knien ausbreitet. Die Bustüren schließen sich und mit einem Zischen fährt er wieder los. Ohne mich.

Ich setze mich auf und betrachte zuerst meine aufgeschürften Handflächen und dann die blutigen Knie. Die Jeans ist hinüber.

„Scheiße", fluche ich und ziehe geräuschvoll die Nase hoch.

„Soll ich dir aufhelfen?"

Ich traue mich nicht, den Blick zu heben. Betrachte stattdessen eine ziemlich lange Zeit die blauen Turnschuhe des Jungen, der vor mir steht. Wenn ich aufsehe, sieht er, dass ich heule.

Doch es hilft nichts. Er hockt sich zu mir herunter und ich schaue in seine dunklen Augen. „Ich hab auch den Bus verpasst. Wir können zusammen auf den nächsten warten, wenn du willst."

„Bleibt mir ja wohl nichts anderes übrig." Ich ärgere mich über meine trotzige Antwort. Er scheint es mir aber nicht übel zu nehmen und hält mir seine Hand entgegen. „Komm schon. Die Leute gucken schon seltsam. Es kommt nicht so gut, wenn ein Junge wie ich neben einem verletzten deutschen Mädchen zu sehen ist." Ein kleines Lächeln spielt dabei um seine Lippen. Ich lege meine Hand in seine und staune, wie blass ich gegen ihn wirke. Er hilft mir vorsichtig auf, sorgsam darauf bedacht, nicht auf die Schürfwunden zu drücken. Dann setzen wir uns gemeinsam in das kleine Bushäuschen.

„Ich heiße übrigens Yasin. Und du?"

„Luisa."

„Schöner Name. Bist neu hergezogen, oder?"

„Ja, gestern."

„Ich hab euch gesehen. Dich und deine Mutter. Wohnt ihr alleine?"

Ich schaue ihn von der Seite an. „Bist ganz schön neugierig, oder?"

Er antwortet nicht, streckt stattdessen die Beine aus und überkreuzt seine blauen Sneakers.

Eine Weile sitzen wir schweigend nebeneinander. Dann schaut er auf meine Hände, die ich mit den Handflächen nach oben auf meine Oberschenkel gelegt habe. Wundwasser bedeckt die aufgeschürften Stellen. Inzwischen ist aus dem beißenden Schmerz ein unangenehmes Kribbeln geworden. „Sollen wir die mal reinigen?"

„Wie denn?"

Er holt eine Flasche Wasser aus seinem Rucksack und nimmt meine rechte Hand in seine linke. Langsam lässt er das kühle Wasser darüber laufen. Ich seufze erleichtert und er lächelt mich an. „Besser?"

„Besser. Danke."

Fünfundvierzig Minuten später verabschiedet sich Yasin vor der Schule von mir. „Ich gehe nebenan auf das Gymnasium. Schönen ersten Schultag", sagt er zwinkernd und winkt mir dann noch einmal zu.

Ich wende mich dem grauen Gebäude zu, in dem ich den Tag verbringen werde und schleiche mit hängenden Schultern über den Schulhof. Auf halber Strecke kommt mir eine große Frau mit Brille und rappelkurzen grauen Haaren entgegen. Sie wedelt hektisch mit der Hand in der Luft herum. „Luisa? Luisa Peters?“, ruft sie schon von Weitem.

„Ja?“

„Das wird aber auch Zeit! Der Unterricht hat bereits angefangen.“

„Ja, ich weiß. Ich…“

„Keine Zeit für Entschuldigungen. Komm mit. Ich bringe dich zu deiner Klasse.“

Auf dem Weg durch die Schulflure erfahre ich, dass die nervöse Frau eine meiner Lehrerinnen, Frau Rothenpieler, ist und dass sie Mathe und Erdkunde unterrichtet. Vor der Klasse verabschiedet sie sich von mir.

Am liebsten hätte ich sie fest gehalten. Ich soll alleine in eine fremde Klasse gehen? Und das so, wie ich heute aussehe. Ich zupfe meinen Dutt noch einmal zurecht und schiebe mir eine widerspenstige Locke hinter das Ohr. Dann atme ich tief durch und drücke die Klinke hinunter.

Obwohl ich vorher durch die geschlossene Tür laute Stimmen gehört hatte, herrscht nun eisiges Schweigen. Etwa dreißig Augenpaare richten sich neugierig auf mich und warten darauf, dass ich etwas sage. Verzweifelt schaue ich mich nach einem Lehrer um und entdecke vorne an der Tafel eine kleine Frau, die sich mit dem Handrücken die dunklen Haare aus der Stirn streicht, um sich nicht mit der Kreide zu beschmieren, die sie zwischen Zeigefinger und Daumen hält. In der anderen Hand hält sie ein Blatt. Offensichtlich war sie gerade dabei, den Stundenplan an die Tafel zu malen. Sie sieht mich an und lächelt. „Luisa! Da bist du ja. Wir dachten schon, du kämst nicht mehr.“

Die Klasse beobachtet mich immer noch schweigend. Ich sehe, wie ihre Blicke über meine kaputte Jeans und das zerknitterte T-Shirt schweifen und fühle mich von Sekunde zu Sekunde unbehaglicher. Die junge Frau an der Tafel scheint das alles nicht zu bemerken und deutet auf einen freien Tisch in der ersten Reihe. Direkt vor dem Lehrerpult. „Setz dich doch. Dann können wir uns in Ruhe vorstellen."

Ich schlängele mich durch die Reihen und versuche, dabei niemanden anzuschauen. Als ich ein Kichern höre, blicke ich doch kurz auf und sehe drei Mädchen, die glatt die drei Engel für Charly sein könnten. Die Blonde lässt ihre Haare wie einen Vorhang vor ihr Gesicht fallen, doch die anderen beiden, eine Schwarzhaarige und eine mit kurzen, roten Haaren, schauen mich unverwandt an. Dann prusten sie laut los. Die Lehrerin setzt einen strengen Blick auf. „Laura, hast du etwas zu sagen?"

Eines der Mädchen, schwarz gefärbte Haare und Smokey Eyes, verzieht kurz den Mund und antwortet mit einem Seitenblick auf mich: „Nein."

„Dann sei bitte still."

Während ich mich setze und meine Schreibutensilien auspacke, malt die Lehrerin den Stundenplan fertig und dreht sich dann wieder zur Klasse um. „Schreibt euch den bitte ab, sofern ihr das noch nicht getan habt." Dann kommt sie auf mich zu und setzt sich auf den freien Platz neben mich. Jetzt wirkt es, als wäre sie selbst eine Schülerin. Sie scheint auch noch sehr jung zu sein. Vielleicht dreißig Jahre alt.

„Ich bin deine Klassenlehrerin, Frau Bäcker. Bei mir hast du Kunst und Deutsch", stellt sie sich lächelnd vor. „Ich werde mir das nicht notieren, dass du heute zu spät gekommen bist. Kann am ersten Tag in einer neuen Schule schon mal passieren. Aber demnächst kommst du bitte pünktlich, ansonsten muss ich mir das vermerken."

Ich nicke stumm. Ihr Blick fällt auf meine Hände. „Hast du versucht, den Bus noch zu erwischen?", errät sie.

„Ja“, antworte ich und senke verschämt den Kopf.

„Ist mir auch mal passiert“, gibt sie zu und zwinkert verschmitzt. „Irgendwann kannst du drüber lachen.“

Den ganzen Vormittag über spricht niemand außer den Lehrern mit mir. Ich hangele mich von Stunde zu Stunde. An dieser Schule gibt es im Gegensatz zu meiner alten keine richtigen Klassenzimmer, sondern Lehrerräume. Nach jeder Unterrichtseinheit muss also die gesamte Klasse den Raum wechseln. Auf den Fluren herrscht ein einziges Chaos. Es wird geschubst und gedrängelt, geschrien und gelacht. Ich komme zu fast jeder Stunde zu spät, weil niemand mir hilft, den neuen Raum zu finden. Nach der vierten Stunde packe ich also wieder hektisch meine Sachen zusammen und versuche, so schnell wie möglich den anderen zu folgen. Ich schlängele mich durch die Gänge, den Blick immer auf Lauras Rücken geheftet, um sie bloß nicht zu verlieren. So übersehe ich auch den Jungen der links aus einem Zimmer kommt und prompt mit mir zusammen stößt. Unsere Rucksäcke fallen zu Boden und entleeren ihren Inhalt über den Flur. Dutzende Füße trampeln auf meinen Schulheften herum. Hastig knie ich mich hin und sammele die Sachen wieder ein, immer darauf bedacht, dass mir niemand auf die Hände tritt.

„Wie wär's mal mit einer Entschuldigung?“

Überrascht blicke ich auf. Vor mir steht das hübscheste männliche Wesen, das ich jemals gesehen habe. Seine zerzausten, braunen Haare reichen ihm fast bis in die eisblauen Augen, aus denen er mich streng betrachtet.

Er hat die Arme vor der Brust verschränkt und wippt ungehalten mit dem Fuß auf und ab.

„Entschuldigung?“, frage ich erstaunt.

„Na geht doch“, antwortet er abschätzig, hebt noch ein Federmäppchen auf und wirft seinen Rucksack lässig über eine Schulter, bevor er in den Schülermassen verschwindet.

Ich schüttele kurz den Kopf, um wieder zu mir zu kommen. Was war das denn bitte schön? Ich bin doch sonst nicht so auf den Mund gefallen. Im Nachhinein fallen mir etliche gute Antworten ein. Doch der Junge mit den blauen Augen ist weg. Als ich die letzten Sachen zusammen gepackt habe, ist der Flur wieder leer und ich irre suchend durch die Gänge bis ich, mal wieder zu spät, das nächste Klassenzimmer finde.

Als ich das Schulgebäude verlasse, sehe ich schon Yasin auf der anderen Straßenseite. Ich bleibe unschlüssig stehen, doch er winkt mir fröhlich zu, also wechsele ich die Straßenseite und komme zu ihm hinüber. „Hast du etwa auf mich gewartet?“

„Auf wen denn sonst?“, entgegnet er. „Ich dachte, wir könnten wieder zusammen auf den Bus warten. Ich würde dir nämlich empfehlen, den Linienbus zu nehmen und nicht den Schulbus. Es sei denn, du möchtest deinen Körper mit noch ein paar blauen Flecken verzieren“. Er nickt in Richtung meiner aufgeschürften Knie.

Ich verziehe das Gesicht. „Nein, danke. Ich stehe nicht so auf Blau“ und muss sofort wieder an die eisblauen Augen denken.

„Wie war dein erster Tag?“, fragt Yasin auf dem Weg zur Bushaltestelle.

Ich seufze. „Frag lieber nicht“.

„Na ja. Es ist halt der erste Tag. Erste Tage sind immer scheiße“, versucht Yasin mich zu trösten.

„Ich weiß“, entgegne ich. „Solche Tage hatte ich schon zur Genüge.“

„Zieht ihr oft um?“

„Zwei bis drei Mal im Jahr."

Er schaut mich entgeistert an. „Was? Ich bin in meinem ganzen Leben erst zwei Mal umgezogen. Das erste Mal vor zwölf Jahren. Von der Türkei hier her."

Wir setzen uns in das Bushäuschen und ich krame in meinem Rucksack nach meiner Wasserflasche. Dabei fällt mir ein Schulheft ins Auge, das mir unbekannt ist. Ich ziehe es heraus und halte kurz die Luft an. Auf dem Heft steht „Justus Engel, 10 C, Mathe". Er ist also eine Klasse über mir.

„Was ist?", fragt Yasin und beugt sich zu mir hinüber. „Wem gehört das?"

„Offensichtlich Justus Engel", antworte ich. „Ich bin auf dem Schulflur mit ihm zusammen gestoßen. Ich muss das Heft aus Versehen eingesteckt haben."

„Nicht schlimm", meint Yasin. „Gib es einfach morgen im Sekretariat ab."

Kapitel 3

Ich finde meine Mutter im Garten hinter dem Haus. Sie liegt im Bikini in einer Hängematte zwischen zwei Obstbäumen.

„Bist du wach?“, frage ich und berühre sie leicht an der Schulter. Sie schiebt ihre Sonnenbrille ein Stück hoch und blinzelt mich an. Sie liegt offensichtlich schon so lange in der Sonne, dass ihre Brille einen weißen Rand um ihre Augen gezeichnet hat. „Da bist du ja schon! Ist die Schule schon aus?“

„Ja. Seit etwa einer Stunde.“

„Das ist ja schön. Da hast du ja noch was vom Tag“, sagt sie und versteckt ihre müden Augen wieder hinter der Sonnenbrille.

„Ich hab Hunger. Haben wir etwas zu essen da?“

„Musst du mal im Kühlschrank schauen.“

„Warst du denn einkaufen?“

„Lu, dafür hatte ich nun wirklich noch keine Zeit.“

Ich seufze. „Wie soll dann was in den Kühlschrank gekommen sein?“

„Lu. Bitte. Ich bin müde. Hol dir doch was zu essen. Du weißt, wo mein Portemonnaie liegt.“

In der Tasche meiner Mutter finde ich noch genau 6,52 €. Ich weiß, dass gestern noch über 50 € darin waren. Sie hat also wohl einen schönen Abend gehabt.

Mit wenig Geld und noch weniger Hoffnung ziehe ich los und begebe mich auf die Suche nach etwas zu essen. Im Ort gibt es eine Bäckerei, eine Bank, einen kleinen Elektrofachhandel, ein Restaurant, in dem ich für mein Geld zwei Cola trinken könnte und eine Dönerbude. Ich bestelle mir einen Döner und eine Cola und setze mich an einen der verklebten Tische. An der Wand neben mir paaren sich zwei Fliegen. Mein Blick wandert daher schnell auf den Bildschirm oben an der Wand, auf dem ein türkischer Musiksender läuft. Der Sänger sieht aus wie ein arabischer Enrique Iglesias. Er spaziert an einem Strand entlang und singt eine furchtbar schnulzige Ballade. Der Döner schmeckt überraschenderweise sehr gut.

Auf dem Weg zurück nach Hause entdecke ich in einem kleinen Vorgarten unseren Vermieter, Herrn Schmidt. Er ist gerade dabei Erdbeeren zu ernten.

„Guten Tag, Herr Schmidt!“, rufe ich und winke übertrieben, weil ich befürchte, dass der alte Mann mich nicht bemerkt. Zu meinem Erstaunen richtet er sich aber sofort auf und lächelt mich an. „Na Mäddche, häste dech da ald godd ejewürnt?“ Sein Dialekt macht es mir fast unmöglich, ihn zu verstehen

Ich rate frei aus dem Bauch heraus, dass er mich gerade nach meinem Befinden gefragt hat. „Ja, danke. Gut“, antworte ich daher und bleibe ein wenig unschlüssig vor seinem Gartenzaun stehen. Herr Schmidt schiebt seinen Strohhut ein Stück nach oben und wischt sich mit dem Handrücken den Schweiß von der Stirn. „Hö es edd waane heiß, woar? Dadd sie mier gar nedd me jewürnt im Sejjerland.“

„Ja…“, antworte ich. Und nach einigem Zögern füge ich ein „Danke“ hinzu.

Herr Schmidt lacht kurz und schüttelt den Kopf. „Ihr sidd scho en seltsames Völkche, ihr Düsseldorfer."

Düsseldorf. Das hab ich verstanden. Ich lächele, um ihn nicht zu beleidigen.

„Häaste Langewirre Mäddche? Du kööntest mir vielleicht moa en besselche em Garde helfe. Ech haa oa hinge en kläing Duffelsbeet. De Duffeln moße itzend ruß uss dr Äer, die wärn sost bim nächste Rae dodal matschig."

Er deutet an seinem Haus vorbei, in den Garten und schaut mich erwartungsvoll an. Als ich nicht reagiere, reicht er mir eine Blechschüssel und winkt mich dann hinter sich her. Dabei brummt er etwas vor sich hin.

Ich folge ihm hinter das Haus und staune nicht schlecht. Ein riesiges Beet tut sich vor mir auf. Weiter hinten entdecke ich eine kleine Scheune und einen Weiher. Wer hat denn bitte so ein gigantisches Grundstück?

„Machen Sie das alles alleine?", frage ich.

„Fröher hädd min Frou dat meiste jemacht. Die ejene Duffeln sie doch emmer noch de beste. Du hättest mol va ehr dä Duffelssalat probiern solln. Dä woar em ganze Ort bekannt. Komm Mäddche, itz zeijen ech dir moa wie dadd giehrd." Wieder winkt er mich heran und wühlt dann mit bloßen Händen in der Erde herum. Ich staune nicht schlecht, als er eine dicke Kartoffel heraus holt und in meine Schüssel wirft. Dann holt er einen großen Korb und sagt „Hie e demm Duffelskorb kaaste die Duffeln obläese."

Ich nicke. „Ja, ok."

Zögerlich graben meine Finger sich in die trockene Erde. Ich spüre, wie der Dreck sich unter meine Nägel schiebt und muss mich ein wenig überwinden. Ich habe tatsächlich noch nie in der Erde gewühlt. Nicht mal als Kind. Als meine Finger auf die erste Kartoffel stoßen, ziehe ich sie hervor und halte sie Herrn Schmidt stolz entgegen. Er nickt lächelnd und lässt mich alleine weiter arbeiten. Nach dem ersten Zögern grabe ich eine Kartoffel nach der anderen aus. Um meinen Rücken zu schonen, knie ich mich irgendwann hin und krabbele auf allen Vieren die Reihen entlang. Meine Hose ist ja sowieso schon hinüber.

Als ich etwa die Hälfte geschafft habe, kommt Herr Schmidt und bringt mir Kekse und ein Malzbier. Malzbier hab ich auch noch nie getrunken. Aber es ist überraschend lecker. „Häste wahne godd gemacht, Mäddche", lobt mich Herr Schmidt.

Ich lächele stolz und wische mir eine Haarlocke aus der verschwitzten Stirn. Meine Hände und meine Kleidung strotzen nur so vor Dreck. Aber ich fühle mich gut. Die Arbeit hat mich von all meinen Gedanken abgelenkt und auch jetzt fühle ich mich noch erleichtert.

„Ech danke dir för die goore Hilfe. Itz machste dich besser noa Huss, edd es ald wahne spää", sagt Herr Schmidt und klopft mir freundschaftlich auf die Schulter. Bevor ich gehe, schnappe ich mir noch ein paar Kekse für unterwegs und winke Herrn Schmidt zum Abschied zu.

Die Sonne geht bereits unter und taucht alles in ein schönes warmes Licht, als ich das Haus betrete. Ich finde meine Mutter im Esszimmer, wo sie am Computer sitzt und eine Homepage gestaltet. Man mag es kaum glauben, aber meine Mutter verdient ihr Geld tatsächlich mit Webdesign. Wir können geradeso davon leben, aber es macht ihr Spaß und wir sind an keinen festen Ort gebunden. Also der perfekte Beruf für meine Mutter.

„Hast du schon was gegessen?", frage ich sie und bin mir der Ironie bewusst. Diese Frage sollte eine

Tochter ihrer Mutter nicht stellen müssen. Sie antwortet nicht und deutet stattdessen nur auf eine offene Packung Cracker neben sich.

Ich nicke, obwohl ich weiß, dass sie es nicht sehen kann. Sie hat vermutlich sowieso schon wieder vergessen, dass ich da bin. Ich verziehe mich in mein Zimmer und setze mich im Schneidersitz neben meinen Koffer auf den Boden. Ganz unten im Koffer finde ich das kleine Fotoalbum. Es sind nicht viele Bilder darin. Drei von mir als Baby, zwei zusammen mit meiner Mutter, eins von einer Katze, die wir mal besaßen, an die ich mich aber nicht mehr erinnern kann. Und eins von meinem Vater.

Es ist das einzige Bild, das ich von ihm besitze. Das Einzige, das meine Mutter von ihm gemacht hat. Es zeigt ihn auf einer Sommerwiese an einem See. Meine Mutter hat vermutlich neben ihm gelegen, als sie das Bild gemacht hat. Er hat die Arme hinter dem Kopf verschränkt und die Augen geschlossen. Ein kleines Lächeln spielt um seine Lippen. Wahrscheinlich genießt er die warmen Sonnenstrahlen.

Ich wüsste gerne, welche Augenfarbe er hat. Seine Haare sind blond, nicht braun wie meine. Er hat keine Locken und keine Sommersprossen. Ich wünschte, er wäre noch bei uns und hätte uns nicht verlassen. Er würde mich bestimmt eher verstehen als meine Mutter. Er würde mit mir in den Zoo gehen oder ins Freibad. Im Winter würde er mit mir Schlitten fahren oder Schlittschuh. Er würde mich auch mal schimpfen, wenn ich zu spät nach Hause komme. Wenn ich einen Freund mitbringen würde, würde er ihn genau unter die Lupe nehmen, um sicher zu gehen, dass er mich auch verdient hat. Er würde… Und dann fällt mir ein, dass er meine Mutter damals wegen mir verlassen hat. Langsam schließe ich das Album wieder und lege es zurück in den Koffer.

Kapitel 4

„Das ist doch wohl nicht dein Ernst, dass du dich traust hier noch mal aufzutauchen“, sagt die alte Dame und sieht meine Mutter böse an.

„Ich dachte, ihr möchtet vielleicht mal eure Enkeltochter kennen lernen“, antwortet sie und drückt meine Hand.

An der fremden Frau ist alles grau. Ihre Haare, ihre Kleidung, sogar ihre Augen und ihre Haut. Der einzige Farbfleck an ihr ist der goldene Ring an ihrem Finger.

Ihr Blick wandert von meiner Mutter zu mir herunter.

„Locken. Wo sie die wohl her hat?“

„Sie ist jetzt sieben Jahre alt. Ich finde, es wird langsam Zeit“, fährt meine Mutter fort, als hätte die Frau nichts gesagt.

Die Fingerknöchel der Frau treten schon weiß hervor, so stark klammert sie sich am Türrahmen fest.

„Darauf können wir verzichten“, knurrt sie und schlägt uns die Tür vor der Nase zu.

Im Schulsekretariat ist um diese Zeit die Hölle los. Man könnte meinen, man wäre in der Notaufnahme des Krankenhauses. Zwei Schüler mit Wespenstichen und einer mit aufgeschlagenem Knie werden gerade verarztet. Ich setze mich auf einen der

Stühle im Flur vor dem Sekretariat und betrachte noch einmal das Matheheft von Justus. Seine Handschrift ist klein und ordentlich. Im Fernsehen habe ich mal eine Frau gesehen, die Schriften analysieren konnte. Ich frage mich, was sie wohl zu Justus‘ Schrift sagen würde. Da höre ich auf einmal seine Stimme. „Ich kann aber nicht warten. Ich muss nach Hause.“

Ich drehe mich um und sehe, wie er aus der Tür des Sekretariats geschoben wird. Wann ist er an mir vorbei gekommen? Die dickliche Schulsekretärin schüttelt bestimmend den Kopf. „Wir haben hier ein paar Notfälle, die einfach vorgehen. Du wartest mit den anderen vor der Tür bis du dran bist.“

Ich schaue mich kurz um. Mit den anderen meint sie wohl mich. Die Frau knallt die Tür zu und lässt Justus ein wenig verloren davor zurück. Als er mich sieht, setzt er sofort einen selbstgefälligen Blick auf. „Was glotzt du so?“

„Ich…ähm…ich…“

„Ist das mein Heft?“, fragt er und deutet auf das Matheheft, das ich, ohne es zu merken, zu einer Röhre zusammen gerollt habe. Schnell versuche ich es wieder zu glätten und reiche es ihm dann mit einem verlegenen Lächeln.

„Ich hab es wohl gestern versehentlich eingesteckt.“

„Ja, hast du wohl“, grummelt er und steckt es in seinen Rucksack. Dann verschränkt er die Arme vor der Brust und lehnt sich an die Wand mir gegenüber. Ich frage mich, warum er sich nicht setzt. Neben mir sind noch drei Plätze frei.

Erst jetzt fällt mir die schmale Kruste auf seiner Lippe auf. Als wäre sie vor ein paar Tagen aufgeplatzt. Ich starre auf seine Lippen und frage mich, wie das wohl passiert ist.

„Fußball“, sagt er, als könnte er meine Gedanken lesen und mein Blick huscht schnell ein Stück höher, um seine Augen zu betrachten. Eisblau. Eiskalt. Ich weiß nicht, was ich sagen soll.

„Die Lippe“, fügt er erklärend hinzu. Ich nicke nur und schaue schnell aus dem Fenster. Nach ein paar Minuten bemerke ich, dass er mich beobachtet. Ein angenehmes Kribbeln zieht sich durch meinen Körper. Von der Kopfhaut hinunter bis in die Zehenspitzen. Dann höre ich seine Stimme. „Bist du neu hier?“

Langsam sehe ich wieder zu ihm hinüber. Seine Augen sind immer noch kalt. Ich nicke. „Ja, seit Sonntag.“

„Woher kommst du?“

„Aus Düsseldorf.“

Er schweigt. Nickt nicht einmal. Ich würde gerne weiter mit ihm sprechen, weiß aber nicht, was ich sagen soll. Ich habe Angst, dumm zu klingen.

„Ist das gestern passiert?“ Er nickt zu meinen inzwischen verkrusteten Händen hinüber.

„Ja“, antworte ich und bin überrascht, als er auf einmal etwas betroffen wirkt. Die Kälte in seinen Augen verschwindet kurz.

„Aber nicht, als wir zusammen gestoßen sind. Ich bin an der Bushaltestelle gefallen“, erkläre ich.

Da geht die Tür auf, drei schniefende Fünftklässler huschen an uns vorbei und die kugelige Sekretärin streckt ihren Kopf zu uns heraus. „Der Nächste!“

„Das bin dann wohl ich“, sagt Justus und geht ohne sich zu verabschieden. Erst will ich mich beschweren, weil ich als Nächste dran war. Dann fällt mir auf, dass ich ihm das Heft ja schon wieder gegeben habe. Ich höre den Gong zum Ende der Pause und mache mich seufzend auf den Weg zu meiner Klasse.

Vor der Schule wartet wieder Yasin auf mich. Ich lächele, als ich ihn sehe und umarme ihn zur Begrüßung.

„Und? Wie war's?", fragt er, ehrlich interessiert.

„Ganz gut", antworte ich. „Ich konnte ihm das Heft sogar persönlich wieder geben."

„Super", sagt Yasin. „Hast du Lust mit mir zum Fußballtraining zu kommen?"

„Fußball?", entgegne ich und verziehe leicht das Gesicht. „Ach, ich weiß nicht."

„Du kannst auch mitmachen, wenn dir zuschauen zu langweilig ist."

Ich zögere. „Mh, ich weiß nicht."

„Ach, komm schon. Ich würde mich freuen."

„Na gut", gebe ich schließlich nach.

„Prima!", Yasin scheint sich wirklich zu freuen. Auf dem Weg zum Fußballplatz erzählt er mir ein bisschen von seiner Familie. Er lebt mit seinen Eltern, seinen beiden älteren Brüdern und seiner jüngeren Schwester im selben Stadtteil wie ich. „Vor zwei Jahren konnten meine Eltern sich da endlich ein Haus leisten. Sie arbeiten beide bei der Brauerei und verdienen gutes Geld. Vorher haben wir in der Erlersiedlung gelebt."

„Erlersiedlung?"

„Eigentlich Fritz-Erlersiedlung. Die Hochhaussiedlung hier in Kreuztal", erklärt Yasin.

„Unser Haus ist schön. Du kannst uns ja demnächst mal besuchen kommen", schlägt er vor.

„Ja, kann ich machen."

Wir schweigen kurz, doch das hält Yasin nicht lange aus.

„Also, Fußball magst du anscheinend nicht so gerne. Was machst du denn gerne?"

„Lesen."

„Ach, komm. Das sagt jeder, wenn er nach seinen Hobbies gefragt wird", lacht Yasin.

„Ist bei mir aber wirklich so“, entgegne ich trotzig.

„Wie viele Bücher hast du denn?“

„Gar keins“, gebe ich leise zu.

Er schaut mich überrascht an. „Gar keins?“

Ich schüttele den Kopf. „Wir ziehen so oft um, dass die Bücher nur Ballast wären. Ich gehe in die Bücherei und leihe mir dort welche aus.“

Yasin nickt. „Klar.“

Yasin beim Fußball spielen zuzuschauen macht tatsächlich Spaß. Er ist wirklich gut. Soweit ich das beurteilen kann. Und er ist topfit. Er dribbelt, sprintet, schlägt Haken, dass es einem schwindelig werden könnte. Und als ich ihm nach fast einer Stunde zuwinke, kommt er schließlich, kaum außer Atem, zu mir herüber und stützt sich mit den Unterarmen auf die Absperrung.

„Ich will langsam gehen. Mir ist kalt“, sage ich.

Yasin sieht schnell auf die Uhr. „Okay. Ich muss noch bleiben. Das Training dauert noch eine halbe Stunde. Hat's dir denn gefallen?“

Ich nicke und meine es tatsächlich ehrlich. „Du bist echt gut.“

Yasin lächelt stolz.

„Wollen wir eigentlich mal Nummern austauschen?“, wechselt er das Thema. Bevor ich antworten kann, fügt er hinzu „Ich meine ja nur…also falls du willst. Falls du mal Langeweile hast oder so. Dann kannst du dich bei mir melden.“

„Ich hab kein Handy“, sage ich achselzuckend.

„Du hast kein Handy?“, Yasin klingt entsetzt.

„Ich hab noch nie eins gebraucht“, erkläre ich.

„Aber wie bleibst du mit deinen Freunden in Kontakt?“

Ich merke, wie ich rot anlaufe und schaue schnell weg.

„Ich muss jetzt los“, sage ich knapp, drehe Yasin den Rücken zu und verlasse den Platz.

Freunde hatte ich noch nie wirklich. Es ist kaum möglich eine Freundschaft oder gar eine Beziehung aufzubauen, wenn man spätestens nach sechs Monaten die Stadt wieder verlässt. Und wir kehren nie in eine Stadt zurück, in der wir bereits einmal gelebt haben. Bisher habe ich mich nach der Schule lieber in mein Zimmer verkrochen und Bücher gelesen. Andere Mädchen nerven mich. Jungs haben mich bis jetzt nicht interessiert.

Zuhause angekommen setze ich mich im Wohnzimmer vor den Fernseher und schaue „How I met your mother“. Seit Monaten warte ich darauf, dass endlich verraten wird, wer die Mutter ist. Und ich frage mich, ob die beiden Kinder ihre Mutter lieben. Für mich ist das nicht selbstverständlich. Als meine Mutter herein kommt und sich seufzend neben mich setzt, sehe ich sie irritiert an.

„Was?“, fragt sie, als sie meinen Blick bemerkt. „Darf ich mich nicht zu dir setzen?“

Ich zucke mit den Schultern. „Ich wundere mich nur. Hast du nichts zu tun? Arbeiten? Feiern? Männer treffen?“

„Luisa, bitte!“ Meine Mutter betrachtet ihre Fingernägel und knibbelt unbeteiligt daran herum. „Wie war die Schule?“

Ich runzele die Stirn. „Gut, wieso?“

„Nur so. Darf eine Mutter ihre Tochter nicht nach dem Befinden fragen?“

„Darf sie schon. Aber du tust das doch sonst nie.“

Sie schlägt die Beine übereinander. Ihr viel zu kurzer Rock rutscht noch ein Stück höher. Ich sehe genervt weg und versuche mich auf die Serie zu konzentrieren.

„Worum geht's?“, fragt meine Mutter. Ihr linker Fuß wippt nervös auf und ab.

„Ein Vater erzählt seinen Kindern, wie er ihre Mutter kennen gelernt hat.“

Ihr Fuß hört kurz auf zu wippen. Sie nickt und ich merke, wie sie mich von der Seite betrachtet. Ich kneife die Augen zusammen, um sie auszublenden. Schließlich steht sie auf, zupft sich ihren Rock glatt und streicht mir im Hinausgehen noch kurz über den Kopf.

Am nächsten Tag schenkt Yasin mir ein Handy. Verdutzt starre ich darauf „Yasin…ich…“. Er unterbricht mich. „Du brauchst dich nicht bedanken. Das ist mein Altes. Ich hätte es sonst weggeworfen, weil es nichts mehr wert ist. Aber es funktioniert noch einwandfrei. Ich hab dir auch eine prepaid-Karte besorgt.“

Skeptisch drehe ich das Handy in meinen Händen hin und her. Ich glaube ihm nicht, dass es nichts mehr wert ist. Aber sein Blick sagt mir, dass Widerspruch zwecklos ist.

„Danke. Trotzdem“, sage ich daher und lächele ihn an.

„Ich habe meine Nummer schon eingespeichert“, erwähnt er nebenher. „Und einen Termin hab ich dir auch schon eingetragen“

„Einen Termin?“, frage ich verwundert.

Er nickt. „Sonntag, 13:45 Uhr. Da treffen wir uns an der Bushaltestelle.“

„Was haben wir denn vor?“

„Das sage ich dir noch nicht. Ist eine Überraschung.“

Als ich abends im Bett liege, piepst mein Handy auf dem Nachttisch. Ich schaue darauf und sehe eine Nachricht von Yasin: „Schlaf gut, träum was Schönes und freu dich auf Sonntag!“

Ich tippe etwas ungelenk zurück: „Was ist am Sonntag?"

„Überraschung", ist alles, was er antwortet.

„Gott, wie ich die alle hasse", flüstere ich am nächsten Tag, als ich die anderen Schüler aus meiner Klasse vor dem Matheraum sehe. Die Jungen grölen und lachen und schubsen sich gegenseitig, während die Mädchen daneben stehen und lächerlich kichern. Ich schleiche absichtlich langsam den Flur entlang, betrachte die gemalten Bilder an den Wänden und streiche mit der Hand daran entlang. Als ich Lauras unangenehmes Lachen hinter mir höre, versuche ich mich unsichtbar zu machen. Leider vergeblich.

„Ach, unsere Luisa", sülzt sie, als sie mich einholt. Ich schaue kurz auf und bleibe im nächsten Moment wie angewurzelt stehen. Direkt neben ihr steht Justus. Seine blauen Augen bohren sich geradeheraus in meine. Ich spüre, dass meine Wangen heiß werden und wende mich schnell ab.

Laura betrachtet mich lange und kneift die Augen zusammen. Dann greift sie nach Justus' Hand und zieht ihn weiter. „Die kannst du echt vergessen. Wie sieht's denn Samstag bei dir aus? Kino? Da kommt so ein schöner, neuer Film. Den müssen wir unbedingt sehen..." Ihre Stimme wird leiser je weiter sie sich von mir entfernt, bis ihr Geplapper im Gegröle der anderen Schüler untergeht. Ich sehe, wie sie Justus zum Abschied umarmt und er die Treppe hinauf verschwindet.

War ja klar, dass ausgerechnet sie mit ihm zusammen ist. Aber warum interessiert mich das überhaupt? Ich straffe die Schultern und versuche so selbstbewusst wie möglich zu den anderen aufzuschließen.

Es ist Sonntag und ich warte ein wenig gespannt auf Yasin. Als er sich dem Bushäuschen nähert, hat er schon ein breites Grinsen aufgesetzt.

„Also…?“, frage ich erwartungsvoll und verschränke die Arme vor der Brust.

„Lass dich überraschen“, zwinkert er mir zu.

„Habe ich schon erwähnt, dass ich Überraschungen nicht leiden kann?“

„Jeder mag Überraschungen“, meint Yasin.

„Ich bin aber nicht Jeder.“

„Ich weiß“, sagt er und lächelt mich an.

Im Bus wende ich mich trotzig von ihm ab und starre aus dem Fenster. Ihn scheint das nicht sonderlich zu stören. Er pfeift immer mal wieder eine Melodie vor sich hin. Ich habe Angst, dass mir seine Überraschung nicht gefallen könnte. Und dass meine Reaktion ihn enttäuscht. Ich weiß nicht, wie ich mit der Situation umgehen soll. Yasins Verhalten irritiert mich immer wieder. Ich habe es noch nie erlebt, dass jemand nett zu mir ist, ohne dafür eine Gegenleistung zu verlangen. Als ich ihn prüfend aus dem Augenwinkel betrachte, zwinkert er mir zu und grinst. „Locker bleiben, Lu.“

Kurz vor der Stadtmitte steigen wir aus dem Bus aus und laufen weiter in einen kleinen Park. „Dreslers Park“, erklärt Yasin mir. Der Park ist sehr schön angelegt. Die Laubbäume sind groß und alt. Zwischen ihren Blättern scheint die Sonne hindurch und zeichnet helle Flecken auf die unbefestigten Wege. Eine Holzbrücke führt über einen kleinen, ausgetrockneten Bachlauf. Dahinter ragt ein sehr altes Backsteingebäude aus gelben Ziegeln auf.

„Das ist die Gelbe Villa“, sagt Yasin. „Wir müssen hinten rein.“

„Rein?“, frage ich. Doch dann sehe ich auch schon das Schild neben der Tür. „Stadtbibliothek

Kreuztal“ steht darauf. Mein Herz macht einen Sprung und ich lächele erleichtert. „Dankeschön, Yasin!“, sage ich und umarme ihn.

Er lächelt ein wenig verlegen zurück. „Ich hoffe, wir sehen uns dann trotzdem noch. Nicht, dass du dann nur noch Zeit für deine Bücher hast.“

„Quatsch!“, lache ich und schubse ihn leicht zur Seite. „Mach Platz, ich muss da rein!“

Die Bücherei ist klein, verglichen mit denen, in denen ich bisher war. Aber ich finde trotzdem ein paar Bücher, die mich interessieren. Da ich noch keinen Bücherei-Ausweis habe, lasse ich mich mit einem Buch direkt dort in einen Sitzsack fallen und versinke darin. Yasin schlendert zunächst ein wenig durch die Gänge und findet schließlich ein Buch über die Geschichte des Fußballs, in dem er gelangweilt blättert.

Nach zwei Stunden erlöse ich ihn und willige sogar ein, mit ihm ein Eis essen zu gehen.

Kapitel 5

Seit einer Woche kenne ich die Bibliothek und in meinem Zimmer stapeln sich bereits die Bücher. Ein Blick auf die Uhr verrät mir, dass es acht Uhr morgens und meine Mutter immer noch nicht nach Hause gekommen ist. Wahrscheinlich hat sie bei einem ihrer Kerle übernachtet. Ich tigere unruhig im Haus auf und ab, bis mein Magen mich nach draußen treibt.

Auf dem Weg vom Bäcker nach Hause komme ich an Herrn Schmidts Haus vorbei. Unschlüssig bleibe ich davor stehen. Eigentlich hatte ich noch ein paar zusätzliche Brötchen für meine Mutter besorgt, doch als ich Herrn Schmidt hinter einem der kleinen Fenster mit einer Zeitung vor sich am Küchentisch sehe, öffne ich entschlossen das Gartentörchen und klingele kurz darauf an seiner Tür. Herr Schmidt braucht eine Weile bis er öffnet. Er wirkt sehr blass und hat eine Hand auf seinen Rücken gelegt.

„Na, Määdche“, begrüßt er mich trotzdem mit einem Lächeln.

„Guten Morgen, Herr Schmidt“, erwidere ich und halte die Brötchentüte hoch. „Hätten Sie auch gerne ein paar Brötchen?“

Herr Schmidt ist zwar irritiert, lässt mich aber trotzdem herein und bietet mir einen Platz an. Als er Honig und Marmelade aus der Abstellkammer holt, schaue ich mich interessiert um. Schon im Flur sind mir die alten Bilder von Männern im Wald aufgefallen. Sie müssen ungefähr aus den 30er oder 40er Jahren sein. Hier in der Küche hängen noch mehr davon. Aber auch Luftbilder vom Siegerland. Als Herr Schmidt wieder kommt, deutet er auf eines der Schwarz-Weiß-Bilder, auf dem ein junger Mann in Cordhose zu sehen ist. Unter den Hosenträgern hat er nur ein weißes Unterhemd an. Er hat eine Axt geschultert und ein breites Grinsen aufgesetzt. „Doa woar ech ogefähr so alt wie Du etz best." Er klingt stolz.

„Sie sahen gut aus", sage ich.

„Joa, ech woar e knackig Kerlche, doamoals", lacht Herr Schmidt und setzt sich wieder an seinen Platz. Beim Frühstück erzählt er mir viel über das Siegerland und seine Geschichte. Im Laufe des Gespräches fällt es mir immer leichter, ihn zu verstehen. Sein Dialekt klingt nicht mehr ganz so fremd. Ich fühle mich wohl bei ihm und ihm scheint es nicht anders zu gehen.

Am Montag treffe ich vor unserem Unterrichtsraum auf die anderen Schüler aus meiner Klasse. Der Raum scheint noch abgeschlossen zu sein, denn sie albern ausgelassen davor herum, während der restliche Flur sich bereits zum zweiten Gong geleert hat. Ich lehne mich etwas abseits der anderen gegen die Wand und stelle meinen Rucksack zwischen meinen Füßen ab, um mein Deutschheft heraus zu kramen.

„Was hängst du eigentlich immer mit diesem Türken herum?", reißt mich eine helle Stimme aus meinen Gedanken.

„Was?“, frage ich überrascht.

„Ist das dein Freund?“, fragt Laura und lässt ihren Blick abschätzig über meine Klamotten wandern.

„Yasin? Nein. Nur ein guter Kumpel.“

„Hast du keine Mädchen als Freunde, oder was?“, grinst Melina und zupft sich an den kurzen roten Haaren.

Ich schaue schnell weg und versuche, sie zu ignorieren.

Doch Laura lässt nicht locker. „Kann der überhaupt deutsch?“

Ich sehe, wie Sophie ihre dünnen blonden Haare wie einen Vorhang vor ihr Gesicht fallen lässt. Vielleicht schämt sie sich ja für ihre Freundinnen.

„Natürlich kann er deutsch!“, sage ich mit Nachdruck und hebe meinen Rucksack auf. Ich will gehen. Aber wohin? Der Klassenraum ist immer noch abgeschlossen.

„Ich hab gehört, seine Eltern arbeiten bei der Brauerei“, erwähnt Laura und wartet anscheinend auf eine Antwort von mir. Als ich nichts sage, spricht sie weiter. „Melinas Vater hat deshalb seinen Job verloren.“

Melina rümpft die Nase. „Scheiß Türken!“

Ich zucke bei ihren Worten zusammen und schäme mich in Grund und Boden. Sophie scheint es nicht anders zu ergehen. Als sie mit einer Hand ihre Haare hinter das rechte Ohr schiebt, sehe ich ihre geröteten Wangen.

„Melina!“, flüstert sie empört.

„Ja, ist doch so. Sollen die doch hingehen, wo sie her gekommen sind!“

„Dein Vater hat seinen Job nicht wegen Herrn Özmir verloren.“ Sophies Stimme ist so leise, dass man sie kaum hört. Ihre Finger zittern, als sie ihren Rucksack zurecht rückt.

„Was?“ Melinas Augen funkeln wütend.

Sophie schluckt und fährt dann mit brüchiger Stimme fort „Er wurde doch schon vorher entlassen“.

„Halt die Schnauze, Sophie!“, keift Melina. Laura bleibt ruhig und schaut Sophie mit gerunzelter Stirn an. Ihre langen, schwarzen Haare umrahmen ihr blasses Gesicht. „Sophie, was soll das?“, fragt sie mit eisig kalter Stimme.

Sofort senkt Sophie den Blick und schweigt.

Bevor noch jemand etwas sagen kann, hören wir schnelle, kurze Schritte und die keuchende Stimme von Frau Bäcker. „Alles klar, Jungs und Mädels. Genug Spaß gehabt. Ab in die Klasse!“ Sie klemmt sich ihr Unterrichtsmaterial unter den Arm und schließt hektisch das Klassenzimmer auf. Laura und Melina werfen Sophie noch einen vernichtenden Blick zu und lassen sie dann links liegen. Sie sieht mich nicht mehr an, lässt ihre Haare wieder ins Gesicht gleiten und folgt den anderen in den Unterrichtsraum. Als sie sich auf ihren Platz neben Laura setzen will, wirft diese gerade ihren Rucksack auf den freien Stuhl und wendet sich dann Melina zu, als könnte sie Sophie gar nicht sehen.

„Du kannst dich neben mich setzen, wenn du möchtest“, biete ich ihr an und sie nickt kurz. Frau Bäcker nimmt die geänderte Sitzordnung mit einem Stirnrunzeln zur Kenntnis, hat aber nichts dagegen einzuwenden.

Während wir die Hausaufgaben besprechen, reiße ich ein Stück Papier aus meinem Heft, kritzele das Wort *Danke!* darauf und schiebe es unauffällig zu Sophie rüber. Ohne mich anzusehen schreibt sie *Kein Problem* und zerknüllt den Zettel anschließend, als hätte sie Angst, jemand könnte ihn lesen.

In den darauf folgenden Wochen ändert sich nichts an der neuen Sitzordnung. Es ist, als wären Laura und Melina niemals mit Sophie befreundet gewesen. Sie ignorieren sie vollkommen. Sie ist nun, genau wie ich, eine Außenseiterin. All meine Versuche, mehr Kontakt zu ihr aufzunehmen, verlaufen im Sand.

„Warum sprichst du nicht mit mir?“, frage ich sie an einem Freitagmorgen im Matheunterricht.

„Ich spreche doch mit dir“, flüstert sie zurück, ohne von ihren Aufgaben aufzublicken.

„Ich meine, mehr als nur die Hausaufgaben betreffend.“

Ihre schreibende Hand hält kurz inne, die Spitze des Füllers schwebt zwei Millimeter über dem Papier. Ich versuche durch den blonden Vorhang, den ihre Haare wieder bilden einen Blick auf ihr Gesicht zu werfen und fahre fort „Ich meine ja nur. Ich bin alleine. Du bist alleine“.

„Ich bin nicht alleine“, zischt sie und drückt ihren Füller versehentlich auf das Papier, sodass er dort einen blauen Farbklecks hinterlässt. „Wie kommst du darauf, dass ich alleine wäre?“

Ich schweige kurz und suche in meinem Mäppchen nach einem Killer, den ich ihr reiche. „Tut mir leid“, murmele ich.

Sie seufzt und löscht den Farbklecks aus.

„Hast du Lust, morgen mit mir ein Fußballspiel anzuschauen?“, starte ich einen neuen Versuch. Sie zögert, reicht mir dann den Killer zurück und antwortet „Ja“.

Am nächsten Tag treffen wir uns vor dem Fußballplatz, auf dem Yasin immer trainiert. Heute findet hier ein wichtiges Spiel statt. Yasins Team gegen irgendein anderes. Welches, hab ich mir nicht gemerkt. Hauptsache, Yasin gewinnt. Als ich Sophie sehe, winke ich ihr fröhlich zu.

„Spielt dein Freund hier?“, fragt sie und schaut an mir vorbei auf das Vereinsheim.

„Ja, er ist ziemlich gut…glaube ich.“

Sie lächelt kurz und wir gehen rein.

Yasin ist wirklich gut. Er schießt in der ersten Halbzeit schon zwei Tore. Die andere Mannschaft erzielt in derselben Zeit leider vier Treffer. Bei Yasins Toren jubele und klatsche ich. Yasin grinst mich breit und stolz an. Sophie schweigt und lässt die Haare in ihr hübsches Gesicht hängen.

Als die erste Halbzeit herum ist, kommt Yasin auf uns zu getrabt. Er lächelt uns an und wischt sich mit dem Handrücken den Schweiß aus der Stirn. „Hi, ich bin Yasin“, sagt er fröhlich und streckt Sophie die verschwitzte Hand entgegen. Sie berührt ihn fast nur mit den Fingerspitzen. „Sophie“, entgegnet sie leise.

„Du warst echt gut“, lobe ich Yasin und boxe ihm gegen die Schulter. „Lob das Spiel nicht vor dem Ende“, ruft er erschrocken und hält mir mit einer Hand den Mund zu. Ich schubse ihn lachend weg und friere im selben Moment in der Bewegung ein. Da ist Justus! Er steht am Eingang des Vereinsgeländes und unterhält sich mit einem Spieler der gegnerischen Mannschaft. Neben ihm steht Laura. Sie hat sich bei ihm eingehakt und grinst ihn dümmlich an, während er spricht. Yasin und Sophie folgen meinem Blick. Ich merke, wie sich Sophie versteift. Bevor einer von uns etwas sagen kann, höre ich hinter uns Melinas ätzende Stimme. „Ach nee! Guck mal, wen wir da haben.“

Wir wenden uns zu ihr um und sehen in ihr angewidert verzogenes Gesicht.

„Kein Wunder, dass du den Kanaken verteidigst, Sophie. Du bist ja offensichtlich ganz eng mit ihm, he?“

Sophie weicht einen kleinen Schritt zurück und schaut zu Boden. Ich nehme ohne nachzudenken ihre Hand und drücke sie leicht. „Verpiss dich, Melina!“

In der Nachmittagssonne sehen Melinas kurze Haare aus, als würden sie brennen. „Was hast du gesagt?“, faucht sie mich an. Ich stelle mich schützend vor Sophie und halte Melinas wütendem Blick stand. „Du hast mich schon verstanden. Du sollst dich verpissen!“

Melinas Gesicht passt sich ihrer Haarfarbe an. Jetzt brennt und lodert das ganze Mädchen. Sie macht einen blitzschnellen Schritt nach vorne und packt meine Haare. Mit einem Ruck zieht sie meinen Kopf nach unten und schlägt ihn auf ihr Knie. Ein stechender Schmerz schießt mir durch Nase und Oberlippe. Ich schreie auf und halte mir sofort beide Hände vor den Mund, weil ich befürchte, dass mir sonst alle Zähne heraus fallen. Gleichzeitig wanke ich zurück, stolpere und falle zu Boden.

Yasin ist neben mir und fängt mich auf. Ich höre seine Stimme, kann ihn aber nicht sehen. Tausende kleine Blitze nehmen mir die Sicht.

„Hast du sie noch alle?“, brüllt Yasin und nimmt mein Gesicht in seine Hände. „Ich glaub, du hast ihr ein paar Zähne ausgetreten!“ Seine Stimme dröhnt in meinem Kopf.

Ich spüre noch ein paar Hände, kleinere diesmal. Sie streichen mir die Haare aus dem Gesicht und helfen Yasin dann, mich ein Stück weiter zu tragen und im Gras abzulegen. „Luisa, alles in Ordnung?“, fragt Sophies leise Stimme. Ich kann nicht antworten. Ich bin so benommen. Der stechende Schmerz ist nun in ein dumpfes Pochen übergegangen. Langsam verschwinden die Blitze vor meinen Augen und ich sehe Yasins besorgtes Gesicht. Hinter ihm stehen viele fremde Menschen und schauen weniger besorgt. Viel mehr sehr neugierig. Yasin fährt herum und brüllt schon wieder. „Glotzt nicht so! Holt lieber einen nassen Lappen, damit wir das Blut weg wischen können!“

Blut? Ich hebe langsam meine Hände und halte sie vor mein Gesicht. Tatsächlich. Alles voller Blut.

„Alles gut, Lu. Deine Lippe ist aufgeplatzt. Es sieht schlimmer aus, als es ist“, sagt er dann etwas leiser an mich gewandt. *Alles gut,* sagt er. Meine Lippe ist aufgeplatzt und er sagt *alles gut.* Als die Leute langsam verschwinden, schaue ich mich ängstlich um. Sophie scheint meine Gedanken erraten zu haben. „Sie ist weg. Ist abgehauen, als du umgekippt bist.“

Ich stöhne, drehe mich zur Seite und spucke Blut aus. Mitten auf ein Paar grüner Schuhe.

„Na, super. Dankeschön. Die waren nagelneu“, höre ich den Besitzer der grünen Schuhe sagen und schaue erschrocken auf. Da steht Justus und erwidert grimmig meinen Blick. Dann hockt er sich hin und hält mir ein nasses Küchentuch entgegen.

„Sieht übel aus“, bemerkt er gelassen.

„Ift nur die Lippe aufgeplaft“, teile ich ihm lispelnd mit.

„Ich meinte, meine Schuhe“, sagt er und grinst im selben Moment. Yasin entreißt ihm das Tuch und tupft damit vorsichtig über meine Lippe. Die Menge um uns herum löst sich langsam auf. Nur Yasin, Sophie und Justus bleiben bei mir. Dann höre ich den Pfiff zur zweiten Halbzeit. Jemand ruft ungeduldig Yasins Namen. „Geh ruhig“, sage ich ihm und nehme den Lappen selbst in die Hand. „Sicher?“, fragt er und schaut zwischen Justus und mir hin und her. Dann wendet er sich an Sophie. „Pass auf, dass sie keinen Blödsinn macht.“

Sie nickt. „Alles klar. Ich passe auf.“

Er lächelt mir noch einmal zu und läuft dann auf das Spielfeld. Sophie nimmt mir das blutige Tuch ab. „Ich gehe das nur mal kurz waschen. Bin sofort wieder da." Soviel zu: Ich passe auf. Justus öffnet gerade den Mund, um etwas zu sagen, da taucht Laura vor mir auf. Sie hat die Arme vor der Brust verschränkt und sieht mich abfällig an, während sie mit Justus spricht. „Können wir jetzt gehen? Ich dachte, wir wollten noch ins Kino?"

Er sieht sie nicht an. Stattdessen tauchen seine eisblauen Augen in meine ein. Mir wird heiß, doch ich kann den Blick nicht abwenden. Er sieht irritiert aus.

„Justus!", Lauras Stimme wird ungeduldiger.

Justus steht auf. Laura hakt sich bei ihm ein und wirft mir noch einen bösen Blick zu.

„Wir sehen uns morgen", sagt sie an mich gewandt und ich höre die leise Drohung in ihrer Stimme, bevor sie sich abwendet.

Yasins Mannschaft verliert haushoch. Es scheint, als wäre nun auch bei Yasin die Luft raus. „Tut mir leid", sage ich und schaue ihn mitleidig an. „Ach, ist doch egal" Yasin winkt lässig ab, doch seine Augen können die Enttäuschung nicht verbergen. „Wir wollen noch ein Eis essen gehen", sagt er an Sophie gewandt. „Willst du mit?"

Sie zögert kurz, ihr Blick wandert von Yasin, zu mir und wieder zurück. Schließlich nickt sie und ein Lächeln huscht über ihr Gesicht. „Ja, warum nicht?"

Gerade, als wir gehen wollen, berührt mich jemand an der Schulter. „Luisa", seine Stimme jagt mir einen Schauer über den Rücken. Ich wende mich um und schaue fragend in Justus' blaue Augen. Er blickt zurück, macht aber keine Anstalten, noch etwas zu sagen.

„Ja?", frage ich. Da erst reißt er sich von meinen Augen los und lächelt mich freundlich an. „Ich wollte nur schauen, ob es dir wieder besser geht. Aber wie ich sehe, bist du in den besten Händen."

Sein Blick richtet sich auf Yasin, der die Arme vor der Brust verschränkt hat und die Szene kritisch beobachtet. Ich fasse mir an meine geschwollene Oberlippe und nuschele „Ich. Ja. Ähm. Ja, doch. Es geht mir ganz gut“. Seine plötzliche Freundlichkeit bringt mich aus dem Konzept. „Alles klar“, lächelt er und hebt zum Abschied die Hand. „Dann bis demnächst.“

„Was war denn das?“, fragt Sophie mit hoch gezogenen Augenbrauen. „Und wie hat er Laura abgehängt?“

Ich schüttele kurz den Kopf, um mich aus meiner Starre zu befreien und wende mich dann wieder zu den beiden um. Yasin sieht mich nicht an, als er sagt: „Kommt, lasst uns gehen.“

In der Eisdiele ist die Stimmung angespannt. Yasin scheint das verlorene Spiel doch mehr auszumachen, als er zugibt, Sophie ist zu schüchtern, um das Gespräch in Gang zu halten und ich bin mit den Gedanken bei Justus. So egal scheine ich ihm ja doch nicht zu sein, wenn er sogar Laura für mich stehen lässt. Ich denke an seine eisblauen Augen, die unter seinen strubbeligen, braunen Haaren hervorstechen und an seine Lippen, die mich heute angelächelt haben. Ein angenehmes, warmes Gefühl macht sich in meinem Bauch breit und ohne es zu wollen, zieht sich ein Lächeln über mein Gesicht.

„Erde an Luisa!“, höre ich Yasins Stimme. Er und Sophie stehen bereits neben dem Tisch. „Wir wollen los.“ Seine Stimme klingt anders als sonst. Härter. Ich springe auf und stoße dabei meinen unangetasteten Schokomilchshake um. „Es tut mir leid“, rufe ich. Halb an die Bedienung, halb an Yasin und Sophie, die bereits angefangen hat, die Misere mit einer Serviette weg zu wischen. Die Bedienung kommt und scheucht uns mit einem genervten Blick raus.

Wir verabschieden uns noch vor der Eisdiele von Sophie, die ganz in der Nähe wohnt. Bis wir im Bus sitzen reden Yasin und ich kein Wort miteinander. Die Spannung zwischen uns ist fast greifbar. Schließlich sage ich entnervt „Yasin, so schlimm war das Spiel nun auch wieder nicht".

„Was?" Er sieht mich fragend an.

„Du brauchst deshalb jetzt nicht die ganze Zeit so schmollen", füge ich erklärend hinzu und schaue ihm fest in die Augen. Er hält meinem Blick nicht lange stand, wendet sich stattdessen von mir ab und murmelt so leise, dass ich mich etwas zu ihm rüber beugen muss, um ihn zu verstehen.

„Was sagst du?", hake ich nach. Er sieht mich wieder an. In seinen Augen funkelt etwas. Er öffnet den Mund, schließt ihn wieder, dreht sich abermals weg und brummt: „Nichts."

Kapitel 6

Zuhause angekommen versuche ich Yasins schlechte Laune so schnell wie möglich zu vergessen. Ich husche an meiner Mutter, die vor ihrem PC sitzt und zu arbeiten scheint, vorbei in die Küche und hole einen Kühlakku aus dem Kühlschrank, um es mir auf die Lippe zu halten.

Meine Mutter kommt summend hinter mir her, schiebt mich ein Stück zur Seite und öffnet ebenfalls den Kühlschrank, um sich eine Coladose daraus zu angeln.

„Und? Wie war die Schule?“, fragt sie, ohne mich anzusehen, während sie mit ihren langen, rot lackierten Fingernägeln versucht, die Dose zu öffnen.

„Es ist Samstag, Mutter. Ich war nicht in der Schule“, entgegne ich kühl. Die Dose zischt und sie hält sie schnell über die Spüle, als der Colaschaum überläuft.

„Oh Gott, nenn mich nicht Mutter! Da komme ich mir so alt vor“, ruft sie, kichert und trinkt einen Schluck aus der Dose, während sie wieder zu ihrem Schreibtisch zurückkehrt. Ich nehme den Kühlakku von meiner Lippe und schüttele entgeistert den Kopf. Das war selbst für meine Mutter ein Höhepunkt der Ignoranz. Sie hat meine Verletzung nicht einmal bemerkt.

Nach ihrem Verhalten zu urteilen, hat sie wieder einen neuen Mann kennengelernt. Das heißt...ich erstarre, als mir der Gedanke kommt: Das heißt, sie wird für eine Woche bis zwei Monate glücklich mit ihm sein und ihn dann abschießen. Sobald sie nichts mehr von ihm wissen will, werden wir unsere Koffer packen und von hier verschwinden. Wohin auch immer. Nicht jetzt! Nicht genau jetzt, wo ich tatsächlich Freunde gefunden habe und Justus gerade auftaut. Ich gehe ins Esszimmer und stelle mich hinter den Schreibtisch meiner Mutter. Es ist egal, ob sie mich sehen kann oder nicht. Sie wird mich sowieso nicht anschauen, wenn ich mit ihr spreche.

„Mutter...“, fange ich an.

„Lu! Was hab ich eben gesagt?“, nuschelt sie abwesend und starrt weiter in den Bildschirm.

„Clara“, fahre ich fort und ihr Name klingt seltsam fremd aus meinem Mund.

Sie antwortet nicht, also spreche ich weiter. „Ich fühle mich sehr wohl hier.“

„Das ist schön, Schatz“, entgegnet sie, nimmt einen Schluck von ihrer Cola und tippt weiter in die Tasten.

„Ich meine“, ich komme noch einen Schritt näher, stehe jetzt doch neben ihr und lege eine Hand auf die Stuhllehne. Vielleicht kann ich sie so auf mich aufmerksam machen. „Ich meine, ich habe hier Freunde und... und das hatte ich noch nie.“ Ich zögere. Sie legt die Stirn in Falten, hält einen Moment inne und sieht von ihrem PC auf. Ich atme erleichtert auf. „Verstehst du, ich...“

„Lu“, unterbricht sie mich. „Reich mir doch mal bitte das Buch da drüben.“ Sie fuchtelt mit dem Finger in Richtung Esstisch, auf dem ihr Notizbuch liegt. Ich sehe zwischen ihr und dem Buch hin und her. Weil ich nicht sofort reagiere, schaut sie mit hoch gezogenen Augenbrauen zu mir auf. Zum ersten Mal für heute sieht sie mich wirklich an. Ihre Augen werden groß.

„Was ist denn mit deiner Lippe passiert?"

Sie springt auf und nimmt mein Gesicht zwischen ihre Hände, um mich genauer zu untersuchen. „Hattest du eine Prügelei?"

„Nein", presse ich hervor, befreie mich aus ihrem Griff und schüttele den Kopf. „Es ist schon wieder gut. Nichts Schlimmes. Aber hör mir doch mal zu. Ich will hier nicht weg."

Sie runzelt die Stirn. „Wer sagt denn, dass du weg musst?"

„Na du! Also, in ein paar Wochen, wenn…"

Sie hebt die Hand und bringt mich damit zum Schweigen. „Luisa, ich hab keine Zeit für dein Gebrabbel. Immerhin muss ich das Geld für unsere Miete verdienen." Mit diesen Worten setzt sie sich wieder an ihren PC und blendet mich aus. Ich stehe noch eine Weile da und starre sie an. Schließlich wende ich mich ab, gehe die Treppe hinauf in mein Zimmer und lege mich rücklings auf mein Bett.

Ein Gefühl der Leere breitet sich in mir aus und ich presse meine Hände in meinen Magen, um das dumpfe Gefühl zu vertreiben. Ich spüre die Tränen aufsteigen, blinzele sie jedoch sofort wieder weg. Wegen ihr werde ich nicht weinen. Ich sollte es besser wissen. Meine Mutter hat mich schon so oft enttäuscht. Und wer weiß? Vielleicht enttäusche ich sie ja auch? Warum sonst sollte sie meine Geburt so sehr bereuen?

Ich drehe mich auf die Seite und schaue auf die Uhr meines Handys. 17:32 Uhr. Noch zu früh, um sich schlafen zu legen. Seufzend greife ich nach meinem Buch und fange an zu lesen. Doch ich kann mich kaum konzentrieren. Die Buchstaben verschwimmen vor meinen Augen, während meine

Gedanken um ganz andere Dinge kreisen. Melina, der ich am Montag in der Schule wohl oder übel wieder begegnen werde. Justus, der heute so freundlich zu mir war. Yasin, der nicht er selbst war. Yasins abweisender Gesichtsausdruck geht mir nicht mehr aus dem Kopf. Plötzlich fehlt er mir ganz wahnsinnig. Bevor ich weiß, was ich tue, stehe ich auch schon draußen und ziehe die Haustür hinter mir zu. Nach kurzem Innehalten laufe ich entschlossen weiter. Genau bis zur Bushaltestelle. Dann fällt mir ein, dass ich ja gar nicht weiß, wo Yasin wohnt. Tolle Freundin bin ich. Ich fische mein Handy aus meiner Jackentasche und wähle seine Nummer.

„Lu?", höre ich Yasins verwunderte Stimme.

„Yasin. Wo wohnst du?", frage ich und schaue mich um, als könnte ich ihn irgendwo entdecken.

„Wo…? Was?" Nun macht er einen verwirrten Eindruck.

„Ich würde dich gerne besuchen kommen", erkläre ich.

Er schweigt solange, dass ich kurz prüfend auf mein Handy schaue, ob er eventuell aufgelegt hat.

„Jetzt?", fragt er schließlich.

„Nein, eigentlich am 23. Mai 2024. Aber ich dachte, ich sage dir schon mal Bescheid. Nicht, dass du da was anderes vorhast." Ich lache schleppend und füge dann sicherheitshalber hinzu „Allerdings stehe ich schon an der Bushaltestelle. Vielleicht könntest du mich hier abholen, bevor der nächste Bus kommt?"

Wieder höre ich nur Stille. Bis er endlich sein Schweigen bricht. „Bin unterwegs."

Zehn Minuten später biegt er um die Ecke. Er hat die Hände in die Hosentaschen geschoben und blickt auf den Boden, als er auf mich zukommt.

Erst als er direkt vor mir steht, sieht er wieder auf. Doch seine Augen sehen an mir vorbei.

„Hi", sage ich und lächele.

„Hi", entgegnet er. Nach einer kurzen Pause nickt er in die Richtung aus der er kam. „Also los."

Ich muss fast rennen, um mit ihm Schritt zu halten. Er hat den Kopf zwischen die Schultern gezogen und starrt wieder stur auf den Gehweg vor ihm. Zwei Straßen weiter halte ich ihn am Arm fest. „Yasin, stopp!", sage ich bestimmt. Er bleibt überrascht stehen und schaut mir fragend in die Augen. „Bist du wütend auf mich?", frage ich ihn. Er runzelt die Stirn und schüttelt schließlich den Kopf. „Warum verhältst du dich dann so blöd mir gegenüber?"

Er schaut wieder auf den Boden und kickt einen kleinen Kiesel weg. „Ach, war einfach ein blöder Tag. Tut mir leid." Ich atme erleichtert auf. „Gut. Ich hab dich nämlich echt gern, weißt du? Du bist doch mein einziger Freund hier."

Er blickt auf. „Du hast mich gern, weil ich dein einziger Freund bin?"

Ich schüttele den Kopf. „Natürlich nicht. War nur blöd formuliert. Ich hab dich einfach gern."

Er zieht den linken Mundwinkel zu einem halben Lächeln hoch und hält mir seinen Ellbogen hin, damit ich mich bei ihm einhaken kann. Ich habe mich noch nie bei einem Jungen eingehakt. Das kam mir immer sehr lächerlich vor. Doch bei Yasin wirkt es ganz selbstverständlich und so passen sich unsere Schritte gut aneinander an.

Yasins Haus ist ein hübscher Neubau. Im Vorgarten blühen alle möglichen Blumen und auch unter dem Vordach hängen Ampeln mit Hängepflanzen. Alles wirkt sehr gepflegt. Die weiße Eingangstür ist von ein paar breiten Glasstreifen durchbrochen, durch die ein kleines, dunkelhaariges Mädchen uns neugierig beobachtet. Ihre Stupsnase drückt sie sich beinahe an der Scheibe platt. Yasin sieht sie streng an. „Du sollst nicht spionieren, Aylin.“ Als hätte sie von seinen Lippen gelesen, weicht sie erschrocken zurück und rennt weg.

„Wenigstens die Tür hätte sie uns aufmachen können“, grummelt Yasin und sucht in seinen Hosentaschen nach dem Schlüssel.

Bevor er ihn findet, taucht eine weitere Person hinter der Tür auf. Ein Mann mittleren Alters, dessen schwarze Haare schon ein paar graue Strähnen aufweisen, öffnet uns, sieht erst Yasin an, dann mich, dann mit hochgezogenen Augenbrauen wieder Yasin. „Besuch?“, fragt er kurz angebunden.

„Baba, das ist Luisa“, stellt Yasin mich vor und an mich gewandt, „Das ist mein Vater, Mehmet Özmir“.

Ich lächele und reiche ihm die Hand. „Schön, Sie kennen zu lernen.“

Er nimmt meine Hand und nickt mir zu. Dann macht er eine einladende Geste ins Haus. Yasin führt mich auf direktem Weg durch das Wohn- und Esszimmer in die Küche.

Ich staune nicht schlecht. Alles ist in hellen Tönen gehalten. Weiße Fliesen, helle cremefarbene Sitzmöbel, weiße Kommoden und weiß umrahmte Spiegel. Selbst die Deko ist hauptsächlich weiß. Doch dank den großen Panoramaaufnahmen einer türkischen Stadt an den Wänden wirkt es trotzdem nicht wie in einem Krankenhaus. Yasins kleine Schwester Aylin ist gerade dabei den Tisch zu decken. Aus der Küche höre ich eine Frauenstimme, die ihr auf türkisch offensichtlich Anweisungen gibt, denn Aylin huscht immer wieder los, um noch etwas zu holen.

„Komm, ich stelle dir meine Mutter vor“, sagt Yasin und zieht mich hinter sich her in die Küche.

Yasins Mutter steht mit dem Rücken zu uns am Herd und lässt gerade kleine, runde Bällchen in eine heiße Pfanne gleiten. Ihr Kopftuch hat dieselbe Farbe wie die Bluse, die sie sich in den Bund ihrer Jeans gesteckt hat. Ein schönes, sattes Blau.

„Anne?“, sagt Yasin und sie dreht sich lächelnd um. Als sie mich sieht, wirkt sie kurz überrascht, fängt sich aber schnell wieder, macht zwei Schritte auf mich zu und legt mir ganz leicht die Hand auf die Schulter. „Du musst Luisa sein. Schön, dich endlich kennen zu lernen.“

Ich bin vorübergehend sprachlos. Yasins Mutter ist so ganz anders, als ich sie mir vorgestellt habe.

„Ach!“, sie lacht kurz und hält mir die Hand hin. „Gökçe Özmir“, stellt sie sich vor.

„Luisa Peters“, murmele ich und muss mich zwingen, sie nicht weiter anzustarren. Sie ist einfach wunderschön. Ich dachte immer, Frauen nehmen sich ein Stück ihrer Schönheit, wenn sie ihre Haare unter einem Kopftuch verstecken. Doch bei ihr eröffnet genau das den Blick auf ihr überaus attraktives Gesicht. Und auch ihre Art zu sprechen und sich zu bewegen entspricht so gar nicht meiner Vorstellung einer türkischen Mutter.

„Ah, die Köfte!“, ruft sie und steht schon wieder am Herd, um die Bällchen zu wenden. „Möchtest du zum Essen bleiben?“, fragt sie mich über die Schulter gewandt.

Ich hatte gehofft, dass sie das fragt. Der Duft, der durch das ganze Haus steigt, ist so köstlich, dass ich überhaupt nicht ablehnen kann. „Ja, bitte…äh…danke“, haspele ich und laufe rot an. Yasin knufft mich in die Seite und zwinkert mir zu, dann drückt er mir eine Schüssel mit gefüllten Weinblättern in die Hände. „Dolma“, erklärt er und nickt zum Esstisch rüber. Ich trage die Schüssel auf den Tisch, auf den Aylin nun auch schon Platten mit

Tomatenscheiben, Schafskäse und Brot mit Hackfleischfüllung gestellt hat. „Ich bin übrigens Luisa", stelle ich mich ihr lächelnd vor, doch Aylin schaut schnell weg und huscht an mir vorbei in die Küche.

„Mach dir nichts draus. Sie spricht nicht mit Fremden."

Der junge Mann ist so plötzlich im Wohnzimmer aufgetaucht, dass ich mich vor Schreck an meiner eigenen Spucke verschlucke. „Das ist mein älterer Bruder, Ediz", erklärt Yasin und klingt dabei etwas genervt. Ediz lächelt mich an und hält mir die Hand entgegen. „Hi."

„Hi", huste ich.

„Kommt, setzt euch", Yasins Mutter stellt einen Teller mit den gebratenen Bällchen auf den Tisch und weist mir lächelnd einen Platz zu. Ich sitze zwischen Yasin und seiner kleinen Schwester. Yasins zweiter Bruder und sein Vater tauchen pünktlich zum Essen auf und nehmen mir gegenüber Platz. Mir fällt auf, dass alle drei Brüder fast dieselben Gesichtszüge haben, inklusive der Grübchen in den Mundwinkeln. Doch ihre Art, sich zu kleiden ist absolut unterschiedlich. Während Yasin der sportliche Typ ist, seine Haare kaum frisiert und meistens in Jeans, T-Shirt und Sneakers unterwegs ist, trägt sein mittlerer Bruder Ediz eine lässige Lederjacke über seinem Hemd und hat die Haare rappelkurz abrasiert. Der älteste Bruder, Ahmet, hätte in seinem Pullunder, der schwarz umrandeten Brille und den zur Seite frisierten Haaren, fast spießig wirken können, wenn er nicht so unglaublich gut aussehen würde.

Yasins Mutter reißt mich aus meinen Gedanken, indem sie mir die Schüssel mit den gebratenen Bällchen vor die Nase hält. „Köfte?", fragt sie.

„So was wie Frikadellen", ergänzt Yasin, der wohl meinen hilflosen Blick bemerkt hat.

„Ja, danke“, sage ich und lade mir zwei auf den Teller. Das Essen ist fantastisch. Ich futtere mich durch alles durch und kann mich nicht entscheiden, was am besten schmeckt. Ich stopfe fast schon gierig alles in mich hinein.

Als ich bemerke, dass Yasins Vater mich mit hochgezogenen Augenbrauen beobachtet, bleibt mir vor Schreck ein Stück Bulgur im Hals stecken und ich huste lautstark los.

Yasin klopft mir mit einer Hand auf den Rücken und hält mir mit der anderen mein Glas hin. Aylin sieht mich aus großen Augen an. Langsam gerate ich ein wenig in Panik. Das Bällchen will nicht wieder heraus kommen. Ich springe auf und werfe dabei meinen Stuhl nach hinten um. Yasin springt ebenfalls auf, steht aber hilflos neben mir und gerade als ich denke, ich kippe gleich um, löst sich das Linsenbällchen und ich huste es in hohem Bogen auf den Tisch. Es kugelt noch ein Stück weiter und bleibt direkt neben dem Teller von Yasins Vater liegen. Er starrt stumm darauf. Alle anderen sehen mich an. Yasin legt mir die Hand auf die Schulter. „Alles klar?“

Ich bringe kaum ein Wort heraus. „es…es tut mir leid“, stottere ich, „aber…ich habe noch nie etwas so Gutes gegessen.“

Eine Weile ist es still am Tisch, dann sagt Ediz: „Wir auch nicht. Sonst gibt es hier nur Döner“, und lacht laut los. Yasins Mutter schnaubt entrüstet und wirft ihm eine Serviette an den Kopf, die er geschickt auffängt und sich damit den Mund abwischt. Yasins Mutter lächelt mich an und deutet auf meinen Platz. „Setz dich doch wieder. Du kannst so viel essen, wie du willst.“

Ich setze mich erleichtert und nehme einen Schluck aus meinem Wasserglas.

„Ich packe dir nachher auch noch etwas für deine Mutter ein“, bietet sie an.

Ich schüttele den Kopf. „Das ist nicht nötig. Danke.“ Als ich ihren irritierten Blick sehe, füge ich hinzu, „sie ist…vermutlich nicht zuhause“.

Nachdem Gökçe meine Mutter erwähnt hat, muss auch ich an sie denken. Und daran, dass sie mir noch nie etwas anderes als Tiefkühlpizza oder Nudeln mit Ketchup gekocht hat. Diese beiden Gerichte gibt es dann auch wahlweise an Weihnachten oder an meinem Geburtstag.

Ich beobachte Yasins Familie, die so liebevoll miteinander umgeht. Es wird gelacht und erzählt und alle hören aufmerksam zu und gehen aufeinander ein. Ich stelle mir vor, wie es wäre, dazu zu gehören. Wie würde mein Leben verlaufen? Würde ich oft lachen? Hätte ich mehr Freunde? Würde ich weniger lesen und mehr leben? Wie es wohl ist, einen Vater zu haben? Ich beobachte Yasins Vater, während er Aylin zuhört, die von ihren Erlebnissen im Kinderturnen berichtet. Er nickt, lächelt, gibt Tipps, zieht sie auch manchmal auf. Die Sehnsucht, die ich schon mein ganzes Leben lang wie einen schwarzen Klumpen in mir spüre, drückt nun unerträglich in meinem Herzen. Ich lege mein Brot, das ich gerade noch essen wollte, weg und räuspere mich. „Vielen Dank für das Essen, aber ich muss jetzt wirklich los.“

Gökce lächelt und nickt. „Wir haben uns sehr über deinen Besuch gefreut. Du darfst gerne bald wieder kommen, wenn du möchtest. Und grüß deine Mutter von mir.“

Yasin steht mit mir auf und begleitet mich an die Tür. „Soll ich dich nach Hause bringen?“, fragt er und hat schon seine Jacke in der Hand. Ich schüttele den Kopf. „Nein, danke. Ist ja nicht weit.“ Bevor er noch etwas erwidern kann, ziehe ich die Haustüre hinter mir zu und laufe los.

Meine Schritte werden ohne mein Zutun immer schneller, bis ich irgendwann renne. Der Wind treibt die Tränen, die mir schon vorher in den Augen standen, über meine Schläfen in meine Haare. Ich renne immer weiter. Vorbei an Herrn Schmidts Haus, vorbei an der Bushaltestelle.

Meine Lungen brennen, aber am liebsten würde ich auch an unserem Haus vorbei rennen. Doch ich weiß nicht wohin. Also zwinge ich mich wieder langsamer zu werden und wische die Tränen weg. In unserem Haus brennt kein Licht. Es ist dunkel und scheint mein Innerstes wieder zu spiegeln.

Kapitel 7

„Wo ist deine Mutter, Luisa?“, fragt mein Lehrer und schaut unruhig auf seine Armbanduhr.

„Sie kann nicht kommen“, antworte ich.

Er schaut überrascht auf. „Was?“

„Sie kann nicht kommen“, wiederhole ich.

„Aber wieso nicht? Es ist Elternsprechtag. Ist sie krank?“

„Kann man so sagen“, erwidere ich zögernd.

„Also was jetzt?“, mein Lehrer klingt inzwischen eher genervt.

„Sie liegt mit Kopfschmerzen im Bett.“

Das stimmt. Sie hat nämlich einen fürchterlichen Kater vom Abend zuvor.

Er seufzt und trägt kopfschüttelnd etwas in seine Akte ein.

„Danke, Luisa. Du kannst jetzt gehen.“

Am Montag in der Schule weiß ich nicht, was mich erwartet. Ist Melina noch wütend auf mich oder schämt sie sich dafür, mich geschlagen zu haben? Ich schleiche so langsam wie möglich den Flur entlang. Noch wimmelt es von Schülern in den Gängen, aber ich warte auf den Gong, der sie alle in die Klassen ruft, um Melina aus dem Weg gehen zu können. Als ich so tue, als würde ich ganz interessiert ein Gemälde eines Fünftklässlers an der Wand betrachten, tippt mir jemand auf die Schulter. Ich zucke erschrocken zusammen und wirbele herum, die Fäuste vor dem Gesicht, um zuschlagen und mich gleichzeitig verteidigen zu können.

„Ho! Entspann dich“, höre ich Justus‘ Stimme und schiele zwischen meinen geballten Händen hindurch. Er grinst mich belustigt an. „Wen hast du denn erwartet? Die rote Zora?“

„Alles klar. Sehr lustig“, erwidere ich und lasse die Fäuste langsam wieder sinken. Meine Wangen glühen und ich weiche seinem durchdringenden Blick aus.

„Ich wollte nur mal sehen, wie es deiner Lippe geht“, sagt er und wendet sich schon wieder ab. „Aber scheint ja schon wieder in Ordnung zu sein. Hast du nochmal Glück gehabt.“

Obwohl seine Anwesenheit mich zu einem verblödeten Zombie werden zu lassen scheint, will ich nicht, dass er geht. Fieberhaft überlege ich, wie ich ihn aufhalten kann. Doch schon ertönt der Gong, auf den ich eben noch so sehnsüchtig gewartet hatte und Justus ist in der Menge untergetaucht. Ich laufe durch den immer leerer werdenden Gang in Richtung Matheunterricht. Doppelt Mist. Mathe und Melina.

Seufzend öffne ich die Tür und versuche mich so unsichtbar wie möglich zu machen. Ich sehe Melinas Haarschopf als erstes. Sie sitzt schon an ihrem Platz und tuschelt mit Laura. Als ich an ihnen vorbei gehe, verstummen sie und ich sehe, wie Laura die Lippen zusammenpresst, um nicht zu lachen. Ich setze mich neben Sophie, die ihr Mathebuch bereits aufgeschlagen hat und interessiert darin zu lesen scheint. Manchmal ist sie schon etwas seltsam.

„Hi“, sage ich. Sie schaut nicht auf, als sie antwortet. „Hi.“

Frau Rothenpieler betritt den Raum und verweist sofort alle noch stehenden Schüler auf ihre Plätze. Sobald sie mit dem Unterricht anfängt, schweifen meine Gedanken schon ab. Ich frage mich, ob Sophie es bereut, mit mir bei Yasins Fußballspiel gewesen zu sein. Und später in der Eisdiele habe ich sie ja auch einfach ignoriert. Doch kaum habe ich den Gedanken zu Ende gedacht, schiebt sie mir einen kleinen Zettel hin.

Danke für Samstag steht darauf und ich bin mir ziemlich sicher, dass sie nicht nur die Tatsache meint, dass wir Zeit mit ihr verbracht haben.

Kein Problem kritzele ich zurück. Sie nickt und ich sehe ihr stets ernstes Gesicht kurz aufhellen, als sie etwas Neues schreibt.

Stehst du auf Justus?

Ich starre auf die Worte. Ist das so offensichtlich? Bemerkt er das auch? Meine Wangen glühen, als ich mir die richtige Antwort überlege. Statt etwas auf den Zettel zu schreiben, sehe ich sie nur aus den Augenwinkeln an und zucke kurz mit den Schultern. Sie zwinkert mir wissend zu und schreibt *Kein Wunder* und *hast du Lust, heute mit mir shoppen zu gehen?*

Sophie und ich fahren in den nächstgrößeren Ort, Siegen. Da es Sophies Meinung nach unmöglich ist, in Kreuztal shoppen zu gehen. Schon im Bus taut sie merklich auf und ist so ganz anders als ich sie bisher erlebt habe, Sie hört gar nicht mehr auf zu reden. Doch ich bin froh darum. So gefällt sie mir viel besser.

Ich war noch nie mit einer Freundin shoppen. Es ist etwas ungewohnt, auf Sophie Rücksicht zu nehmen. Normalerweise habe ich ein genaues Ziel beim Einkaufen. Wenn ich zum Beispiel eine Hose brauche, steuere ich sofort auf einen Klamottenladen zu, probiere die ein oder andere an, kaufe eine und fahre wieder nach Hause.

Sophie geht die Sache ganz anders an. Immer wieder bleibt sie plötzlich vor einem Schaufenster stehen, deutet auf etwas, ruft „Wie cool!“ oder „Hammer!“ und verschwindet daraufhin im Laden. Im Klamottenladen wirft sie sich wahllos T-Shirts, Pullis, Hosen und Kleider über den Arm und als sie selbst nichts mehr tragen kann, beauftragt sie mich, noch etwas mitzunehmen. Das Schild an der Umkleidekabine, mit der Aufschrift, „Bitte nur drei Teile“, ignoriert sie gekonnt.

Während ich auf sie warte, schaue ich mir die herunter gesetzten Teile an einem Ständer an. Sophie scheint sich keine Sorgen um Geld zu machen. Ihre Eltern scheinen ihr genug mitgegeben zu haben. Ich dagegen habe gerade mal zehn Euro im Geldbeutel, die ich meiner Mutter abgeluchst habe.

Der Vorhang der Kabine wird zur Seite geschoben und Sophie kommt heraus. Sie sieht wirklich toll aus in den dunkelblauen Hotpants. Ich beneide sie, um ihre langen, schlanken Beine und vor allem um ihre schönen Brüste, die unter dem eng anliegenden Top gut zur Geltung kommen.

Sophie scheint meinen Neid nicht zu bemerken, denn sie fragt unsicher „Und? Was meinst du?“.

„Sieht gut aus“, nicke ich. Sie betrachtet ihren kleinen Hintern im Spiegel und runzelt die Stirn. „Ja? Na ja. Ich weiß nicht. An der Stange sah's besser aus. Ich probiere lieber noch was anderes an.“

Es dauert nicht lang da kommt sie in einem knielangen türkisen Sommerkleid mit rosa Blumenaufdruck heraus. An jedem anderen hätte es furchtbar kitschig gewirkt, doch Sophie sieht auch darin umwerfend aus. Sie dreht sich ein paar Mal im Kreis sodass der Saum hochwirbelt und grinst breit. „Das ist toll, oder?“

Ich nicke. „Ja, das sieht wirklich super aus." Ich kann nicht verhindern, dass ich ein wenig betrübt klinge und versuche es mit einem Lächeln zu kaschieren. Sophie legt den Kopf schief. „Willst du denn gar nichts anprobieren?"

Ich winke ab. „Nein, ich brauche nichts."

Sophie lacht auf. „Wenn ich richtig mitgezählt habe, hast du genau zwei Hosen und vier stinklangweilige Oberteile. Glaub mir, du brauchst was."

Meine Wangen werden heiß. „Du zählst mit?" Sie geht nicht auf meine Frage ein, sondern marschiert in ihrem Blümchenkleid und barfuß los zum nächsten Kleiderständer.

Innerhalb weniger Minuten hat sie einen ganzen Stapel Klamotten zusammen getragen und drückt sie mir in die Arme. „Hier, probier' die Sachen mal an. Ich wette, die stehen dir hervorragend." Sie schiebt mich in die Kabine neben ihrer und grinst mich an, bevor sie den Vorhang zu zieht.

Ich wende den Blick, sehe mein Spiegelbild, wie es hilflos da steht, mit einem Berg aus Klamotten auf den Armen und atme tief ein. Anprobieren kostet ja nichts.

Zu einer blau verwaschenen Jeans, die an einigen Stellen aussieht, als hätte mich ein Tiger angegriffen, ziehe ich ein graues T-Shirt mit einem Aufdruck von New York an.

Als ich heraus komme, steht Sophie in einem Jeans-Mini-Rock und einem trägerlosen, schwarzen Top da und klatscht in die Hände. „Das steht dir super!"

Ich lächele matt. „Danke."

Sie hüpft wieder in die Kabine und ruft:„Komm schon! Zieh das nächste an."

Wir ziehen ein Teil nach dem nächsten an und führen es uns dann im Laden vor. Sophie zeigt mir, wie man als Model zu laufen hat und ich kann nicht anders, als laut zu lachen, als sie mit laszivem Gesichtsausdruck, den Mund halb geöffnet, auf mich zu stolziert kommt.

„Was denn?“, fragt sie empört, muss aber im selben Moment ebenfalls lachen. Wir ziehen die unmöglichsten Teile an, um uns gegenseitig zu schockieren, wenn wir aus der Kabine gesprungen kommen und gackern albern, wenn wir uns geheuchelte Komplimente machen. Irgendwann tut mir der Bauch vom Lachen weh und ich halte mir erschöpft die Seiten.

Als letztes probiere ich ein marinefarbenes, tailliertes Cocktailkleid aus Spitze an. Das Unterkleid geht nur bis knapp über die Brüste, sodass mein Dekolleté hell durch den Spitzenstoff scheint. Ich binde den schwarzen Stoffgürtel vor dem Bauch zu einer Schleife. Schon in der Umkleidekabine kann ich mich kaum daran satt sehen. Der Gedanke, dass ich es mir niemals leisten kann, macht mich traurig.

„Kommst du?“, ruft Sophie und ich seufze, bevor ich heraus trete.

„Oh mein Gott!“ Sophie schlägt sich die Hände an die Wangen und erinnert mich ein wenig an ‚Kevin allein zuhaus‘.

„Luisa! Das musst du nehmen. Es sieht so wunderschön aus.“

Ich betrachte mich noch einmal im Spiegel und muss mich zusammen reißen, um sagen zu können: „Es ist okay.“

„OKAY?“ Sophie klingt entsetzt. „Es ist der HAMMER! Wenn du das nicht nimmst, bist du bescheuert.“

Ich zucke mit den Schultern. „Dann bin ich das wohl.“

Sophie starrt mich einen Moment an und eine Falte bildet sich zwischen ihren Augen. Dann zuckt sie ebenfalls mit den Schultern. „Wie du willst.“

Wir ziehen uns beide wieder um. Ich hänge meine Sachen alle an einen freien Ständer, Sophie behält die meisten von ihren auf dem Arm. Sie deutet aus dem Laden heraus. „Ich hätte Lust auf ein Eis. Du auch?“

Ich nicke, ein Eis kann ich mir problemlos leisten.

„Du kannst schon vorgehen. Das hier dauert ja noch ein wenig“, lächelt sie entschuldigend.

Gerade, als ich mein Eis bezahle, holt sie mich wieder ein. Mit beiden Händen schleppt sie riesige Einkaufstaschen.

„Ich hab für dich noch nichts bestellt. Was willst du denn?“, frage ich.

Sophie schüttelt den Kopf und grinst. „Hab keine Hand mehr frei.“

„Ich kann dir eine Tasche abnehmen, wenn du…“, weiter komme ich nicht, da packt Sophie ihre Taschen um und zerrt mich mit der freien Hand hinter ein paar Postkartenständer.

„Was…“, frage ich verwundert, doch sie macht, „Psst!“, und hält einen Finger an die Lippen. Ich folge ihrem Blick und entdecke ein paar Meter weiter Laura und Melina, die sich laut lachend unterhaken und an den Schaufenstern vorbei bummeln.

„Na toll. Denen begegnet man auch überall“, murre ich. Sophie antwortet nicht. Sie starrt den beiden hinterher, bis sie im nächsten Laden verschwunden sind. Ich zupfe an ihrem Ärmel. „Komm, lass uns weiter gehen.“

Die Begegnung mit Laura und Melina hat die gute Stimmung plötzlich vertrieben. Sophie ist wieder so still wie sonst und schaut mich kaum noch an.

Ich lecke an meinem blauen Engel und überlege, wie ich sie aufmuntern könnte, doch sie antwortet auf meine Fragen nur noch mit kurzem Nicken,

Kopfschütteln oder Schulterzucken.

Die Busfahrt wird daher eher schweigsam. Erst kurz vor Kreuztal scheint sie aus ihrer Starre zu erwachen und zieht aus einer ihrer riesigen Tüten eine kleinere hervor, die sie mir auf den Schoß legt.

Als ich sie fragend anschaue, lächelt sie und sagt: „Schau rein.“ Schon auf den ersten Blick erkenne ich den blauen Spitzenstoff und mein Herz macht einen Sprung.

„Sophie! Du hast es gekauft?“, rufe ich ungläubig.

Sie nickt. „Es wäre zu schade gewesen, wenn du es nicht genommen hättest.“

Bevor ich etwas sagen kann, hebt sie die Hand. „Und sag jetzt nicht, du kannst es nicht annehmen. Ich nehme es nicht wieder zurück.“

Ich lächele selig und drücke die Tüte an meine Brust. „Vielen, vielen Dank.“

Als ich aus dem Bus aussteige, entscheide ich mich, nicht nach Hause, sondern zu Herrn Schmidt zu gehen. Er scheint sich zu freuen, als er mich sieht und winkt mich zu sich herein. „Du köömest grad wie jeroofe“, sagt er.

„Worum geht es denn?“, frage ich.

Er führt mich in die Küche, wo eine ältere Dame sitzt und Pellkartoffeln schält. Er stellt sie mir als „Bertholds Inge“ vor und sie nickt mir freundlich zu. „Die Inge braucht am Samstag ein paar Helfer auf dem Kartoffelfeld und ich hab dich ihr empfohlen. Du hast doch jetzt Übung“, erklärt er auf hochdeutsch. Er kann es also doch.

Ich bin überrascht, aber auch ein kleines bisschen geschmeichelt. „Gerne“, antworte ich.

„Dein Enkelchen kommt doch auch, oder Fritz?“, fragt Frau Berthold ihn.

„Ja, ich denke schon“, antwortet er.

Herr Schmidt hat ein „Enkelchen“? Bisher hatte

ich gedacht, er hätte überhaupt keine Verwandten.

Frau Berthold deutet auf den Stuhl neben sich. „Setz dich doch, Kind“, sagt sie lächelnd und Herr Schmidt drückt mir ein kühles Malzbier in die Hand.

Kapitel 8

Am nächsten Tag in der Schule kommt mir Sophie schon auf dem Flur entgegen gelaufen. Ihre Wangen sind gerötet und ihre Augen leuchten aufgeregt. „Luisa! Luisa, ich hab was für dich“, ruft sie für ihre Verhältnisse ungewöhnlich laut. Ein paar Schüler drehen neugierig ihre Köpfe in unsere Richtung.

Ich ziehe fragend die Augenbrauen hoch, als sie mir einen klein gefalteten Brief in die Hand drückt. Darauf steht in einer krakeligen Handschrift *Luisa.* „Von wem ist der?“, frage ich.

„Lies‘ ihn doch“, fordert sie mich mit einem breiten Grinsen auf. Zögernd falte ich den Brief auf und lese die paar Zeilen, die hastig darauf verfasst wurden.

Liebe Luisa,

ich habe dir etwas Wichtiges zu sagen.
Bitte triff mich heute um 14 Uhr in Raum 12a.
Ich freue mich auf dich.

Justus

Skeptisch falte ich das Papier wieder zusammen. „Bist du dir sicher, dass das von ihm ist?“, frage ich Sophie.

Sie nickt schnell. „Er hat ihn mir doch selbst gegeben“, beteuert sie.

Ich werfe noch einmal einen Blick auf den zusammengefalteten Zettel. Was soll der Brief? Warum kann er nicht so mit mir sprechen? Hat er Angst, dass Laura uns sieht?

„Und?“, fragt Sophie aufgeregt, „Gehst du hin?“

Ich zucke mit den Schultern. „Ich weiß nicht…“

„Wenn es wegen Laura ist“, sagt Sophie, „da brauchst du dir keine Sorgen machen. Die sind nicht mehr zusammen.“

„Nicht?“, ich schaue ein bisschen zu schnell und ein bisschen zu freudig auf.

Sophie grinst. „Soweit ich weiß, hat sie letzten Samstag noch vor dem Kinobesuch mit ihm Schluss gemacht.“

„Sie mit ihm?“, frage ich verwundert. „Wieso denn?“

Sophie zuckt mit den Schultern. „Keine Ahnung.“ Sie schaut auf den Boden und fügt etwas leiser hinzu, „Ich hab doch nichts mehr mit ihr zu tun.“

Lange habe ich überlegt. Aber nun ist es 14 Uhr und ich stehe vor Raum 12a. Zu meiner Überraschung gehört der Raum zur Turnhalle. Gleich nebenan ist die Jungenumkleide, gegenüber die Mädchenumkleide. Was sich hinter 12a verbirgt, kann ich nicht sehen, da das Schild unter der Raumnummer entfernt wurde.

Ich zögere einen Moment und atme tief durch. Den Brief halte ich mit der linken Hand fest umklammert. Schließlich drücke ich die Klinke hinunter und trete ein. Zuerst höre ich ein Rauschen und schon umfängt mich so viel Dunst, dass ich kaum noch etwas sehe. Im nächsten Moment wird die Sicht wieder klarer und ich erstarre in der Bewegung.

Ein Dutzend nackter und halbnackter Jungs starrt mich aus großen Augen an. Ich stolpere zurück und will fliehen, da entdecke ich ihn. Justus steht da, mit klatschnassen Haaren und einem Handtuch um die Hüften. „Luisa?“, fragt er und schaut mich verwundert an.

„Ich…du…ich meine…“

Da wird mir plötzlich alles klar. Sophies Streit mit Laura und Melina, ihre Reaktion, als sie die beiden im Einkaufscenter gesehen hat. Lauras und Melinas gelassenes Verhalten am Montag. Sophies Frage, ob ich auf Justus stehe. Ihre geröteten Wangen, als sie mir den Brief übergab.

Sie hat einen Weg gefunden, um sich bei Laura und Melina wieder beliebt zu machen. Ich lasse den Brief auf den nassen Boden fallen und stürme aus der Dusche. Ich müsste wütend sein, doch im Moment ist mir das alles einfach nur peinlich. Sie haben erreicht, was sie wollten. Sie haben mich vor Justus lächerlich gemacht. Sie haben sich gerächt.

Den Rest der Woche gehe ich nicht in die Schule. Meine Mutter fragt nicht weiter nach, als ich ihr etwas von Magenschmerzen erzähle. Ich verbarrikadiere mich in meinem Zimmer und verlasse es höchstens, um auf Toilette zu gehen oder mir etwas zu trinken zu holen.

Am Freitagnachmittag klopft es an der Tür. Ich sage nichts, da meine Mutter so oder so herein kommen würde. Doch die Tür geht nicht auf. Stattdessen klopft es noch einmal. Ich setze mich verwundert im Bett auf.

„Herein?“

Meine Stimme ist brüchig, weil ich seit Tagen nicht mehr gesprochen habe. Yasin steckt seinen Kopf in mein Zimmer und lächelt mich an.

„Ah, du lebst ja doch noch", ruft er erleichtert und betritt mein Zimmer.

„Was machst du denn hier?", frage ich und komme mir sofort sehr unhöflich vor.

„Du hältst es ja nicht für nötig an dein Handy zu gehen", erwidert Yasin, stellt eine Tüte auf meinem Schreibtisch ab und setzt sich auf den Stuhl davor.

„Ich fühle mich nicht so gut", murmele ich. Er betrachtet mich lange. „Du siehst auch nicht sehr gut aus", sagt er schließlich.

Ich fahre mir kurz durch die verstrubbelten Haare und versuche vergeblich wieder eine Frisur daraus zu machen. „Ich hab dir was zu essen mitgebracht", sagt er und deutet auf die Tüte.

„Ich hab keinen Hunger", murre ich und rutsche im Bett ein bisschen tiefer, um die Decke bis zum Kinn hochziehen zu können.

„Sicher? Meine Mama hat's gemacht."

Mein Magen antwortet, bevor ich es tun kann und Yasins darauf folgendes Lachen ist so ansteckend, dass ich auch ein wenig lächeln muss.

Er packt die Tüte aus und hält mir eine Plastikschüssel mit Teigtaschen hin.

„Börek", erklärt er mir. Ich greife zu und lächele ihn zaghaft an. „Dankeschön." Er zuckt mit den Schultern. „Nichts zu danken. Sag mir lieber, was mit dir los ist. Und zwar wirklich."

Ich beiße in mein Börek, kaue viel länger als nötig und starre schließlich nur noch betreten auf meine Bettdecke.

„Hat es etwas mit Sophie zu tun?", fragt Yasin und ich schaue ihn überrascht an. Er zieht wieder die Schultern hoch. „Ich hab sie wieder zusammen mit Melina und Laura gesehen. Als ich sie gefragt hab, wo du bist, meinte sie, dass sie das nicht interessiert. So ungefähr jedenfalls."

Das erste Mal seit drei Tagen fühle ich wieder etwas anderes als bloß Scham. Ich spüre die Wut langsam in mir aufsteigen, wie ein Ballon, der von meinem Magen in meinen Hals hoch steigt.

„Sie ist ein Miststück!", rufe ich und drücke den Börek in meiner Hand fest zusammen. Yasin zieht verwundert die Augenbrauen hoch und ich schüttele wütend den Kopf. „Sie hat mich verraten."

„Wie das?", fragt er und nimmt sich selbst eine der Teigtaschen aus der Schüssel.

„Sie hat gemeinsame Sache mit Melina und Laura gemacht und mich vor allen Leuten lächerlich gemacht."

Er schaut mich an und ich weiß, dass er mehr Informationen haben möchte.

Ich seufze. „Wegen ihr stand ich einem Dutzend nackter Jungs gegenüber. Darunter auch Justus."

Yasin hustet sein Börek wieder aus, wischt sich mit dem Handrücken über den Mund und starrt mich aus großen Augen an.

„Ja, es war fürchterlich! Es…lachst du etwa?", frage ich entsetzt, als ich das Zucken in seinen Mundwinkeln sehe.

Als hätte er auf diese Frage gewartet, prustet Yasin los. Er lacht so sehr, dass er sich mit einer Hand den Bauch halten muss. „Aua, aua", ruft er. „Ich kann nicht mehr!" Die Tränen schießen aus seinen Augen und sein Gesicht wird knallrot.

„DAS. IST. NICHT. WITZIG", knurre ich zwischen zusammen gebissenen Zähnen. Yasin wischt sich die Tränen aus dem Gesicht und presst die Lippen zusammen, um die letzten Gluckser zurück zu halten.

„Im Ernst, was soll daran witzig sein?", frage ich. Doch aus irgendeinem Grund ist meine Wut verpufft.

„Ist das alles?“, fragt er und scheint sich wieder im Griff zu haben.

Als er meinen bösen Blick bemerkt, fügt er hinzu: „Ich meine, das müsste doch eher den Jungen unangenehm sein, oder?“

Ich senke den Blick und starre auf den zerquetschten Börek in meiner Hand. „Es war nur… Sophie hatte mir einen Brief gegeben, der angeblich von Justus sein sollte. Darin stand, dass er mich in diesem Raum treffen wollte, um etwas mit mir zu besprechen. Ich wusste nicht, dass das der Duschraum war.“

Als ich wieder aufschaue, starrt Yasin ebenfalls auf meine Hände.

„Und du hast das geglaubt?“, fragt er. Ich seufze. „Ja, irgendwie schon.“

Er starrt noch einen Moment weiter, dann löst er seinen Blick von meinen Händen und sieht mir in die Augen. „Und nur deshalb verkriechst du dich tagelang in deinem Zimmer?“

Irgendwie komme ich mir nun lächerlich vor. Ich hebe hilflos die Schultern und lasse mich zurück in mein Kissen fallen. „Ich kam mir so einsam vor. So verlassen. Ich meine, ich war vorher schon alleine, aber dann dachte ich, Sophie wäre meine Freundin. Und Justus kann ich auch nicht mehr unter die Augen treten.“

„Und was ist mit mir?“

Seine Frage ist berechtigt. Warum habe ich nicht an Yasin gedacht? Warum habe ich alle seine Anrufe ignoriert?

Als ich nicht antworte, fährt er fort: „Ich meine, du hast doch auch mich. Du bist nicht allein. Du brauchst keine Sophie und auch keinen Justus“.

Ich weiß nicht, was ich darauf antworten soll. Er hat ja Recht. Yasin war vom ersten Tag unseres Kennenlernens immer für mich da. Ich setze mich auf und lächele ihn an. „Ich weiß.“

Und bevor ich reagieren kann, treffen seine Lippen auf meine. Es sind nur unsere Lippen, die sich berühren. Er hat sich vorgebeugt, sodass unsere Körper noch einen Sicherheitsabstand bewahren.

Ich starre ihn aus großen Augen an und versteife mich automatisch. Langsam löst er sich wieder von mir und lächelt schräg.

„Ich…Das wollte ich schon die ganze Zeit tun", gesteht er.

Ich kann mich nicht bewegen. Der Börek klebt inzwischen an meiner verschwitzten Hand. Ich starre ihn immer noch an, den Mund leicht geöffnet. „Lu?", fragt er. „Sag doch was."

„Was", krächze ich und muss mich erst räuspern, damit er mich versteht. „Was war das?"

„Ähm", er kratzt sich leicht verlegen im Nacken. „Ich hoffe, dass das ein Kuss war."

„Aber … aber warum?"

Er nimmt den Arm wieder runter und fischt den misshandelten Börek aus meiner Hand. „Ich dachte, du hättest bemerkt, dass ich dich sehr gerne mag."

„Ja, ich mag dich ja auch sehr gerne", sage ich. „Aber doch nicht so!"

Bei meinen Worten zuckt er zusammen, als hätte ich ihn geschlagen und presst die Lippen aufeinander.

„Es … es tut mir leid", stammele ich. „Aber ich kann es nicht ändern."

Yasin steht auf und ist mit wenigen Schritten bei der Tür. Dort dreht er sich noch einmal zu mir um und platzt heraus: „Ist es, weil ich Türke bin?"

„Was?", krächze ich.

„Weil ich Türke bin", wiederholt er und es klingt fast wie eine Feststellung.

„Yasin!", rufe ich entsetzt. „Du weißt, dass das nicht der Grund ist."

„Na dann", nickt er und verlässt mein Zimmer.

Ich starre noch einen Moment gegen die geschlossene Tür und lasse mich dann stöhnend ins Kissen fallen. Ich frage mich selbst, woran es liegt. Yasin ist der netteste Junge, den ich jemals kennen gelernt habe. Er ist immer höflich und zuvorkommend. Er denkt mehr an mich als an sich selbst. Ich fühle mich wohl in seiner Nähe. Also woran liegt es, dass ich nicht mehr für ihn empfinde? Warum fühle ich nicht dasselbe wie er?

Stattdessen fühle ich mich von Justus angezogen. Justus, mit dem ich bisher kaum fünf Sätze gesprochen habe und der sich dreht, wie ein Fähnchen im Wind.

Vielleicht hat meine Mutter mich, was Männer angeht, einfach verkorkst. Wahrscheinlich werde ich mein Leben lang den falschen Männern hinterher rennen. Ich kralle mir mein Kissen, presse es auf mein Gesicht und schreie verzweifelt in den Stoff.

Kapitel 9

Trotz des unangenehmen Abschlusses meines Gespräches mit Yasin am vergangenen Tag, hatte es doch etwas Gutes an sich. Ich traue mich endlich wieder aus meinem Zimmer hervor.

Es ist Samstag und ich mache mich für die Feldarbeit bei Frau Berthold fertig. Versprochen ist versprochen. Außerdem freue ich mich schon darauf, endlich nochmal an der frischen Luft zu sein und etwas Sinnvolles zu tun zu haben.

Auf dem Weg nach draußen begegne ich meiner Mutter im Hausflur. Sie stößt fast mit mir zusammen, weil sie noch ihr Handy am Ohr hat und in ein Gespräch vertieft ist.

„Oh! Luisa! Geht es dir wieder besser?“, lacht sie leicht nervös und weicht meinem Blick aus.

Ich runzele die Stirn. „Ja, ein wenig.“

Sie lächelt. „Schön. Das ist ja schön“, murmelt sie und fuchtelt sinnlos mit der Hand in der Luft herum, während sie in einem Bogen um mich ins Esszimmer läuft. Als ich schon an der Haustüre bin, höre ich sie noch flüstern: „Ja, das war sie…“ Der Rest ist nur noch ein unverständliches Murmeln.

Ich überlege einen Moment, ob ich sie heimlich belauschen soll, entscheide mich aber dagegen.

Egal, was für ein Geheimnis meine Mutter vor mir hat, ich bin mir sicher, dass ich es lieber nicht wissen will.

Ich treffe Herrn Schmidt hinter seinem Haus, wo er gerade einen Rucksack auf den kleinen Anhänger an seinem Traktor wirft. „Ah, Luisa", begrüßt er mich. Er hilft mir, auf den Traktor zu klettern, wo ich auf dem Beifahrersitz Platz nehme. Ich bin mir nicht ganz sicher, ob man das Kissen auf dem Radkasten als Beifahrersitz bezeichnen kann, aber zumindest hat der Sitz eine seitlich angebrachte Stange, an der ich mich festhalten kann.

Herr Schmidt steigt nach mir ein und startet den Motor. Das Motorengeräusch ist so laut, dass ich nicht mehr verstehe, was er mir während der Fahrt alles erzählt. Er scheint allerdings auch keine Antwort zu erwarten. Bei jedem Schlagloch knalle ich hart auf mein Steißbein. Fahren wir über Bodenwellen, stoße ich mir den Kopf an der mit Schaumstoff gepolsterten Decke. Einige Schaumstoffkrümel bleiben mir in den Haaren hängen, andere fallen in meinen Kragen und verursachen einen unangenehmen Juckreiz. Und trotz alledem… Ich habe mich noch nie so frei gefühlt.

Herr Schmidt hat die Windschutzscheibe nach oben geklappt, sodass mir der Wind ins Gesicht bläst und meine Haare zerzaust. Die Landschaft zieht genau im richtigen Tempo an mir vorbei. Ich fühle mich, als wäre ich ein stiller Beobachter und trotzdem in das Geschehen integriert.

Eine Frau leert ihren Putzeimer auf der Straße und winkt uns freundlich zu, zwei Männer, die über die geöffnete Motorhaube ihres Autos gebückt stehen, heben nur grüßend die Hand. An der nächsten Ecke biegen wir auf einen gekiesten Weg ab und ich sehe Kinder auf Fahrrädern, die lachend neben uns herfahren und Spaziergänger, die ihre Hunde auf der Wiese miteinander toben lassen. Wir fahren weiter zwischen Wiesen und Wäldern, bis um uns herum nur noch unberührte Landschaft ist. Ich versuche, diese wunderschöne Gegend in mir aufzusaugen, versuche, sie abzuspeichern, um sie nie wieder zu vergessen.

Schließlich nähern wir uns einem riesigen Feld. Gegen dieses hier ist Herr Schmidts Kartoffelfeld geradezu lächerlich klein. An einer Ecke des Feldes steht schon ein weiterer, viel größerer Traktor, an dessen Rückseite eine Gerätschaft angebracht ist, die wohl zur Kartoffelernte dient. Daneben haben sich etwa ein Dutzend Helfer und einige Kinder versammelt.

Herr Schmidt stellt den Motor ab, lässt sich vom Traktor gleiten und hilft danach mir heraus.

„Komm Mäddche, ech well dr moal min Enkelche vorstelln“, sagt er und winkt mich hinter sich her.

Frau Berthold löst sich von der Gruppe und kommt uns lächelnd entgegen.

„Fritz, Luisa. Schön, dass ihr gekommen seid. Wir können jede Hand gebrauchen.“ Sie drückt mir ein Blechschälchen in die Hand und wendet sich dann an Herrn Schmidt, „Justus ist auch schon da.“

Justus? Mein Herz bleibt kurz stehen. Gerade will ich noch an einen Zufall glauben, da sehe ich ihn auch schon. Er trägt Shorts und ein viel zu großes, kariertes Hemd, dessen oberste drei Knöpfe er offen gelassen hat.

Herr Schmidt bemerkt nicht, dass ich zur Salzsäule erstarrt bin, als er nach Justus ruft. An mich gerichtet sagt er stolz: „Hiedadd ess er, min Enkel Justus.“

Enkelchen? Enkelchen??

Justus dreht sich zu uns herum und lächelt seinen Opa an, dann wandert sein Blick zu mir. Ich kann die Überraschung in seinen Augen sehen, doch er lässt sich nichts anmerken, kommt lässig auf uns zu und hebt die Hand zur Begrüßung.

„Hallo Opa."

„Dadd hie es dadd Luisa, vaa ooser Mieterin de Tochter. Dadd Mäddche helft mir aldemoa em Gaarde."

„Du hast ihren Namen nie erwähnt", sagt Justus, während er mir in die Augen sieht.

Herr Schmidt klopft ihm auf die Schulter. „Noame do hie nix zor Sache", lacht er und lässt uns alleine stehen.

„Er hat dich immer nur *dadd Mäddche* genannt", meint Justus.

Ich schlucke laut, mein Herz rast. Als ich spreche, hoffe ich, dass meine Stimme nicht versagt.

„Deinen Namen hat er auch nie erwähnt."

Er zuckt mit den Schultern. „Na egal. Danke jedenfalls, dass du ihm geholfen hast. Ich hatte in letzter Zeit…", er zögert kurz. „Ziemlich viel um die Ohren."

Ich nicke und spüre meine Wangen brennen. Ein paar Meter von uns entfernt, wird der große Traktor gestartet und während er langsam über das Feld pflügt, folgen ihm einige der Helfer. Manche knien sich hin, andere bücken sich, um die Kartoffeln, die der Traktor umgegraben hat, aufzuheben. Justus deutet mir an, ihm zu folgen und so begeben auch wir uns auf das Feld.

Die harte Arbeit auf dem Feld hilft mir zumindest, meinen Herzschlag wieder zu regulieren. Und allzu viel nachdenken kann ich hier auch nicht. Justus ist viel schneller und sorgfältiger als ich. In der Zeit, in der ich ein Körbchen fülle, hat er fast drei gefüllt.

Ich frage mich, ob er jedes Jahr auf dem Feld hilft. Und vielleicht ist er ja auch normalerweise öfter bei seinem Opa. Ich kann ihn mir dort gar nicht vorstellen. Justus und Herr Schmidt sind für mich zwei völlig verschiedene Welten.

Ich erwische mich dabei, wie ich immer wieder zu Justus hinüber schiele. Ich beobachte seine Hände, die geschickt bis zu drei Kartoffeln gleichzeitig aus der Erde holen. Zwischendurch wischt er sich mit dem Handrücken den Schweiß von der Stirn und hinterlässt dort einen braunen Streifen Erde. Er pustet sich eine dunkle Haarsträhne aus den Augen und sieht dann zu mir auf. Als sich unsere Blicke treffen, lächelt er.

„Brauchst du ein Wasser?"

Ich schüttele schnell den Kopf und arbeite stumm weiter.

Eine Stunde später ruft Frau Berthold alle Helfer zu sich und verteilt Wasser, Bier und Malzbier an alle. Außerdem hat sie noch Brötchen und heiße Würstchen mitgebracht. Ich nehme mir dankbar ein Malzbier und leere es in ein paar gierigen Zügen. Justus staunt nicht schlecht und lacht, als ich seinen Blick bemerke.

„Ich habe noch nie ein Mädchen gesehen, das ein Malzbier fast exen kann."

Ich zucke verlegen mit den Schultern und ärgere mich, dass ich in seiner Nähe kaum ein Wort heraus bekomme.

Er nimmt zwei Brötchen aus dem Korb und deutet mir mit einem Kopfnicken an, ihm zu folgen. Ein paar Meter weiter wächst eine große Weide am Feldrand, die nach ihrer Größe zu urteilen wohl schon ein paar 100 Jahre alt sein muss. Sie ist so groß, dass sie unser Haus weit überragen würde und ihre dicken Äste spenden uns Schatten.

Wir nehmen darunter Platz, wobei ich darauf achte, dass ich eine Wurzel als Platzhalter zwischen uns lasse. Als er mir eins seiner Brötchen reicht, nehme ich dankbar an. Erst jetzt fällt mir auf, dass ich heute noch gar nichts gefrühstückt habe.

Er winkelt die Knie an und stützt seine Unterarme darauf. Ich mache es mir im Schneidersitz bequem.

„Luisa, vor kurzem in der Dusche…“, fängt er an, doch ich unterbreche ihn sofort.

„Das war ein Missverständnis.“

Er nickt und reißt ein Stück von seinem Brötchen ab.

„Ich weiß, ich hab den Brief gefunden.“

Ich beobachte ihn aus den Augenwinkeln. Ob er auch weiß, wer ihn geschrieben hat? Eigentlich ist das egal. Meine Wangen glühen immer noch, wenn ich an den Tag denke.

Als er den Blick hebt, schaue ich schnell zu Boden und fange ebenfalls an, mein Brötchen auseinander zu rupfen.

„Ich wollte dir nur sagen, dass ich die Aktion ziemlich scheiße fand.“

Ich erstarre in der Bewegung. Die Hitze geht nun von meinem Kopf in meinen ganzen Körper über und lässt mein Herz schmerzhaft schnell schlagen.

„Ich…ich weiß…es tut mir leid…es war dumm von mir…“, stottere ich, doch er hebt abwehrend die Hand.

„Nein, ich meine doch nicht dich! Ich meine die Verfasser des Briefes.“

Ich hebe den Kopf und traue mich endlich wieder, ihm in die Augen zu sehen. Wie schafft er es bloß, seinen Gemütszustand in seinen Augen so zur Schau zu tragen. Sie wirken nun nicht mehr kühl und abweisend, sondern offen und freundlich.

„Ach so“, ist alles, was ich sagen kann.

„Wer war es?“, fragt er. Ich blicke nach vorne und beobachte Herrn Schmidt, der bei Frau Berthold steht und ihr offensichtlich eine witzige Geschichte erzählt, denn beide lachen kurz darauf herzhaft.

Ich schüttele den Kopf. „Ich komme mir blöd vor, wenn ich das sage."

Justus zuckt mit den Schultern. „Egal. Ich hab schon eine Vermutung. Ich sage einen Namen und wenn er stimmt, schweigst du einfach, ok?"

Er wartet meine Antwort erst gar nicht ab, sondern sagt direkt „Laura?"

Ich beiße mir auf die Unterlippe und stopfe mir daraufhin ein riesiges Stück Brötchen in den Mund. Er nickt.

„Es war nicht so schwer zu erraten. Weißt du, letzten Samstag hat sie einen riesen Aufstand gemacht, als ich mich mit dir unterhalten habe. Sie wollte mir verbieten, noch mal mit dir zu sprechen. Ich lasse mir nicht gerne etwas verbieten. Dass ich mit ihr Schluss gemacht habe, hat sie wohl nicht so gut aufgefasst."

„*Du* hast mit ihr Schluss gemacht?", frage ich verwundert.

„Ja, wieso? Erzählt sie was anderes?"

Ein kleines Lächeln huscht über mein Gesicht, aber ich zucke nur mit den Schultern. Es ist eine Genugtuung für mich, dass Justus mit Laura Schluss gemacht hat. Und wenn es auch nur indirekt wegen mir war. Klar war sie wütend auf mich. Nun kann ich ihre Reaktion fast schon verstehen.

Ich beiße einen großen Bissen von meinem Brötchen ab und kaue gedankenverloren darauf herum. Justus hat sich mit dem Rücken gegen den Stamm der Weide gelehnt und beobachtet seinen Opa und Frau Berthold.

„Irgendwie süß, oder?", frage ich und als er mich irritiert ansieht, nicke ich zu den beiden hinüber.

„Was meinst du?", fragt er und runzelt die Stirn.

„Na ja", sage ich gedehnt. „Sie mögen sich offensichtlich sehr gerne. Ich finde es süß, wenn man sich in dem Alter noch verliebt."

Er setzt sich auf und starrt die beiden stumm an. Seine Miene wirkt nun verschlossen. Die Freundlichkeit ist aus seinem Blick gewichen.

„Sie sind garantiert nicht verliebt“, entgegnet er und irgendwie klingt es trotzig.

Ich zucke mit den Schultern. „Ich weiß nicht, aber auf mich wirkt es so.“

Justus stopft sich den Rest seines Brötchens in den Mund und steht auf. „Komm, wir machen weiter“, sagt er, ohne mich dabei anzusehen.

Ich springe auf und beeile mich, um mit ihm Schritt halten zu können, während er auf Herrn Schmidt und Frau Berthold zu stapft.

„Wir wären dann soweit“, ruft er, schnappt sich eine Blechschüssel und marschiert zum Feld, wo er mit verschränkten Armen und finsterer Miene auf die anderen Helfer wartet. Herr Schmidt schaut ihn verwundert an und entschuldigt sich dann mit einem Lächeln bei Frau Berthold.

„Nodda, da wommer mo“, sagt er und klatscht in die Hände.

Während der Arbeit spricht Justus nicht mehr mit mir. Er hat die Lippen aufeinander gepresst und arbeitet noch schneller als zuvor. Kleine Schweißperlen stehen auf seiner Stirn, doch er nimmt sich nicht mehr die Zeit, sie weg zu wischen.

Ich bin irritiert. Was stört ihn daran, dass Herr Schmidt und Frau Berthold sich mögen? Warum gönnt er seinem Opa dieses späte Glück nicht?

Obwohl Justus bestimmt bemerkt, dass ich ihn immer wieder ansehe, hebt er seinen Blick nicht, sondern sammelt nur weiter stumm die Kartoffeln ein. Ich ärgere mich, dass ich überhaupt von den beiden angefangen hab. Hätte ich nicht meinen Mund halten können? Ich habe die ganze Stimmung kaputt gemacht. Er war gerade dabei, ein wenig aufzutauen. *Ich* war gerade dabei, ein wenig aufzutauen.

Ich schnaube leise und versuche mich auf die Arbeit zu konzentrieren. Doch in den nächsten zwei Stunden bin ich keine besonders große Hilfe mehr.

Als Herr Schmidt die nächste Pause ankündigt, lasse ich mich erleichtert auf meinen Hintern fallen und wische mir mit dem Unterarm über die Stirn. Nun habe ich bestimmt denselben Dreckstreifen dort wie Justus. Er entleert seine Schüssel etwas zu energisch im großen Kartoffelkorb, sodass ein paar der Kartoffeln auf der anderen Seite wieder heraus rollen. Doch er achtet nicht darauf, sondern macht sich schnurstracks auf den Weg zu seinem Opa.

Ich entleere meine Schale ebenfalls und folge ihm dann etwas langsamer. Als ich bei den beiden ankomme, ist die Stimmung schon leicht angespannt.

Justus' Blick ist starr an Herrn Schmidts Augen vorbei gerichtet, als dieser sagt: „Du weißt, dass ich davon nichts hören will, Junge."

Zu meiner Verwunderung spricht er hochdeutsch. Justus' Kiefer sind angespannt, seine Arme hängen an seinen Seiten herab, als hätten sie keine Kraft mehr. „Er hat gesagt, ich soll dir das ausrichten", flüstert er.

„Wenn es ihm nur um das Erbe geht", grollt Herr Schmidt. „Das kann er sich sowieso schon lange abschminken. Dafür ist zu viel geschehen."

Ich weiche einen Schritt zurück. Das ist kein Gespräch, das ich mit anhören sollte. Meine Bewegung macht die beiden auf mich aufmerksam. Sie schauen mich gleichzeitig an und unwillkürlich frage ich mich, ob Herrn Schmidts Augen auch mal so eisblau waren, als er noch jünger war. Nun sind sie von einem gräulichen Schimmer getrübt.

Justus strafft die Schultern und streicht sich mit einer Hand durch die Haare. Seine Stimme klingt tonlos, als er an niemand Bestimmten gerichtet sagt: „Ich fahre jetzt nach Hause."

Herr Schmidt nickt und will ihm zum Abschied die Hand auf die Schulter legen, doch Justus zuckt zurück und wendet sich sofort ab, um zu seinem Fahrrad zu gehen. Ich schaue ihm noch nach, als er schon nur noch ein kleines Pünktchen in der Landschaft ist.

Meine Motivation ist verflogen. Heute Morgen war ich noch entsetzt, als ich ihn hier getroffen habe, nun bin ich traurig, dass er nicht mehr da ist.

Die letzten drei Stunden Feldarbeit machen ohne ihn keinen Spaß mehr. Mein Herzschlag hat sich auf ein langweiliges Normalmaß hinunter gedrosselt und so langsam spüre ich meine angespannten Muskeln bei jeder Bewegung. Frau Bertholds Ruf zum Feierabend ist eine Erleichterung für mich. Und als ich endlich neben Herrn Schmidt im Traktor sitze und wir auf dem Weg nach Hause sind, freue ich mich sogar auf mein Bett.

Herr Schmidt stoppt den Traktor direkt vor unserem Haus und schaltet den Motor ab. Ich schaffe es diesmal ohne seine Hilfe auszusteigen. Doch bevor ich ganz unten bin, legt Herr Schmidt mir seine Hand auf den Arm. „Mädchen, ich möchte dir noch etwas zu meinem Enkel sagen."

Er spricht so leise, dass ich mich anstrengen muss, um ihn zu verstehen. Einen Moment schweigt er und scheint zu überlegen, dann fährt er fort: „Mein Enkelchen…Justus ist nicht immer ganz einfach. In seinem kurzen Leben ist schon einiges passiert. An manchem bin ich vielleicht nicht ganz unschuldig."

Herr Schmidt schweigt wieder und starrt grimmig in den Innenspiegel. Dann schüttelt er kaum merklich den Kopf und sieht mich wieder an. „Ich möchte damit nur sagen…hab Geduld mit ihm." Er lässt mich los und kratzt sich unbehaglich im Nacken. Mir liegen noch so viele Fragen auf der Zunge, doch Herr Schmidt startet schon den Motor und ich springe ab, damit er fahren kann.

Kapitel 10

In unserer Mainzer Wohnung ist der Strom ausgefallen. Mal wieder. Meine Mutter hat in jedem Raum Kerzen aufgestellt und sich anschließend mit ihrem aktuellen Lover ins Schlafzimmer verzogen. Ich sitze auf der Couch im Wohnzimmer und starre in die Flamme des Teelichtes auf dem Tisch vor mir.

Langsam wandert meine Hand über das Feuer. Bei jedem Lachen meiner Mutter lasse ich die Hand ein Stück tiefer gleiten. Nach dem vierten Mal beginnt es weh zu tun. Doch ich halte Stand. Noch ein Stück und noch ein Stück tiefer. Erst als die Flamme meine Haut berührt, ziehe ich die Hand wieder zurück.

Während meine Mutter kindlich kichert, beobachte ich interessiert, wie sich aus der roten, verbrannten Stelle eine Blase entwickelt.

Es ist Montagmorgen und ich stehe alleine an der Bushaltestelle. Immer wieder sehe ich mich suchend nach Yasin um, doch als der Bus kommt, ist er noch nicht aufgetaucht. Bisher bin ich noch nie ohne Yasin zur Schule gefahren. Seit meinem ersten Schultag war er immer dabei. Ich denke an unser letztes Treffen. Seinen Kuss. Seinen verletzten Blick. Und steige mit gesenktem Kopf in den Bus ein.

Ich bin ein furchtbarer Mensch. Ich habe am Wochenende keinen einzigen Gedanken an ihn verschwendet. Natürlich will er nichts mehr mit mir zu tun haben. Wie konnte er mich überhaupt jemals mögen?

Als ich die Schule betrete, ist noch einiges los auf den Gängen. Der Bus kam gut durch und ich bin früher dran, als sonst. Auf dem Weg zu meiner Klasse bleiben immer wieder Schüler stehen und sehen mich an. Manche tuscheln nur, andere lachen laut. Ich ziehe die Schultern hoch und marschiere so schnell ich kann bis zu unserem Unterrichtsraum.

Doch auch dort wird es nicht besser. Laura, Melina und Sophie haben eine Gruppe von Schülern, manche aus unserer Klasse, manche aus anderen Klassen, um sich herum versammelt, die grinsend Lauras Schilderungen folgen.

„...hat sich richtig daran aufgegeilt", höre ich sie gerade noch empört rufen. Etwas leiser fügt sie hinzu: „wahrscheinlich steht sie darauf."

Sie steht mit dem Rücken zu mir und sieht mich deshalb nicht kommen. Ein paar der Schüler, die ihr gegenüber stehen, entdecken mich, schauen schnell weg und tun so, als wären sie mit etwas anderem beschäftigt. Andere grinsen hämisch und bedeuten Laura, sich umzudrehen.

Melina und Sophie stellen sich links und rechts von ihr auf. Melina verschränkt die Arme vor der Brust, Sophie weicht meinem Blick sofort aus und lässt ihr blondes Schutzschild wieder vor ihr Gesicht gleiten. Laura grinst mich an.

„Ah, wenn man vom Teufel spricht."

Ich halte ihrem Blick stand, meine Hände ballen sich zu Fäusten. Wie gerne würde ich ihr mitten in ihr dummes Gesicht schlagen. Ich beiße mir auf die Unterlippe und mache einen schnellen Schritt nach vorne. Laura weicht blitzschnell aus, die Augen weit aufgerissen. Doch ich hatte gar nicht vor, sie zu schlagen. Ich gehe durch die entstandene Lücke hindurch und beachte sie nicht weiter.

Laura schnauft verächtlich. „Bei der weiß man ja nie."

Während ich neben der Tür warte, versuche ich das Tuscheln und Lachen um mich herum auszublenden. Meine Hände habe ich in meinen Hosentaschen vergraben und kneife mir damit nervös in die Oberschenkel. Der Schmerz beruhigt mich und lenkt mich ab.

Ich hätte wissen müssen, dass Laura den anderen von dem Ereignis in der Turnhalle berichtet. Wahrscheinlich haben sie mich dabei beobachtet. In diesem Moment fühle ich mich furchtbar einsam. Mit einem Mal wird mir bewusst, wie alleine ich bin. Sophie war nie wirklich meine Freundin, Justus scheine ich egal zu sein und Yasin habe ich zu sehr verletzt, als dass er irgendwann noch einmal mit mir befreundet sein könnte.

Mein ganzes Leben lang war ich alleine. Und doch hat es mir nie so viel ausgemacht, wie in diesem Moment. Mir fällt der Songtext der Fantastischen Vier ein: *Davor war's schöner allein zu sein.* Ich bin wohl einfach nicht der Typ für Freundschaften.

Als eine Träne über meine Wange rollt, wische ich sie mir schnell weg, bevor sie jemand sehen kann. Frau Bäckers schnelle Schritte und das Klimpern ihres Schlüssels erlösen mich schließlich. Sie schließt die Tür auf und lächelt mir kurz zu. In ihrem Blick blitzt etwas auf. Weiß sie etwa auch von dem Vorfall in der Dusche? Meine Wangen glühen, ich senke hastig den Blick und husche hinter ihr in die Klasse.

Der Unterricht ist eine kleine Erleichterung für mich. Wir schreiben eine Deutscharbeit, auf die ich zwar nicht vorbereitet war, die mir aber keine Probleme bereitet. Es geht um das Buch Anne Frank, das ich schon drei Mal gelesen habe. Ich bin lange vor den anderen fertig und als es zum Stundenende klingelt, will ich schnell aufspringen und verschwinden.

Doch Frau Bäcker hält mich auf. „Luisa, würdest du bitte noch einen Moment warten?"

Nervös knibbele ich an meinen Fingernägeln herum, bis jeder andere Schüler seine Arbeit abgegeben und den Raum verlassen hat. Laura zögert kurz und wirft mir noch einen warnenden Blick zu, bevor auch sie durch die Tür verschwindet und sie hinter sich zu zieht.

Frau Bäcker räuspert sich, steht auf und kommt um das Lehrerpult herum auf mich zu.

„Darf ich?", fragt sie und deutet auf den freien Platz neben mir. Ich nicke nur stumm und betrachte weiter meine Fingernägel. Sie setzt sich und scheint kurz zu überlegen, dann räuspert sie sich noch einmal und sagt: „Luisa, du weißt, dass du dich jederzeit an mich wenden kannst, wenn du Probleme hast, oder?"

Ich ziehe meine Hände weg und verstecke sie unter dem Tisch.

„Ich hab keine Probleme."

Sie sieht mich von der Seite an. Ich weiß, dass sie Mitleid hat.

„Sie müssen mich nicht so ansehen", sage ich deshalb. „Ich bin nicht der Typ für Freundschaften. War ich noch nie. Das hier ist nichts Neues für mich."

„Ich mache mir einfach nur Sorgen", antwortet sie. „Hast du schon mal etwas von den Streitschlichtern gehört?"

Mein Stuhl knarzt laut über den Boden, als ich aufstehe. „Ich brauche keine Streitschlichter, weil ich mit niemandem Streit habe“, fahre ich sie an und verlasse den Raum.

Was ich ihr gesagt habe, war nicht ganz die Wahrheit. Es stimmt, dass ich nie Freunde hatte. Aber ich wurde auch noch nie gemobbt.

Dienstagabend fällt mir schon fast die Decke auf den Kopf. Ich liege mal wieder auf meinem Bett. Yasin fehlt mir, doch ich traue mich nicht, mich bei ihm zu melden. Nach langem Überlegen entschließe ich mich dazu, mit dem Bus zur Bibliothek zu fahren.

Dort angekommen kuschele ich mich in einen Sitzsack und lese so lange, bis eine der Mitarbeiterinnen kommt und mir sagt, dass sie nun schließen. Ich leihe mir direkt fünf Bücher aus und verstaue sie in meinem Rucksack. Dann verlasse ich die Gelbe Villa.

Draußen atme ich tief ein. Die Abendluft ist wunderbar. Es ist bereits halb acht, aber angenehm warm. Ich setze mich auf eine Parkbank und packe mein Buch wieder aus. Nach und nach kommen die Mitarbeiterinnen der Stadtbibliothek aus dem Gebäude und machen sich auf den Heimweg. Ich bin so gefesselt von meinem Buch, dass ich erst aufhöre zu lesen, als es dunkel wird und die Laternen angehen. Erschrocken schaue ich auf die Uhr. Es ist halb zehn! Ich raffe meine Sachen zusammen und stehe auf.

Rechts von mir höre ich Stimmen, die sich langsam nähern. Es werden Sprüche geklopft und ich höre lautes Lachen. Ich laufe los und versuche dabei so unauffällig wie möglich zu erscheinen. Hinter mir höre ich ein Pfeifen. Musik dröhnt blechern aus einem Handy. Flaschen klirren aneinander. Meine Schritte werden schneller. Trotzdem versuche ich, mir meine Angst nicht anmerken zu lassen.

Die Jungs hinter mir beschleunigen ihren Schritt ebenfalls. Ich höre sie gedämpft miteinander sprechen und dann ruft einer: „Ey! Mach mal langsamer!“

Ich ziehe den Kopf unbewusst ein wenig ein, möchte mich am liebsten wie eine Schildkröte im Panzer verkriechen. Plötzlich ist einer von ihnen neben mir und hält mich am Handgelenk fest.

„Wo willst du denn hin?“ Seine Stimme ist unnötig laut.

Ich reiße mein Handgelenk von ihm los.

„Lass mich in Ruhe!“, sage ich bestimmt und hoffe, dass mich jemand hört.

Der Typ runzelt die Stirn. „Was‘n los?“

Seine Stimme klingt belegt vom Alkohol. Nun sind auch die anderen beiden da und grinsen mich an. Einer kommt ein Stück näher und flüstert in mein Ohr.

„Wovor hast du Angst?“

Ich weiche zurück, doch sie haben mich bereits umzingelt. Ich rieche die unangenehme Mischung aus Zigaretten und Alkohol und mir wird ein wenig schlecht.

„Ich habe keine Angst“, lüge ich. „Ich warte hier auf meinen Freund.“

„Na klar!“, lachen die Jungs und einer von ihnen drängt mich an einen Baum. „Süße Löckchen“, lallt er und spielt mit einem Finger an meinen Haaren. Ich schlage seine Hand weg und trete ihm vor das Schienbein. Er brüllt und bückt sich und ich nutze die Überraschung der anderen aus, um los zu rennen. Ich sehe nicht, wohin ich renne. Will nur weg von da. Hinter mir höre ich ihre schnellen Schritte. Dass sie jetzt still sind, macht mir noch mehr Angst. Ich kann ihre Wut geradezu körperlich spüren. Obwohl sie betrunken sind, sind sie schneller und sicherer unterwegs als ich. Als ich über eine Wurzel stolpere, holt mich einer von ihnen ein und reißt mich am Handgelenk herum.

Ich spüre seinen Atem schnell und heiß in meinem Gesicht. Seine Augen wandern gierig nach unten.

„Na, na", flüstert er in mein Ohr. Ich schließe die Augen und presse die Lippen aufeinander. Die anderen haben uns nun auch wieder eingeholt, stoßen mit den Bierflaschen an und lachen laut.

„Zeig uns mal was, Eduardo!", höre ich einen von ihnen grölen. Ich halte die Luft an, als Eduardo mit einer Hand unter mein T-Shirt fährt und es soweit hoch zieht, dass man meinen weißen BH sehen kann. Jetzt grölen alle ganz laut und Eduardo fasst mir an die Brust. Ich ziehe erschrocken die Luft ein und will einen Schritt zurück machen, doch mit der freien Hand hält er mich eisern fest.

Mein Herz rast und das Blut rauscht in meinen Ohren. Gerade als Eduardo seine Lippen auf meine pressen will, höre ich eine Stimme rufen.

„Wag es und du bist tot!"

Eduardo hält inne und tritt einen Schritt zurück, lässt meinen Arm jedoch nicht los. Alle drei Jungs sehen in die Richtung, aus der die Stimme gekommen ist. Hinter einem Baum tritt Justus hervor. Er schaut kurz zu mir rüber, bevor sich sein Blick wieder auf Eduardo heftet.

„Lass sie los!"

Einer der Jungs tritt ihm in den Weg. Er grinst Justus schief an und zischt: „Kümmer' dich um deinen eigenen Scheiß!"

„Das tue ich", erwidert Justus gelassen und versetzt dem Kerl im selben Augenblick einen kräftigen Schlag in den Magen. Sein Gegner sackt sofort in sich zusammen und krümmt sich stöhnend auf dem Boden. Der kleine Blonde weicht ein Stück in den Schatten zurück und macht damit Justus den Weg zu Eduardo frei.

Mit drei schnellen Schritten ist er bei uns, zerrt Eduardo von mir weg und schlägt ihm mit der Faust ins Gesicht. Ich höre es knacken, Eduardo keucht auf, reißt die Hände vors Gesicht und im nächsten Moment schießt Blut aus seiner Nase und zwischen seinen Fingern hervor.

„Hast du sie noch…“, will er schreien, doch da hat Justus ihm schon den nächsten Schlag ins Gesicht verpasst. Eduardo kippt zur Seite. Aus den Augenwinkeln sehe ich wie seine Freunde die Flucht ergreifen. Justus sieht von oben auf Eduardo herab. Sein Blick macht mir Angst. In seinen Augen stehen blanker Hass und eine wilde Wut geschrieben.

„Justus…“

Mit zitternden Fingern berühre ich sachte seinen Arm. Sofort ballen sich seine Hände wieder zu Fäusten und ich zucke erschrocken zurück.

Er atmet tief ein und brummt dann aus zusammengebissenen Zähnen an Eduardo gerichtet:

„Verpiss dich!“

Eduardo springt auf, doch statt sofort zu verschwinden, starrt er Justus finster an.

„Pass auf, man begegnet sich immer zweimal im Leben.“ Dann dreht er sich um und folgt seinen Freunden.

Justus steht weiter mit dem Rücken zu mir da und rührt sich nicht. Er hat den Kopf zwischen die Schultern gezogen. Das Zittern breitet sich von meinen Händen ausgehend in meinem ganzen Körper aus. Meine Beine drohen unter mir nachzugeben.

„Justus…“, wiederhole ich noch einmal sehr leise.

Da scheint er sich zu entspannen. Er öffnet die Fäuste, seine Arme hängen nun schlapp an ihm herunter. Nach einer gefühlten Ewigkeit dreht er sich zu mir um. Seine Augen huschen über meinen

Körper. Doch nicht auf dieselbe unangenehme Art wie Eduardos vorhin.

„Alles ok?", fragt er schließlich.

Ich lächele schwach. „Geht so."

Er macht einen Schritt auf mich zu und sieht aus, als wolle er nach mir greifen. Doch im letzten Moment lässt er seine Hand wieder sinken. Wir stehen uns eine Weile schweigend gegenüber. Schließlich schüttelt er den Kopf und klingt wütend, als er fragt: „Was tust du überhaupt hier?"

„Ich…"

Er hebt abwehrend die Hand. „Ach, ist ja auch egal. Kannst aber von Glück sagen, dass ich gerade zufällig in der Gegend war."

Ich fühle mich wie betäubt. Das Adrenalin in meinen Adern klingt langsam wieder ab und lässt ein mattes, dumpfes Gefühl zurück.

„Luisa", sagt er und mit einem Blick in meine Augen fügt er hinzu: „kipp' jetzt bloß nicht um."

Ohne eine Antwort von mir abzuwarten, greift er nach meinem Ellbogen und führt mich zur nächsten Parkbank.

Ich setze mich und falte die Hände in meinem Schoß, um das Zittern zu unterdrücken. Justus lässt sich mit einigem Abstand neben mich fallen und seufzt. Ich werfe einen Blick auf seine Fingerknöchel, auf denen noch Eduardos Blut klebt und wende mich schnell ab. Ich bemerke, dass er mich beobachtet. Sein Blick scheint mich fast zu durchbohren. Warum sagt er denn nichts?

Schließlich räuspere ich mich und weil ich meiner Stimme trotzdem nicht ganz traue, flüstere ich: „Danke, dass du…"

Er schneidet mir das Wort ab. „Bedank dich nicht dafür!" Seine Stimme klingt fast schon gereizt. Ich hefte den Blick auf meine gefalteten Hände. Das Zittern wird wieder stärker.

„Luisa, du…", beginnt er, wird aber von einem Handy unterbrochen, das in seiner Hosentasche klingelt. Er holt es heraus, wirft einen Blick auf das Display und schaltet den Klingelton aus.

„Hast du jemanden, der dich nach Hause bringen kann?", fragt er, ohne mich anzusehen. Der Schein der Laternen wirft tiefe Schatten unter seine Augen, als er hinzufügt: „Ich habe noch was zu erledigen."

Ich überlege einen Moment. Meine Mutter ist nicht da. Wohin sie geht, hat sie mir nicht verraten. Nur, dass ich nicht vor morgen früh mit ihr zu rechnen brauche. Gerade will ich den Kopf schütteln, als mir doch noch jemand einfällt.

Kapitel 11

Yasin lässt es sich nicht nehmen, mich auch noch bis vor die Haustüre zu bringen. Ich krame den Schlüssel heraus und versuche ihn ins Schloss zu stecken. Meine Hände zittern ein wenig, als ich daran denke, dass meine Mutter mal wieder nicht da ist und ich gleich alleine im dunklen Haus sitze.

Yasin nimmt mir den Schlüssel aus der Hand und schließt für mich auf. Dann stehen wir beide unentschlossen vor der geöffneten Tür. Die Dunkelheit im Haus scheint mich verschlingen zu wollen. Ich zögere und Yasin scheint es zu bemerken.

„Soll ich noch ein bisschen mit rein kommen?"

Erleichtert atme ich aus. „Ja, bitte."

Nach einer ausgiebigen Dusche setze ich mich neben Yasin auf die Couch im Wohnzimmer. Der kleine Röhrenbildschirm zeigt eine alte Folge von „King of Queens" und das kommt mir so wunderbar normal vor. Ich ziehe die Knie an die Brust und umschlinge meine Beine mit den Armen.

Yasin mustert mich von der Seite.

„Alles klar?", fragt er vorsichtig.

Ich habe ihm bisher nur erzählt, dass ich von ein paar Typen belästigt wurde. Was genau passiert ist, das habe ich verschwiegen. Ich nicke nur kurz, will nicht mehr daran denken. Doch sofort steigen mir Tränen in die Augen. Er rückt ein Stück näher und berührt mich behutsam am Arm.

„Lu…was…“ Bei seiner Berührung zucke ich erschrocken zusammen. Er zieht seine Hand schnell wieder zurück und betrachtet sie, als stände sie in Flammen. Sofort tut es mir leid. Ich wische mir die Tränen weg und lächele ihn an. „Vielen Dank, dass du mich abgeholt hast.“

„Dafür brauchst du dich doch nicht zu bedanken“, empört er sich. Bei ihm klingt das ganz anders als bei Justus. Es kam mir so vor, als hätte es Justus im Nachhinein leidgetan, dass er mich beschützt hat.

Bis Yasin endlich da war, sprach er kaum fünf Worte mit mir und verabschiedete sich dann auch sofort, ohne sich noch einmal zu mir umzudrehen.

Ich drücke das Kinn fest auf meine Knie und versuche mich auf die Serie zu konzentrieren. Als mir vor Erschöpfung schon fast die Augen zufallen, lasse ich mich ein wenig zur Seite kippen und lehne mich an Yasins Schulter. Ganz vorsichtig zieht er seinen Arm zwischen uns hervor und legt ihn um meine Schulter, sodass mein Gesicht jetzt an seiner Brust liegt. Ich höre seinen schnellen Herzschlag und rieche seinen Duft. Er riecht nicht nach Aftershave oder Parfüm. Er riecht nach Sommer, nach Gras und frischer Luft.

„Ich habe zuhause angerufen und Bescheid gesagt, dass ich heute woanders übernachte“, sagt er und fügt vorsichtig hinzu: „falls du möchtest, dass ich hier bleibe.“

Ich schließe die Augen und murmele noch einmal ein „Danke“, dann schlafe ich ein.

Ich schlafe fest und ohne Alpträume. Als ich aufwache, liege ich immer noch in Yasins Arm. Ich reibe mir über die linke Wange, die an seiner Brust gelegen hat und spüre die Abdrücke der Falten seines T-Shirts darauf. Er hat im Sitzen geschlafen. Sein Kopf ist nach hinten über die Sofakante gekippt und er schnarcht leise vor sich hin.

Ich piekse ihn vorsichtig in die Seite. Als er davon nicht aufwacht, piekse ich etwas fester. Er stöhnt, schmatzt und schiebt meine Hand weg. Gerade als ich ihn feste rütteln will, schießt er hoch und steht hellwach mit weit aufgerissenen Augen neben der Couch.

„Was ist los?“, ruft er und sieht sich entgeistert um. Ich kann nicht anders, sein Gesichtsausdruck bringt mich zum Lachen. Erst nur leise, dann immer lauter. Bis ich mich vor Lachen krümme und mir die Tränen aus den Augen wischen muss.

Yasin zieht eine Schnute.

„Haha! Sehr witzig!“, murrt er und fährt sich mit den Fingern durch die schwarzen Haare.

Plötzlich muss ich an seinen verletzten Gesichtsausdruck bei unserem letzten Treffen denken. Mir vergeht das Lachen und ich blicke auf meine Füße, um ihm nicht in die Augen sehen zu müssen.

„Yasin, es tut mir leid, wegen…du weißt schon. Ich wollte dir nicht wehtun. Du bist mein bester Freund. Ich will dich nicht verlieren.“

Mein Herz tut weh. Es sticht bei dem Gedanken, dass ich ihn verletzt habe. Ich kann die Tränen nicht aufhalten, die auf einmal über meine Wangen laufen.

Yasin schweigt eine Weile und da ich immer noch auf meine Füße starre, weiß ich nicht, wie er auf meine Worte reagiert. Gerade als ich den Kopf hebe, ist er bei mir und nimmt mich fest in den Arm. Zwei Sekunden stehe ich nur da und genieße den Druck seiner Arme um meinen Körper, dann schlinge ich auch meine Arme um ihn und schluchze laut an seiner Schulter.

Yasin wartet solange, bis ich nicht mehr ganz so sehr von meinen Schluchzern geschüttelt werde, dann schiebt er mich sachte ein Stück von sich weg und gibt mir einen Kuss auf die Stirn. Ich schließe die Augen und konzentriere mich auf seine warmen Lippen auf meiner Haut. Dann drücke ich mich wieder an ihn und vergrabe mein Gesicht an seinem Hals.

Yasin ist der liebevollste Mensch, den ich jemals getroffen habe. Ich wünschte, ich könnte so viel für ihn empfinden, wie er für mich empfindet. Doch ich bezweifle, dass ich überhaupt in der Lage bin, jemanden von ganzem Herzen zu lieben.

Mit dem Wissen im Hinterkopf, dass ich doch nicht so einsam bin, wie ich mich bisher gefühlt habe, ist der Gang in die Schule nicht ganz so schlimm. Yasin begleitet mich bis vor den Eingang und verabschiedet sich dann mit einer festen Umarmung von mir. Er bleibt vor der Glastür stehen und sieht mir nach, bis ich um die nächste Ecke verschwunden bin.

Kaum spüre ich seinen Blick nicht mehr im Rücken, komme ich mir wieder schwach vor. Das gestrige Erlebnis hängt mir nach, auch wenn ich versuche, nicht mehr daran zu denken. Ich höre immer noch das Lachen der Jungs und spüre Eduardos kalte Hand auf meiner Haut. Fröstelnd reibe ich mir mit den Händen über die Arme und husche zwischen den anderen Schülern hindurch.

Beinahe schreie ich auf, als eine Hand mich am Arm festhält. Als Justus meinen entsetzten Blick bemerkt, lässt er mich sofort los. Sein Blick huscht von links nach rechts und er senkt die Stimme, um sicher zu gehen, dass uns niemand hört.

„Ich wollte nur fragen, ob bei dir alles in Ordnung ist."

Ich umklammere wieder meine Arme. Ein bisschen vermisse ich Yasins schützende Umarmung.

„Ja“, wispere ich und als er sich stirnrunzelnd vorbeugt, weil er mich nicht verstanden hat, nicke ich und sage etwas lauter: „Ja, alles in Ordnung.“

Ich kann oder will nicht verhindern, dass meine Stimme schroff klingt. Genauso war er gestern zu mir. Justus zieht sich wieder zurück und nickt kurz. Gerade, als ich mich umdrehen will, sagt er:

„Es tut mir leid.“

„Was?“ Ich schaue ihn fragend an.

„Dass ich gestern so … abweisend war. Das war nicht wegen dir. Ich…“, zögert er und mit einer Handbewegung scheint er alle Unklarheiten wegwischen zu wollen. „…egal. Es hatte jedenfalls nichts mit dir zu tun.“

Ich fühle mich schwach und matt. Seine kühle Fassade ist nicht zu durchdringen. Immer, wenn ich denke, er gibt etwas von sich preis und öffnet sich ein wenig, macht er einen Rückzieher und verschließt daraufhin wieder alle Tore.

„Es tut mir leid, wenn ich dir gestern Abend ungelegen kam. Wird nicht wieder vorkommen“, sage ich fest und wende mich ab, bevor er noch etwas erwidern kann.

Als ich das Haus betrete, weiß ich, dass sie da ist. Der süße Geruch ihres Parfüms liegt in der Luft. Seit ich denken kann, benutzt meine Mutter dasselbe Parfüm. Ich frage mich, ob sie einen riesigen Vorrat davon angelegt hat oder ob es diese Sorte tatsächlich seit über fünfzehn Jahren zu kaufen gibt. Ich weiß aber, dass sie es gerne hat, weil mein Vater es ihr geschenkt hat, als er noch mit ihr zusammen war. Schon oft habe ich darüber nachgedacht, ob sie ihn genauso sehr vermisst wie ich. Es wird wahrscheinlich eine andere Art des Vermissens sein. Ich sehne mich nur nach einem Mann, der ein Vater für mich ist, weil ich ihn nie kennen gelernt habe. Sie kannte ihn. Sie hat ihn geliebt. Tut sie es immer noch?

Gerade als ich meine Schlüssel auf der Kommode im Flur ablege, höre ich die Stimme meiner Mutter aus der Küche.

„Sie darf es jetzt noch nicht wissen… Weil es noch zu früh ist. Ich weiß nicht, wie ich es ihr vernünftig beibringen soll…“ Ich erstarre und strenge mich an, um sie noch besser zu verstehen.

„Nein, das glaube ich nicht… Ich… Natürlich! Aber es geht ja auch nicht nur um sie, das solltest du am allerbesten wissen…“

Leise versuche ich mich näher an die Küche heran zu schleichen, doch auf dem Weg dorthin, streife ich mit dem Arm ihre Handtasche, die an der Garderobe hängt und kann nicht mehr verhindern, dass sie dumpf auf dem Fußboden aufschlägt. Ich erstarre in der Bewegung.

„Ich muss auflegen“, höre ich meine Mutter sagen. „Bis morgen.“

Auf klappernden Absätzen kommt sie in den Flur.

„Luisa, du bist ja so früh!“

„Es ist 14 Uhr. Die Schule ist seit einer Stunde aus.“

„Na ja, macht ja nichts“, sagt sie und wedelt mit der Hand in der Luft herum. „Komm, ich hab dir was zu essen gemacht.“

„*Du* hast etwas zu essen gemacht?“, wiederhole ich ihre Worte und folge ihr in die Küche. „Hab ich denn schon wieder Geburtstag?“

Sie lacht, als hätte ich einen Witz gemacht und deutet mir, mich an den kleinen Esstisch zu setzen. Kaum habe ich Platz genommen, stellt sie mir einen Teller Spaghetti vor die Nase. Ich beuge mich skeptisch darüber und schnuppere daran. Es riecht tatsächlich wie Tomatensoße.

„Hast du das selbst gemacht?“, frage ich verwundert. Sie setzt sich mir gegenüber hin, ohne sich selbst etwas zu nehmen und nickt begeistert.

„Hab mir heute ein Kochbuch gekauft. Natürlich eins für Anfänger. Aber ich glaube, es ist mir ganz gut gelungen. Probier‘ doch mal!“, fordert sie mich auf.

Ich nehme Gabel und Löffel in die Hand und drehe mir ein paar Spaghetti auf. Bevor ich sie in den Mund stecke, frage ich meine Mutter möglichst beiläufig: „Mit wem hast du denn eben telefoniert?“

Sie schaut mir nur den Bruchteil einer Sekunde in die Augen, zuckt mit den Schultern und versucht genauso beiläufig zu klingen wie ich.

„Ach, nur ein alter Bekannter.“

„Kenne ich ihn?“, frage ich, während ich die nächsten Nudeln aufdrehe.

Sie schüttelt den Kopf. „Ist zu lange her.“

Ich halte kurz inne und schaue sie an, doch sie weicht meinem Blick aus und steht auf.

„Ich muss weiter arbeiten. Es stört dich ja nicht, alleine zu essen, oder?“ Sie wartet meine Antwort erst gar nicht ab, sondern flüchtet sofort aus der Küche.

Ein kleiner Funken Hoffnung macht sich in meinem Herzen breit. Meint sie meinen Vater? Hat sie ihn gefunden? Wenn ja, muss er ganz in der Nähe wohnen. Sie hat „Bis morgen“ zu ihm gesagt.

Während ich lustlos in meinen doch sehr faden Spaghetti herum stochere, überlege ich, wie ich ihr morgen am besten folgen könnte. Wenn es tatsächlich um meinen Vater geht, muss ich ihn sehen. Sie darf ihn mir nicht vorenthalten. Immerhin ist er mein Vater. Ich habe ein Recht darauf, ihn kennen zu lernen. Wenn nicht ich, wer dann?

Kapitel 12

„Du musst Luisa sein“, sagt der Mann und setzt ein schmieriges Grinsen auf. Er hat meine Mutter mit einem Arm um die Hüften gepackt und lässt sie auch nicht los, als er mir mit einem Finger das Kinn anhebt.

„So hübsch wie die Mutter. Und sie ist erst zwölf Jahre alt?“

„Ja“, kichert meine Mutter und schiebt seinen Arm weg, um sich ihre Jacke zu holen.

„Und wer bist du?“, frage ich mit verschränkten Armen.

„Nenn mich einfach Papa“, antwortet er schmunzelnd.

„Das könnte zu Verwechslungen führen“, meine Stimme ist butterweich. „Das haben die anderen drei auch gesagt.“

Am nächsten Morgen verlasse ich nicht sofort das Haus, sondern schleiche mich an den Schreibtisch meiner Mutter. Ich muss nicht lange suchen, bis ich ihren kleinen Tischkalender finde. Und tatsächlich ist für heute etwas eingetragen.

„12:30 Uhr Kutscherhaus“, lese ich stumm. Ich weiß nicht, was das Kutscherhaus ist, geschweige denn, wo es ist. Aber ich weiß, wer es mir mit Sicherheit sagen kann.

„Klar kenne ich das Kutscherhaus", nickt Yasin, während er dem Busfahrer sein Schülerticket zeigt und sich auf den Weg zu unserem Stammplatz im Bus macht. „Wieso?"

Ich setze mich neben ihn und lege meinen Rucksack auf meinen Schoß. „Meine Mutter trifft sich dort heute wahrscheinlich mit meinem Vater", sage ich und sehe ihn erwartungsvoll an.

Er macht große Augen. „Im Ernst?"

„Vermutlich, ja", nicke ich. „Ich hab gestern eins ihrer Telefongespräche belauscht."

„Und jetzt willst du ihr hinterher spionieren?"

„Wenn du mir sagst, wo ich hin muss."

Er zögert einen Moment. „Bist du dir sicher, dass das so gut ist?"

„Wieso sollte es nicht gut sein?", frage ich. „Er ist immerhin mein Vater."

„Ja, aber willst du ihn so das erste Mal treffen? Meinst du nicht, deine Mutter möchte ihn dir vorstellen? Ist vielleicht nicht so gut, wenn du ihn so überraschst. Verstehe mich nicht falsch, aber vielleicht will sie ihn erst darauf vorbereiten."

„Vorbereiten? Er weiß von mir. Sie haben doch über mich gesprochen. Sie war diejenige, die ein Treffen mit mir verhindern wollte!"

Meine Stimme überschlägt sich fast. Wieso ist er so skeptisch? Als mein bester Freund sollte er doch hinter mir stehen und mich unterstützen.

„Ich weiß, dass du ihn am liebsten jetzt sofort sehen würdest. Aber überlege es dir nochmal. Früher oder später wirst du ihn kennen lernen. Ganz offiziell."

„Wo ist das Kutscherhaus?"

Yasin seufzt. „Dreslers Park."

Mein Herz setzt kurz aus. Ich war nicht mehr dort seit… Meine Finger verkrampfen sich in meinem Rucksack. Yasin legt seine Hand auf meinen

Arm und drückt ihn leicht.

Ich schüttele den Kopf und schlucke schwer. „Kommst du mit?“, frage ich leise.

„Natürlich“, antwortet er.

In der letzten Stunde haben wir Deutsch bei Frau Bäcker. Ich schaue immer wieder auf die Uhr. Es ist kurz vor 13 Uhr. Meine Mutter sitzt jetzt schon eine halbe Stunde mit meinem Vater im Kutscherhaus.

Nervös wippe ich mit einem Bein auf und ab und bin sprungbereit, als es zum Ende der Stunde klingelt. Ich habe schon meinen Rucksack über die Schulter geworfen, als Frau Bäcker mich ruft und zu sich nach vorne winkt.

„Luisa, warte doch bitte kurz“, sagt sie, während sie ihre Unterrichtsmaterialien zusammen packt.

Ich stöhne auf. „Frau Bäcker, muss das jetzt sein? Ich habe keine Zeit.“

Sie schaut auf und blinzelt mich über den schwarzen Rand ihrer Brille hinweg an. „Ja, es wäre nett, wenn du es einrichten könntest. Du bist noch jung. Ein paar Minuten kannst du ja wohl entbehren.“ Ich verdrehe kurz die Augen, stelle mich aber trotzdem neben ihr Pult.

„Wie geht es dir, Luisa?“, fragt sie und lehnt sich an das Pult.

„Äh…gut. Wieso?“

Frau Bäcker wirft einen kurzen Blick auf ihre Tasche und wendet sich dann wieder an mich. „Ich habe die Arbeiten korrigiert. Deine hat mich doch etwas enttäuscht, muss ich sagen.“

Ich kratze mich nervös im Nacken und schaue zu Boden.

„Und deine Hausaufgaben machst du auch nur sehr unregelmäßig“, fährt sie fort. „Ich hatte doch etwas anderes von dir erwartet.“

„Mmm“, antworte ich.

„Luisa, wenn du Probleme hast, kannst du dich immer an mich wenden. Egal ob es mit der Schule zu tun hat oder nicht. Das weißt du doch, oder?“

Ich nicke, sehe sie aber nicht an.

„Hast du dir das mit den Streitschlichtern noch einmal überlegt?“

„Ich brauche keine Streitschlichter.“

„Das muss doch auch vorerst niemand erfahren. Du kannst ja auch einfach so mal mit ihnen sprechen. Das sind ganz vertrauenswürdige Schüler, das verspreche ich dir.“

Statt zu antworten schaue ich auf meine Uhr. Es ist bereits zehn nach eins. Yasin fragt sich wahrscheinlich schon, wo ich bleibe.

„Frau Bäcker, ich muss jetzt los. Ich hab wirklich keine Zeit.“

Sie nickt und stößt sich vom Pult ab. „Alles klar. Ich wollte dir das nur mal gesagt haben.“

Yasin wartet vor der Schule auf mich und tippt eindringlich auf seine Uhr, als er mich sieht. „Es ist schon viertel nach.“

„Ja, ich weiß. Ich wurde aufgehalten.“

Er wirft mir einen fragenden Blick zu. „Sollen wir denn? Oder hast du es dir doch noch anders überlegt?“

Ich schüttele den Kopf und als mir auffällt, dass das alles bedeuten könnte, ergänze ich: „Ich muss hin. Ich muss ihn sehen.“

Yasin nickt und setzt sich in Bewegung. Bis Dreslers Park sind es von der Schule knapp zehn Minuten. Dann sitzen meine Eltern schon eine Stunde zusammen. Meine Eltern. Wie seltsam und fremd das klingt.

Mein Herz beginnt zu rasen. Nervös stecke ich die Hände in die Taschen und balle sie zu Fäusten.

Keine zehn Minuten mehr, dann sehe ich zum ersten Mal in meinem Leben meinen Vater.

Das Kutscherhaus ist ein sehr altes Gebäude aus ockerfarbenen Backsteinen, das laut Yasin früher tatsächlich mal als Unterstand für Kutschen diente.

Nun ist es ein gemütliches Restaurant und es erinnert nichts mehr an seinen ursprünglichen Verwendungszweck. Yasin schiebt einen roten Samtvorhang hinter der Eingangstür zur Seite und lässt mir dann den Vortritt.

Als ich den Raum betrete, schlägt mir mein Herz bis zum Hals. Meine Hände sind schon ganz feucht und ich wische sie mir nervös an der Hose ab. Ich schaue suchend von links nach rechts und wieder zurück. An der Bar sitzen zwei Männer und trinken ein Bier. Ansonsten sehe ich hauptsächlich Senioren, aber auch ein paar Schüler, die sich hier verabredet haben.

„Ich sehe sie nicht", flüstere ich Yasin zu und in meiner Stimme klingt ein wenig Verzweiflung mit. Yasin drückt meine Hand und spricht eine Kellnerin an, die gerade mit einem Tablett voll leerer Gläser auf dem Weg zum Tresen ist.

„Entschuldigen Sie? Wir sind auf der Suche nach einem Paar mittleren Alters. Sie…" er schaut mich fragend an. „Wie sieht deine Mutter aus?"

„Braune schulterlange Haare, braune Augen, Sommersprossen, schlank…" Meine Stimme ist brüchig und so leise, dass die Kellnerin mich kaum versteht und fragend die Stirn runzelt.

Ich habe Angst, dass sie mich nach dem Aussehen meines Vaters fragt, aber sie nickt nur und deutet an einen leeren Tisch in einer Ecke des Restaurants.

„Sie saßen da. Sind aber vor ein paar Minuten aufgebrochen." Als sie meinen verzweifelten Blick sieht, fügt sie noch hilflos hinzu: „Tut mir leid.“

Yasin zieht mich nach draußen und lässt auch dort meine Hand nicht los. „Ist doch nicht so schlimm, Lu“, versucht er mich zu trösten.

„Nicht schlimm?“, schnauze ich ihn an.

Er versteht gar nichts. Immerhin weiß er nicht, wie es ist, nur eine halbe Familie zu besitzen. Er hat seine Eltern, seine Geschwister, Onkel, Tanten, Omas und Opas. Ich habe nur eine Mutter, die nicht meine Mutter sein will.

Ich befreie mich aus seinem Griff und lasse ihn einfach stehen. Ich kann jetzt nicht mit ihm darüber streiten, was schlimm ist und was nicht. Hinter dem Haus pralle ich gegen eine entgegenkommende Person und komme ins Straucheln. Einen Moment bevor ich falle, hält derjenige mich an den Schultern fest und zieht mich wieder auf die Füße.

„Du schon wieder!“, höre ich seine Stimme. Ich blinzele die aufgestiegenen Tränen weg. Justus. Er lächelt mich an, seine Hände immer noch an meinen Schultern. Ich trete einen Schritt von ihm weg und murmele: „tut mir leid.“

Sein Lächeln verschwindet und er schüttelt den Kopf. „Du musst dich nicht entschuldigen. Wenn sich einer entschuldigen muss, dann ich.“

Er kramt in seiner Jackentasche, holt eine Packung Taschentücher heraus und hält sie mir entgegen. „Ich hab mich letztes Mal furchtbar benommen. Das tut mir leid.“

Ich schiebe seine Hand weg. „Schon gut.“

„Lu?“, höre ich Yasin hinter mir rufen. Er tritt neben mich, so dicht, dass seine Schulter meine berührt. „Alles klar?“

Ich nicke. „Ja, alles klar.“

Justus kratzt sich am Hinterkopf und wendet sich ab. Im Gehen hebt er eine Hand. „Wir sehen uns ja noch.“

Kapitel 13

Am nächsten Tag macht Frau Bäcker ihre Drohung war und schleppt mich in der ersten Pause in das Zimmer der Streitschlichter.

„Du musst ihnen ja nicht alle deine Geheimnisse offenbaren. Das verlangt doch niemand. Aber ich denke, es wird dir ganz gut tun, mal mit jemandem zu sprechen, der in deinem Alter ist und dich vielleicht besser versteht als ich“, erklärt sie mir und klopft an die Tür. Sie öffnet sich und ein dickliches Mädchen mit Zahnspange sieht uns entgegen.

„Ich muff auf Toilette“, lispelt sie, ruft über die Schulter, „Du machft daf ja, oder?“, und rennt dann den Gang hinunter.

Frau Bäcker schiebt die Tür ein Stück weiter auf und eröffnet mir den Blick auf… Justus! Ich stöhne und will gerade wieder gehen, doch Frau Bäcker gibt mir einen kleinen Schubs in den Raum hinein.

„Nur ein Versuch, Luisa. Bitte.“

Als er meinen Namen hört, hebt Justus den Blick und lächelt, als wäre er überhaupt nicht überrascht, mich zu sehen.

„Justus“, Frau Bäcker begrüßt ihn, indem sie die Hand hebt. „Luisa hat sich einverstanden erklärt, ein Gespräch mit dir zu führen.“

Ich sehe sie verwundert an. „Hab ich überhaupt nicht."

Sie lacht kurz und tätschelt mir die Schulter. „Ihr macht das schon." Sie ist so schnell aus dem Raum raus, dass es mir schon fast wie eine Flucht erscheint.

Ich blicke die geschlossene Tür an, bis Justus' Stimme mich aus meiner Starre reißt.

„Willst du dich nicht setzen?" Er deutet auf eine gelbe Couch, die an der Wand neben seinem Schreibtisch steht.

Zögernd nehme ich Platz und lege meinen Rucksack schützend auf meinen Schoß.

„Also?", beginnt Justus das Gespräch. „Über was möchtest du mit mir sprechen?"

In seiner Stimme klingt ein leicht belustigter Unterton mit. Findet er das hier etwa witzig?

„Ich will über gar nichts mit dir sprechen", erwidere ich trotzig und verschränke die Arme vor der Brust. Er seufzt, steht von seinem Stuhl auf und lässt sich neben mir auf die Couch fallen. Er sitzt sofort total lässig da, die Beine lang ausgestreckt, die Arme über die Lehne gelegt.

Ich wende meinen Blick ab und ziehe meinen Rucksack nochmal an mich heran, der mir langsam von den Beinen zu rutschen droht.

„Jetzt setz den doch mal runter", meint Justus genervt, nimmt mir meinen Rucksack ab und stellt ihn vor mir auf den Boden. Irgendwie wirkt er so gar nicht deeskalierend, obwohl das doch eigentlich in der Stellenbeschreibung jedes Streitschlichters steht.

„Bist du schon lange Streitschlichter?", frage ich und schiebe meine Hände zwischen meine Knie, weil ich nicht weiß, was ich sonst damit machen soll.

„Seit drei oder vier Jahren", antwortet er.

„Wieso?", frage ich und füge schnell hinzu: „Ich meine, du verschwendest dafür doch nur deine Pausen."

„Findest du?“, entgegnet er und zieht die Augenbrauen hoch. „Du machst das, weil du dadurch bessere Noten bekommst, oder?“, frage ich herausfordernd.

„Ich mache es, weil ich Streit nicht mag“, antwortet er und klingt dabei wieder etwas ernster.

„Aber warum reden wir jetzt über mich?“, fragt er und setzt sich gerade hin. „Du bist doch zu mir gekommen, um über deine Probleme zu reden.“

„Bin ich gar nicht“, empöre ich mich. „Frau Bäcker hat mich gezwungen, hier her zu kommen.“

„Man kann niemanden hier her zwingen“, klärt Justus mich auf. „Du kannst jederzeit gehen. Die Tür ist nicht abgeschlossen.“

Ich zögere einen Moment zu lange und er nickt. „Also ist wohl doch nicht alles so in Ordnung, oder?“

Ich senke den Blick und betrachte meine Schuhe, während er hinter sich greift und eine kleine Flasche Fanta hinter der Couch hervor zieht. „Die ist eigentlich für besondere Notfälle“, zwinkert er mich an. „Aber vielleicht bist du ja so einer?“

Er öffnet die Flasche mit einem Feuerzeug aus seiner Hosentasche und reicht sie mir. Ich nehme einen kleinen Schluck und halte sie dann mit beiden Händen auf meinem Schoß fest.

„Hast du eher Probleme hier in der Schule?“, fragt er. „Oder zuhause?“

„Momentan? Eher zuhause“, nuschele ich. Er öffnet sich selbst auch eine Flasche, trinkt aber nicht daraus.

„Mit deiner Mutter?“, fragt er. Ich nicke leicht und füge dann hinzu: „Und meinem Vater.“

Er runzelt die Stirn. „Wieso? Haben sie Streit?“

Ich schüttele den Kopf. „Kann man so nicht sagen.“

Er nimmt nun doch einen Schluck von seiner Fanta und verrät mir dann: „Geht mir ganz ähnlich.“

„Ehrlich?", frage ich verwundert. Aber dann fällt mir wieder ein, was Herr Schmidt mir über ihn gesagt hat. Wir schweigen beide eine Weile, dann sieht er mich an und fragt: „Hast du Lust, heute Abend was mit mir zu unternehmen?"

„Was?", frage ich und meine Stimme klingt dabei schrecklich piepsig.

Er zuckt mit den Schultern. „Ich meine, vielleicht ins Kino oder so?"

„Ähm, ja. Ja, gerne."

Er klatscht in die Hände. „Super! Ich schreib dir meine Nummer auf. Die Zeit ist übrigens um." Er klingt dabei wie ein Therapeut und nickt dann auch noch zur großen Uhr an der Wand. Die Pause ist in zwei Minuten vorbei.

Als ich den Streitschlichterraum verlasse, legt sich ein breites Grinsen auf mein Gesicht, das sich auch den restlichen Tag nur mit viel Mühe unterdrücken lässt.

Erst am Abend macht sich die Verzweiflung breit. Ich treffe mich mit Justus, dem bestaussehendsten Typen überhaupt und habe keine Ahnung, was ich anziehen soll. Da meine Mutter noch nicht nach Hause gekommen ist, mich sticht es in der Brust, wenn ich daran denke, dass sie mit meinem Vater unterwegs sein könnte, öffne ich ihren Kleiderschrank und begebe mich dort auf die Suche nach etwas Geeignetem. Und tatsächlich finde ich eine akzeptable Jeans und ein hübsches, schwarzes Oberteil mit V-Ausschnitt.

Ich öffne meinen Dutt und versuche mit dem Lockenstab meiner Mutter Ordnung in meine Haare zu bringen. Schließlich schaffe ich es, dass meine Locken ordentlich über meine Schultern fallen. Als ich schließlich auch noch Wimperntusche auflege, gefalle ich mir selbst sehr gut.

Mein Herz macht einen Hüpfer als es an der Tür klingelt. Ich versuche, die Treppe so langsam und elegant wie möglich hinunter zu laufen, um nicht allzu aufgeregt zu wirken. Beim Öffnen der Türe spüre ich aber schon die Hitze in meinem Gesicht aufsteigen.

Justus steht lässig da, die Hände in die Taschen seiner Jeans geschoben. Er scheint sich nicht besonders heraus geputzt zu haben, trägt sogar dasselbe weiße T-Shirt wie am Morgen. Doch das macht nichts. Er sieht trotzdem toll aus. Er wirft mir ein schiefes Lächeln zu.

„Hi! Bist du fertig?“

Ich nicke und hole meine Jacke von der Garderobe. „Sind deine Eltern gar nicht da?“, fragt Justus und schaut neugierig an mir vorbei.

„Meine Mutter“, korrigiere ich ihn. „Nein, die ist nicht da.“ Ich ziehe die Tür hinter mir zu und wir machen uns auf den Weg zur Bushaltestelle. „Und dein Vater?“, hakt er nach.

„Ich habe keinen“, antworte ich.

„Ach so“, nickt Justus, doch an der Art, wie er die Stirn runzelt, sehe ich, dass ihn meine Antwort noch beschäftigt. „Ich habe meinen Vater nie kennen gelernt“, erkläre ich deshalb. Ich kann seinen Blick nicht deuten. Ist es Mitleid? Verwirrung? Neugierde? Ein bisschen was von allem? Er sieht aus, als wollte er noch etwas fragen. Doch dann schüttelt er leicht den Kopf und sagt stattdessen:

„Du siehst übrigens gut aus. Hab ich dir noch gar nicht gesagt“.

Ich laufe rot an und streiche verlegen mein Oberteil glatt. „Dankeschön.“

Kaum an der Bushaltestelle angekommen, hält auch schon der Bus an und öffnet zischend seine Türen. Ich bin froh darüber, denn mit der Bushaltestelle verbinde ich Yasin. Und an Yasin will ich jetzt gerade nicht denken.

Im Kino läuft „Die Tribute von Panem". Ich habe alle drei Bücher gelesen und weiß deshalb, was passiert. Meine Aufmerksamkeit gilt viel mehr Justus. Aus dem Augenwinkel beobachte ich ihn, wie er ab und zu in den Eimer voller Popcorn greift, sich genau eins heraus nimmt und es dann in den Mund steckt. Er schmatzt nicht, er lässt es auch nicht zwischen den Zähnen krachen. Er kaut langsam und bedacht, den Blick gebannt auf die Leinwand gerichtet.

Er scheint wirklich an dem Film interessiert zu sein. Schade. Gerade, als meine Hoffnung schwindet, dass wir uns heute noch etwas näher kommen würden, legt er seinen Arm um meinen Sitz. Meine Haut kribbelt genau an der Stelle meines Nackens, an der er mich flüchtig berührt.

Ich rutsche ein bisschen tiefer in meinen Sitz, um es mir gemütlicher zu machen und lehne mich dabei vorsichtig an ihn an. Während ich mir eine Handvoll Popcorn aus dem Eimer nehme, spüre ich seinen Blick auf mir ruhen. Ich frage mich, über was er gerade nachdenkt. Er wendet seinen Blick nicht ab, also hebe ich irgendwann den Kopf. Für einen kurzen Moment denke ich, er will mich vielleicht küssen und mein Herz schlägt hart gegen meine Brust. Doch er lächelt nur und sieht dann wieder zur Leinwand.

Auf der Fahrt nach Hause sitzen wir schweigend im Bus. Ich habe mich so dicht an Justus heran gesetzt, dass unsere Arme sich berühren. Er starrt stumm aus dem Fenster in die Nacht.

Kurz vor der Haltestelle in Kreuztals Stadtmitte setzt er sich plötzlich gerade auf und folgt mit dem Blick einer Frau am gegenüberliegenden Straßenrand. Sie hat die Arme um ihren Körper geschlungen und wankt laut schluchzend über den Bordstein.

„Wer ist denn das?", frage ich verwundert. Da springt Justus auf einmal auf und rennt zum Ausgang. Der Bus hält, die Türen gehen auf und Justus ist verschwunden. Ich kann ihm gerade noch rechtzeitig folgen, bevor der Busfahrer die Türen wieder schließt. Ich renne um den Bus herum und hinter Justus her über die Straße. Er hat die schluchzende Frau erreicht und nimmt sie in den Arm. Ich bleibe überrascht und ein wenig fehl am Platz daneben stehen.

„Justus", schnieft die Frau und klammert sich an ihm fest. „Wo warst du?"

„Im Kino", antwortet Justus. „Das hab ich dir doch gesagt."

„Ich war ganz alleine, Justus. Und dann kam Papa nach Hause."

Justus versteift sich und schiebt sie ein Stück von sich weg. „Ich komme jetzt mit nach Hause, ja?"

Sie nickt. Dann fällt ihr Blick auf mich. „Wer ist das?", keift sie plötzlich.

Justus sieht mich nur sehr kurz an. „Das ist Luisa. Sie geht mit mir zur Schule."

„Warst du mit ihr weg? Hast du mich wegen ihr alleine gelassen?", ruft sie und fuchtelt mit dem Finger vor meiner Nase herum. Ihr Blick könnte giftiger kaum sein. Ich trete einen Schritt zurück, um etwas mehr Platz zwischen uns zu schaffen.

Justus drückt ihre Hand herunter und ohne mich anzusehen, sagt er: „Du gehst jetzt besser nach Hause, Luisa."

Dann fasst er seine Mutter am Arm und führt sie weg von mir. Eine Weile stehe ich da und starre ihnen ungläubig nach. Er hat mich schon wieder stehen lassen.

Ein Blick auf die Uhr verrät mir, dass der nächste Bus erst in einer halben Stunde kommt und ich stehe alleine im Dunkeln. Es wird langsam kühl, also ziehe ich den Reißverschluss meiner Jacke hoch und beschließe so lange zu laufen, bis der Bus mich einholt. Ich bin etwa seit zehn Minuten unterwegs, als ich in einiger Entfernung eine Gruppe Jugendlicher erkenne. Lachend und sich gegenseitig schubsend kommen sie mir entgegen. Es sind etwa sechs oder sieben Jungen und Mädchen. Sofort schießen mir Bilder von dem Abend in Dreslers Park in den Kopf und mein Herz schlägt schneller. Ich krame nervös in meiner Tasche nach dem Handy und tippe Yasins Nummer. Nach dem Zweiten Freizeichen hebt er ab.

„Lu?", höre ich seine besorgte Stimme. „Alles in Ordnung bei dir?"

„Bleib einfach kurz daran", sage ich zu ihm, als die ersten Jugendlichen an mir vorbei laufen. Einer der Jungs pfeift und zwinkert mir zu, wofür er von einem Mädchen, das wahrscheinlich seine Freundin ist, einen Klaps auf den Hinterkopf bekommt. Die Gruppe lacht und zieht weiter. Ich atme erleichtert aus.

„Alles in Ordnung?", wiederholt Yasin seine Frage. Ich nicke, obwohl er das nicht sehen kann. „Ja, alles in Ordnung."

„Wo bist du denn?", fragt er. Er klingt noch nicht wirklich beruhigt.

„Noch in Kreuztal. Ich laufe nach Hause. Der nächste Bus kommt erst in zwanzig Minuten."

„Es ist elf Uhr abends. Was tust du denn da?"

„Ich war mit Justus im Kino."

Ein paar Sekunden schweigt Yasin, dann höre ich seine Stimme wieder. Sie klingt gepresst. „Und warum bringt er dich nicht nach Hause?"

„Er hat seine Mutter in Kreuztal getroffen und ist mit ihr nach Hause gegangen", antworte ich und komme mir dumm dabei vor. Warum kann seine Mutter nicht alleine nach Hause gehen? Weshalb braucht sie ihren Sohn dafür?

„Soll ich dich holen?“, fragt Yasin.

„Bis du hier bist, bin ich auch alleine nach Hause gelaufen. Das macht keinen Sinn. Bleib einfach am Telefon, okay?“

„Okay.“

Der Bus holt mich erst kurz vor der letzten Haltestelle ein, also steige ich nicht ein, sondern laufe weiter.

Yasin telefoniert mit mir, bis ich zuhause ankomme und legt erst auf, als ich ihm sage, dass ich jetzt mal dringend auf Toilette muss.

Kapitel 14

Als ich am nächsten Morgen vor die Tür trete, fällt mir auf, dass es Herbst geworden ist. Die Luft ist so kalt, dass mein Atem kleine Wölkchen bildet. Ich reibe mir die Hände und mache mich auf den Weg zum Bus. Für heute habe ich mir vorgenommen, Justus zur Rede zu stellen. Er kann mich nicht einfach behandeln, wie er gerade lustig ist. Ich weiß nie, woran ich bei ihm bin. Ob er heute freundlich zu mir ist oder mich wieder vor den Kopf stößt.

In der ersten großen Pause mache ich mich direkt auf den Weg zum Streitschlichterraum. Und tatsächlich treffe ich ihn und das Zahnspangenmädchen dort an. Diesmal sieht er überrascht aus, als er mich in der Tür stehen sieht.

„Hi", trällert mir das Mädchen entgegen. „Können wir dir helfen?"

Ich habe die Arme vor der Brust verschränkt und sehe Justus finster an. Er legt dem Mädchen die Hand auf den Arm.

„Lisa, ich glaub sie will zu mir. Kannst du uns kurz alleine lassen?"

„Okay." Sie klingt ein wenig enttäuscht und schlurft langsam an mir vorbei nach draußen. Ich ziehe die Tür hinter ihr zu und sehe dann wieder zu Justus hinüber, der leicht geknickt auf seinem Stuhl sitzt.

Er weicht meinem Blick aus und erst da fällt mir der Riss auf, der sich senkrecht über seine linke Augenbraue zieht. Eine frische Platzwunde, die noch nicht ganz verheilt ist. Ich mache den Mund auf, um ihn danach zu fragen, überlege es mir dann aber anders. Er wird mir sowieso nicht die Wahrheit sagen.

Endlich sieht er mich an und fragt „Was willst du?“

„Warum hast du mich gestern Abend einfach da stehen lassen?“, fahre ich ihn etwas wütender an, als beabsichtigt.

Er runzelt die Stirn und sieht aus dem Fenster. Gerade, als ich denke, er antwortet nicht mehr, sagt er an das Fenster gerichtet: „Ja, das tut mir leid.“

„Warum musstest du deine Mutter nach Hause bringen?“, frage ich und ärgere mich, weil ich dabei so trotzig klinge.

Er sieht zu mir her und aus seinen blauen Augen funkelt eine eisige Kälte.

„Ich wüsste nicht, was dich das angeht.“

Ich zucke erschrocken zusammen und lasse die Arme sinken. Einen Moment überlege ich, ob ich mich bei ihm entschuldigen soll, entscheide mich aber dagegen.

Als ich den Raum wieder verlasse, bemerke ich, dass er schon wieder derjenige war, der den Gesprächsablauf beeinflusst hat. Er entscheidet, wann wir sprechen, über was wir sprechen und wie viel wir sprechen. Er ist ein Arschloch. Schlicht und ergreifend ein Arschloch. Und trotzdem fühle ich mich zu ihm hingezogen.

Nach der Schule gehe ich nicht sofort nach Hause, sondern biege an der Bushaltestelle nach links ab.

Justus will mir nichts über sich verraten, ich weiß aber, wer es kann.

„Na Mäddche?", begrüßt mich Herr Schmidt, als er mir die Tür öffnet. Der alte Mann setzt sich an den Küchentisch und beginnt, seine Pfeife zu stopfen.

Ich nehme ihm gegenüber Platz und beobachte ihn neugierig. Er steckt sich die Pfeife in den Mund, hält das Feuerzeug an den Pfeifenkopf, in den er den Tabak gestopft hat und zieht ein paar Mal schmatzend an dem Mundstück. Als der Tabak aufglüht, legt er das Feuerzeug beiseite und sieht mich fragend an.

„Kaan ech dir wadd helfe?"

Ich weiß nicht genau, wie ich meine Frage geschickt verpacken soll, also frage ich gerade heraus. „Was stimmt nicht mit Ihrem Enkelsohn?"

Herr Schmidt setzt die Pfeife ab und zieht die Augenbrauen hoch.

„Wie bitte?", fragt er auf hochdeutsch. Ich beiße mir auf die Lippe, schüttele den Kopf und sage: „Ich meine, Sie hatten doch selbst beim letzten Mal etwas angedeutet. Ich blicke aber nicht ganz dahinter. Er benimmt sich so seltsam und ich weiß nicht, wieso."

Herr Schmidt nimmt in aller Ruhe noch einen Zug aus seiner Pfeife und atmet den Rauch beim Sprechen wieder aus.

„Justus hat einige familiäre Probleme zu bewältigen. Das ist nichts, was dich etwas angeht."

Ich runzele die Stirn und betrachte meine Finger, die auf der Tischplatte liegen. Herr Schmidt steht vom Tisch auf und geht ans Fenster. Mit Blick in den Garten, redet er weiter.

„Meine Frau ist schon sehr früh gestorben."

Ich schaue fragend auf, doch er sieht mich nicht an, als er fortfährt.

„Mit Pauls Erziehung war ich oft überfordert. Ich war ja alleine für ihn verantwortlich. Es war nicht immer leicht…“ Er zögert, die Pfeife zittert ganz leicht in seiner Hand. „Ich will mich nicht rechtfertigen. Ich will auch Pauls Verhalten nicht rechtfertigen. Aber es erklärt vielleicht Einiges.“

Ich runzele verwirrt die Stirn, traue mich aber nicht, etwas zu sagen. Es scheint, als ob es Herrn Schmidt sehr schwer fällt, überhaupt etwas zu erzählen. Als er schweigt, frage ich ihn dann doch.

„Ist Paul Ihr Sohn?“

Er nickt stumm und fügt hinzu: „Mein Einziger. Er war vier Jahre alt, als seine Mutter starb.“

Herr Schmidt wendet sich vom Fenster ab, legt die Pfeife in einen Aschenbecher auf den Küchentisch und nimmt dann eines der alten gerahmten Bilder von der Kommode. Er hält es mir entgegen. Es ist eine Schwarz-Weiß-Aufnahme von einer jungen Familie.

Ich erkenne den jungen Herrn Schmidt wieder. Er sieht ernst, aber zufrieden aus. Neben ihm steht eine hübsche junge Frau, die freundlich in die Kamera lächelt. Sie hat sich die Haare zu einem Dutt zusammen gebunden, doch eine Locke ist heraus gefallen und hängt ihr in die Stirn. Auf ihrem Arm hält sie einen kleinen Jungen, vielleicht zwei Jahre alt, der fröhlich grinst.

„Emma“, sagt Herr Schmidt und so wie er das Bild ansieht, klingt es, als würde er es zu ihr sagen und nicht zu mir.

„Sie ist hübsch“, flüstere ich und Herr Schmidt antwortet: „Ja, das war sie.“

Er stellt das Bild wieder weg, nimmt sich seine Pfeife und setzt sich wieder mir gegenüber hin.

„Weißt du, Mädchen. Wir Siegerländer sind keine gefühlsduseligen Menschen. Wir reden auch nicht viel, besonders nicht mit Menschen, die wir noch nicht gut kennen“, erklärt er mir.

„Meinen Sie, Justus ist deshalb so abweisend zu mir?“

Her Schmidt schweigt und ich habe das Gefühl, dass heute nicht mehr viel aus ihm heraus zu bekommen ist, also stehe ich auf und will mich verabschieden.

„Eins noch, Mädchen“, hält er mich auf. „Justus ist ein guter Junge. Gib ihn nicht so schnell auf.“

Der Besuch bei Herrn Schmidt hat mich mehr verwirrt, als mir weiter zu helfen. Was wollte er mir bloß sagen? Was hat Justus‘ Vater mit Justus‘ Verhalten mir gegenüber zu tun? Ich ärgere mich, dass ich nicht noch mehr nachgehakt habe, doch das kam mir einfach falsch vor.

Ein kühler Regen setzt ein und lässt mich etwas schneller laufen. Immer noch grübelnd betrete ich unser Haus und hänge meine Jacke an den Haken. Aus dem Esszimmer höre ich meine Mutter fröhlich summen. Sie sitzt vor ihrem PC und klickt sich durch eine lange Liste mit Immobilien.

„Was tust du da?“, frage ich über ihre Schulter gebeugt und sie zuckt erschrocken zusammen.

„Luisa! Schleich dich doch nicht so an!“

„Was tust du da?“, wiederhole ich und deute auf den Bildschirm. Sie schließt die Seite und fängt an, das Chaos auf ihrem Schreibtisch zu sortieren. „Ach, nichts. Ich hab mich nur ein bisschen umgeschaut.“

„Wir ziehen nicht schon wieder um, oder?“, frage ich gepresst.

„Lu, ich würde es dir sagen, wenn es so wäre“, sagt sie und verdreht genervt die Augen. Ich hasse es, wenn sie das tut, denn damit möchte sie mir zeigen, wie egal ihr meine Aussagen sind.

„Sicher? Ich habe nämlich das Gefühl, dass du mir momentan so Einiges verschweigst.“

Sie hält kurz inne, schüttelt dann lachend den Kopf. „Darf eine Mutter nicht auch mal Geheimnisse vor ihrem Kind haben? Ich habe schließlich auch noch ein Leben neben dir."

„In deinem Leben spiele ich doch überhaupt keine Rolle!", schreie ich sie an und kann nicht verhindern, dass mir Tränen in die Augen schießen. Sie sieht überrascht auf und starrt mich an.

„Luisa!"

„Wenn du mich doch so sehr hasst, wieso hast du mich dann damals nicht direkt abgetrieben? Das wäre einfacher gewesen, für dich und für mich!"

Meine Mutter schlägt sich die Hand vor den Mund und bevor sie noch etwas sagen kann, stürme ich aus dem Haus.

Yasins kleine Schwester Aylin öffnet mir die Tür. Sie sieht mich aus großen Augen an. Meine Locken hängen tropfnass vom Regen herunter und meine Augen sind rot geweint.

„Hi", wispere ich und hebe schlapp eine Hand nach oben. Aylin dreht auf dem Absatz um und rennt weg. Ich wische mir mit dem nassen Jackenärmel über das Gesicht und verschmiere dadurch versehentlich auch noch meine Wimperntusche. Ein paar Sekunden später kommt Yasin die Treppe aus dem Obergeschoss herunter. Er zieht mich rein, nimmt mir meine Jacke ab und legt mir ein Handtuch um die Schultern, das Aylin ihm reicht. Dann nimmt er mich mit auf sein Zimmer.

Yasins Zimmer ist größer als meins und sehr modern eingerichtet. Sein riesiger Schreibtisch ist in ein weißes Regal eingelassen, das eine ganze Seite des Raumes einnimmt. Gegenüber steht ein Bett aus weiß lackiertem Holz. An den weiß gestrichenen Wänden hängen Poster von deutschen und türkischen Fußballspielern, die ich alle nicht kenne.

Sein Zimmer ist sauber und ordentlich. Das überrascht mich allerdings kein bisschen. Yasin selbst ist immer sauber und ordentlich. Wir setzen uns auf sein Bett. Ich schiebe meine Hände unter meine Oberschenkel und starre auf meine Füße, bis sie vor meinen Augen verschwimmen.

„Meine Mutter hasst mich", flüstere ich schließlich und meine Kehle fühlt sich an, als würde sie jemand zudrücken.

„Das tut sie nicht", sagt Yasin und sein Ton verrät, dass er davon wirklich fest überzeugt ist.

Ich schüttele den Kopf. „Du kennst sie nicht."

„Sie ist deine Mutter", meint er, als würde das als Antwort ausreichen.

„Na und?", entgegne ich. „Mein Vater ist auch mein Vater und möchte trotzdem nichts mit mir zu tun haben." Mein Blick verschwimmt und eine Träne tropft auf meine Hose.

„Warum hasst mich denn jeder?", frage ich und muss dabei schluchzen. Yasin zieht meine Hand unter meinem Bein hervor und drückt sie leicht.

„Stimmt doch gar nicht."

„Meine Mutter hasst mich, mein Vater hasst mich, Justus hasst mich..." Meine Stimme versagt und ich bedecke mein Gesicht mit den Händen. Yasin legt einen Arm um mich und zieht mich zu sich heran. Sein Atem geht ruhig und gleichmäßig. Ich drücke mich gegen seinen Brustkorb und lausche seinem Herzschlag, der mich langsam wieder herunter holt. Er hält mich fest und legt sein Kinn sachte auf meinen Kopf. So sitzen wir mehrere Minuten da, ohne etwas zu sagen. Dann löse ich mich aus seiner Umarmung und lächele ihn vorsichtig an.

„Danke."

Er schüttelt leicht den Kopf. „Nicht dafür."

„Du bist zu gut für diese Welt, weißt du das?",

frage ich ihn und wische mir mit dem Ärmel die verschmierte Wimperntusche aus dem Gesicht.

„Da könntest du recht haben", antwortet er mit einem schiefen Grinsen.

Eine halbe Stunde später sitzen wir zusammen mit Yasins Mutter Gökçe und Aylin im Wohnzimmer auf dem Teppich, knabbern Chips und schauen fern. Auch, wenn es mir anfangs seltsam vorkam, mich nicht auf die Couch zu setzen, sondern davor, finde ich es jetzt unglaublich gemütlich.

„Ich befinde Sofas ab sofort für unnötig", erkläre ich und nehme mir noch eine Handvoll Chips aus der Schüssel. Yasin nickt und fügt hinzu:

„Genau wie warme Mahlzeiten. Chips reichen doch vollkommen aus".

Gökçe verpasst ihm mit der Fernsehzeitschrift einen Klaps auf den Hinterkopf und Aylin kichert leise hinter vorgehaltener Hand. Gökçe streicht ihrer Tochter die langen, schwarzen Haare zurück und beginnt ihr einen Zopf zu flechten.

„Yasin, ich übertrage dir übrigens die Verantwortung am Wochenende. Sollten wir wiederkommen und hier liegt alles in Schutt und Asche, bist du es, den ich zur Rechenschaft ziehe", sagt sie beiläufig.

„Was? Aber das ist unfair!", ruft Yasin empört.

„Wo fahrt ihr denn hin?", frage ich.

„Wir fliegen über das Wochenende in die Türkei. Mustafas Mutter geht es nicht gut", antwortet Gökçe und gibt ihrer Tochter einen Kuss auf den Kopf. „Aylin und Ahmet kommen mit. Ediz und Yasin können nicht mit, weil wir schon Freitagmorgen fliegen und sie die Schule nicht verpassen dürfen."

„Aber warum habe ich die Verantwortung? Warum nicht Ediz? Immerhin ist er der Ältere", schmollt Yasin.

„Weil du der Vernünftigere von euch beiden bist." Gökçe lächelt ihn liebevoll an.

„Unfair", grollt Yasin und schaut finster drein. Ich stoße ihm den Ellbogen in die Seite und als er guckt, strecke ich ihm die Zunge heraus. Er verdreht die Augen und stöhnt.

„Also gut."

Wie kann es sein, dass ich mich woanders mehr zuhause fühle als bei meiner Mutter? Dieses wohlig warme Gefühl, das ich spüre, wenn ich bei Yasins Familie bin, hatte ich zuvor noch nie. Ein richtiges Zuhause gab es für mich bisher nicht. Da gab es nichts, was mir Sicherheit und Halt gab. Das einzig Beständige in meinem Leben war die Unbeständigkeit.

Wenn ich sehe, wie Gökçe ihrer Tochter durch die Haare streicht, frage ich mich, was das für ein Gefühl ist. Wie fühlt es sich an, für jemand anderen wichtig zu sein? Und wie kann es sein, dass ich meiner Mutter egal bin? Liebt nicht jede Mutter ihr Kind? Sollte das nicht von der Natur so vorherbestimmt sein? Bin ich denn nicht auch liebenswert? Und kann ich denn nicht einfach mal glücklich sein?

Ich wende mich von den beiden ab und versuche mich auf den Film zu konzentrieren, doch die Bilder flackern vor meinen Augen, ohne in meinem Kopf anzukommen. Yasin legt den Arm um mich und strubbelt mir durch die Haare. Ich lächele ihn schief an, schnappe mir seine Hand und halte sie über meiner Schulter fest.

Kapitel 15

Es ist Freitagmittag und Yasin wartet wie immer vor der Schule auf mich. „Ich sage dir, wenn Ediz irgendwas geplant hat, ich mache ihn einen Kopf kürzer“, droht Yasin, kaum, dass er mich sieht.

„Genau deshalb hat deine Mutter dich ausgewählt“, lache ich und hake mich bei ihm ein. Als ich gestern Abend nach Hause kam, war meine Mutter nicht mehr da. Der Gedanke, dass sie mit meinem Vater zusammen sein könnte, nagte an mir, bis ich irgendwann einschlief.

„Meinst du, ich bin zu vernünftig?“, fragt Yasin mich auf dem Weg zur Bushaltestelle. Ich tue so, als müsste ich über die Frage nachdenken.

„Mmm...Ja...ja, manchmal schon.“

Yasin seufzt und lässt den Kopf hängen.

„Es gibt schlimmere Charaktereigenschaften“, tröste ich ihn und tätschele seinen Arm. Er wirft mir einen kurzen Blick zu und starrt dann wieder auf seine Füße.

„Und wenn ich ihn die Party machen lasse?“, fragt er plötzlich und bleibt stehen. Ich sehe ihn überrascht an.

„Und deine Eltern?“

„Die bekommen das doch gar nicht mit“,

antwortet er. „Wir müssen danach nur gut aufräumen."

„Ich weiß nicht, Yasin. Zieh mich da bloß nicht mit rein."

„Du und ich", grinst Yasin, „wir haben gar nichts mit der Sache zu tun. Ediz wird das schon regeln."

Als ich am Abend bei Yasin klingele, hoffe ich inständig, dass er Recht behält. Denn sonst käme ich mir in dem blauen Cocktailkleid, das Sophie mir geschenkt hat, doch etwas lächerlich vor. Doch von drinnen höre ich schon gedämpfte Musik und Stimmen. Ediz öffnet mir mit einem breiten Grinsen.

„Lu! Schön, dass du auch kommst. Hereinspaziert." Er deutet eine Verbeugung an und macht mir den Weg ins Haus frei.

„Siehst toll aus", fügt er mit einem Zwinkern hinzu.

Ich staune nicht schlecht, als ich das Wohnzimmer betrete. Ediz hat in der kurzen Zeit Einiges auf die Beine gestellt. Die Kommode im Esszimmer hat er vorgeschoben und zur Bar umgebaut. Hinter der Bar steht ein junger Kerl, etwa um die 18 Jahre alt und mixt Cocktails. Um den Wohnzimmertisch herum hat Ediz jede Menge Kissen verteilt, auf denen es sich schon ein paar Mädchen gemütlich gemacht haben und aus einer Shisha rauchen.

Aus der Musikanlage dröhnt Techno, aber bisher traut sich noch niemand zu tanzen. Der ganze Raum wird von Strahlern in verschiedenen Farben beleuchtet. Mal ist er blau, dann wieder grün, dann rot. Ich schaue mich suchend nach Yasin um und entdecke ihn in der Küche, wo er einem hübschen, blonden Mädchen hilft, Brötchen zu belegen.

Die beiden erzählen sich etwas, das ich durch die laute Musik nicht verstehen kann und lachen dann ausgelassen. Sie stößt ihm den Ellbogen in die Rippen und streckt ihm die Zunge heraus. Er grinst und ich sehe, dass es ihm gefällt, wie sie ihn ansieht. Ich räuspere mich vergeblich, um seine Aufmerksamkeit zu erlangen und tippe ihm schließlich auf die Schulter.

„Hi", lächele ich ihn an und meine Augen huschen ganz kurz zu der Blondine rüber.

Sie ist wirklich verdammt hübsch. Ihre langen platinblonden, fast weißen Haare glänzen unerhört schön und ihre grünen Augen funkeln. Ihre Lippen sind wohl das, was manche Menschen als sinnlich bezeichnen und ihre Stupsnase passt perfekt in ihr schmales Gesicht. Yasins Augen funkeln ebenfalls. Ob er wohl schon etwas getrunken hat?

„Lu, da bist du ja schon", ruft er gegen die Musik an. Er deutet mit dem Buttermesser auf das fremde Mädchen. „Das ist Fee. Sie geht in meine Klasse."

Als er mit dem Messer auf mich umschwenkt, nehme ich es ihm sicherheitshalber aus der Hand und lege es auf die Küchentheke. Er lässt sich nicht beirren und fährt mit seiner Vorstellungsrunde fort.

„Fee, das ist Luisa." Sie nickt und ihr Lächeln kommt mir falsch vor. „Ja, ich glaub, du hast sie mal erwähnt."

„Von dir hab ich noch nie was gehört", platzt es mir heraus, doch ich versuche nicht den Satz mit einem Lächeln zu verschönern.

Fee. Ein Mädchen, das Fee heißt? Ist das überhaupt erlaubt? Und zu allem Überfluss passt der Name auch noch zu ihr. Yasin drückt mir eine Packung Käse in die Hand.

„Du kannst uns beim Belegen der Brötchen helfen", sagt er fröhlich und scheint die angespannte Stimmung im Raum entweder nicht zu bemerken oder zu ignorieren.

Während ich schweigend die Käsescheiben auf den Brötchenhälften verteile, plaudern Yasin und

Fee über die Schule, den Unterricht und ihre Mitschüler. Sie reißen immer wieder Insiderwitze und lachen laut darüber, als wäre ich gar nicht vorhanden. Es scheint, als würden sie sich schon ewig kennen und wären die besten Freunde.

Ich dachte bisher, *ich* wäre Yasins beste Freundin, doch neben Fee komme ich mir klein und unbedeutend vor. Was will er mit mir? Gegen sie bin ich ein Mauerblümchen. Ich bin weder so hübsch noch so klug oder so witzig wie sie.

„Wie die Maier geguckt hat. Das hätte man fotografieren sollen", lacht Fee und wischt sich ein paar Tränen aus den Augenwinkeln. Yasin zieht eine Grimasse und versucht anscheinend seine Lehrerin nachzuahmen. Fee hält sich nun mit einer Hand den Bauch vor Lachen, mit der anderen hält sie sich an Yasin fest, um nicht umzukippen. Er greift nach ihrem Arm und stützt sie.

„Wie letztes Jahr auf der Klassenfahrt", quietscht sie und nun muss auch Yasin lachen. Mir reicht's. Ich lasse den restlichen Käse auf der Anrichte liegen und verschwinde in Richtung Kommodenbar. Dort nehme ich auf einem der Hocker Platz und warte auf einen Drink. Der Junge hinter der Bar bemerkt mich allerdings gar nicht, weil er gerade mit einem der Shisha-Mädchen flirtet, das in der einen Hand ein Sektglas und in der anderen eine Zigarette hält. Also tippe ich ihm auf die Schulter und deute auf ein Bierglas.

„Bier?", fragt er überrascht, zuckt dann aber mit den Schultern und zapft mir eins aus einem kleinen Fass, das hinter ihm auf einem Tischchen steht.

Er stellt mir das Glas hin und wendet sich wieder dem Mädchen zu. Vorsichtig nippe ich an meinem Bier. Es schmeckt bitter, aber nicht schlecht. Es ist das erste Bier in meinem Leben. Dies ist auch die erste Party in meinem Leben. Und bisher bin ich noch nicht allzu begeistert.

Aus den Augenwinkeln beobachte ich das Shisha-Mädchen. Sie scheint etwas an sich zu haben, das die Jungen mögen, denn nun steht schon der zweite neben ihr und grinst sie doof an. Sie ist nicht so schön wie Fee, aber sie strahlt eine Selbstsicherheit aus, die anziehend wirkt.

Ich versuche, auf dem Hocker dieselbe Pose einzunehmen wie sie, strecke den Rücken durch, überschlage die Beine und kippe fast von meinem Hocker herunter. Schnell halte ich mich an der Kommode fest und schaue mich um. Doch niemand scheint etwas bemerkt zu haben.

Die Art, wie das Mädchen das Sektglas hält, wirkt gelassen, aber auch erhaben. Ich trinke mein Bier leer und schnappe mir dann ebenfalls ein Glas Sekt von der Theke. Langsam führe ich es, zwischen zwei Fingern haltend, an die Lippen und nehme einen Schluck. Der Sekt prickelt in meinem Hals. Er schmeckt leicht süßlich, verglichen mit dem Bier. Doch auch, als ich genauso da sitze wie das Shisha-Mädchen und an meinem Sekt nippe, beachtet mich niemand.

Ich werfe noch einmal einen kurzen Blick auf sie. Sie trägt ein schwarzes Minikleid mit V-Ausschnitt, das ihre Brüste gerade genug zeigt, um aufzufallen, aber auch nicht zu viel, um schlampig zu wirken. Es endet knapp unter ihrem Hintern, sodass ihre langen Beine gut zur Geltung kommen. Ich sehe an mir herunter, tue so, als würde ich einen Fussel von meinem Kleid entfernen und ziehe den Saum etwas höher, sodass mehr von meinen Beinen zu sehen ist. Aber was soll der Mist? Wen will ich hier beeindrucken?

Plötzlich fühle ich mich extrem unwohl und will nichts lieber, als mich zuhause in mein Bett zu legen. Gerade als ich vom Hocker hüpfen will, steht Ediz neben mir. Er grinst mich frech von der Seite an und schiebt mir noch ein Bier hin.

„Schön, dass du da bist, Lu", sagt er und zündet sich eine Zigarette an. Wie er so dasteht in seiner schwarzen Lederjacke, mit seinen rappelkurzen Haaren und der Zigarette, wirkt er unglaublich cool.

„Ich wollte eigentlich gerade gehen", sage ich und schaue verlegen weg.

„Was?", er sieht mich überrascht an. „Wieso das denn?"

Ich zucke mit den Schultern und klemme die Hände unter meine Oberschenkel. Er schiebt mir das Bier mit einem Finger noch ein Stück näher.

„Trink wenigstens erst noch eins mit mir." Sein Lächeln ist dabei so charmant, dass ich nicht nein sagen kann.

Nach mindestens drei weiteren Gläsern Bier und ein paar Schnäpschen ist meine Stimmung auf einmal wie ausgewechselt. Ich fühle mich leicht und unbeschwert und lache über Ediz' Versuche ein paar Bierdeckel mit den Fingern von der Tresenkante zu stoßen und nach einem Überschlag wieder aufzufangen.

„Lass mich auch mal", kichere ich und schnappe mir die Pappdeckel.

Gleich beim ersten Versuch schlage ich mir die Fingerknöchel so hart an, dass man meinen könnte, ich hätte sie mir gebrochen. Doch ich spüre kaum Schmerz. Stattdessen kippe ich fast lachend vom Hocker. Ediz hält mich mit einer Hand am Rücken fest und grinst. „Hey, hey. Vorsichtig."

Dass Yasin neben uns steht, bemerke ich erst, als er auf mein Glas zeigt und Ediz vorwurfsvoll fragt: „Wie viele hatte sie denn schon?"

Sein Bruder zuckt mit den Schultern. „Keine Ahnung. Ich hab nicht mitgezählt."

Yasin nimmt mir das Glas aus der Hand, aus dem ich gerade noch einen Schluck nehmen will und zieht mich vom Hocker. Ich wehre mich gegen ihn und schlage seine Hände weg.

„Ey, lass mich!"

Als ich stehe, bemerke ich, wie der Boden unter meinen Füßen wankt und die ganze Welt von links nach rechts an mir vorbei zu ziehen scheint.

„Woooooaaaaa", stoße ich aus und halte mich an Yasins Arm fest.

Dann fällt mein Blick auf die blonde Schnepfe, die neben ihm steht und mich mit hoch gezogenen Augenbrauen betrachtet.

„Glotz nicht so, Elbe", schnauze ich sie an und tippe ihr ein paar Mal mit dem Zeigefinger gegen die Brust.

„Fee", korrigiert sie mich naserümpfend und schiebt meine Hand weg.

„Fee", lache ich. „Wie die aus Peter Pan? Aber weißt du was? Nicht Glöckchen hat Peter bekommen. Peter steht auf Wendy!"

„Was redest du denn da?", fragt Yasin verwirrt.

Ich weiß es selbst nicht. Ich starre nur auf seine Lippen, stolpere einen Schritt auf ihn zu und küsse ihn. Er steht da wie ein Eisblock, doch als ich mich wieder von ihm löse, sehe ich den Glanz in seinen Augen.

„Ich glaub, du brauchst ein bisschen frische Luft", sagt er mit belegter Stimme und zieht mich hinter sich her in Richtung Haustür.

Aber ich will noch nicht gehen. Es macht doch gerade so einen Spaß. Im Wohnzimmer kommen wir an der Tanzfläche vorbei, die jetzt schon voll besetzt ist. Ich schreie freudig auf, reiße mich von Yasin los und quetsche mich noch dazu. Die Menge schiebt mich hin und her. Der Technobeat dröhnt in meinen Ohren und meine Arme und Beine bewegen sich ganz von alleine.

Jeder tanzt für sich und doch sind wir eine Einheit. Ich merke kaum, wie Yasin versucht, mich von der Tanzfläche zu ziehen. Stattdessen nehme ich seine Hände und drehe ihn mit mir im Kreis. Die Welt dreht sich ebenfalls und auch als ich stehen bleibe, bewegt sie sich weiter.

Ich schwanke zur Seite und stoße gegen einen harten Körper. Derjenige, der dort steht, tanzt nicht mit. Er bewegt sich kein Stück. Ich halte mich an dieser Boje fest und mein Blick wandert langsam nach oben. Seine eisblauen Augen sehen auf mich herab und versinken in meinen. Als ich zur Seite kippe, hält er mich fest. Seine Berührung brennt sich in meine Haut.

Ich keuche auf, wispere „Justus“ und kotze ihm vor die Füße.

Kapitel 16

Das kalte Wasser, das Yasin mir ins Gesicht klatscht, holt mich ein bisschen mehr ins Hier und Jetzt zurück. Ich stöhne und spucke noch eine Ladung Bier und Schnaps in die Badewanne. Yasin hält mir mit einer Hand die Haare zurück und streicht mir mit der anderen über den Rücken.

„Oh Gott, Yasin", jammere ich und schließe kurz die Augen.

„Schon gut", antwortet er und reicht mir einen Waschlappen. Ich wische mir damit den Mund ab und als ich mich umdrehe und mit dem Rücken am Badewannenrand herunter rutsche, sehe ich Justus mit verschränkten Armen in der Tür stehen. Er sieht stumm auf mich hinab, die Lippen zu einem schmalen Strich zusammen gepresst.

Ob er sich wohl vor mir ekelt? Natürlich tut er das. Ich ekele mich ja selbst. Ich halte mir mit einer Hand die Augen zu und schüttele langsam den Kopf.

„Oh Gott, das ist so peinlich."

Yasin tätschelt mir den Rücken, weiß aber offensichtlich nicht, was er darauf antworten soll. Ich fasse mit einer Hand an den Badewannenrand und versuche mich daran hoch zu ziehen.

„Ich will nach Hause“, nuschele ich.
Yasin stützt mich. „Ich komme mit.“
Bevor ich etwas antworten kann, höre ich Justus‘ Stimme.
„Brauchst du nicht. Ich mache das schon.“
Yasin erstarrt in der Bewegung, seine Finger drücken unangenehm fest in meinen Oberarm.
„Aua“, jammere ich.
„Weißt du denn, wo sie wohnt?“, fragt Yasin.
„Ich weiß selber, wo ich wohne!“, empöre ich mich.
Die beiden ignorieren mich und Justus antwortet: „Ihr Vermieter ist mein Opa. Also: Ja.“
Er greift nach meinem Arm und zieht mich grob hinter sich her. „Aua!“, wiederhole ich, doch Justus beachtet meinen Protest nicht. Er zerrt mich die Treppe hinunter und raus vor die Tür. Die frische Nachtluft wirkt angenehm kühl auf meiner Haut und ich atme tief ein. Justus lässt meinen Arm los.
„Kannst du alleine laufen?“
Ich nicke. „Seit ich 11 Monate alt bin.“
Er steckt die Hände in die Hosentaschen und läuft los, ohne darauf zu achten, ob ich hinterher komme. Meine Schritte sind unbeholfen und wackelig, als ich versuche mit ihm mitzuhalten.
„Was machst du überhaupt hier? Woher kennst du Ediz?“, frage ich ihn, während ich imaginären Hindernissen ausweiche.
„Wir waren mal zusammen in einer Klasse, bevor ich die Schule gewechselt hab.“
„Und warum willst du jetzt nicht weiterfeiern?“
Er zuckt mit den Schultern. „Die Party war lahm.“
„Findest du?“, ich frage mich, auf was für Partys er sonst ist, wenn er diese hier langweilig fand.
Als ich stolpere, bleibt er stehen und greift nach meinem Arm. Er zieht fragend die Augenbrauen

hoch, doch ich schüttele nur den Kopf und er lässt mich wieder los.

„Du solltest nichts mehr trinken", sagt er und geht wieder weiter. Plötzlich werde ich wütend. Warum meint er, über mich bestimmen zu dürfen? Ich bin ihm doch sonst auch immer egal. Ich hole zu ihm auf und versuche, so nüchtern wie möglich zu laufen.

„Ach ja? Und warum?", frage ich trotzig.

„Es lässt dich dumm wirken", entgegnet er kühl. Verzweifelt suche ich nach den richtigen Worten, um nicht dumm zu wirken. Doch aus meinem Mund kommt: „Vielleicht bin ich das ja. Ganz ohne Alkohol."

Er schüttelt den Kopf. „Nein, bist du nicht." War das ein Kompliment? Ein Kompliment von Justus? Ich laufe rot an und beiße mir auf die Unterlippe, um nicht blöd zu kichern.

Es klingelt und Justus holt sein Handy aus der Hosentasche. Stirnrunzelnd blickt er auf den Bildschirm und hebt dann ab.

„Ja?...Ja, das bin ich... Wo?...Bin unterwegs."

Er legt auf und sieht mich an. Plötzlich wirkt er gar nicht mehr so gelassen wie sonst. Seine Augen huschen nervös hin und her, als würde er nach etwas suchen.

„Ich muss los. Schaffst du es alleine nach Hause?"

Nicht schon wieder. Er lässt mich schon wieder einfach so stehen. Aber sein Blick verrät mir, dass es etwas Ernstes sein muss. Also nicke ich und wanke los. Meine Schritte sind etwas zu schnell, deshalb komme ich ins Stolpern und pralle mit der Schulter gegen die nächste Hauswand. Ich höre Justus stöhnen und schon ist er neben mir und packt mich am Arm.

„Komm mit." An der Kreuzung führt er mich nach rechts, statt nach links und somit weg von unserem Haus. „Ich wohne aber da hinten", maule ich und deute in die grobe Richtung.

„Schon klar", nickt er. „Ich hab aber keine Zeit, dich erst da hin zu bringen."

„Wohin gehen wir dann?", frage ich verwundert.

„Ins Krankenhaus. Meine Mutter liegt dort."

Die Busfahrt in den nächsten Ort ist die reinste Tortur. Das Rütteln und Schwanken des Busses geht sofort in meinen Kopf über und mir wird wieder übel. Ich stöhne und ächze fast ununterbrochen, schließe abwechselnd die Augen und halte sie auf einen fernen Punkt gerichtet, um zu testen, was besser gegen die Übelkeit hilft. Nur um herauszufinden, dass beides nicht funktioniert.

Als der Bus endlich hält, hilft Justus mir aufzustehen, nimmt mich an der Hand und zieht mich hinter sich her in Richtung Krankenhaus.

Die Dame am Empfang richtet ihren Blick sofort auf mich. Doch bevor sie etwas sagen kann, sagt Justus: „Marleen Engel. Wir wollen zu ihr."

Die Dame tippt etwas in ihren Computer, starrt einen kleinen Moment zu lange auf den Bildschirm und sieht dann mit gerunzelter Stirn Justus an.

„Name?"

„Justus Engel. Ich bin ihr Sohn."

Sie nickt. „Unfallchirurgie. 101B. Sie gehen…"

„Ich weiß, wo das ist", unterbricht Justus sie und zerrt mich schon weiter.

Statt den Aufzug zu nehmen, rennen wir die Treppe hinauf in den ersten Stock und Justus läuft ohne zu zögern weiter. Er scheint sich hier wirklich gut auszukennen. Vor dem Zimmer mit der Nummer 101B bleibt er stehen, klopft kurz und tritt dann ein.

Ich zögere, aber da er die Tür hinter sich offen gelassen hat, folge ich ihm schließlich. Seine

Mutter liegt alleine im Zimmer. Neben ihrem Bett brennt ein kleines Licht, dass den riesigen Bluterguss an ihrer linken Schläfe anstrahlt. Sie hat die Augen geschlossen, als wir eintreten und flüstert nur: „Justus."

Er setzt sich auf den Stuhl neben ihrem Bett und nimmt ihre Hand. „Mama, es tut mir leid."

Sie öffnet die Augen und lächelt ihn an, bevor ihr Blick auf mich fällt. Ihr Lächeln erstarrt.

„Was tut *sie* hier?"

Er schüttelt den Kopf. „Ich musste sie mitnehmen. Es ging nicht anders."

Marleen Engel versucht, sich aufzusetzen.

„Justus, du weißt, dass…", sie zischt vor Schmerz und hält sich die Rippen. Justus drückt sie sachte wieder zurück ins Kissen und schaut dann mich an.

„Warte auf dem Flur. Ich bringe dich gleich nach Hause."

Als ich mich auf einen der Besucherstühle im Flur setze, fühle ich mich mit einem Schlag wieder ganz nüchtern. Was ist mit Justus' Mama passiert? Wer hat ihr das angetan? Warum hat sich Justus bei ihr entschuldigt?

Plötzlich muss ich wieder an die Szene im Park denken, als er Eduardo und seinen Freund verprügelt hat und wie wütend er mich damals angeschaut hat. Ein schlimmer Gedanke lässt mich frösteln und ich reibe mir mit den Händen über die Arme, um die Gänsehaut glatt zu reiben, die sich darauf gebildet hat.

Ein Arzt huscht an mir vorbei und verschwindet in 101B. Ich überlege, ob ich unauffällig verschwinden soll. Justus würde mich nie wieder auf den Vorfall ansprechen und ich könnte ihn vielleicht endlich vergessen. Aber als Justus und der Arzt zehn Minuten später wieder aus dem Zimmer kommen, sitze ich immer noch auf dem Plastikstuhl und starre die Tür an. Der Arzt lächelt Justus an und gibt ihm zum Abschied die Hand, bevor er im nächsten Zimmer verschwindet.

Justus steht da, als wäre sämtliche Lebensenergie aus ihm gewichen. Seine Arme hängen schlapp an ihm herunter und er starrt eine Zeitlang ins Leere, bis er sich wieder mir zuwendet und in Richtung Treppe nickt.

„Komm, lass uns gehen." Seine Stimme ist leise und brüchig. Ich stehe auf und wir verlassen nebeneinander das Krankenhaus.

Draußen angekommen bleibt Justus auf einmal stehen. Ich sehe ihn fragend an.

„Erzähl bitte niemandem davon, ja?", flüstert er.

Ich schüttele den Kopf. „Werde ich nicht."

Auf der Fahrt nach Hause schweigen wir beide. Ich weiß nicht, was ich sagen könnte, um ihn aufzumuntern. Und er sieht mich auch gar nicht an. Sein Blick ist starr aus dem Fenster gerichtet. Wir schweigen bis wir vor meiner Haustür stehen. Ich schließe auf und will rein gehen. Doch ich zögere, als ich ihn ansehe. Er sieht so einsam aus, wie er da steht und in unser Haus blickt. Seit wir aus dem Krankenhaus gekommen sind, scheint jede Kraft aus ihm gewichen zu sein. Ich räuspere mich, weil ich nicht weiß, ob meine Stimme nach der langen Zeit des Schweigens noch zu gebrauchen ist.

„Willst du noch mit rein kommen?"

Endlich schaut er mir wieder in die Augen.

„Macht dir das nichts aus?"

Ich schüttele den Kopf und mache ihm den Weg frei. Er tritt ein und sieht sich neugierig um. Ich bin unschlüssig, in welchen Raum wir als nächstes gehen sollen. Doch er läuft schon die Treppe rauf.

„Du hast das Kämmerchen bekommen, oder?", höre ich seine Stimme von oben und folge ihm schnell, bevor er die benutzte Unterwäsche in meinem Zimmer entdeckt. Doch es ist zu spät, er ist schon drin und sitzt auf meinem Bett.

„Habt ihr nicht eure eigenen Möbel mitgebracht?“, fragt er mit einem Blick auf den alten Sekretär.

„Wir haben keine eigenen Möbel“, antworte ich und versuche die hellblaue Unterhose unauffällig mit einem Fuß unter das Bett zu schieben. „Alles, was ich habe, ist in diesem Koffer.“

Er macht große Augen. „Du hast ihn nicht mal ausgeräumt?“

Ich schüttele den Kopf. „Ich wusste nicht, ob es sich lohnt. Außerdem stinkt es im Kleiderschrank nach Mottenkugeln.“

Er lächelt kurz und deutet dann auf seine Schuhe. „Apropos stinken. Das war jetzt schon das zweite Mal, dass du mir meine Lieblingsschuhe versaut hast.“

Ich laufe rot an. „Äh, ja. Das tut mir leid.“

Justus zuckt mit den Schultern und streift sich die Schuhe von den Füßen, um sich dann rücklings auf mein Bett zu legen. Ich stehe hilflos im Raum und weiß nicht, was ich tun soll. Wäre es Yasin, der da liegt, würde ich mich einfach daneben legen. Aber Justus scheint eine unsichtbare Barriere zu haben, die ich mich nicht traue zu überwinden. Also setze ich mich auf meinen Schreibtischstuhl und drehe mich damit langsam im Kreis. Justus stützt sich auf einen Ellbogen und schaut zu mir herüber.

„Geht es dir wieder besser?“

Ich nicke. „Ja, deutlich.“

„Gut, sonst hätte ich dir nämlich verboten, schon wieder Karussell zu fahren.“

Er klopft neben sich auf das Bett. „Hier ist übrigens noch ein Platz frei. Warum sitzt du auf dem Stuhl?“

Mein Herz setzt einen Schlag aus. Will er wirklich, dass ich mich neben ihn ins Bett lege? Ich halte den Stuhl an und starre auf das kleine Stück Matratze, das noch frei ist.

„Na, komm schon“, er nimmt meine Hand und zieht mich zu sich. Mein Bett ist so klein, dass ich mich eng an ihn drücken muss, um nicht heraus zu fallen. Mein Puls rauscht in meinen Ohren und bringt meinen Körper zum Glühen. Justus hat sich auf den Rücken gelegt und die Arme hinter dem Kopf verschränkt.

„Das Zimmer sieht noch fast genauso aus, wie damals“, sagt er und ich bekomme eine Gänsehaut, weil ich seine Stimme so nah an meinem Ohr höre.

„Damals?“, frage ich.

„Ja, das war mal mein Zimmer. Bevor wir hier ausziehen mussten und in die Erlersiedlung gezogen sind.“

„Warum musstet ihr hier ausziehen? Das Haus gehört doch deinem Opa.“ Sofort beiße ich mir auf die Lippe und hoffe, dass ich nicht zu neugierig war und Justus sich wieder verschließt. Doch er antwortet tatsächlich.

„Mein Vater und mein Opa haben sich gestritten und Opa wollte uns nicht länger in seinem Haus haben.“

„Oh“, ist alles, was mir dazu einfällt und ich habe Angst, dass er mich doch wieder für dumm halten könnte.

„Luisa?“, sagt er.

„Mmm?“

„Versprich mir, dass du nie wieder etwas trinkst, okay?“

Ich schweige einen Moment. Warum sollte ich ihm das versprechen? Ich stütze mich auf und sehe ihm in die Augen. „Warum?“

„Weil ich dich gern hab.“

Ich will etwas erwidern, aber mein Sprachzentrum spielt nicht mit. Stattdessen starre ich ihn nur entgeistert an. Er scheint allerdings auch keine Antwort zu erwarten, sondern lächelt leicht und schließt die Augen.

„Nun leg dich schon hin“, murmelt er, als ich mich nicht rühre. Vorsichtig lege ich meinen Kopf auf seinem Arm ab und lausche seinem ruhigen Atem.

Kapitel 17

Als ich am nächsten Morgen aufwache, liege ich alleine im Bett. Verwirrt schaue ich mich um und frage mich, ob ich das alles vielleicht nur geträumt habe, doch dann sehe ich Justus' vollgekotzte Schuhe vor meinem Bett stehen.

Langsam stehe ich auf und schleiche auf den Flur. Von unten höre ich Geschirrklappern und aus dem Radio tönt leise Musik. Ich tapse die Treppe hinunter und schiele um die Ecke in die Küche. Justus steht barfuß am Herd und brät etwas in einer Pfanne. Schnell ziehe ich meinen Kopf wieder zurück und flüchte so leise ich kann ins Bad.

Als ich mich im Spiegel betrachte, bekomme ich einen Schrecken. Um meine müden Augen herum hat sich die schwarze Wimperntusche verteilt und meine Haare stehen in alle Richtungen ab. Ich ziehe mich nackt aus und stelle mich unter die Dusche. Soviel Zeit muss sein. Danach putze ich mir die Zähne, spüle mir den Mund sicherheitshalber noch mit Mundwasser aus und tusche meine Wimpern neu. Meine Locken rubbele ich nur mit einem Handtuch durch und lasse sie dann noch feucht auf meine Schultern fallen. Zum Glück hat meine Mutter immer Notfallklamotten im Bad liegen. Ich schlüpfe in ihre knallengen Jeans, ziehe ihr schwarzes Top an und nach einem weiteren prüfenden Blick in den Spiegel kehre ich in die Küche zurück.

„Guten Morgen", gähne ich und strecke mich etwas übertrieben. Justus wirft mir einen kurzen Blick über die Schulter zu und lächelt.

„Guten Morgen. Na, Kopfweh?"

„Nein, gar nicht", sage ich und schaue ihm neugierig über die Schulter.

„Mmm…Rührei." Ich lecke mir die Lippen und höre gleich darauf meinen Magen grummeln. Er nickt zum Tisch.

„Setz dich. Ist jetzt fertig."

Ich nehme Platz und er lädt mir und sich selbst jeweils eine riesige Portion Rührei auf die Teller. Dazu gibt es Fleischwurst und ein Glas Orangensaft.

„Mehr habe ich leider nicht gefunden", entschuldigt er sich und setzt sich mir schräg gegenüber.

„Kein Problem", sage ich. „Das ist das beste Frühstück, das ich jemals hatte." Und das meine ich tatsächlich ernst. „Von Frühstück hält meine Mutter nicht viel."

„Wo ist sie eigentlich?", fragt Justus, während er in seinem Rührei herum stochert.

Ich zucke mit den Schultern. „Keine Ahnung. Ich hab sie schon länger nicht mehr gesehen. Wir hatten einen kleinen Streit."

„Machst du dir denn gar keine Sorgen um sie?"

„Macht sie sich Sorgen um mich?", entgegne ich und nehme einen Bissen von dem Rührei. Es ist wirklich wahnsinnig lecker.

„Wo hast du gelernt, so gutes Rührei zu machen?", frage ich ihn und nehme gleich noch eine Gabel voll.

„Hat meine Mutter mir gezeigt", antwortet er und blickt auf seinen Teller. Erst jetzt fällt mir die vergangene Nacht wieder vollständig ein.

„Was…ich meine…wie…also…“, ich stocke und atme tief durch. „Was ist eigentlich passiert?“

Justus legt seine Gabel ab und die Hände links und rechts von seinem Teller auf den Tisch. Dann ballt er sie zu Fäusten, zieht sie weg und versteckt sie unter dem Tisch.

„Sie sagt, sie ist gefallen“, flüstert er schließlich und ich weiß, dass er lügt.

„Das ist die offizielle Version“, sage ich daher und bin die Geheimniskrämerei satt. „Und was ist wirklich passiert?“

Er blickt mir in die Augen und sagt geradeheraus „Mein Vater hat sie verprügelt“.

Ich zucke unmerklich zusammen. Obwohl ich es mir schon fast gedacht hatte, erschrecken mich seine Worte trotzdem.

„Macht er das oft?“, frage ich leise.

„Seit ich denken kann“, antwortet er und sieht mir dabei immer noch in die Augen, als wollte er meine Reaktion prüfen.

„Normalerweise bin ich da, um sie zu schützen. Inzwischen bin ich stark genug, um es mit ihm aufzunehmen. Aber diesmal…“, er schüttelt den Kopf und blickt wieder auf seinen Teller.

„Warum zieht ihr nicht aus?“, frage ich fassungslos.

„Weil er mein Vater ist“, lautet seine Antwort.

„Ja, aber…“, beginne ich, doch Justus unterbricht mich.

„Können wir das Thema wechseln?“

„Ja, klar.“ Ich nicke.

Eine Weile schweigen wir uns an, dann sage ich, „Ich denke, ich gehe nachher noch zu Yasin und Ediz und helfe ihnen beim Aufräumen. Kommst du mit?“

„Nein, ich fahre zu meiner Mutter.“ Seine Antwort klingt kühl, aber ich nehme es ihm nicht übel.

Je mehr ich über ihn erfahre, desto mehr kann ich sein Verhalten nachvollziehen.

Yasin wirkt erschöpft und müde, als er mir die Tür öffnet. Seine Haare sind zerzaust und seine Augen rot unterlaufen. Er hat noch dieselben Klamotten an, wie am Abend zuvor und sieht ziemlich zerknautscht aus.

„Lu", sagt er überrascht. „Mit dir hatte ich nicht gerechnet."

Nicht?", frage ich. „Warum denn nicht?"

„Na ja, nach der Sache gestern", er kommt ins Stocken und winkt dann ab. „Egal, komm erst mal rein."

Das Wohnzimmer ist ein einziges Schlachtfeld. Überall liegen Flaschen, Gläser, Pappteller und Zigarettenstummel. Ich sehe sogar einen BH über der Rückenlehne der cremefarbenen Couch. Und auf der Couch einen riesigen, dunklen Fleck. Vermutlich Wein oder ähnliches. Es liegt ein scheußlicher Geruch in der Luft. Eine Mischung aus Bier, Rauch und Schweiß.

„Scheiße", ist alles, was ich raus bringe.

„Das kannst du aber mal so was von laut sagen", knurrt Ediz von der Theke aus. Er sitzt auf einem der Hocker, einen Ellbogen auf die Kommode gestützt, um seinen Kopf aufrecht halten zu können. Zwischen Zeige- und Mittelfinger klimmt eine Zigarette.

Yasin hat sich in die Mitte des Wohnzimmers vorgekämpft und hält einen blauen Müllsack in den Händen.

„Sie werden uns umbringen", jammert er. Dann ergänzt er, „Nein, sie werden *mich* umbringen!", und lässt sich neben den Rotweinfleck auf die Couch fallen.

Ich schüttele den Kopf und klatsche in die Hände.

„Auf jetzt! So werden wir nie fertig!“

Wahllos schnappe ich nach ein paar Glasflaschen und stelle sie in eine Getränkekiste, die ich hinter der Kommodentheke finde. Dann ziehe ich nacheinander Ediz und Yasin auf die Füße und verteile die Aufgaben.

„Ediz, du reißt jetzt erst mal alle Fenster auf, damit hier wieder frische Luft rein kommt, anschließend sammelst du sämtliche Flaschen ein und stellst sie zurück in die Kisten. Yasin, du sammelst den Müll ein. Ich werde spülen und anschließend entfernen wir den Rotweinfleck von der Couch.“

Ediz stöhnt und fasst sich leidend an den Kopf, als er sich nach der ersten Flasche bückt. Yasin nickt euphorisch und arbeitet sich durch die Müllberge.

Als ich die Küche betrete, trifft mich fast der Schlag. Kein einziger Zentimeter der Arbeitsfläche ist mehr zu sehen. Das Geschirr stapelt sich fast bis unter die Decke. Der Abfluss ist mit etwas Undefinierbarem verstopft. Ein paar eingelegte Gurkenscheiben kleben an der Tapete. Die meisten sind jedoch schon zu Boden gerutscht. Ich seufze und begebe mich an die Arbeit.

Nach einer halben Stunde ist die Küche zumindest schon wieder zu erkennen. Yasin kommt herein und fängt an, um mich herum den Müll einzusammeln.

„Wie geht es dir?“, fragt er, während er die Gurkenscheibe mit angeekeltem Gesichtsausdruck von der Wand kratzt.

„Besser, danke“, antworte ich.

„Was war denn gestern mit dir los?“

Ich halte beim Spülen kurz inne. „Was meinst du?“

„Ich meine dein Verhalten gestern. Du warst so anders.“

„Ich war betrunken“, erkläre ich.

„Nein.“ Yasin schüttelt den Kopf. „Davor. Du warst schon vorher so komisch.“

Ich weiß, was er meint, will aber nicht, dass er es ausspricht.

„Es war fast, als wärst du eifersüchtig auf Fee“, sagt er, weil er meine Gedanken nicht lesen kann. Oder vielleicht gerade, weil er es kann.

„Ich bin doch nicht eifersüchtig!“, verteidige ich mich und schrubbe das Weinglas so fest, dass es in meinen Händen zerplatzt.

„Scheiße!“, fluche ich und spüle Scherben und Blut von meinen Fingern. Yasin öffnet einen der Küchenschränke und holt einen Verbandskasten daraus hervor.

„Zeig mal her“, sagt er und nimmt meine Hand in seine, um meine blutenden Finger mit Pflastern zu versorgen.

„Es war nur…“, gebe ich leise zu, „Prinzessin Lillyfee und du, ihr wart so vertraut miteinander. Ich dachte bisher, ich wäre deine einzige Freundin. So wie du mein einziger Freund bist.“

„Also bist du doch eifersüchtig“, sagt Yasin und kann sich ein Grinsen nicht verkneifen.

„Quatsch“, murmele ich, bin aber selbst nicht sehr überzeugt von mir.

„Lass mich mal weiter spülen“, meint Yasin und schiebt mich von der Spüle weg.

Es dauert drei Stunden, bis wir alles aufgeräumt, geputzt und die Möbel an ihre alten Stellen gerückt haben. Die frische Luft und das Putzmittel haben sogar den abgestandenen Geruch fast vollständig vertrieben. Nur den Rotweinfleck im Polster konnten wir nicht beseitigen. Ediz schnaubt, schnappt sich das Sitzpolster und dreht es einfach herum.

„So, das hätten wir.“

Erschöpft lassen wir uns alle drei auf die Couch fallen. Ich seufze, Ediz schließt die Augen und Yasin hat immer noch ein selbstgefälliges Grinsen im Gesicht. Ich gebe ihm einen Klaps auf den Hinterkopf. „Hör auf, dich darüber zu freuen!“

„Weiß gar nicht, was du meinst“, lacht er und setzt einen unschuldigen Gesichtsausdruck auf.

Als ich nach Hause komme, sitzt meine Mutter vornübergebeugt auf der Treppe, das Gesicht in den Händen vergraben. Ich lege meinen Schlüssel auf der Garderobe ab und bleibe dann unschlüssig im Flur stehen. Sie schaut auf und ich sehe, dass sie geweint hat.

„Hallo Luisa“, begrüßt sie mich mit brüchiger Stimme.

„Hallo Mutter“, entgegne ich. Dann starren wir uns stumm an.

„Luisa, ich…“, beginnt sie und streckt hilflos eine Hand nach mir aus. „Ich möchte, dass du weißt, dass ich dich lieb habe. Dass ich dich immer lieb hatte. Auch, wenn es manchmal nicht so scheint.“

„Manchmal?“, frage ich und verschränke die Arme vor der Brust.

„Ich…ich bin deine Mutter verdammt noch mal!“ Sie rauft sich verzweifelt die Haare. „Wie kannst du glauben, dass du mir nicht wichtig bist?“

Ich schweige. Es ist nicht nötig, ihr zu erklären, was sie falsch gemacht hat. Sie weiß es selbst ganz genau.

Sie schüttelt langsam den Kopf und streicht ihre Haare wieder glatt.

„Ich habe dich unter großen Schmerzen auf die Welt gebracht, ich habe dich gestillt, ich habe mich für dich stark gemacht, als sie dich mir weg nehmen wollten. Als du hohes Fieber hattest und für eine Woche ins Krankenhaus musstest, habe ich dich keine Minute aus den Augen gelassen. Ich war vierzehn Jahre alt, Lu. Ein Jahr jünger als du jetzt. Und ich habe mein Leben für dich aufgegeben. Ich hatte keine Jugend, so wie du sie hast. Von einem Tag auf den anderen war ich kein Kind mehr, sondern nur noch Mutter. Warum kannst du das nicht einfach mal so anerkennen?“

Ich schnaube verächtlich. „Ich soll dir dankbar sein? Ist es das, was du willst? Danke, dass ich auf der Welt bin. Wie großzügig von dir. Und entschuldige bitte, dass ich dir so viel Arbeit gemacht habe. Soll nicht wieder vorkommen.“

Meine Mutter steht auf, kommt auf mich zu und verpasst mir eine schallende Ohrfeige. Ich rühre mich nicht von der Stelle. Meine Wange wird heiß und kribbelt. Ich halte die Luft an, um die Tränen zu unterdrücken, die sich hinter meinen Augen sammeln. Meine Mutter atmet schwer. Auch sie hat Tränen in den Augen. Wir fixieren uns gegenseitig. Wenn sie keine Pumps an hat, wie es normalerweise immer der Fall ist, bin ich genauso groß wie sie. Sie wendet sich ab und fährt sich mit einer Hand durch die Haare.

„Es tut mir leid. Das war falsch.“

Ich presse die Lippen aufeinander und gehe an ihr vorbei die Treppe hinauf.

Kapitel 18

Nach den Ereignissen am Wochenende kommt die Schule mir seltsam fremd und unbedeutend vor. Dass ich keine einzige Hausaufgabe erledigt habe, fällt mir erst auf, als ich schon im Unterricht sitze. Frau Bäcker notiert sich mal wieder etwas in ihrem Klassenbuch und schüttelt enttäuscht den Kopf. Ich warte darauf, dass sie etwas zu mir sagt, doch sie schweigt.

Der Tag zieht ohne besondere Vorkommnisse an mir vorbei. Erst zu Schulschluss halten Laura und Melina mich vor dem Ausgang auf. Sophie steht etwas abseits und beobachtet uns.

„Na, Luisa?“, grinst Laura und ich ahne Böses. „Hab gehört, du warst auf Ediz‘ Party am Freitag?“

„Woher kennst du Ediz?“, frage ich und ärgere mich, dass ich mich überhaupt auf ein Gespräch mit ihr einlasse.

Sie betrachtet ihre Fingernägel und zuckt mit den Schultern. „Meine Cousine geht in seine Klasse.“

„Ihre Cousine war auch auf der Party“, mischt Melina sich ein.

„Ja, und?“, frage ich und will mich an ihnen vorbei schieben. Doch Melina verstellt mir den Weg.

„Alkohol verträgst du wohl nicht so gut, oder?" Die beiden kichern und Laura funkelt mich an.

„Ganz schön peinlich. Und dann auch noch auf Justus' Schuhe! Na, bei dem bist du dann wohl endgültig unten durch, oder? Als hätte die Peinlichkeit in der Dusche vor kurzem nicht gereicht."

„Dabei stehst du doch so auf ihn", ergänzt Melina und verdreht dabei theatralisch die Augen. Ich senke den Kopf, damit die beiden nicht merken, wie ich rot anlaufe und will gerade flüchten, als sich eine Hand von hinten auf meine Schulter legt.

„Hi", flüstert Justus in mein Ohr und ein Kribbeln durchläuft meinen Körper.

„Hi", nuschele ich zurück und halte meinen Blick weiter auf den Boden geheftet.

„Was ist denn hier los?", fragt Justus an Laura und Melina gerichtet. Ich schaue auf und sehe Laura kurz sprachlos.

Melina antwortet für sie. „Wir unterhalten uns gerade über Luisas peinlichen Abgang von der Party am Freitag". Sie grinst mich hämisch an.

„Ihr meint die Party, auf die ihr nicht eingeladen wart?", fragt Justus und drückt leicht meine Schulter.

Laura läuft rot an. „Wir hatten sowieso keine Zeit! Wir wären also eh nicht gekommen."

Justus nickt, legt einen Arm um meine Schultern und zieht mich näher an sich heran.

„Schade, ihr habt Einiges verpasst." Dann führt er mich aus der Schule. Draußen atme ich erleichtert aus und lächele ihn an.

„Dankeschön!"

„Nichts zu danken", antwortet er und scheint es diesmal wirklich ernst zu meinen. „Ich bin heute Abend bei meinem Opa. Komm doch auch vorbei", schlägt er mir vor und mein Herz macht einen Hüpfer. „Ja, gerne."

Einen Moment lässt er seinen Arm noch über meinen Schultern liegen, dann wirft er einen Blick auf die andere Straßenseite und zieht ihn weg.

„Dein Freund wartet. Bis bald dann!“

Ich folge seinem Blick und sehe Yasin dort stehen. Er hat die Hände in den Hosentaschen vergraben und starrt finster zu uns herüber.

„Ja, bis bald“, nuschele ich und überquere die Straße, um zu Yasin zu gelangen.

„Hi“, begrüßt er mich.

„Hi. Alles klar?“

„Ja, warum nicht?“

„Weil du ein Gesicht machst, als hättest du dein Kaugummi verschluckt“, erkläre ich und versuche einen lockeren Ton anzuschlagen.

„Mmph“, grummelt er und stellt den Kragen seiner Jacke auf, als die ersten Regentropfen auf uns niederprasseln.

„Yasin, komm schon. Nicht schon wieder“, klage ich, halte ihn am Arm fest und zwinge ihn, mich anzusehen. Der Regen wird stärker und fällt nun in dicken Tropfen auf die Pflastersteine des Bürgersteigs.

Er atmet schwer aus und schaut zur Seite. „Ich kann ihn einfach nicht leiden.“

„Musst du ja auch gar nicht“, antworte ich verständnislos.

„Ich verstehe nicht, warum du nicht bemerkst, was für ein Arschloch er ist.“

Ich weiß, dass Justus ein Arschloch ist. Ich weiß auch, warum er eins ist. Aber obwohl Yasin mein bester Freund ist, kann ich es ihm nicht sagen. Das habe ich Justus versprochen und ich halte meine Versprechen.

Ich wische mir eine nasse Haarsträhne aus dem Gesicht und schüttele nur leicht den Kopf. Yasin grummelt wieder und läuft weiter. Ich beeile mich, um mit ihm Schritt zu halten.

„Pass einfach auf dich auf, ok?“, presst Yasin hervor.

Als Herr Schmidt mir die Tür öffnet, schlägt mir sofort ein wunderbarer Duft nach gebratenen Kartoffeln entgegen. Ich atme tief ein und folge dem Duft in die Küche. Dort steht Justus am Herd und rührt in einem großen Topf. In der Pfanne daneben braten Kartoffelpuffer oder „Rieevekooche“ wie Herr Schmidt sie nennt.

Justus hält mir zur Begrüßung einen Löffel entgegen. „Probier mal.“ Ich nehme ihm den Löffel ab und koste von der hellen Suppe. Sie schmeckt süßlich, ein bisschen wie Vanillepudding, mit einem Hauch von…

“Ist da Bier drin?“, frage ich überrascht.

„Gehört in eine Biersuppe nun mal rein.“

Ich nehme noch einen Löffel und strecke den Daumen nach oben.

„Super lecker! Hat dir das auch deine Mama beigebracht?“

Er nickt.

„Wie giered da eijentlich dinner Moorer?“, fragt Herr Schmidt an mich gerichtet, während er ein paar Teller aus dem Küchenschrank holt.

Ich beiße mir auf die Lippe und sehe, wie Justus mich aus dem Augenwinkel beobachtet.

„Hat viel zu tun“, nuschele ich und helfe Herrn Schmidt den Tisch zu decken. Justus stellt einen Teller voller Reibekuchen und den großen Suppentopf dazu und zieht einen Stuhl zurück, damit ich mich setzen kann.

„Bitte sehr, die Dame“, grinst er und deutet auf den Stuhl. Ich lache leise und mache einen Knicks.

„Danke, der Herr.“

Ein bisschen wundere ich mich über die Stimmungswandlung, die er mal wieder durchgemacht hat und traue dem Braten noch nicht so ganz. Justus' Augen leuchten und er lächelt auffällig oft.

Er und Herr Schmidt plaudern locker miteinander und prosten sich gegenseitig zu. Die Reibekuchen essen wir bis auf den letzten auf. Ich halte mich nicht zurück, auch wenn ich Justus' erstaunte Blicke bemerke. Es schmeckt einfach zu gut.

„Soll ich noch welche machen?", fragt er mit einem kleinen Grinsen im Gesicht.

Ich lehne mich im Stuhl zurück und drücke beide Hände auf den Bauch. „Das war sooo gut!"

Herr Schmidt nickt stolz. „Oos Justus, dä hädd wahne veel Talente."

Justus und ich spülen gemeinsam ab und schweigen, während Herr Schmidt am Esstisch sitzt und Zeitung liest. Aber es ist ein schönes Schweigen. Eine beruhigende Stille, die uns verbindet. Ich reiche ihm das gespülte Geschirr, er trocknet es ab und stellt es in den Schrank.

Ich sehe, dass Justus über etwas nachdenkt. Er runzelt mehrmals die Stirn, sein Blick geht ins Leere. Als er den letzten Teller weggestellt hat, wirft er das Trockentuch über eine Stuhllehne und fragt: „Lust, noch eine Runde schwimmen zu gehen?"

Ich werfe einen Blick aus dem Fenster. Die Sonne geht gerade unter und lässt ein paar Wassertropfen an der Scheibe glitzern.

„Aber es regnet."

„Na und? Wir werden doch eh nass."

„Ädd gödd kinn schlecht Wärer, edd gödd nur schlechde Klierer", wirft Herr Schmidt ein und raschelt mit seiner Zeitung.

„Ich habe keine Badesachen", gebe ich leise zu und schaue beschämt zu Boden.

„Ich auch nicht", flüstert Justus. Als ich aufschaue, zwinkert er mir zu. Ich spüre, wie ich rot werde und werfe einen schnellen Blick auf Herrn

Schmidt, der aber anscheinend nichts gehört hat.

Justus nickt zur Tür. „Komm schon. Ich hab mein Fahrrad dabei."

Justus scheint Übung darin zu haben, Mädchen auf seinem Fahrrad mitzunehmen. Er kommt kein einziges Mal ins Wanken, während ich verbissen versuche, mich aufrecht auf der Stange zwischen Sattel und Lenkrad zu halten. Gleichzeitig balanciere ich zwei Handtücher auf meinem Schoß, die wir von Herrn Schmidt ausgeliehen haben.

Die Abendluft ist kühl und feucht. Der Regen hat eine kurze Pause eingelegt und so kommen wir doch trocken beim Freibad an. Wir steigen ab und Justus wirft sein Fahrrad unachtsam ins Gras. Dann klettert er einen kleinen Hang hinauf und über eine Absperrung aus verzinktem Stahl. Ganz kurz blitzt in mir der Gedanke auf, dass Yasin mir dort hinüber geholfen hätte. Doch als Justus von oben herunter schaut und mir winkt, verdränge ich den Gedanken und folge ihm.

Das Naturfreibad ist ein kleiner, quadratisch angelegter See mit einem einen Meter hohen Sprungbrett. Mehrere Steintreppen führen in das grüne Wasser. Justus zögert nicht und zieht sich bis auf die Unterhose aus. Er trägt schwarze Boxer-Shorts und ich überlege, ob er diesen Badeausflug vielleicht doch sorgfältiger geplant hat, als es den Anschein hat.

Er sieht mich nicht an, sondern springt kopfüber ins Wasser. Ich sehe ihn knapp unter der Wasseroberfläche ein paar Meter weiter schwimmen, bis er wieder auftaucht und mir „komm schon!", zuruft.

Plötzlich weiß ich gar nicht mehr, warum ich mich überhaupt auf diesen Ausflug eingelassen habe. Mein Mut ist wie weggeblasen. Ich halte die Luft an und drücke die Handtücher gegen meine Brust.

„Wenn du willst, schaue ich weg“, bietet Justus an und ich atme erleichtert aus und nicke. Wie versprochen, wendet er sich ab und schwimmt ein paar Züge weiter weg. Hastig ziehe ich meinen Pulli und die Jeans aus, bevor er sich wieder umdreht oder ich es mir vielleicht doch noch anders überlegen könnte. Verschämt bemerke ich, dass ich natürlich keine schwarze Unterwäsche trage, sondern einen rosa BH und eine hellblau gepunktete Unterhose. Zögernd stecke ich einen Zeh ins Wasser und schüttele mich fröstelnd. Das Wasser ist eiskalt.

„Spring einfach rein, dann gewöhnst du dich schneller daran!“

Erschrocken blicke ich auf und verdecke meinen BH mit einem Arm. „Du wolltest doch nicht gucken!“

Justus zuckt mit den Schultern. „Du brauchst so lange.“

Ich beeile mich über die Steintreppe ins Wasser zu steigen und versinke japsend so tief im kalten Nass, bis er nur noch meinen Kopf sehen kann. Ich beobachte, wie er sich auf den Rücken dreht und Arme und Beine bewegt, um vorwärts zu kommen. Bevor er bei mir angekommen ist, setzt der Regen wieder ein. Zuerst nur kleine nieselnde Spritzer, dann große, platschende Tropfen. Justus dreht sich um und sieht mich an. Wir kneifen beide die Augen zusammen, weil der Regen das Wasser aufspritzen lässt. Ich kann nicht verhindern, dass meine Lippen zittern. Vermutlich werde ich mir heute Nacht eine ausgewachsene Erkältung holen.

„Du musst dich bewegen“, fordert Justus mich auf und nimmt meine Hand. Er zieht mich hinter sich her und lässt mich erst wieder los, als ich anfange zu schwimmen. Ich versuche, mit ihm mitzuhalten, doch er macht kraulende Bewegungen durch das Wasser und hängt mich schnell ab.

Hinter den Bäumen geht die Sonne unter und lässt den See, der eben noch romantisch wirkte, dunkel und gruselig erscheinen. Ich bin in der Mitte angekommen und versuche vergeblich mit den Füßen den Grund zu erreichen. Justus ist durch den starken Regen weder zu sehen noch zu hören. Ein Anflug von Panik macht sich in mir breit.

„Justus?“, rufe ich, doch mir antwortet nur das Prasseln der Tropfen auf dem Wasserspiegel. Ich versuche mich mit gleichmäßigem Atmen zu beruhigen und schwimme in großen Zügen weiter. Das nächste Ufer kann nicht weit entfernt sein. Plötzlich packt etwas nach meinem Knöchel und ich werde unsanft unter Wasser gezerrt.

Ich reiße den Mund auf, um zu schreien und schlucke dabei jede Menge Wasser. Der Druck um meinen Knöchel lässt genauso schnell wieder nach, wie er gekommen ist und ich kämpfe mich strampelnd und hustend wieder an die Oberfläche. Panisch blicke ich mich um, kann aber niemanden entdecken.

„Justus?“, rufe ich noch einmal und meine Stimme klingt erbärmlich. Mein Herz schlägt mir bis zum Hals und das Rauschen meines Blutes übertönt sogar den lauten Regen. Ich drehe mich ein paar Mal suchend im Kreis, bewege meinen Kopf so schnell hin und her, dass mir die nassen Locken in Strähnen gegen die Stirn klatschen.

Als Justus‘ Gesicht plötzlich vor mir auftaucht, schreie ich entsetzt auf und verpasse ihm reflexartig eine Ohrfeige. Dann kraule ich zum nächsten Ufer und versuche den steilen Hang hoch zu klettern. Ich rutsche ab, falle ins Wasser und kralle mich erneut in Gras und Erde fest. Ich bin zu panisch, um zu denken.

Als Justus bei mir ankommt, will ich ihm noch eine verpassen, doch er hält meine Hände fest und sieht mir fest in die Augen.

„Luisa! Beruhige dich! Was ist denn los mit dir?"
„Was mit mir los ist?", schreie ich. „Was ist mit *dir* los?"
Er schaut zuerst irritiert, dann betroffen, während ich vergeblich versuche, mich von ihm los zu reißen.
„Ich wusste nicht, dass ich dir so leicht Angst machen kann. Das wollte ich nicht. Es tut mir leid."
Er lässt mich los und ich klettere ans Ufer. Erst als ich wieder festen Boden unter den Füßen habe, fällt mir ein, dass nicht nur ich nass bin, sondern durch den starken Regen nun auch die Handtücher und unsere Klamotten.
„Scheiße", fluche ich, während ich fröstelnd die Arme um den Körper schlinge.
Justus folgt mir aus dem Wasser und streckt die Hand nach mir aus.
„Luisa, ich…" Doch ich zucke zurück und wende mich von ihm ab. Er verschwindet und lässt mich alleine zurück. Ich kann einen kleinen Schluchzer nicht unterdrücken und presse verzweifelt die Lippen aufeinander. Wieso hab ich mich überhaupt auf den Mist eingelassen? Mir hätte vorher schon klar sein müssen, dass da nichts Gutes bei raus kommen kann.
Der kühle Wind lässt mich frösteln. Gerade als ich mich, nackt wie ich bin, auf den Weg nach Hause machen will, ist Justus wieder da. In den Armen hält er unsere Sachen. Er nickt in Richtung eines Bungalows, am Ende des Grundstücks.
„Lass uns da rüber gehen."
Mir widerstrebt es, mit ihm mit zu gehen, doch was bleibt mir Anderes übrig? Ich bin halbnackt und nass bis auf die Knochen. Also folge ich ihm.
Wir stellen uns unter ein Vordach und ich schaue zitternd zu, wie Justus an den Türen der Umkleidekabinen entlang geht und jede Klinke herunter drückt. Es wundert mich nicht, dass alle

verschlossen sind. Er umrundet das Gebäude und plötzlich höre ich eine Scheibe klirren. Ich sehe ihn mit großen Augen an, als er um die Ecke schaut und sagt: „Habe einen Eingang gefunden".

„Hast du gerade ein Fenster eingeschlagen?"

„Nein", er schüttelt den Kopf. „Eine Tür."

Tatsächlich ist mir so eisig kalt, dass ich zwar fassungslos den Kopf schüttele, ihm aber anstandslos folge, als er mir die Tür zum Hausmeisterraum öffnet.

Der Raum ist sehr klein. Mittendrin steht ein Schreibtisch, dahinter ein Regal mit verschiedenen Kisten. Durch ein Fenster auf der linken Seite fällt das schwache Licht einer Straßenlaterne.

Justus zieht die Kisten nacheinander heraus und kramt darin herum. Er findet jede Menge Handtücher und sogar einen kleinen Heizlüfter. Nachdem er mir eines der Handtücher gereicht hat, schließt er den Heizlüfter an. Als ich die warme Luft an meinen Waden spüre, seufze ich erleichtert. Wir trocknen uns ab und Justus breitet noch ein paar Handtücher in einer Ecke zwischen Schreibtisch und Regal aus, auf die er den Heizlüfter richtet. Unsere Kleider hängt er über den Schreibtischstuhl und an die Regale. Er setzt sich und klopft neben sich auf den Boden. Als ich nicht reagiere, sagt er „Komm schon, du musst dich wieder aufwärmen".

Widerstrebend setze ich mich neben ihn, ziehe die Knie an und decke mich bis zum Hals mit einem neuen Handtuch zu. Eine Weile starren wir schweigend vor uns hin, bis Justus ohne mich anzusehen, sagt „Es tut mir wirklich leid".

Ich richte den Blick auf meine nackten Füße, die unter dem Handtuch hervorlugen.

„Luisa, bitte. Sag doch was."

„Wieso bist du manchmal so?", frage ich.

„Wie bin ich denn?"

„Ich weiß nie, welchen Justus ich gerade vor mir habe. Den kühlen, abweisenden, den netten, zuvorkommenden oder den, der mir Angst macht."

Er schüttelt den Kopf und lacht. „Ich mache dir Angst?"

„Ja."

Justus sieht mich an und in seinen Augen liegt eine Traurigkeit, die fast ansteckend ist.

„Ich weiß nicht, wieso ich so bin"

Als ich nicht antworte, fügt er hinzu: „Vielleicht verunsicherst du mich einfach."

Ich schnaube verächtlich. „Also bin ich es selbst schuld, dass du mich so behandelst?"

„So meinte ich das nicht. Aber ich bin in deiner Gegenwart einfach so… Ach, ich weiß auch nicht."

Er sieht wieder weg und streicht sich mit einer Hand durch die noch feuchten Haare. Ich glaube, ich weiß, was er meint. Ich fühle mich in seiner Gegenwart genauso. Ich fühle mich von ihm angezogen und weiß gar nicht wieso. Es ist etwas in seinen Augen, seiner Stimme, in seinem ganzen Wesen.

Wir schweigen wieder. Doch er hält es nicht lange aus und sagt schließlich: „Mein Vater zieht aus."

Ich sehe ihn überrascht an. „Ehrlich? Wieso? Ich meine, warum jetzt?"

Er zuckt mit den Schultern. „Keine Ahnung. Ist mir auch egal. Hauptsache, er ist weg, bevor meine Mutter wieder nach Hause kommt."

Ich nicke. Deshalb war er heute so gut drauf. Er hat sich gefreut, dass sein Vater endlich geht. So verschieden sind unsere Wünsche, unsere Vorstellungen von einem harmonischen Leben. Er möchte, dass sein Vater geht. Ich hätte gerne einen.

„Wie geht es deiner Mutter?"

„Besser. Aber sie wollen sie trotzdem noch ein paar Tage da behalten."

„Meinst du, sie ist auch froh, wenn er weg ist?"
Wieder zuckt er mit den Schultern.
„Was ist eigentlich mit deinem Vater?", will er wissen.
„Ich kenne meinen Vater nicht."
„Ich weiß, hast du schon mal gesagt. Ich meine, willst du ihn nicht mal kennen lernen?"
„Wenn das so einfach wäre... Meine Mutter verrät mir nichts über ihn. Ich hab nur ein einziges Foto von ihm. Aus der Zeit vor meiner Geburt."
Justus lehnt den Kopf gegen die Wand und schließt kurz die Augen. „Glaub mir, du verpasst nichts."
„Es sind ja nicht alle Väter so wie deiner", entgegne ich. Justus antwortet nicht.
„Hast du das letztes Mal ernst gemeint?", frage ich leise.
Er sieht mich wieder an. „Was meinst du?"
„Dass du mich magst?"
Ein kleines Lächeln zuckt über sein Gesicht. „Ja. Ja, das hab ich ernst gemeint."
Ich schaue schnell weg, bevor er merkt, dass ich rot werde. Draußen zieht ein starker Wind auf und peitscht den Regen durch die eingeschlagene Scheibe in der Tür. Ich ziehe das Handtuch enger um meinen Körper.
Ohne Vorwarnung legt Justus seinen Arm um mich und zieht mich näher zu sich heran. Als meine nackte Haut auf seine trifft, wird mir gleich ein bisschen wärmer. Vorsichtig lehne ich mich an ihn an und beobachte die Regentropfen, die in kleinen Rinnsalen an der Fensterscheibe hinab fließen.
Justus zieht mein Handtuch auch noch über sich und darunter trifft seine Hand auf mein Bein. Er streichelt sanft darüber, umkreist mein Knie und wandert ein Stück den Oberschenkel hinauf. Als ich mich versteife, stoppt er und drückt mir sachte

einen Kuss auf die Stirn. Ich halte die Luft an, als er seine Hand unter dem Handtuch wieder hervorzieht und mein Kinn anhebt, sodass ich ihm in die Augen schauen muss.

Wir sehen uns ununterbrochen an, während er immer näher kommt und seine Lippen schließlich auf meine treffen. Ich wage es nicht, mich zu bewegen. Seine Lippen sind warm und weich. Seine blauen Augen so nah, dass ich fast Angst habe, darin zu ertrinken.

Er löst sich wieder von mir, streicht mir eine feuchte Haarsträhne aus dem Gesicht und vergräbt seine Hand in meinen Haaren. Mit sanftem Druck zieht er mich zu sich heran, sodass ich mich auf seinem Oberkörper abstützen muss und unsere Lippen wieder aufeinandertreffen. Seine Finger wandern meinen Nacken hinab auf meinen Rücken und drücken mich noch enger an ihn heran.

Meinen Körper durchläuft ein angenehmes Kribbeln, das am Kopf beginnt und sich bis in meine Zehenspitzen zieht. Ich öffne ganz leicht den Mund und lasse seine Zunge ein. Solch einen Kuss hatte ich noch nie. Es ist ungewohnt und doch sagt mein Körper mir, was ich zu tun habe. Ich klettere seitwärts auf seinen Schoß und vergrabe meine Hände in seinen Haaren, während er über meinen Rücken streichelt.

Seine Finger finden zielsicher den Verschluss meines BHs und öffnen ihn. Ich zögere kurz. Noch nie hat mich jemand anderes als meine Mutter nackt gesehen. Ich schäme mich für meine kleinen Brüste und klemme automatisch die Oberarme an den Körper. Justus scheint mein Zögern zu bemerken. Er lässt die Hände sinken und umfasst meine Hüften. Dann beginnt er meinen Hals zu küssen. Sein heißer Atem jagt mir Schauer über den Rücken. Als er an meinem Ohrläppchen knabbert, kann ich ein Seufzen nicht unterdrücken.

Mit einer Hand legt er meine Haare zur Seite, um auch meinen Nacken küssen zu können, die andere schiebt sich von vorne unter meinen BH und legt sich auf meine nackte Brust. Ich zucke erschrocken zusammen als ich Eduardos grinsendes Gesicht vor mir sehe. Sofort zieht Justus seine Hand wieder weg und sieht mich besorgt an.

„Alles klar?"

Ich bedecke meine Brüste, die nur noch halb vom BH gehalten werden, mit dem Arm und schaue beschämt weg.

„Luisa?", fragt Justus und spielt mit einer meiner Haarlocken.

„Ich...es war nur so...", ich kann es nicht aussprechen. Doch Justus scheint zu verstehen. Er nimmt mich in die Arme und zieht mich an seine Brust. Ich schließe die Augen und atme tief aus, während er mir über die Haare streichelt und mir einen Kuss auf den Kopf drückt.

Ein bisschen ärgere ich mich. Es wäre mein erstes Mal gewesen und ich bin mir sicher, dass Justus der Richtige dafür gewesen wäre. Aber ich kann nicht. Ich bin noch nicht bereit dafür. Justus' Brust hebt sich an, als er tief ein und wieder ausatmet.

„Es tut mir leid", flüstere ich. Seine Hand stockt in meinen Haaren. „Was?"

„Es tut mir leid, dass ich nicht kann."

„Luisa, du musst dich dafür nicht entschuldigen", seine Stimme klingt ein bisschen entgeistert.

„Hast du schon mit vielen Mädchen...?", beginne ich und werde von seinem Lachen unterbrochen.

„Willst du das wirklich wissen?"

„Mmm...ich weiß nicht." Ich muss an Laura denken und daran, ob er auch mit ihr geschlafen hat. Eifersucht steigt in mir auf und ich klammere mich ein bisschen fester an seinen Arm, um nicht zu vergessen, dass ich diejenige bin, die zurzeit bei ihm ist.

„Ein paar", antwortet er und ich weiß nicht, ob ein paar hier für viele steht oder für wenige.

„Aber nie in einem Hausmeisterkabuff im Freibad", fügt er lachend hinzu und ich setze mich auf.

„Dann wolltest du nur mit mir schlafen, um einen weiteren Ort auf deiner Liste abhaken zu können?"

Er blinzelt mich an und sieht ein wenig beleidigt aus. „Nein, Luisa. Ich wollte mit dir schlafen, weil ich mich zu dir hingezogen fühle. Ich kann mir bessere Orte als diesen hier vorstellen."

Nach kurzem Überlegen fügt er hinzu: „Du hältst mich offensichtlich für ein riesiges Arschloch."

Ich presse die Lippen aufeinander, um nicht zuzugeben, dass das teilweise sogar der Fall ist. Justus streicht sich durch die Haare, die ihm nun zu allen Seiten abstehen und ihn noch attraktiver aussehen lassen und ich falle fast nach vorne, um ihm einen Kuss auf die Lippen zu drücken.

Ich presse mich eng an ihn, löse mich von seinen Lippen, küsse seine Wange, seine Schläfe, seine Stirn. Dann fahre ich ihm mit den Fingern durch die Haare. Er packt mich an den Hüften, dreht mich auf den Rücken und sieht mich lange an, die Arme links und rechts von mir abgestützt. Mein BH ist nun komplett verrutscht.

Justus schließt kurz die Augen, als er mich wieder ansieht, ist sein Blick klarer als zuvor. Er beugt sich zu mir, um mich noch einmal zu küssen, legt sich dann neben mich und zieht mich in seine Arme.

Kapitel 19

Ich weiß nicht mehr, wann ich eingeschlafen bin, doch als Justus mich weckt, ist es draußen schon wieder hell.

„Wir müssen los. Es ist schon halb Sieben“, sagt er und ich schrecke überrascht hoch.

„Wir müssen zur Schule!“

Er nickt und steht auf, um sich seine Hose anzuziehen. Unsere Klamotten sind noch ganz klamm und fühlen sich auf der Haut unangenehm kalt an.

Als wir auf sein Fahrrad steigen und losfahren, hält er mich mit einem Arm umklammert, sodass ich viel sicherer sitze, als auf der Hinfahrt. Während der Fahrt schließe ich kurz die Augen, spüre den Fahrtwind im Gesicht, atme den Duft nach nassem Gras ein und lausche den Vögeln, die in den Bäumen zwitschern. Ich fühle mich beschwingt und will mich an diesem Hochgefühl festklammern.

Viel zu schnell sind wir bei meinem Haus angekommen. Wir steigen vom Fahrrad und Justus bringt mich noch zur Tür. Ich ziehe meinen Schlüssel aus der Hosentasche und klimpere unentschlossen damit herum.

„Tja…“, sage ich und Justus ergänzt lächelnd: „Tja…“

Ich erwidere sein Lächeln und er kommt langsam näher, schiebt mich gegen die Haustür und drückt mir einen Kuss auf die Lippen. Ich umschlinge ihn mit beiden Armen und will mich gerade an ihn pressen, als ich plötzlich haltlos nach hinten umkippe.

Justus bekommt gerade noch meine Hand zu fassen und zieht mich wieder zu sich heran. Dann sehen wir beide überrascht meine Mutter an, die in der geöffneten Tür steht.

„Wo warst du?", faucht sie, die Hände in die Hüften gestemmt. Ihre Augen sind rot und verquollen, als hätte sie die ganze Nacht geweint. Ihr Blick fällt auf Justus und wandelt sich von bitterböse in überrascht und schließlich entsetzt.

„Was? Wer?", stottert sie und sieht mich aus großen Augen an. „Luisa! Warst du die ganze Nacht mit ihm unterwegs?"

„Was ist denn los mit dir?", frage ich verwundert und klammere mich an Justus' Hand.

„Was mit mir los ist?", keift sie. „Du bist die ganze Nacht verschwunden. Ich habe überall nach dir gesucht. Ich war kurz davor die Polizei zu rufen! Und dann warst du auch noch mit ihm zusammen!", sie fuchtelt mit dem Finger in Justus' Richtung, sieht ihn aber nicht an.

„Seit wann interessiert es dich, wo ich bin? Wann hast du dich selbst zur Supermami erkoren?", frage ich und schaue sie finster an.

„Luisa, du weißt doch gar nicht…lass ihn jetzt gefälligst los!"

Ich lache kurz auf. „Bitte was? Das hast du ja wohl nicht zu bestimmen"

„Und ob ich das hab! Ich bin schließlich deine Mutter!"

Justus löst seine Hand aus meiner Umklammerung. „Schon gut, Luisa"

Als ich seine kühle Stimme höre, schaue ich ihn überrascht an. Sein Blick ist starr und kalt auf meine Mutter gerichtet, während sie alles versucht, um ihm auszuweichen.

„Wir sehen uns dann nachher“, sagt er und hebt zum Abschied die Hand. Meine Mutter zerrt mich ins Haus und knallt die Tür hinter mir zu.

Ich reiße mich von ihr los und schreie sie an. „Sag mal, geht’s noch? Was sollte der Mist?“

Meine Mutter fährt sich mit einer Hand über das Gesicht, als wollte sie die Müdigkeit wegwischen und sagt mit matter Stimme: „Ich verbiete dir den Kontakt zu diesem Jungen.“

„Was?“ Meine Stimme ist nur ein leises Flüstern. Ich starre sie entsetzt an. Das kann sie nicht ernst gemeint haben. Meine Mutter hat mir noch nie irgendetwas verboten.

„Du hast schon richtig gehört. Und jetzt, bitte sag mir: Ist heute Nacht irgendetwas zwischen euch passiert?“

Meine Kinnlade klappt herunter. Ich bin nicht in der Lage, etwas zu antworten.

„Habt ihr wenigstens verhütet?“, fährt meine Mutter fort.

Ich lache freudlos auf und raufe mir die Haare. „Wer bist du und was hast du mit meiner Mutter gemacht?“

Sie starrt mich weiter an. Doch ihr Blick ist erschöpft, ihre Schultern hängen schlapp herab und ihre Stimme ist leise, als sie sagt: „Ich werde nicht zulassen, dass du denselben Fehler begehst, wie ich damals.“

„Glaub mir, Mutter. So dumm bin ich nicht.“ Ich muss an die letzte Nacht denken und daran, dass ich keinen Gedanken an Verhütung verschwendet habe. Und plötzlich bin ich froh, dass wir nicht miteinander geschlafen haben. Doch das alles, würde ich meiner Mutter niemals sagen.

„Du kannst mir den Kontakt zu ihm nicht verbieten“, sage ich fest.

„Doch, das kann ich“, entgegnet sie und ihre Stimme ist nur noch ein Flüstern. Fast, als würde sie zu sich selbst sprechen.

„Ich hasse dich.“ Die Worte sind draußen, bevor ich sie gedacht habe. Aber ich nehme sie nicht zurück. Stattdessen erwidere ich den Blick meiner Mutter mit einer wilden Entschlossenheit. Ich warte darauf, dass sie noch etwas sagt, doch sie sieht mich nur erschöpft an.

Yasins Anblick wirkt so wunderbar beruhigend, wie er da an der Bushaltestelle steht, die Hände in den Taschen vergraben, den Rucksack über einer Schulter hängend und mir entgegen blickt. Er lächelt, als ich näher komme und ahnt noch nicht, was in mir vorgeht.

Noch vor einer halben Stunde saß ich weinend in meinem Zimmer. Als keine Träne mehr kam, habe ich mich gewaschen, mich umgezogen und versucht die letzten aufregenden Stunden weg zu schminken. Offensichtlich scheine ich darin nicht besonders gut zu sein, denn Yasin legt den Kopf schief und sieht mich besorgt an.

„Ist was passiert?“

„So Einiges“, antworte ich und während der Busfahrt erzähle ich Yasin alles, was geschehen ist, seit wir uns nicht mehr gesehen haben. Die Nacht im Hausmeisterhäuschen umfasse ich nur grob, weil ich glaube, dass er es sowieso nicht in allen Einzelheiten wissen will. Als ich ende, sehe ich ihn erwartungsvoll an.

„Was willst du jetzt von mir hören?“, fragt Yasin, den Blick starr nach vorne gerichtet.

Ich zucke mit den Schultern. „Was denkst du denn?“

„Ich denke, deine Mutter hat Recht."

„Was?", mein Kopf ruckt herum, doch er sieht mich immer noch nicht an.

„Der Kerl bringt dich doch nur in Schwierigkeiten. Ich verstehe immer noch nicht, was du überhaupt an ihm findest. Ich meine, in einem Moment hast du Angst vor ihm, im nächsten liegst du wieder schmachtend in seinen Armen. Dein Gehirn scheint auszusetzen, wenn du mit ihm unterwegs bist. Außerdem weiß deine Mutter ja wohl wovon sie redet, wenn sie sich Sorgen um Verhütung macht, oder?"

Ich schweige einen Moment. So viel Ehrlichkeit hatte ich nicht erwartet. Weil ich nicht weiß, was ich antworten soll, grummele ich: „Du bist doch nur eifersüchtig."

Yasin schüttelt genervt den Kopf und wendet sich von mir ab. Ich stöhne und lehne meinen Kopf an die Scheibe des Busses, sodass das Vibrieren der Räder in meinen Körper übergeht. Erst als wir aus dem Bus ausgestiegen und schon an der Schule angekommen sind, redet Yasin wieder mit mir.

„Ja, vielleicht bin ich eifersüchtig. Aber ganz unabhängig davon sehe ich, dass der Typ seltsam ist. Mit dem stimmt was nicht. Ich finde, du solltest auf deine Mutter hören. Egal, wie sehr du sie verabscheust."

Er umarmt mich zum Abschied und ich sehe ihm noch nach, bis er um die nächste Ecke verschwunden ist.

Obwohl Yasins Worte nicht spurlos an mir vorbeigegangen sind und sich irgendwo in meinem Kopf festgesetzt haben, freue ich mich auf die Pause. Darauf, dass ich Justus wiedersehe. Ich versuche, das Erlebnis mit meiner Mutter zu verdrängen und nur noch an die letzte Nacht zu denken. An Justus' Arm um meine Schultern. An seine Hand auf meinem Bauch. Sein warmer Atem auf meiner nackten Haut.

Das Klatschen des Heftes auf meinen Tisch weckt mich aus meinem Tagtraum. Dort liegt meine Deutscharbeit, in roter Schrift steht darunter „Ausreichend“. Ich beiße mir auf die Lippe und schaue schuldbewusst zu Frau Bäcker auf. Sie hebt die Augenbrauen an. „Ich hatte dich vorgewarnt.“

Seufzend stecke ich das Deutschheft in meine Tasche und stütze anschließend die Stirn in meine Hände. Die Schüler um mich herum plaudern aufgeregt miteinander, während Frau Bäcker weiter die Arbeiten verteilt. Ich höre Jubelrufe, aber auch enttäuschtes Murmeln und Jammern.

Ein Radiergummi trifft mich an der Schulter und landet neben mir auf dem Boden. Ich hebe es auf und drehe mich zu seinem Besitzer um. Laura grinst mich an.

„Nur falls du denkst, wir hätten dich vergessen. Dein lieber Justus wird nicht immer bei dir sein können. Denk daran.“

„Drohst du mir gerade?“, frage ich sie und bin überrascht, dass sie immer noch keine Ruhe gibt. „Was hab ich dir denn so Schlimmes getan?“

Sie ignoriert meine Frage. „Du glaubst doch nicht, dass du Justus in irgendeiner Weise wichtig bist, oder? Er hatte schon etliche vor dir und wird auch noch etliche nach dir haben. Du bist nur eine seiner Schlampen.“

„So wie du?“, frage ich und halte ihrem bohrenden Blick stand.

„An deiner Stelle hätte ich lieber nicht so eine große Klappe“, blafft Melina mich an und grinst.

„Ach, willst du mich sonst etwa noch mal verprügeln?“

„Du wirst schon sehen“, antwortet sie und bevor ich antworten kann, läutet es zur Pause.

Justus sitzt im Zimmer der Streitschlichter hinter seinem Schreibtisch und starrt gedankenverloren aus dem Fenster. Als ich eintrete, dreht er sich zu mir herum und lächelt mich an.

„Hi", sage ich, ein bisschen unschlüssig, was ich als Nächstes tun, wie wir uns verhalten sollen.

„Hi", antwortet er, steht auf, kommt auf mich zu und gibt mir einen Kuss. Meine Knie werden weich und ich halte mich an ihm fest, drücke ihn ganz fest an mich. Er legt sein Kinn auf meinem Kopf ab und ich höre seine Stimme nicht nur, ich spüre sie auch, weil wir uns so nah sind.

„Alles klar bei dir? Hat deine Mutter sich wieder beruhigt?"

Ich schüttele leicht den Kopf. „Nein, leider nicht. Sie hat mir sogar den Kontakt zu dir verboten."

„Hat ja gut geklappt", lacht Justus.

„Ich weiß nicht, was auf einmal mit ihr los ist. Sie schert sich normalerweise einen Dreck um mich. Und auf einmal spielt sie sich auf, als wäre sie die Super-Nanny höchstpersönlich."

Justus schweigt einen Moment und als er spricht, klingt es, als würde er sich jedes Wort genau überlegen.

„Vielleicht liegt es ja an mir."

Ich bin erleichtert, dass er nicht auch auf die Sorgen-Schiene aufspringt und zucke mit den Schultern.

„Aber warum? Sie kennt dich doch gar nicht."

„Ist doch egal", sagt er und küsst mich noch einmal.

Ja, ist egal, denke ich und schmiege mich in seine Arme.

Justus und ich verlassen die Schule gegen Mittag gemeinsam. Weil ich weiß, dass Yasin noch beim Training ist, entscheiden wir uns, ein Eis essen zu gehen und nehmen die Abkürzung über den Schulhof.

„Ich glaub, ich esse gleich Blauer Engel“, überlege ich und schlecke mir bei dem Gedanken an das leckere Eis über die Lippen. Justus verzieht das Gesicht.

„Blauer Engel? Das ist doch pure Chemie.“

„Das schmeckt nach Hubba Bubba!“, verteidige ich mich und Justus streckt angeekelt die Zunge heraus.

„Bä! Das ist wirklich widerlich.“

„Luisa!“, höre ich eine bekannte Stimme hinter mir rufen. Ich stöhne „Laura“ und drehe mich zu ihr um. Als ich sehe, wer neben ihr und Melina steht, bleibt mir das Herz stehen. Eduardo. Er hat einen Arm um Laura gelegt und deutet auf mich.

„Die? Die kenne ich doch!“, grinst er. Laura nickt und wirft mir einen spöttischen Blick zu. Ich schnappe erschrocken nach Luft und taumele zurück, als Eduardo auf mich zukommt.

Zu meiner Erleichterung pralle ich gegen Justus‘ Brust, der mich schützend festhält. Er schiebt mich ein Stück hinter sich und tritt Eduardo entgegen.

„Was willst du?“

„Du kommst mir gerade Recht. Mit dir habe ich auch noch eine Rechnung offen“, blafft Eduardo Justus an.

„Komm schon, verpiss dich einfach. Oder hat dir unser Treffen im Park nicht gereicht?“ Justus‘ Stimme klingt auf einmal ganz anders. Vor mir steht nicht mehr der liebevolle Justus, nicht der, der mich geküsst und im Arm gehalten hat. Seine Haltung ist aufrecht und seine Muskeln sind angespannt. Ich sehe seinen Kiefer mahlen und staune, wie schnell er zwischen diesen beiden Charakterzügen hin und her springen kann.

Eduardo antwortet nicht, sondern greift stattdessen an Justus‘ vorbei nach meinen Arm.

Blitzschnell hat er mich zu sich heran gezogen und schlägt mir mit der flachen Hand aufs Ohr. Sofort ertönt ein unangenehmes Klingeln in meinem Gehörgang und ich taumele stöhnend zur Seite. Ich bin so benommen, dass ich kaum mitbekomme, wie Justus sich auf Eduardo stürzt und ihm ein paar Mal kräftig ins Gesicht schlägt. Eduardo stolpert, kann sich aber wieder fangen und boxt Justus in den Magen. Er lässt ihm keine Chance, sich wieder aufzurichten, sondern tritt ihm die Beine weg. Als Justus auf dem Boden liegt, tritt Eduardo mehrmals auf ihn ein.

Ich höre Justus vor Schmerzen stöhnen und stürze mich ohne nachzudenken auf Eduardos Rücken. Schreiend schlage ich auf ihn ein, doch meine Schläge kommen mir lahm und lächerlich unwirksam vor. Als würde ich durch Wasser hindurch schlagen.

Eduardo scheint es genauso zu gehen, denn er dreht sich nur grinsend zu mir um und schubst mich zu Boden. Genau diesen kurzen Moment nutzt Justus, um wieder auf die Füße zu kommen. Er umschlingt mit einem Arm Eduardos Hals und donnert ihn rücklings auf den Asphalt. Eduardo keucht und will sich wieder aufrichten, doch Justus hockt sich über ihn und beginnt, beinahe blind vor Hass, auf ihn ein zu prügeln. Ich höre Laura und Melina schreiend wegrennen und rappele mich auf.

„Justus! Justus, hör auf!“

Doch Justus scheint mich nicht zu hören. Wie von Sinnen holt er immer wieder aus. Ich kann inzwischen nicht mehr erkennen, ob es Justus‘ oder Eduardos Blut ist, das an Justus‘ Händen klebt.

Eduardo gibt keinen Mucks mehr von sich. Bevor ich etwas tun kann, sind Frau Bäcker und Frau Rothenpieler da. Die zierliche Frau Bäcker versucht als Erste, Justus von Eduardo herunter zu ziehen. Doch er rührt sich nicht von der Stelle. Ich höre das dumpfe Schlagen seiner Fäuste und das Brechen von Knochen und halte mir verzweifelt die Ohren zu. Frau Rothenpieler schiebt Frau Bäcker zur Seite und reißt Justus mit einem Ruck hoch. Genauso schnell dreht Justus sich zu ihr herum und schlägt ihr mit der Faust ins Gesicht. Sie schreit auf und reißt die Hände vor die Nase. Das Blut tropft durch ihre Finger auf den Boden. Bevor noch mehr passieren kann, stelle ich mich Justus in den Weg.

„Justus! Nein!"

Zuerst ist er so angespannt, dass er es kaum bemerkt. Sein Blick ist starr geradeaus gerichtet und sein Atem geht so schnell, dass sein ganzer Körper bebt. Dann geht das Beben in ein Zittern über und er schlingt keuchend die Arme um mich. An seinem Arm vorbei werfe ich einen Blick auf Eduardo, der ausgestreckt am Boden liegt und sich nicht rührt. Frau Bäcker hockt neben ihm und spricht hektisch in ein Handy.

Ich schließe die Augen und versuche das alles auszublenden. Justus' Herz schlägt so stark gegen seine Brust, dass ich es an meiner Wange spüren kann.

Kapitel 20

Keine Zehn Minuten später sind zwei Krankenwagen und ein Polizeifahrzeug vor Ort. Frau Rothenpieler wird noch vor Ort verarztet, Eduardo erhält eine Erstversorgung, wird an einen Katheter angeschlossen, auf eine Trage gehoben und mit Blaulicht ins nächste Krankenhaus gefahren.

Frau Bäcker erklärt den Polizeibeamten die Situation. Justus und ich umarmen uns so lange, bis ein Polizeibeamter Justus von mir weg zieht.

„Na, dann komm mal mit, Junge“, sagt er in einem beinahe unbefangen wirkenden Plauderton. Seine Miene wirkt mitleidig. Justus verspannt sich kurz und auch ich will ihn nicht loslassen, doch schließlich geben wir beide nach.

„Darf ich bitte mitkommen?“, frage ich den Beamten. „Ich bin eine wichtige Zeugin.“

Er schaut seinen Kollegen an und nickt schließlich. „Na, von mir aus. Aber macht keinen Quatsch da hinten.“

Nachdem Justus bereits im Auto seine Rechte verlesen wurden, werden wir beide in zwei verschiedene Büroräume gebracht. Mir gegenüber sitzt eine junge Polizisten, die mich freundlich anlächelt, während sie meine Aussage aufnimmt. Ich wiederhole immer wieder, dass Justus und ich angegriffen wurden, dass es Notwehr war und überlege, ob ich auch noch Justus' schwierige Kindheit mit einbringen soll. Doch es käme mir trotz allem wie ein Verrat ihm gegenüber vor.

„Vielen Dank. Das war es schon", sagt die junge Frau, nachdem ich die Aussage unterschrieben habe und führt mich hinaus auf den Gang.

„Darf ich hier auf Justus warten?", frage ich.

„Du musst sogar hier warten. Wir haben deine Mutter verständigt. Sie wird dich gleich hier abholen."

Ich stöhne auf. „Nein, warum das denn?"

„Du bist minderjährig. Wir können dich nicht einfach so wieder hier raus spazieren lassen", sagt sie und geht wieder in ihr Büro. Die Tür lässt sie offen stehen, sodass sie mich im Blick hat. Ich lasse mich seufzend auf einen der Stühle fallen und lehne den Kopf an die Wand. Die Zeit scheint sich ewig zu ziehen, bis endlich die Flurtür aufgeht. Ein Mann mittleren Alters marschiert an mir vorbei auf eine der Türen zu und klopft dort an. Er hat kurze blonde Haare und einen Dreitagebart und trägt einen dunkelgrauen Anzug mit Krawatte.

Als ich mich gerade hinsetze, um ihn besser sehen zu können, dreht er sich zu mir um und ich zucke zusammen, als ich in seine eisblauen Augen sehe. Justus' Vater erwidert meinen Blick und zieht die Stirn in Falten. Im nächsten Moment wird die Bürotür von innen geöffnet und er tritt ein.

Das war er also. Justus' Vater. Der Mann, der seine Frau verprügelt und auch vor seinem Sohn nicht Halt macht. Ich wundere mich, dass er so gepflegt und normal erscheint. Ich weiß nicht genau, was ich erwartet hatte. Vielleicht einen stinkenden Säufer mit Bierbauch. Ich stehe auf und schleiche mich leise an die Tür heran. Doch die Stimmen von drinnen sind nur gedämpft zu hören und ich kann kein Wort verstehen.

Als ich erneut die Flurtür hinter mir höre, drehe ich mich schnell herum und spaziere betont lässig zu meinem Platz zurück. Meine Mutter kommt herein und bleibt unschlüssig im Gang stehen. Sie sieht mich an. In ihrem Blick erkenne ich etwas, was ich dort bisher nur selten gesehen habe. Sorge. Bevor sie etwas sagen kann, höre ich die Stimme der jungen Polizistin.

„Frau Peters?"

Meine Mutter wendet den Blick von mir ab. „Ja, das bin ich."

Die Polizeibeamtin erklärt meiner Mutter in allen Einzelheiten, was auf dem Schulhof passiert ist, während die Finger meiner Mutter sich in der Handtasche auf ihrem Schoß verkrallen.

„Für ihre Tochter wird das Ganze wohl keine Konsequenzen haben", endet die Beamtin und lächelt mir kurz zu.

Meine Mutter schluckt und nickt. Mit rauer Stimme krächzt sie ein „Danke" und zieht mich aus dem Büro.

Auf der Heimfahrt spricht sie kein einziges Wort mit mir. Schweigend fährt sie in die Einfahrt, stellt den Motor ab, steigt aus und geht ins Haus.

Ich folge ihr in einigem Abstand und frage mich, was als nächstes geschieht. Meine Mutter hat noch nie Regeln aufgestellt, daher weiß ich nicht, was passiert, wenn ich gegen eine verstoße. Ich habe mich trotz ihres Verbotes mit Justus getroffen und es ist schief gegangen. Es ärgert mich, dass sie in ihren Augen nun auch noch Recht behält.

Sie geht langsam ins Esszimmer und bleibt vor ihrem Schreibtisch stehen, so als wüsste sie selbst nicht so genau, was sie jetzt tun soll.

„Geh bitte auf dein Zimmer“, sagt sie schließlich ohne mich anzusehen.

„Aber warum…“, setze ich an, doch sie hebt eine Hand und murmelt: „nicht jetzt, Luisa. Ich hab keine Kraft heute noch einmal mit dir zu diskutieren.“

Auf einmal wirkt sie unglaublich alt. Ich frage mich, ob das allein an mir liegt oder ob noch mehr vorgefallen ist.

Yasin atmet tief aus und verdeckt sein Gesicht hinter den Händen, bevor er mich wieder ansieht.

„Ich weiß nicht, was ich dir jetzt raten soll, Lu.“

Ich schüttele den Kopf und trinke einen Schluck vom türkischen Tee den Gökçe uns gekocht hat. Yasin und ich haben uns in sein Zimmer zurückgezogen, damit ich in Ruhe mit ihm sprechen kann.

„Du musst mir nichts raten. Ich konnte es dir nur nicht verschweigen.“

„Glaubst du mir jetzt?“, fragt er.

„Was soll ich dir glauben? Dass Justus gefährlich ist? Er hat mich nur verteidigt. Das hättest du auch getan.“

Yasin schüttelt den Kopf. „Er hat den Kerl bewusstlos geschlagen, Lu! Bewusstlos! Er hat sogar noch auf ihn eingeschlagen, als er schon regungslos am Boden lag. Das hat nichts mehr mit verteidigen zu tun.“

Ich stelle die Tasse auf den Boden und ziehe die Beine an, sodass ich im Schneidersitz auf seinem Bett sitze. „Ja, vielleicht ist er ein bisschen zu weit gegangen. Aber er ist wirklich kein schlechter Kerl. Wenn du mir das doch bloß glauben würdest.“

Yasin schnaubt verächtlich durch die Nase. „Das fällt mir bei Geschichten, wie der eben, ein bisschen schwer.“

„Dann erzähle ich dir in Zukunft lieber nichts mehr. Ich dachte, du wärst mein Freund und ich könnte über alles mit dir reden.“

„Das kannst du ja auch. Aber du musst endlich begreifen, dass Freundschaft nicht immer gleich Zustimmung bedeutet. Ich bin kein Freund, nur weil ich dir in allem Recht gebe und immer deiner Meinung bin."

Ich senke den Kopf und knibbele betreten an einem losen Faden an meiner Jeans. Yasin streckt seine Hand nach meiner aus, doch im letzten Moment zieht er sie wieder zurück und seufzt. „Was passiert jetzt mit Justus?".

Ich zucke mit den Schultern. „Ich weiß es nicht. Ich hab keine Ahnung, was als Nächstes geschieht."

„Na ja, eine Anzeige wegen Körperverletzung wird ihm sicher sein. Aber ich kenne mich da auch nicht so gut aus. Außerdem wird er eventuell der Schule verwiesen. Immerhin hat er auch eine Lehrerin geschlagen."

Ich lasse mich rücklings auf Yasins Bett fallen und presse die Handflächen so stark gegen meine Augen, dass ich Sternchen sehe.

„Das ist alles meine Schuld."

„Quatsch, das hat er sich selbst zuzuschreiben", sagt Yasin. „Du hast ihn ja nicht gezwungen, den Typen k.o. zu schlagen... oder doch?"

Ich verpasse ihm einen sanften Tritt gegen den Oberschenkel.

„Natürlich nicht."

„Dann bist du auch nicht schuld. Er kann ja wohl für sich selbst denken."

„Hör auf, so abfällig über ihn zu reden."

„Tue ich doch gar nicht."

„Jawohl."

Yasin geht nicht auf den Streit mit mir ein, sondern schweigt. Ich starre an die weiße Zimmerdecke. Dort kleben ein paar Sterne, die wohl im Dunkeln leuchten. Yasin legt sich neben mich und wendet mir sein Gesicht zu. Als eine Träne aus meinem Auge läuft, wischt er sie vorsichtig weg.

„Alles wird gut, Lu", sagt er leise. Ich lege die Hände wieder auf die Augen und versuche vergeblich, die anderen Tränen zurück zu halten. Als das nicht funktioniert, lache ich verzweifelt.

„So viel wie in den letzten Wochen hab ich in meinem ganzen Leben noch nicht geweint."

„Manchmal ist Weinen gut. Meine Mama sagt, jede Träne ist ein Pflaster, das sich auf ein Loch im Herzen legt… Oder so ähnlich."

„Deine Mama ist toll", schniefe ich und nehme ein Taschentuch von Yasin entgegen.

Kapitel 21

Am nächsten Tag fehlt nicht nur Justus in der Schule. Auch von Laura und Melina ist den ganzen Tag über keine Spur zu sehen. Sophie sitzt ziemlich verlassen eine Reihe hinter mir und starrt auf ein leeres Blatt Papier.

Als ich mich setze, räuspert sie sich. Ich vermute, dass sie mich damit meint, ignoriere sie aber. Sie räuspert sich erneut und als ich nicht reagiere, tippt sie mir mit dem Finger an den Rücken. Ich fahre herum und schnauze sie an.

„Was?“

Sophie zuckt erschrocken zusammen und zieht ihre Hand wieder zurück.

„Ich…“, ihre Stimme ist nur ein Flüstern. „Ich… also… wegen gestern… Ich wollte nur, dass du weißt, dass ich damit nichts zu tun hatte. Ich hab da nichts von gewusst.“

„Und das soll ich dir glauben?“, frage ich abweisend. „Woher soll ich wissen, dass du mich nicht wieder verarschst?“

Sie schüttelt sachte den Kopf. „Ich hab nichts mehr mit den beiden zu tun. Als ich gestern Abend von der ganzen Sache erfahren hab, hab ich den Kontakt abgebrochen.“

„Klar. Weil du ja sonst auch immer so ein eigenständiger Mensch bist“, murmele ich und drehe mich wieder um. Hinter mir höre ich ihren Stuhl über den Boden schaben, im nächsten Moment sitzt sie neben mir.

„Wirklich, Luisa. Es tut mir leid. Alles. Ich habe mich schon ewig schlecht gefühlt deshalb. Ich dachte, die beiden wären meine Freundinnen. Aber du warst in der kurzen Zeit, in der wir miteinander zu tun hatten, eine viel bessere Freundin für mich.“

Ein kleiner Teil in mir freut sich über ihre Worte und fühlt sich geschmeichelt. Doch der überwiegende Rest ist weiterhin skeptisch und will ihr nicht glauben. Ich schweige und weiche ihrem Blick aus.

Die Fritz-Erler-Siedlung ist eine typische, in die Jahre gekommene Hochhaussiedlung. Was in den Siebziger Jahren wohl noch modern und attraktiv für junge Familien war, wirkt jetzt nur noch kalt und anonym. Die riesigen grauen Gebäude ragen einschüchternd vor mir auf und werfen ihre Schatten auf das vor ihnen liegende Wohngebiet. Zwischen den Häusern spielen Kinder Fangen und ihr Lachen löst meine Starre allmählich.

Ich sehe auf den Zettel, auf den Frau Bäcker mir Justus‘ Adresse geschrieben hat. Mit einem niedergeschlagenen Ausdruck im Gesicht hatte sie ihn mir gegeben und noch einen kurzen Moment meine Hand gedrückt.

„Richte ihm Grüße von mir aus, okay?“

Das Gebäude, in dem Justus wohnt, hat mindestens zwanzig Klingelschilder, mehr oder weniger leserlich beschriftet. Es dauert ein wenig, bis ich die Aufschrift „Engel/Schmidt“ finde und den Knopf drücke. Ich warte einige Sekunden, bis es in der Gegensprechanlage knackt und eine männliche Stimme „Ja?“, fragt.

„Ich will zu Justus", sage ich und lausche auf eine Antwort. Es rauscht noch eine Weile in der Leitung, dann ist es wieder still. Ich drücke erneut den Knopf, doch das Knacken bleibt aus. Stirnrunzelnd starre ich die Klingel an, hebe die Hand und drücke noch einmal darauf und noch einmal und noch einmal. Nach dem zwölften Klingeln höre ich das Knacken wieder, doch niemand meldet sich.

„Ich will zu Justus!", rufe ich in die Gegensprechanlage.

„Justus ist nicht da", sagt die Stimme von vorhin und legt wieder auf. Ich beiße die Zähne zusammen und fahre mit der Hand alle Klingeln nacheinander hinunter. Es dauert keine drei Sekunden bis der Erste tatsächlich den Summer der Tür betätigt und mich herein lässt.

Justus' Wohnung liegt im elften Stock. Ich bereue meine Entscheidung, mit dem Aufzug zu fahren, sehr schnell. Denn in der kleinen Kabine stinkt es unangenehm nach kaltem Rauch und Urin. Ich halte die Luft an, bis die Aufzugtüren sich wieder öffnen.

Im Flur der elften Etage atme ich erleichtert auf und suche die richtige Tür. Im Gegensatz zu den anderen Türen auf der Etage ist die von Justus' Familie völlig schmucklos. Lediglich auf der alten, braunen Fußmatte steht in großen Buchstaben das Wort „Willkommen". Die faustgroße Delle in Kopfhöhe in der Tür straft die Fußmatte Lügen. Ich möchte gar nicht wissen, wer das Loch dort hinein geschlagen hat.

Ich atme tief ein und klopfe an. Es dauert ein paar Sekunden, dann höre ich dumpfe Schritte und die Tür wird aufgerissen. Paul Schmidts Blick ist vernichtend, eine Hand hat er noch am Türgriff, die andere ist zur Faust geballt.

„Wer…", beginnt er und scheint mich dann zu erkennen. Sein Blick ändert sich und er wirkt plötzlich unsicher. „Du bist doch…"

„Ich will zu Justus", wiederhole ich stur.

Der junge Herr Schmidt antwortet nicht, sondern starrt mich nur weiter an, also ergänze ich,: „Luisa. Ich bin Luisa. Sie haben mich im Flur auf der Polizeiwache gesehen."

Da wacht er aus seiner Starre wieder auf und nickt. „Ja. Ja, natürlich."

Auf die Gefahr hin, mich zu wiederholen, sage ich: „Ich will zu Justus."

Und tatsächlich tritt Paul Schmidt einen Schritt beiseite und macht eine einladende Geste. „Justus ist noch nicht zurück. Er macht gerade Besorgungen. Aber von mir aus kannst du hier auf ihn warten."

Ich zögere. Damit hatte ich nicht gerechnet. Ich bin mir nicht sicher, ob ich alleine mit diesem Mann sein will. Der Mann, der keine Hemmungen hat, seine Frau und seinen Sohn zu verprügeln. Warum sollte er vor mir Halt machen? Jeder Nerv in meinem Körper rät mir zu etwas Anderem, doch schließlich nicke ich und trete ein.

Durch den kleinen Flur führt er mich in das Wohnzimmer. Man sieht, dass Frau Engel versucht hat, mit ein wenig Deko hier und dort, eine gewisse Behaglichkeit zu erzwingen. Doch leider blieb es wohl beim Versuch. Die dunkle Fernsehwand wirkt wie ein riesiger Schlund, der die gelbe Couch und den mit Fliesen bedeckten Wohnzimmertisch zu verschlingen droht. Im Fernsehen laufen die Nachrichten und Justus' Vater war wohl gerade dabei gewesen, sich Zigaretten zu drehen, denn neben dem übervollen Aschenbecher und ein paar Gläsern mit klebrigen Colaresten darin, liegen Tabakkrümel über dem befleckten, blauen Tischdeckchen verteilt.

Paul Schmidt deutet auf den zur Couch passenden, gelben Sessel und ich setze mich vorsichtig ganz vorne an den Rand, sodass ich jederzeit aufspringen kann, falls es nötig sein sollte.

„Rauchst du?“, fragt Paul und hält mir eine Zigarette entgegen. Ich schüttele stumm den Kopf.

„Ist auch besser so“, grummelt er, während er sich selbst eine anzündet. Ich kann nicht anders, als ihn mit seinem Vater zu vergleichen. Doch die Art, wie er an seiner Zigarette zieht ist eine ganz andere, als die des alten Herrn Schmidt mit seiner Pfeife. Bei Paul wirkt es falsch und dreckig. Wenn sein Vater Pfeife raucht, strahlt das Gemütlichkeit aus.

„Du wohnst also jetzt in unserem alten Haus, ja?“, fragt er, ohne den Blick vom Fernseher abzuwenden.

„Ja“, antworte ich und warte darauf, dass er noch etwas dazu sagt, doch er scheint von dem Flackern des Fernsehers wie hypnotisiert. Nur das Runzeln seiner Stirn verrät mir, dass er über etwas nachdenkt. Nach einer Weile sieht er mich an und ich erschaudere unter seinem Blick.

„Und Justus? Ist er dein Freund?“

Seine Frage überrascht mich. Ich nicke unsicher. Vielleicht auch, weil ich selbst nicht so genau weiß, was Justus für mich ist. Er sieht mich weiter an. Seine blauen Augen bohren sich in meine. Und es kommt mir vor, als wollte er mir etwas sagen.

Da öffnet sich die Wohnungstür und Justus kommt herein. Er wirft die Tür ins Schloss und tritt sich die Schuhe von den Füßen, weil er in beiden Händen Stofftaschen trägt.

Er steht mit dem Rücken zu mir und bemerkt mich deshalb nicht sofort. Erst als er sich herumdreht und das Wohnzimmer betritt, entdeckt er mich und starrt mich ungläubig an. Der Anblick seines Gesichts erschreckt mich ein wenig. Seine linke Schläfe ist bis hinunter ans Kinn blau und grün und auch um sein rechtes Auge herum hat sich ein blauer Fleck gebildet.

„Hi“, lächele ich und hebe eine Hand.

Der Inhalt der Stofftaschen klirrt, als er sie auf dem Esstisch abstellt.

„Was machst du denn hier?“ Seine Frage klingt kalt und abweisend.

„Ich wollte nach dir sehen. Ich habe mir Sorgen gemacht“, sage ich leise. Sein Blick huscht zu seinem Vater und dann wieder zu mir zurück.

„Seit wann bist du hier?“

Bevor ich etwas sagen kann, antwortet Paul.

„Sie ist vor ein paar Minuten gekommen. Also noch nicht lange. Vielleicht solltest du mal mit deiner kleinen Freundin sprechen“.

Wie er das sagt, *kleine Freundin*, hört es sich unbedeutend und lächerlich an. Als wäre ich bloß eine Spielerei.

Justus‘ Hände ballen sich an seinen Körper gepresst zu Fäusten, sodass ich die frischen Krusten auf seinen Knöcheln sehen kann.

„Komm mit in mein Zimmer“, er nickt in Richtung Flur und geht vor. Ich stehe auf, um ihm zu folgen und zucke erschrocken zusammen, als Paul nach meinem Arm greift.

„Es war schön, dich endlich kennen zu lernen, Luisa. Auf Wiedersehen.“

Ich entziehe ihm meinen Arm, presse die Lippen aufeinander und nicke, dann folge ich Justus in sein Zimmer, das etwa so klein ist wie meines und das genaue Gegenteil von Yasins Zimmer. An der rechten Wand steht ein kleiner Schreibtisch, der voll gestapelt ist mit Schulbüchern und Zeitschriften. Direkt neben dem Schreibtisch steht ein Fernseher, an den eine Konsole angeschlossen ist.

Bevor ich auf seinem Bett Platz nehme, schiebe ich ein paar DVDs und benutzte Socken zur Seite. Ich bin ein bisschen enttäuscht, als Justus sich nicht neben mich, sondern auf seinen Schreibtischstuhl setzt.

„Wie geht es dir?", frage ich.

Er starrt aus dem kleinen Fenster an der schmalen Seite des Raumes. „Okay."

Um die Stille im Raum zu füllen, sage ich: „Ich soll dich von Frau Bäcker grüßen. Sie ist dir nicht böse und ich denke, sie wird ein gutes Wort für dich einlegen."

Er antwortet nicht, also nehme ich all meinen Mut zusammen und strecke die Hand nach ihm aus. Bevor ich seine Hand berühren kann, zieht er sie weg und steht auf. Beschämt beiße ich mir auf die Unterlippe und sehe zu Boden.

„Hör mal, Luisa. Wir können nicht mehr zusammen sein. Du und ich, das... das geht einfach nicht. Das ist nicht gut."

Ich hebe überrascht den Kopf und sehe ihn an, doch er weicht meinem Blick aus.

„Was? Aber... aber ich dachte... Also, wenn es wegen gestern ist... Es tut mir leid! Ich wusste das nicht. Ehrlich! Ich wusste nicht, dass sie uns da auflauern. Es tut mir leid, dass du jetzt wegen mir solche Probleme hast."

Justus schüttelt kurz den Kopf und wirkt müde, als er sagt: „Es geht einfach nicht, ok?"

Plötzlich komme ich mir ganz deplatziert auf seinem Bett vor, also stehe ich ebenfalls auf. Wir stehen uns eine Weile schweigend gegenüber, bis ich den Mut aufbringe noch einmal etwas zu sagen.

„Ich liebe dich."

Mein Herz rast, nachdem ich die Worte ausgesprochen habe und mir wird ganz heiß, als ich auf seine Antwort warte.

Er schüttelt den Kopf. „Geh einfach, Luisa."

Hätte er mich mit der Faust ins Gesicht geschlagen, es hätte nicht mehr wehtun können. Tränen steigen in meinen Augen auf und meine Unterlippe zittert.

„Zum Glück hab ich nicht mit dir geschlafen“, platzt es aus mir heraus.

„Ja, zum Glück“, antwortet Justus leise. Ich schlage mir die Hand vor den Mund, um einen Schluchzer zu unterdrücken, wirbele herum und renne aus der Wohnung. Ich nehme nicht den Aufzug, sondern stolpere die Treppen herunter. Immer wieder muss ich mich am Geländer fest halten, um nicht zu fallen, doch ich werde nicht langsamer. Ich renne, bis ich die Hochhäuser hinter mir nicht mehr sehen kann. Erst dann drossele ich mein Tempo.

Mein Herz schlägt mir bis zum Hals und das Blut rauscht in meinen Ohren. Keuchend bleibe ich an einem Gartenzaun stehen und klammere mich daran fest. Meine Knie werden weich und ich lasse mich langsam nach unten sinken, die Hände immer noch um die Zaunpfosten gekrallt. Ich kann die Tränen nicht mehr zurück halten und schluchze laut und hemmungslos.

Die Minuten vergehen, ohne dass ich mich von der Stelle rühre. Meine Arme zittern von der Anstrengung, doch ich bin froh über den Schmerz, der mir von den Fingerspitzen bis in die Schultern fährt, weil er mich von meinen eigentlichen Sorgen ablenkt. Als die Tränen langsam versiegen und die Schluchzer abebben, schließe ich die Augen und presse die Stirn gegen das raue Holz des Zaunes. Ich versuche ruhig zu atmen, um meinen Herzschlag unter Kontrolle zu bringen.

„Luisa?“, die Stimme lässt mich zusammen zucken und ich schaue erschrocken auf.

Kapitel 22

Auf der anderen Seite des Zaunes steht Sophie. Sie hat einen Bademantel an und ein Handtuch wie einen Turban um ihre Haare gewickelt.

„Was machst du denn hier?“, fragt sie und sucht die Gegend um mich herum ab, als würde sie noch jemanden erwarten. Endlich schaffe ich es, den Zaun los zu lassen und wische mir mit dem Handrücken über die Augen.

„Möchtest du rein kommen?“ Sie deutet auf den hell erleuchteten Eingang des Bungalows hinter ihr. Je länger ich auf die halb geöffnete Eingangstür starre, desto größer wird der Wunsch, hinein zu gehen. Sophies Haus, hinter diesem Zaun, kommt mir wie eine andere Welt vor. Eine heile Welt. Ich nicke und sie öffnet mir ein kleines Gartentor.

„Entschuldige, ich hab nicht aufgeräumt. Ich wusste nicht, dass noch jemand kommt“, murmelt sie und schiebt ein paar Zeitschriften auf dem großen Echtholztisch zusammen, der an die offene Küche angrenzt.

Alles hier sieht wertvoll und teuer aus. Die geschickt verteilten Wandlampen strahlen ein gemütliches Licht aus und im Kamin brennt ein Feuer. Sophie läuft in die Küche.

„Möchtest du einen Tee? Ich hab gerade Wasser gekocht“, ruft sie zu mir herüber. Ich nicke und als sie sich fragend herumdreht, sage ich: „Ja. Ja, gerne."

Sie kommt zurück und reicht mir eine Tasse mit Barbie-Aufdruck. Entschuldigend zuckt sie mit den Schultern, „Ist schon etwas älter“, und lächelt leicht. Ich erwidere ihr Lächeln und sie nickt zu einem kleinen braunen Ledersofa vor dem Kamin.

„Komm, wir setzen uns.“

Sophie lässt sich auf das Sofa fallen und zieht die Beine seitlich an. Ich setze mich etwas steif daneben und starre ins Feuer, bemerke aber, dass sie mich von der Seite beobachtet.

„Um deine Frage zu beantworten: Ja, es geht mir gut“, sage ich, ohne sie anzusehen. Sie nickt und folgt meinem Blick zum Kamin. „Ja, klar.“

Ich nehme einen Schluck vom Tee und spüre, wie die heiße Flüssigkeit meinen Hals hinunter läuft. Ein bisschen wundere ich mich, dass Sophie nicht weiter nachhakt. Aber vielleicht traut sie sich auch nicht.

„Wie geht es Yasin?“, fragt sie schließlich. Ich überlege einen Moment, ob ich ihr antworten soll, tue es dann aber doch. „Gut.“

„Meinst du, er ist mir noch böse?“

Ich sehe sie an. „Was meinst du denn?“

„Bist du mir noch böse?“, fragt sie leise.

Ich denke über ihre Frage nach und schüttele den Kopf. Es ist mir inzwischen ganz egal, dass Sophie mich hintergangen hat. Alle sind mir egal. Das tut nichts mehr zur Sache.

Sie lächelt und nippt kurz an ihrem Tee.

„Und wie geht es Justus?“, fragt Sophie zögernd.

Ich atme tief ein und klammere mich an meine Teetasse. „Auch gut, denke ich.“

„Meinst du?“, sie legt den Kopf schief. „Ich hab gehört, Eduardos Eltern haben ihn angezeigt und jetzt muss er vor Gericht. Und seine Mutter war im Krankenhaus und kommt wohl nicht mehr nach Hause.“

Ich schaue sie überrascht an. „Woher weißt du das?“

„Das mit der Anzeige oder das mit seiner Mama?“, fragt sie und als ich nicht antworte, sondern sie nur fordernd anstarre, fährt sie fort.

„Das mit der Anzeige ging so auf dem Schulhof rum. Das mit seiner Mutter weiß ich von meiner Tante. Sie ist dort Krankenschwester.“

„Warum darf sie nicht nach Hause?“

Sophie macht mit dem Zeigefinger kreisende Bewegungen an ihrer Schläfe. „Die ist wohl komplett durchgeknallt. Aber kein Wunder bei dem Mann.“

Ich bin etwas überrascht, dass Sophie so viel über Justus‘ Familie weiß. Bisher dachte ich, ich wäre die Einzige. Doch ich hatte den Dorftratsch unterschätzt.

Hat Justus‘ Verhalten damit zu tun, dass seine Mutter nicht nach Hause kommt? Das heißt, sein Vater kann nicht wie geplant ausziehen. Justus‘ Hoffnungen haben sich aufgelöst. Kein Wunder, dass er wütend war. Aber warum auf mich?

„Luisa…“, Sophie zögert und starrt in ihren Tee. „Ich wollte dir noch sagen, dass es mir leid tut.“

Ich hebe abwehrend die Hand. „Hast du schon. Genügt. Danke.“

Sie schüttelt den Kopf, ihre blonden Haare glänzen im Schein des Feuers. „Dass ich mit dir shoppen war, das war keine List oder so. Das wollte ich wirklich und es hat mir richtig Spaß gemacht.“

Ich bin erleichtert, dass sie das sagt. Denn ich hatte auch Spaß und der Gedanke, dass sie mir an diesem Tag etwas vorgespielt hat, nagte doch an mir. Sophie lächelt mich an und ich habe keine Probleme damit, ihr Lächeln zu erwidern.

„Danke“, sage ich und nippe noch einmal an meinem Tee.

„Hattest du das tolle Kleid denn auch mal an?", fragt sie neugierig.

Ich lache und nicke. „Ja, hatte ich."

„Und?"

Ich grinse verlegen. „An dem Abend habe ich mich mit Ediz betrunken, Yasin geküsst und Justus auf die Füße gekotzt."

Sophie quietscht begeistert auf. „Ehrlich? Oh, ich wäre so gerne dabei gewesen. War das auf der Party von der Laura und Melina gesprochen haben?"

Ich nicke und sie rutscht ein Stück näher. „Erzähl noch mehr!"

„Yasin hatte so eine blöde Tusse aus seiner Schule eingeladen. Fee", sage ich und verdrehe die Augen.

„Oh! Fee kenne ich!"

„Ehrlich? Woher?"

„Wir wurden zusammen konfirmiert."

„Na ja, die hat sich auf jeden Fall total an Yasin ran geworfen und ich muss zugeben, dass mich das ein wenig eifersüchtig gemacht hat. Deshalb hab ich mich wohl auch betrunken."

Sophie lacht auf. „Total unnötig. Fee hat sich garantiert nicht an Yasin ran gemacht."

Ich runzele fragend die Stirn. „Woher willst du das wissen?"

„Weil sie mich auf der Konfi-Freizeit angemacht hat. Fee ist vom anderen Ufer."

„Was? Echt? Meinst du, Yasin weiß das auch?"

Sophie nickt. „Das ist ein offenes Geheimnis."

Glöckchen steht also nicht auf Peter Pan, sondern auf Wendy.

„Oh! Dieser Mistkerl! Das hat er mir natürlich verschwiegen!"

„Und dann hast du ihn geküsst?"

Ich laufe rot an. „Ja, nachdem ich ein bisschen was getrunken hatte."

„Und was hat er dazu gesagt?"

Ich überlege kurz. „Nichts."

„Nichts? Und Justus? Was hat er gesagt, als du ihm auf die Füße gekotzt hast?"

„Ähm… ich weiß nicht. Da kann ich mich nicht dran erinnern."

Sophie lacht. „Das ist so cool!"

Ich verdrehe die Augen. „Ja, total."

Auf einmal fühle ich mich bei Sophie wieder wohl. Der Knoten, der mich die ganze Zeit auf Abstand zu ihr gehalten hat, ist geplatzt und wir können wieder miteinander lachen, wie wir es bei unserer Shopping-Tour getan haben.

Sophie nimmt mir meine leere Teetasse ab und stellt sie neben ihre auf den Boden.

„Ich feiere übrigens demnächst meinen sechzehnten Geburtstag. Habt Yasin und du Lust zu kommen?"

Ich nicke. „Ich frage ihn mal, aber ich denke schon."

„Was ist jetzt eigentlich mit Justus?", fragt Sophie und bei der Erwähnung seines Namens gefriert mir das Lächeln im Gesicht.

„Was soll mit ihm sein?"

„Na, seid ihr jetzt zusammen oder nicht? Letztens in der Schule hat es so ausgesehen. Dann ist er natürlich auch eingeladen."

Ich schüttele leicht den Kopf. „Ich weiß nicht, ob wir überhaupt mal zusammen waren. Seit eben sind wir es jedenfalls nicht mehr."

Sophie legt den Kopf schief. „Was ist denn passiert?"

„Die Kurzfassung? Ich hab ihm gesagt, dass ich ihn liebe, er hat mich daraufhin raus geworfen."

Sophie schlägt sich erschrocken die Hand vor den Mund. „Nein! Im Ernst? Der Arsch!"

Einerseits habe ich das dringende Bedürfnis zu weinen, andererseits bringt mich ihre Reaktion zum Lachen. Heraus kommt ein klägliches Hüsteln und Tränen weg wischen.

Sophie zögert nicht, sondern nimmt mich sofort in den Arm. Ich klammere mich an ihr fest und schluchze laut. Sie streichelt sachte meinen Kopf und schweigt. Es dauert eine Weile, bis ich mich wieder zusammen reiße und sie mich loslassen kann.

Ich lächele matt. „Danke."

Sophie zuckt mit den Schultern. „Nichts zu danken. Ich weiß, wie du dich fühlst. Letztes Jahr im Frühling war ich unsterblich in einen Typen aus der Parallelklasse verknallt. Wir sind zwei Mal ausgegangen, haben miteinander geknutscht. Aber als ich nicht mehr wollte, hat er mit mir Schluss gemacht und hat sich `ne andere gesucht."

„Du meinst, es liegt daran, dass ich nicht mit ihm schlafen wollte?"

Sie schüttelt den Kopf. „Keine Ahnung. Kam es denn mal dazu?"

„Ja, einmal. Ich war aber nicht bereit."

„Sei froh, dass du es nicht gemacht hast. Jetzt hättest du es bereut."

Ich beiße mir auf die Unterlippe. Genau das habe ich Justus vorhin an den Kopf geworfen und er hat genauso darüber gedacht.

„Soll ich dir verraten, mit wem mein Date dann zusammen gekommen ist?", fragt Sophie und grinst mich spöttisch an.

„Mit wem?"

„Laura."

„Ehrlich?", frage ich und gleichzeitig wundert es mich kein bisschen.

Sophie nickt. „Ja, und sie hat ihn sogar zu gemeinsamen Treffen mitgebracht."

„Sie ist ein Biest", sage ich und Sophie lacht.

„Ja, das ist sie."

Die Stunden vergehen wie im Flug, während wir abwechselnd über Laura und Melina herziehen und erst als Sophies Vater von der Arbeit kommt, verabschiede ich mich mit einer Umarmung von ihr und mache mich auf den Weg nach Hause.

Die Zeit mit Sophie hat mich ein wenig von Justus abgelenkt. Doch als ich auf dem Weg zum Bus wieder an ihn denke, spüre ich einen Kloß im Hals und schüttele den Kopf, um sein Bild zu verscheuchen.

Kapitel 23

Meine Mutter erwartet mich im Esszimmer. Sie hat die Arme vor der Brust verschränkt und wirkt wütend.

„Wo bist du gewesen?"

Ich stöhne genervt. „Geht das schon wieder los?"

„Sprich nicht so mit mir! Wo bist du gewesen?"

Ich runzele die Stirn. „Bei einer Freundin." Was ja auch nicht gelogen ist.

„Bist du dir ganz sicher?", fragt meine Mutter und ich höre an ihrem Ton, dass sie mir nicht glaubt.

„Ja. Was ist denn bloß los mit dir?"

Sie schnaubt auf, dreht sich von mir weg und fährt sich mit den Fingern durch die Haare.

„Komm morgen bitte pünktlich von der Schule nach Hause. Wir bekommen Besuch."

Nach einer fast schlaflosen Nacht, bin ich froh, dass ich Yasin an der Bushaltestelle treffe. Er braucht gar nicht erst fragen, ich sage sofort, „Nein, nichts ist okay".

Er hebt nur die Augenbrauen ein Stück an und ich fange sofort an zu reden. Ich erzähle vom Besuch bei Justus, von seinem Vater, von Justus' Reaktion, als er mich gesehen hat und wie er mich mit seinen Worten verletzt hat.

Yasin hört mir still zu, nickt ab und zu oder schüttelt kurz den Kopf. Als der Bus kommt, steigen wir ein und ich beende meine Erzählung mit der Begegnung mit Sophie. Erwartungsvoll schaue ich Yasin an.

Er hat die Stirn gerunzelt und starrt auf die Rückenlehne des Sitzes vor uns.

„Und?", frage ich.

„Die Wahrheit?", fragt Yasin.

Ich zögere kurz, nicke dann aber.

„Sei froh, dass er es beendet hat. Und freu dich, dass du dich dadurch mit Sophie versöhnt hast."

„Ich soll mich freuen?", frage ich entsetzt.

Yasin nickt. „Das ist meine Meinung dazu."

„Mehr nicht?"

Er schüttelt den Kopf und sieht aus dem Fenster. Ich rutsche in meinem Sitz ein Stück tiefer und stütze die Füße an der Rückenlehne vor uns ab. Aus dem Augenwinkel schiele ich zu ihm hinüber. Er kaut auf seiner Unterlippe, wie ich es sonst immer tue, ansonsten ist sein Gesicht ausdruckslos. Der schweigsame Yasin gefällt mir nicht. Ich stupse ihm meinen Ellenbogen in die Seite und als er mich fragend ansieht, setze ich ein möglichst fröhliches Lächeln auf.

„Was?", fragt er.

Statt einer Antwort strecke ich ihm die Zunge heraus. Yasin verdreht die Augen. „Lass das."

„Komm schon", jammere ich und piekse ihn in den Oberarm. „Sei nicht so, das steht dir nicht."

Er verschränkt die Arme vor der Brust und zieht die Augenbrauen zusammen.

Ich seufze und versuche es mit einem Themenwechsel. „Sophie hat uns übrigens auf ihren Geburtstag eingeladen. Hast du Lust mit mir hin zu gehen?"

Er zuckt mit den Schultern. „Wenn ich nicht bloß zweite Wahl bin."

„Du bist meine erste Wahl", verspreche ich.

Der silberne Audi in unserer Einfahrt erinnert mich wieder daran, dass wir Besuch erwarten. Erst jetzt kommt mir der Gedanke, dass der Besuch vielleicht wegen mir da ist. Mein Herz beginnt schneller zu schlagen, als ich mich der Haustüre nähere. Ist es nur einer von Mutters Männern oder ist es ein ganz Bestimmter? Mein Vater? Meine Mutter hat sich in letzter Zeit so seltsam verhalten.

Zum ersten Mal in meinem Leben hatte ich das Gefühl, dass sie sich Sorgen um mich macht. Hat er damit zu tun? Hat sie sich endlich dazu durchgerungen, mir meinen Vater vorzustellen?

Meine Finger zittern ganz leicht als ich den Schlüssel ins Schloss stecke und aufschließe. Bevor ich die Türe aufdrücken kann, wird sie von innen geöffnet und meine Mutter steht mir gegenüber. Ich bemerke sofort, dass sie ebenfalls nervös ist. Auf ihren Wangen haben sich Hitzeflecken gebildet und sie spricht viel lauter als sonst.

„Luisa! Komm rein, leg deine Sachen hier ab. Ich möchte dir jemanden vorstellen", flötet sie und nimmt mir auch schon meinen Rucksack ab.

Meine Augen huschen schnell von links nach rechts, aber unser Besuch ist noch nicht zu sehen. Meine Mutter nimmt meine Hand und drückt sie kurz. Ich spüre, dass sie ebenfalls zittert. Ich sehe sie fragend an, aber sie sagt nichts mehr, sondern zieht mich hinter sich her ins Wohnzimmer. Der Mann, der dort wartet, hat uns den Rücken zugedreht und sieht aus dem Fenster auf die Straße. Vielleicht hat er mich auch schon beobachtet, als ich kam.

Er trägt einen Anzug und seine kurz geschorenen, blonden Haare kommen mir bekannt vor.

Erst als er sich herum dreht und mich anlächelt, erkenne ich ihn. Seine blauen Augen sind mir nah und doch fremd.

Meine Mutter lässt meine Hand los, stellt sich dicht neben ihn und schlingt einen Arm um seine Hüfte.

„Luisa, das ist Paul. Dein Vater."

Mein Herz setzt einen Moment aus. Ich kann nichts anderes tun, als ihn anzustarren. Er lächelt immer noch. Meine Mutter ebenfalls, doch bei ihr wirkt es maskenhaft und verrät ihre Unsicherheit.

Langsam schüttele ich den Kopf. „Das ist Justus' Vater. Ich kenne ihn schon."

Paul räuspert sich und sein Lächeln ist jetzt entschuldigend.

„Als du gestern bei uns zuhause aufgetaucht bist, war ich kurz davor, dir die Wahrheit zu sagen. Doch deine Mutter bat mich, noch zu warten. Sie wollte es dir schonender beibringen."

„Schonender?", krächze ich.

Die Finger meiner Mutter sind fast weiß, so stark krallt sie sich in Pauls Hemd fest.

„Es tut mir leid. Ich wusste nicht, wie ich es dir sagen sollte..."

Ich schüttele fassungslos den Kopf. „Sind wir wegen ihm hierher gezogen? Wusstest du, dass er hier lebt?"

Paul antwortet für sie. „Deine Mutter und ich sind durch Zufall wieder in Kontakt gekommen und ich war erfreut, als ich hörte, dass sie für eine Weile hierher ziehen möchte. Ich empfahl ihr dieses Haus."

„Ich konnte Paul nie vergessen. Er war meine erste und einzige große Liebe", schwärmt meine Mutter, während sie lächelnd zu ihm aufsieht. Er erwidert ihr Lächeln und küsst sie.

„Aber er ist verheiratet", platzt es aus mir heraus.

„Und hat einen Sohn. Ich weiß", nickt sie.

Ich atme tief ein und aus, bevor ich die nächste Frage stelle.

„Weiß Justus davon?"

Meine Mutter und Paul sehen sich an.

„Genau deshalb wollte ich nicht, dass ihr zusammen seid", sagt meine Mutter und sieht mir dabei fest in die Augen.

„Weiß Justus davon?", wiederhole ich meine Frage.

„Ich habe es ihm gesagt, nachdem ich ihn von der Wache abgeholt habe", antwortet Paul. „Aber wir vermuten, dass er es schon länger gewusst hat."

Seine Worte klingen in meinen Ohren nach.

„Was?"

„Er hat uns bei unseren Treffen wohl öfter nachspioniert", sagt meine Mutter.

„Er muss etwas mitbekommen haben", ergänzt Paul.

Justus hat es gewusst? Und hat mich trotzdem geküsst? Und er wollte…

Plötzlich wird mir ganz heiß. Ich hätte fast mit meinem Halbbruder geschlafen! Ich fasse mir an den Kopf, in dem sich die ganzen neuen Informationen im Kreis herum drehen. Mir wird schwindelig. Ich kann keinen klaren Gedanken fassen.

„Luisa. Ich wollte dich immer kennenlernen", sagt Paul und streckt die Hand nach mir aus. „Ich wusste nur nicht, wo ihr euch gerade aufhaltet. Ihr seid ja so oft umgezogen."

Ich weiche zurück und stoße an die Kommode, an der ich mich festklammere, um nicht umzufallen.

„Ich hatte gehofft, du würdest dich freuen, mich endlich kennen zu lernen", fährt er fort.

„Ich kenne dich schon viel zu gut", flüstere ich.

„Was?" Er legt den Kopf schief und schaut mich irritiert an.

„Ich kenne dich", sage ich nun lauter und sehe ihm fest in die Augen. „Du bist der Mann, der meine Mutter verlassen hat, als sie mit mir schwanger war. Du bist der Mann, der zu viel trinkt. Du bist der Mann, der seine Frau und seinen Sohn schlägt."

Meine Mutter macht einen Schritt nach vorne.

„Luisa!"

Doch Paul hält sie am Arm zurück.

„Schon gut, Clara. Sie hat allen Grund so schlecht von mir zu denken. Sie kennt ja nur diese eine Version der Geschichte."

Er hält meinem Blick stand. „Es stimmt. Ich habe deine Mutter zu einem Zeitpunkt verlassen, als sie mich am dringendsten gebraucht hätte. Doch du musst verstehen, dass diese Entscheidung für mich nicht einfach war."

„So, muss ich das?", frage ich trotzig und verschränke die Arme vor der Brust.

„Gleichzeitig mit der Neuigkeit, dass du unterwegs bist, bekam ich Nachricht von meiner Exfreundin, Marleen. Sie hatte unseren gemeinsamen Sohn geboren. Justus. Ich wusste bis dahin nicht einmal, dass sie schwanger war. Nun musste ich mich entscheiden. Zwischen Justus und dir. Marleen ist in keinen so guten Verhältnissen aufgewachsen wie deine Mutter. Sie war schon früh auf sich alleine gestellt gewesen. Deine Mutter hingegen hatte ein reiches Elternhaus. Ich bin davon ausgegangen, dass sie schon genügend Rückhalt bekommt. Ich konnte ja nicht ahnen, dass sie aus dem Haus geworfen und enterbt wird."

Er hält inne. Wartet auf eine Reaktion von mir. Doch ich schweige, also fährt er fort.

„Marleen und ich zogen hier her. In dieses Haus. Das Haus meines Vaters, wie du weißt. Doch Marleen bekam schnell Depressionen. Sie wurde aggressiv und handgreiflich und erzählte im Dorf herum, ich hätte sie verprügelt. Mein Vater glaubte ihr. Es kam zu einem Streit und wir mussten ausziehen. Nach mehreren Umzügen, bedingt durch Marleens psychische Krankheit, landeten wir schließlich in der Fritz-Erler-Siedlung, wo wir auch jetzt noch leben. Du hast Recht, ich habe des Öfteren zur Flasche gegriffen. Doch deine Mutter hilft mir aus meiner Sucht. Seit sie wieder da ist, bin ich trocken."

Er lächelt sie an, gibt ihr einen Kuss auf die Stirn und sie schmiegt sich wohlig an ihn. Ich schnaube verächtlich durch die Nase.

„Du lügst!"

„Luisa!" Meine Mutter funkelt mich wütend an. „Es reicht! Paul hat dir mehr erzählt, als er gemusst hätte."

„Du hast recht", antworte ich kühl. „Es ist ja nicht so, als würde er mir eine Erklärung schulden für die vergangenen Jahre."

Paul lässt sich nicht aus der Ruhe bringen. „Ich kann deine Wut verstehen, Luisa. Mir würde es wohl nicht anders gehen."

Ich lache kurz auf, doch er ignoriert es.

„Jedenfalls haben Clara und ich beschlossen, einen neuen Versuch zu starten. Wir wollen die vergangenen fünfzehn Jahre vergessen und es noch einmal probieren."

„Ich habe bereits ein kleines Häuschen in der Nähe von Hamburg für uns gefunden", strahlt meine Mutter. „Ende des Monats ziehen wir um."

„Ende des Monats? Aber das sind ja nur noch zwei Wochen!", rufe ich entsetzt. „Und was ist mit Justus?"

„Justus wird ab sofort bei seinem Opa leben. Das hat er sowieso immer gewollt", sagt Paul und klatscht fröhlich in die Hände. „Wollen wir dann jetzt was essen?"

Ich starre die beiden entgeistert an, bringe aber kein Wort mehr heraus. Stattdessen drehe ich mich um, hole meinen Rucksack und meine Jacke und verlasse das Haus.

Kapitel 24

„Meine Mutter hat bei deiner angerufen. Du darfst vorerst hier übernachten… In Aylins Zimmer“, fügt Yasin hinzu und verdreht die Augen. „Deine Sachen kannst du ja morgen holen. Mama leiht dir etwas für die Nacht.“

„Danke“, sage ich und lasse mich erschöpft auf sein Bett sinken. Er setzt sich neben mich und reicht mir einen Schokoriegel. „Kannst du jetzt sicherlich gut gebrauchen.“

„Ja, auf jeden Fall.“

„Justus‘ Vater ist also auch dein Vater. Also ist Justus dein Halbbruder?“

„Wiederhole das doch nicht noch!“, fahre ich ihn an. Ich halte mir mit einer Hand die Augen zu. „Ich will gar nicht mehr daran denken.“

Seitdem ich weiß, dass Justus mein Bruder ist, muss ich immer wieder an die Nacht im Freibad denken. Schöne Erinnerungen vermischen sich mit einem schlechten Bauchgefühl und bringen mich vollkommen durcheinander.

„Meinst du, euer Vater sagt die Wahrheit, was Justus‘ Mutter angeht?“, fragt Yasin vorsichtig.

„Du meinst, dass sie verrückt ist und er sie gar nicht wirklich geschlagen hat?“

Yasin nickt. Ich kaue auf meiner Unterlippe herum. Ganz kurz war mir dieser Gedanke auch schon gekommen. Das hieße, dass Justus mich angelogen hat. Aber warum sollte er das tun? Ich seufze und schüttele den Kopf.

„Ich weiß nicht. Immerhin hat er mir auch verschwiegen, dass ich seine Schwester bin. Ich weiß nicht, was ich noch glauben soll."

Yasin atmet tief ein.

„Aber du wirst doch jetzt nicht wirklich wegziehen, oder?"

„Was soll ich denn sonst machen? Es bleibt mir ja wohl nichts anderes übrig", antworte ich und ein kleiner Teil von mir ist über den Umzug gar nicht mal so traurig. So begegne ich Justus wenigstens nicht mehr. Alleine der Gedanke, ihn noch einmal wiederzusehen, lässt mir übel werden.

Yasin lässt betrübt den Kopf hängen. Ich knuffe ihn in die Seite.

„Nun schau doch nicht so. Ich bin ja nicht aus der Welt."

„Hamburg, Lu! Weißt du, wie weit Hamburg von hier weg ist?"

„Ich hab doch dein Handy. Wir können ja telefonieren."

Aber auch ich werde traurig bei dem Gedanken, Yasin zu verlassen. Er ist der erste Mensch, der sich die Mühe gemacht hat, mich wirklich kennen zu lernen.

Ich rutsche näher an ihn heran und nehme ihn in den Arm. Er legt das Kinn auf meine Schulter und hält mich fest umschlungen. So sitzen wir einige Zeit da, bis Gökçes Stimme von unten zum Abendessen ruft.

Aylin zeigt mir stolz ihr Zimmer. Es ist ein rosa Prinzessinenreich. Auf die Wände wurden

Einhörner und geflügelte Pferde gemalt. Über ihrem Bett hängt ein rosa Tüll-Tuch, an dem glitzernde Sterne angebracht sind. Sie deutet auf eine große, weiße Couch und hilft mir, sie zu beziehen.

„Danke“, sage ich und lächele sie an. Aylin kichert und fängt an, auf ihrem Bett herum zu hüpfen, dass es nur so quietscht.

„Aylin!“, brüllt ihr Vater von unten „Yatagın üstüne zıplama!“

Sie lässt sich aus dem Flug heraus in den Schneidersitz plumpsen und grinst mich fröhlich an. Im nächsten Moment kommt Gökçe herein, wirft Aylin einen kurzen, tadelnden Blick zu und reicht mir dann eine Zahnbürste und ein weißes Nachthemd.

„Das Badezimmer ist den Flur entlang links.“

„Ich weiß“, sage ich und beiße mir schnell auf die Lippen. Das Badezimmer kenne ich nur, weil ich mich dort während meines Vollrausches in die Badewanne übergeben habe.

Doch Gökce hat sich schon wieder zum Gehen gewandt, wirft Aylin in der Tür stehend noch einen Handkuss zu und wünscht auch mir „Gute Nacht.“

Als ich aus dem Badezimmer wieder komme, sitzt Aylin bereits umgezogen in ihrem Bett, hält mir strahlend ein Buch entgegen und klopft neben sich auf das Bett. Ich nehme es lächelnd entgegen und kuschele mich neben sie. Es ist der erste Teil von „Harry Potter“, eines meiner Lieblingsbücher. Es ist ungewohnt, ein Buch laut vorzulesen, statt nur für sich alleine, doch ich schaffe es, genauso schnell wie sonst auch, in der Geschichte zu versinken und merke erst nach dem siebten Kapitel, dass Aylin bereits eingeschlafen ist. Vorsichtig löse ich mich von ihr, lösche das Licht und lege mich auf die Couch.

Kaum kehrt Stille ein, drehen sich meine Gedanken wieder im Kreis. Seit wann weiß Justus, dass wir denselben Vater haben? Etwa schon damals im Freibad? Aber warum stößt er mich dann erst jetzt zurück? Und warum hat er es mir nicht gesagt? Wir sitzen doch im selben Boot. Als meine Gedanken ein viel zu klares Bild von ihm und mir in der Hausmeisterkabine des Freibads zeichnen, presse ich mir die Handballen auf die Augen. Die Sternchen, die daraufhin auftauchen, vertreiben sein Gesicht, aber nicht das leere Gefühl, das sich in mir breit macht.

Unruhig wälze ich mich von links nach rechts und wieder zurück. Mir ist kalt und ich fühle mich schrecklich einsam. Ich wünschte, ich wäre Aylin und nicht ich selbst. Ich wünschte, ihre Familie wäre meine. Ein Vater, eine Mutter, drei Geschwister. Alles so, wie es sein sollte. Nun weiß ich zwar, wer mein Vater ist, aber das macht es alles nur noch schlimmer.

Ich atme tief ein und halte die Luft solange an, bis es in der Brust schmerzt. Der körperliche Schmerz vertreibt ein wenig das Stechen in meinem Herzen. Ich versuche, die Luft noch länger anzuhalten, doch mein Körper spielt nicht mit und zwingt mich, nach Luft zu schnappen. Die Dunkelheit um mich herum macht mir Angst.

Ich ziehe mir die Decke über den Kopf und versuche mich zu verstecken, doch unter der Decke ist es schrecklich stickig und Panik macht sich in mir breit. Schnell setze ich mich auf und schiebe die Decke weg. Ich weiß, wo ich mich sicher fühle.

Leise schleiche ich an Aylins Bett vorbei, aus der Tür heraus, über den Flur und ins nächste Zimmer hinein. Yasin schläft bereits, als ich mich neben ihn lege und die Decke über uns beide ziehe. Ich presse meine Wange an seine Brust und lausche seinem ruhigen Herzschlag. Er seufzt im Schlaf, legt die Arme um mich und zieht mich noch näher an sich heran. Ich lasse es geschehen und genieße seine Nähe und die Wärme, die er ausstrahlt. Es dauert nicht lange, bis ich auch einschlafe.

„Lu? Lu! Was tust du denn hier?“

Yasins Stimme reißt mich aus meinen unruhigen Träumen. Es ist bereits hell, aber ich liege noch in derselben Position da, in der ich auch eingeschlafen bin. Yasin setzt sich halb auf, sodass ich von seiner Brust herunter rutsche und in seinem weichen Kissen lande.

Ich reibe mir müde die Augen und gähne. „Ich konnte nicht schlafen.“

Yasin fährt sich mit einer Hand durch die strubbeligen Haare. „Warum weckst du mich denn nicht?“

„Warum sollte ich? Dann wären wir doch bloß beide wach gewesen.“

Yasin fasst in meine Haare und zieht eine Feder daraus hervor. Aus irgendeinem Grund hinterlässt diese leichte Berührung eine Gänsehaut auf meinen Armen.

„Du solltest jetzt besser wieder rüber gehen“, sagt er, lächelt dabei aber versöhnlich.

In der Schule sehe ich mich suchend nach Justus um, doch von ihm ist keine Spur zu sehen.

„Der hat garantiert immer noch einen Schulverweis“, meint Sophie heute, als sie meinen Blick bemerkt und deutet auf Frau Rothenpieler, die gerade an uns vorbei läuft.

Ihre linke Gesichtshälfte ist immer noch ganz blau. Aber immerhin ist das Auge nicht mehr so sehr geschwollen. Ich wende mich schnell von ihr ab. Wenn ich sie sehe, muss ich automatisch an den Tag denken, an dem alles zerbrach. Einen Moment vorher war ich noch so glücklich und dann tauchte

Eduardo auf. Ich balle die Hände zu Fäusten und presse die Lippen aufeinander.

„Hab übrigens gehört, dass Eduardo nächste Woche aus dem Krankenhaus entlassen wird."

„Aha", ist alles, was ich sagen kann.

Sophie streicht mir kurz über den Arm. „Ich kann dich so gut verstehen."

Ich zwinge mir ein kleines Lächeln auf. Sie meint es nur gut, aber am liebsten würde ich sie anschreien. Nichts versteht sie. Überhaupt nichts.

In den nächsten Nächten schleiche ich immer wieder hinüber zu Yasin. Ich weiß nicht warum, aber bei ihm fühle ich mich sicher und geborgen. Das dumpfe Gefühl der Einsamkeit lässt nach, wenn ich in seinen Armen liege und meine Gedanken drehen sich nicht mehr im Kreis, sondern kommen zur Ruhe.

In dieser Nacht liegt er bereits wach da und hält mir die Decke hoch, damit ich mich zu ihm kuscheln kann. Ich schmiege mich an ihn und atme seinen Duft tief ein.

„Ich bin so froh, dass ich dich hab, Yasin", flüstere ich.

„Geht mir genauso", sagt er und drückt mir einen Kuss auf die Haare. In den letzten Tagen habe ich einen Entschluss gefasst. Ich werde Justus vergessen. Ich darf nicht mehr an ihn denken. Es ist krank, so zu fühlen. Und der beste Weg, Justus zu vergessen, ist Yasin in mein Herz zu lassen. Yasin kann die Einsamkeit vertreiben. Wenn er bei mir ist, tut mein Herz nicht mehr so weh. Warum sollte ich mich weiter einsam fühlen, wenn ich ihn für immer bei mir haben kann?

Langsam schlinge ich mein linkes Bein über seins und drücke mich noch enger an ihn heran. Je näher ich ihm bin, desto besser fühle ich mich. Zwischen uns ist kein Platz mehr für schlechte Gefühle.

Yasin streichelt mit seinen Fingerspitzen sanft über meinen Arm. Mein Herz schlägt etwas schneller, als ich mein Gesicht an seinem Hals vergrabe. Meine Lippen küssen wie von selbst seine Haut, von seinem Nacken ausgehend, über sein Ohr bis zu seinem Mund.

Als unsere Lippen sich treffen, halten wir beide einen Moment still, warten ab, wie der andere reagiert. Seine dunklen Augen sehen in meine. Es liegt so viel Wärme darin. Dann streicht Yasin mir eine Haarsträhne hinter das Ohr und bewegt seine Lippen.

Ich ziehe ihn zur Seite, sodass wir uns gegenüberliegen und fahre mit den Fingern über seinen Nacken in seine Haare. Yasins Hand fährt meinen Rücken hinunter und vergräbt sich in meinem Nachthemd, sodass es ein Stück hochrutscht und nur noch knapp meinen Po verdeckt. Noch einmal schiebe ich mich näher an ihn heran, bis ich das Schlagen seines Herzens an meiner Brust spüren kann. Yasins Lippen lösen sich von meinen. Wir sehen uns in die Augen, seine sind so dunkel wie die Nacht.

„Okay so?", flüstert Yasin.

Ich nicke und küsse ihn wieder. Er dreht mich auf den Rücken, liegt nun halb auf mir drauf, stützt sich mit einer Hand seitlich neben mir ab und streicht mir mit der anderen die Haare aus dem Gesicht. Ich fahre mit beiden Händen seinen Rücken hinab und ziehe sein Hemd hoch. Unter meinen Fingern spüre ich, dass er eine Gänsehaut bekommt. Seine Küsse sind immer noch vorsichtig, fast ängstlich.

Ich schiebe mich ganz unter ihn und genieße den Druck, den sein Körper auf mich ausübt. Yasin zieht sich das Hemd über den Kopf und wirft es auf den Boden. Ich streichele über seinen Brustkorb und seinen Bauch und spüre seinen heißen Atem an meinem Ohr. Er fährt mit den Händen unter mein Nachthemd und schiebt es hoch. Mir wird ganz heiß bei dem Gedanken, dass ich darunter nichts an habe, doch automatisch hebe ich die Arme an, sodass er es mir ganz ausziehen kann.

Nun liege ich nackt unter ihm. Yasin beugt sich vor und küsst mich wieder.

„Du bist wunderschön“, sagt er ganz dicht an meinen Lippen.

Mit einer Hand fährt er an meiner Seite entlang, langsam hoch und wieder runter und stoppt schließlich an meiner Brust. Als seine Finger mich dort berühren, überläuft mich ein Schauer. Mein Atem geht zittrig und stoßweise vor Aufregung, als er sich seine Hose auszieht und sich wieder auf mich legt. Yasin stützt sich mit den Unterarmen links und rechts von mir ab und sieht mir in die Augen.

„Alles klar?“

Statt einer Antwort, lege ich meine Arme um seinen Nacken und ziehe ihn so nah an mich heran, dass ich ihn küssen kann. Mit ein wenig Druck löst er sich von mir, damit er mich wieder anschauen kann.

„Willst du das wirklich?“

Oh ja, und wie ich es will. Nur so kann ich alles um mich herum vergessen. Ich will an nichts anderes mehr denken, als an Yasin. Seine Augen. Seine Lippen. Sein Lächeln. Sein Duft.

„Ja“, sage ich lächelnd.

Yasin küsst mich auf den Mund, die Wangen, den Hals und die Schläfen. Ich halte die Luft an und traue mich nicht, mich zu bewegen. Yasins Atem geht schnell an meinem Ohr. Ich klammere mich an ihn und schließe die Augen. Näher kann ich ihm kaum sein.

Doch plötzlich kann ich mich nicht mehr auf ihn konzentrieren. Eine unbestimmte Angst kriecht in mir hinauf. Was tue ich hier? Wieso tue ich das? Will ich wirklich die Geschichte meiner Mutter wiederholen? Auf einmal sehe ich mich selbst mit dickem Babybauch und meinem Koffer in der Hand auf der Straße stehen. Den Daumen raus gestreckt, um das nächstbeste Auto anzuhalten.

„Yasin“, meine Stimme ist nur ein Flüstern, doch Yasin schaut sofort auf.

„Hast du Kondome da?“, frage ich.

Yasin stöhnt und schüttelt den Kopf.

Ich kaue auf meiner Unterlippe herum, bis er mit seinem Daumen darüber fährt.

„Lass das, du machst sie dir ganz kaputt.“

Wir liegen ganz ruhig da und genießen dieses wohlige Gefühl des Beisammenseins. Yasin küsst mich auf die Stirn und lächelt mich an. „Ich liebe dich.“

Meine Gedanken rasen. Was soll ich antworten? Was fühle ich? Die ganze Situation kommt mir richtig vor. Ich fühle mich wohl bei ihm. Ich habe keine Angst vor seinen Berührungen.

Kurz muss ich an die Nacht im Freibad denken. Wie ich gezuckt habe, als Justus meine Brust berührt hat. Yasin kann mich überall streicheln und ich fühle mich wunderbar dabei.

„Ich liebe dich auch“, antworte ich und meine es vollkommen ernst. Ich liebe ihn, weil er mehr von mir weiß, als jeder andere Mensch auf der Welt. Ich liebe ihn, weil er immer für mich da ist. Ich liebe ihn, weil er der liebenswürdigste Mensch auf der Welt ist. Ich liebe ihn, weil er mehr an mich als an sich selbst denkt. Selbst jetzt nimmt er Rücksicht auf mich, statt sich um seine eigenen Bedürfnisse zu kümmern.

Er vergräbt sein Gesicht an meinem Hals und atmet heiß auf meine Haut. Ich fahre sanft mit den

Fingernägeln über seinen Rücken und genieße den Schauer, der von ihm auf mich übergeht. Nie zuvor hab ich mich so vollkommen, so geliebt, gefühlt. Ich wünschte, die Nacht würde niemals enden. Und doch geht schon bald die Sonne auf.

Ich erwache nackt in seinen Armen. Spüre seine Haut an meiner und schmiege mich lächelnd an ihn. Yasin seufzt wohlig. Es fällt mir schwer, mich von ihm zu lösen. Doch schließlich stehe ich auf und ziehe mir mein Nachthemd wieder über.

Kapitel 25

„Guten Morgen, Luisa“, begrüßt Gökçe mich lächelnd, als ich nach einer ausgiebigen Dusche ins Esszimmer komme. Sie verteilt gerade die Teller für das Frühstück.

„Gut geschlafen?“

Ich nicke und weiche ihrem Blick aus. Ich habe das Gefühl, als könnte jeder schon von Weitem erkennen, was letzte Nacht passiert ist. Als hätte ich eine riesige Leuchtreklame über dem Kopf. Ich helfe ihr, den Tisch zu decken und setze mich dann an meinen Platz.

Nach und nach trudeln auch die anderen Familienmitglieder ein. Aylin sitzt mir wie immer genau gegenüber, Yasin rechts neben mir. Ich beuge mich zum Brötchenkorb und nehme mir eines heraus. Unter dem Tisch berührt Yasins linker Fuß meinen rechten.

Aylins forschender Blick ist mir unangenehm. Während sie sich ihr Brötchen mit Marmelade bestreicht, sieht sie mich immer wieder nachdenklich an. Ich lächele sie freundlich an, doch sie runzelt nur die Stirn. Ahmet streckt sich und gähnt. „Oh man. Ich hab die letzte Nacht so beschissen geschlafen.“

„Könnte am Vollmond liegen“, meint Gökçe.
„Ich hab gut geschlafen“, lächelt Yasin und sieht mich dann an. „Du auch, oder?“
Mir wird ganz heiß. Ist er verrückt? Ich hüstele kurz und nicke.
„Ja. Ja, hab ganz gut geschlafen.“
Aylin schiebt die Lippen vor, verschränkt die Arme vor der Brust und funkelt mich böse an.
„Alles klar, Schatz?“, fragt Gökçe.
Aylin kneift die Augen zusammen. Mein Herz rast. Sie weiß es. Sie weiß, was wir getan haben. Ich bete still, dass sie nicht ausgerechnet jetzt ihr Schweigen mir gegenüber bricht.
Yasin greift unter dem Tisch nach meiner Hand, die ich unbewusst zur Faust geballt habe. Ich schüttele ihn ab und stehe auf.
„Irgendwie hab ich heute nicht so wirklich Hunger. Ich mache mich schon mal fertig.“

„Bist du total wahnsinnig geworden?“, frage ich Yasin auf dem Weg zum Bus.
„Was denn?“, entgegnet er unschuldig.
„Sie hätten uns fast ertappt. Deine Schwester weiß es. Da bin ich mir ganz sicher.“
„Na und?“, Yasin grinst. „Sie wird schon nichts verraten.“
„Woher willst du das wissen? Immerhin bin ich für sie auch keine Unbekannte mehr.“
Statt einer Antwort nimmt er meine Hand und drückt sie leicht.
„Ich hab halt nur Angst, dass deine Eltern mich raus werfen“, sage ich kleinlaut.
„Das werden sie nicht“, versichert Yasin mir.

Vor der Schule wartet Sophie auf mich. Sie kommt winkend auf Yasin und mich zu. Unsere ineinander verschränkten Hände quittiert sie mit einem Lächeln.

„Guten Morgen“, begrüßt sie uns. „Yasin, ich hab dich noch gar nicht persönlich gefragt. Kommst du morgen auf meine Party?“

Yasin nickt. „Klar. Gerne.“

„Super! Das wird so cool! Meine Eltern haben mir versprochen, für die Zeit der Feier zu den Nachbarn zu gehen und …oh! Da ist Justus!“

Ich zucke zusammen und blicke mich um. Sie hat Recht. Justus kommt gerade um die Ecke geschlendert. Er sieht besser aus, als je zuvor. Es scheint ihm gut zu gehen bei Herrn Schmidt. Mein Herz schlägt mir bis zum Hals. Ich sehe ihn plötzlich mit ganz anderen Augen. Gibt es irgendwelche Ähnlichkeiten zwischen ihm und mir? Der Mund? Die Nase? Die Augenbrauen? Irgendetwas muss es doch geben.

Yasin drückt meine Hand und lenkt meine Aufmerksamkeit damit wieder auf sich. Er beugt sich zu mir herüber, gibt mir einen Kuss auf den Mund und flüstert, „Ich liebe dich“, in mein Ohr. Genau das haben wir uns in der letzten Nacht versichert. Doch jetzt, in diesem Augenblick, kommt mir die letzte Nacht seltsam fern vor. Als wäre das alles nur ein schöner Traum gewesen.

„Ich dich auch“, murmele ich leise. Er lächelt, küsst mich noch einmal auf die Wange und verabschiedet sich winkend auch von Sophie.

„Hat er es gesehen?“, frage ich, sobald Yasin um die Ecke ist.

„Wer?“

„Justus. Hat er gesehen, dass Yasin mich geküsst hat?“

„Oh. Willst du ihn eifersüchtig machen?“

Ich entgegne nichts. Sophie weiß immer noch nicht, dass Justus mein Halbbruder ist. Wie soll ich ihr so etwas auch erklären?

„Ja, hat er“, antwortet sie grinsend. „Und er sah nicht gerade glücklich aus.“

Mir wird ganz schwer ums Herz. Ich will Justus nicht eifersüchtig machen. Ich will ihn nicht traurig sehen. Trotz allem nicht. Und gleichzeitig verspüre ich immer noch einen tiefen Groll. Er wusste über uns Bescheid, wer weiß wie lange. Und hat mir nichts gesagt. Hat mir sogar noch etwas vorgemacht. Trotzdem tut es mir weh, ihn traurig zu sehen. Ich bin verrückt.

Ich sitze gerade über den Hausaufgaben, als es an der Tür klingelt. Bei den Özmirs habe ich endlich wieder angefangen Hausaufgaben zu erledigen. Hier gehört das zur täglichen Routine. Nach der Schule wird zu Mittag gegessen, dann werden die Hausaufgaben gemacht. Ich merke, wie viel ich in den letzten Monaten verpasst habe. Es fällt mir schwer, mich auf die Aufgaben zu konzentrieren.

Das Klingeln an der Tür reißt mich aus meinen Gedanken. Ich höre Aylins schnelle Schritte, wie sie zur Haustür huscht und kann mir genau ihr kleines, rundes Gesicht vorstellen, das sie gegen den Glasausschnitt drückt, um zu sehen, wer draußen steht. Gökçes Schritte folgen ihr, die Tür wird geöffnet und ich höre sie gedämpft mit jemandem sprechen. Dann ruft sie die Treppe hinauf: „Luisa! Du hast Besuch."

Ich atme tief ein. Besuch kann in meinem Fall nichts Gutes bedeuten. Wer will mich schon besuchen? Es kann ja nur meine Mutter sein. Will sie mich holen? Ziehen wir doch jetzt schon um? Ich kaue nervös auf meiner Lippe herum, während ich die Treppe nach unten schleiche.

Das Erste, was ich sehe, noch bevor ich ganz unten bin, sind grüne Sneakers. Ich kenne diese Schuhe. Die Flecken sind gut raus gegangen. Sie sehen aus wie neu. Ich bleibe kurz stehen. Aylin und Gökçe stehen noch an der Tür. Gökçe sieht mich mit hochgezogenen Augenbrauen an.

„Es ist für dich“, wiederholt sie und deutet zur Tür. Ich nicke und zwinge mich, weiter zu gehen. Nun sehe ich auch Justus‘ Gesicht. Er lächelt mir schüchtern entgegen.

„Hi“, sagt er und hebt die Hand.

„Hi“, antworte ich. Wir stehen uns unschlüssig gegenüber.

Gökçe zwinkert mir zu und schiebt Aylin sanft vor sich her in Richtung Küche.

„Deine Mutter hat mir gesagt, dass ich dich hier finde.“

Ich schlucke. Er hat mit meiner Mutter gesprochen?

„Wie geht es dir?“, fragt er nach einer Weile. Ich presse die Lippen aufeinander. Ich bringe kein Wort heraus. Meine Kehle ist wie zugeschnürt.

„Luisa, ich… es tut mir leid. Du… ich… du weißt ja jetzt…“

Ich hebe die Hand und schüttele den Kopf. „Lass es einfach, ok?“

„Ich wollte dir nur erklären, warum…“

„Du brauchst ihr überhaupt nichts erklären“, unterbricht Yasin ihn. Er steht auf einmal neben mir. Ich trete einen Schritt zurück, will Abstand zwischen Justus und mich bringen. Justus runzelt die Stirn.

„Was hast du damit zu tun? Du hast doch überhaupt keine Ahnung.“

„Ich weiß mehr, als du denkst“, antwortet Yasin verbissen.

Justus macht einen Schritt nach vorne, doch Yasin bewegt sich nicht von der Stelle.

„Luisa! Ich will es dir doch nur erklären.“

Seine blauen Augen bohren sich in meine, aber ich weiche seinem Blick aus. Ich sehe seinen Vater in diesen Augen. Meinen Vater. Unseren Vater.

„Lass sie einfach in Ruhe“, knurrt Yasin und schlägt Justus die Tür vor der Nase zu. Durch die

Glasscheibe sehe ich, wie Justus noch einen Moment stehen bleibt und dann langsam von der Tür zurückweicht. Ich schaue schnell weg. Yasin legt seine Hand auf meinen Arm.

„Alles in Ordnung?"

Ich nicke und verstecke meine zitternden Hände in den Hosentaschen.

Kapitel 26

Auf Sophies Party entdecke ich einige Schüler aus unserer Klasse. Die einzigen, die sie nicht eingeladen hat, sind Laura und Melina. Sophies Mutter muss Sophies Vater, der sich standhaft weigert, uns aus den Augen zu lassen, aus dem Haus zerren. Sie winkt ihnen noch lieb lächelnd hinterher, knallt dann die Tür zu und dreht sich grinsend zu uns herum.

„Na endlich."

Die Musik wird augenblicklich lauter gedreht und die Bowle mit Sekt verfeinert. Nur wenige Minuten, nachdem Sophies Eltern gegangen sind, kommen ein paar Jungs mit Bierkisten herein und werden gleich umstellt. Es dauert nicht lange bis der Alkohol seine Wirkung zeigt und die Party in Gang kommt.

Sophie huscht von einem Gast zum nächsten, lässt sich gratulieren und umarmen. Bei mir will keine gute Stimmung aufkommen. Meine Gedanken kreisen immer noch um Justus' Besuch am Vortag. Vielleicht hätte ich mit ihm sprechen sollen. Immerhin ist er mein Bruder. Wir müssten eigentlich zusammen halten.

Ich will es mir auf der Couch bequem machen, doch Yasin zieht mich auf die improvisierte

Tanzfläche. Ich lasse mich nur widerwillig zum Tanzen animieren, obwohl Yasin ein guter Tänzer ist. Aus dem Augenwinkel sehe ich Sophie, die sich einen Jungen aus unserer Klasse geschnappt hat und sich von ihm wild im Kreis herum wirbeln lässt. Ich klammere mich an meinem Becher fest und wippe von einem Fuß auf den anderen.

„Komm schon, ich weiß, dass du besser tanzen kannst", lacht Yasin, zieht mich mit einer Hand zu sich heran und stößt mich gleich an ausgestrecktem Arm wieder weg. Ich schütte mir fast die Bowle über mein blaues Lieblingskleid, muss aber trotzdem lachen. Den Becher stelle ich auf der Fensterbank ab und reiche Yasin kokett meine Hand. Er grinst und zieht mich in seinen Arm. Ein paar Sekunden tanzen wir ruhig, mein Rücken an seinem Bauch, dann dreht er mich wieder von sich weg. Ich liebe es, wie mein Kleid flattert, wenn ich mich drehe und ich liebe es, wie Yasin mich dabei anlächelt.

„Na, geht doch", triumphiert er und drückt mir einen Kuss auf den Mund. Ich frage mich, wie Yasin es schafft, ganz ohne Alkohol so ausgelassen feiern zu können. Ich habe ihn noch nie etwas trinken sehen. Trotzdem tanzt er wie ein junger Gott und seine Augen leuchten vergnügt.

Wir tanzen bis uns fast die Luft weg bleibt und uns die Füße wehtun.

„Komm, wir holen uns was zu trinken", sagt Yasin und zieht mich zur offenen Küche hin. Er schüttet uns beiden eine Cola ein und reicht mir meinen Becher.

„Hey, ihr zwei!"

Ich verschlucke mich fast an meiner Cola, als Fee vor uns auftaucht. Sie umarmt Yasin lächelnd und nickt mir zu. Am liebsten würde ich im Erdboden versinken.

„Wusste gar nicht, dass du auch hier bist“, Yasin klingt ehrlich überrascht.

„Sophie und ich kennen uns noch von früher“, erklärt Fee.

Mir fällt ein, dass Sophie erzählt hat, dass Fee sie auf der Konfifreizeit angemacht hat. Bei dem Gedanken, dass ich so eifersüchtig auf sie und Yasin war, wird mir ganz heiß. Ich starre gebannt in meine Cola.

„Heute mal nüchtern unterwegs?“, fragt Fee belustigt.

„Mh… ja“, nuschele ich, nehme dann all meinen Mut zusammen und sehe ihr fest in die Augen.

„Es tut mir leid, wie ich dich beim letzten Mal behandelt hab. Das war echt doof.“

Sie winkt lachend ab. „Kein Ding. Kann verstehen, dass du eifersüchtig warst. Yasin ist ja auch ein Schnittchen.“

„Ich wusste nicht, dass du…“, ich zögere kurz.

„Dass ich lesbisch bin? Dass hab ich ja auch nicht auf der Stirn stehen.“

„Woher weißt du das?“, fragt Yasin erstaunt.

„Sophie hat es mir erzählt“, antworte ich und boxe ihm gegen den Oberarm. „Und das ist dafür, dass du es mir nicht verraten hast!“

Er lacht und reibt sich über den Arm. „Ja, ja. Tut mir leid.“

„Ich gehe mal gerade auf die Toilette“, sage ich und lasse die beiden in der Küche zurück.

Als ich von der Toilette wieder komme, stehen sie immer noch dort und erzählen sich lachend Geschichten. Im Gegensatz zum letzten Mal bin ich nun nicht mehr eifersüchtig. Doch ich entscheide mich trotzdem lieber für die Couch, streife die Schuhe ab und lege seufzend die Füße hoch.

Am anderen Ende der Couch sitzt ein Pärchen und knutscht. Sie brauchen nur einen Platz, weil sie sich rittlings auf seinen Schoß gesetzt hat. Ich schließe die Augen und lehne den Kopf zurück. Ich spüre, dass sich jemand neben mich setzt, schaue aber nicht auf. Erst als eine Hand meinen Arm berührt, öffne ich die Augen.

„Luisa, flipp jetzt bitte nicht aus", Justus' Stimme ist leise, aber ich kann ihn trotzdem gut verstehen. „Ich will einfach nur mit dir sprechen, okay?"

Ich sehe in seine Augen und versuche zu erkennen, was er gerade fühlt. Doch seine Augen sagen nichts. An der Stelle, an der seine Hand meinen Arm berührt, brennt meine Haut. Ich ziehe den Arm zurück und klemme die Hände zwischen meine Oberschenkel.

„Luisa, komm schon."

Er steht auf und deutet mir an, ihm zu folgen. Hatte ich mir nicht genau das eben gewünscht? Dass ich noch einmal mit ihm sprechen kann? Um diese ganze verfahrene Situation endlich zu klären. Ich werde ihm nicht für den Rest meines Lebens aus dem Weg gehen können. Zögernd stehe ich auf und folge ihm hinaus in den Garten.

Das Gras ist kalt und nass vom Tau. Doch das tut meinen geschundenen Füßen gut. Ein paar Meter hinter Justus bleibe ich stehen. Ich will einen Sicherheitsabstand zwischen uns haben, weil ich selbst nicht genau weiß, wie ich auf ihn reagieren soll.

Justus dreht sich zu mir um und bemerkt den Abstand zwischen uns.

„Hast du Angst vor mir?"

Ich verschränke die Arme vor der Brust. „Sag einfach, was du sagen willst, damit ich wieder rein gehen kann. Es ist kalt hier draußen."

„Deine Mutter hat gesagt, sie haben dir alles erzählt. Ich denke, du weißt jetzt, wieso ich so abweisend zu dir war, oder?"

Ich schnaube durch die Nase und schüttele den Kopf. „Ja, das tue ich wohl."

Justus runzelt die Stirn. „Aber…?"

„Aber?", frage ich empört. „Du willst ein Aber?"

„Ich verstehe deine Reaktion nicht. Warum bist du wütend auf mich?"

„Warum ich wütend auf dich bin? Warum hältst du es nicht für nötig, mir mal zu erzählen, dass wir denselben Vater haben? Warum gehst du erst noch ein paar Mal mit mir aus? Warum küsst du mich und…"

Ich beiße mir auf die Lippe und drehe mich halb von ihm weg. Ich möchte nicht an die Nacht im Freibad denken.

„Hey! Hey! Moment…" Justus hebt abwehrend die Hände. „Was meinst du damit? Denkst du, ich hätte dich geküsst, wenn ich das gewusst hätte?"

„Dein Vater… mein… ich meine, unser Vater hat gesagt, dass du es schon lange vorher wusstest. Du hast den beiden nachspioniert. Der Tag, an dem wir uns vor dem Kutscherhaus begegnet sind. Du hast die beiden da gesehen!"

Justus schweigt kurz und bekräftigt damit meine Vermutung.

„Du bist ein Arschloch!", rufe ich und kann die Tränen nicht mehr aufhalten.

„Ja", antwortet er und sieht mir dabei fest in die Augen. „Ja, ich habe die beiden gesehen. Ich wusste schon lange, dass mein Vater eine Affäre hat. Zuerst waren es die Telefonate, dann musste er angeblich immer wieder auf Geschäftsreise und schließlich hatte er immer wieder dienstliche Verabredungen. Also bin ich ihm gefolgt. Ich wusste am Anfang nicht, dass es deine Mutter ist, mit der er sich trifft. Erst an dem Tag, als wir uns dort begegnet sind, hab ich eins und eins zusammen gezählt. Aber ich wusste nicht, dass die beiden sich schon von früher kannten und erst recht wusste ich nicht, dass du seine Tochter bist. Das hat er mir erst nach dem Tag auf dem Polizeirevier erzählt."

Er sieht mich abwartend an.

Ich schüttele leicht den Kopf. „Warum hast du mir nicht gesagt, dass die beiden sich treffen?"

Er zuckt mit den Schultern. „Ich fand es nicht wichtig. Und es hätte… vielleicht hättest du dich dann nicht mehr mit mir treffen wollen."

Wir schweigen beide. Ich wische mir mit dem Ärmel über die Augen und konzentriere mich darauf, nicht in Justus' Augen zu sehen.

Er macht ein paar Schritte auf mich zu und berührt mich sachte am Arm. „Es tut mir leid. Ich wollte dich nicht verletzen. Ich wusste nur nicht, wie ich dich anders auf Abstand bringen sollte. Mein Vater hat mir verboten, dir davon zu erzählen."

„Du meinst, unser Vater", korrigiere ich ihn leise.

„Ja. Unser Vater."

Ein Geräusch kommt aus meiner Kehle, bei dem ich nicht genau sagen kann, ob es ein Lachen oder ein Schluchzen ist.

Justus zieht mich in seinen Arm und hält mich fest. Das Gefühl, wenn er mich berührt, hat sich nicht geändert. Mein Herz legt einen Zahn zu und die Härchen in meinem Nacken stellen sich auf. Ich presse meine Wange an seine Schulter und atme tief ein. Er ist mein Bruder. Mein Bruder. Nicht mehr. Warum versteht mein Körper das nicht? Justus vergräbt seine Nase in meinen Haaren und ich spüre seinen heißen Atem auf meiner Haut.

Als er anfängt zu sprechen, ist seine Stimme nicht mehr als ein Murmeln an meinem Hals. „Ich weiß, wieso wir so seltsam empfinden."

Ohne mich von ihm zu lösen, frage ich „Wieso?".

„In unseren Adern fließt dasselbe Blut. Da ist es doch kein Wunder, dass wir anders füreinander empfinden als für andere Menschen … Verstehst du, was ich meine?“

Unsere Herzen schlagen in einem Takt. Ich nicke. „Klar.“

Seine Erklärung ist absolut verständlich. Schließlich hatte ich nie einen Bruder und er nie eine Schwester. Woher sollten wir auch wissen, wie Geschwister füreinander empfinden? Da ist eine unsichtbare Verbindung zwischen uns. Unsere Körper fühlen das sicherlich. Ich schließe die Augen, atme tief ein und nicke noch einmal.

„Absolut klar.“

„Luisa?“, Yasins Stimme reißt mich in die Wirklichkeit zurück. Justus und ich brauchen keine Sekunde, um uns voneinander zu lösen und einen Sicherheitsabstand von einem Meter zwischen uns zu bringen. Yasin steht wie angewurzelt auf der Terrasse. Hinter ihm tauchen Sophie und Fee auf und sehen uns aus großen Augen an.

„Was machst du denn hier? Dich hab ich doch gar nicht eingeladen“, fragt Sophie und deutet auf Justus.

Yasin erwacht aus seiner Starre und kommt mit großen Schritten auf uns zu. Sein Gesichtsausdruck macht mir Angst. Er beachtet mich mit keinem Blick, sondern marschiert mit entschlossener Miene auf Justus zu.

„Was soll das? Warum lässt du sie nicht einfach in Ruhe?“

Justus‘ überraschter Ausdruck verschwindet und macht einem grimmigen Blick Platz. „Ich wüsste nicht, was dich das angeht.“

Yasin versteht alles vollkommen falsch. Ich mache einen Schritt auf ihn zu. „Yasin, es…“

„Was mich das angeht?“, knurrt Yasin durch zusammen gebissene Zähne, ohne mich zu beachten. „Ich sag dir, was mich das angeht: Lu und ich, wir sind ein Paar, ok? Wenn du ihr noch einmal wehtust, bekommst du es mit mir zu tun!“

Justus verschränkt die Arme vor der Brust. „Ihr seid also ein Paar, ja? Da hat sie mir gar nichts von gesagt.“

Ich sehe ihn erschrocken an. Warum tut er das? Warum fordert er Yasin auch noch heraus?

Yasins Blick huscht zu mir rüber. Die kurze Unsicherheit verwandelt sich wieder in Wut, als er in meine Augen sieht. Vermutlich sieht er, dass ich geweint habe.

„Als ihr Bruder braucht dich das ja auch nicht zu interessieren“, zischt er.

Sophie zieht überrascht die Luft ein, „Bruder?“, und sieht mich fragend an. Ich weiche ihrem Blick aus und betrachte meine nackten Füße im Gras.

„Ich glaube, ich möchte jetzt nach Hause“, murmele ich an niemand Bestimmten gerichtet.

Yasin und Justus nicken im selben Moment. „Okay.“

Justus kommt Yasin zuvor und nimmt mich an der Hand.

„Komm. Ich bringe dich nach Hause.“

„Du bringst sie überhaupt nirgendwohin!“, ruft Yasin und schubst Justus von mir weg.

Justus schüttelt entgeistert den Kopf.

„Komm mal runter!“

Als er wieder nach meiner Hand greifen will, stürzt Yasin sich mit seinem ganzen Gewicht auf ihn und will ihn zu Boden ringen. Justus taumelt zurück, kann sich aber auf den Füßen halten. Ich sehe die Wut in seinen Augen aufblitzen und will mich zwischen die beiden stellen, doch da hat er seine Faust schon geballt und Yasin einen Kinnhaken verpasst. Bevor Yasin fällt, halte ich ihn fest und brülle Justus an.

„Hast du sie noch alle?“

Yasin macht sich von mir los und wirft sich wieder auf Justus. Blind vor Wut schlägt er auf ihn ein. Verzweifelt schaue ich zu Sophie und Fee rüber.

„Helft mir bitte!“

Fee nickt und greift nach Yasins Jacke, während Sophie und ich versuchen, Justus zurück zu halten. Ich stelle mich vor ihn und drücke mit beiden Händen gegen seine Brust.

„Hör auf mit dem Scheiß“, schreie ich ihn an. Sein Atem geht schnell, seine Augen huschen von mir zu Yasin und wieder zurück. Als ich merke, dass er sich beruhigt, drehe ich mich zu Yasin um.

Aus seiner Nase tropft Blut auf sein weißes Hemd. Er schnauft und wischt sich mit dem Handrücken durch das Gesicht. Als er nach meiner Hand greifen will, weiche ich ihm aus.

„Fass mich nicht an!“

Ich weiß nicht, warum ich so wütend auf ihn bin. Vielleicht, weil er meint, über mich bestimmen zu können. Vielleicht, weil er mir nicht zuhören wollte. Vielleicht aber auch, weil ich ihn immer noch nicht so lieben kann, wie er mich liebt.

Zögernd lässt er seine Hand sinken und nickt dann verstehend.

„Du hast dich also entschieden.“

Ich entgegne nichts, sondern sehe ihn nur unverwandt an.

„Weißt du was, Luisa?“, seine Stimme ist so kalt wie sein Blick. „Du kannst mich mal.“

Die Worte treffen mich wie ein Schlag in die Magengrube.

„Was?“

„Du hast mich schon richtig verstanden“, grollt Yasin. „Ich bin es leid. Ich bin es leid, dein Aushilfsspieler zu sein, dein dummer Ersatzfreund, wenn es mit deinem Bruder nicht klappt. Ich bin es leid, mir deine Sorgen anzuhören. Ich bin es leid, dir Tipps zu geben, die du sowieso nicht beherzigst. Ich bin es einfach leid, okay?“

Ich beiße mir so heftig auf die Lippe, dass ich umgehend den eisernen Geschmack von Blut auf der Zunge schmecke.

„Das meinst du nicht ernst“, flüstere ich.

„Und wie ernst ich das meine“, Yasins Stimme ist ebenfalls nur noch ein Flüstern. Doch ich verstehe ihn so gut, als würde er die Worte direkt in mein Ohr brüllen.

„Verpiss dich einfach aus meinem Leben“, sagt er, dreht sich um und geht ins Haus.

Ich stehe da uns starre ihm nach. Meine Atemzüge kommen stoßweiße, mein Herz rast. Yasin. Mein Yasin.

Justus greift nach meinem Arm. „Komm schon. Wir gehen nach Hause.“

Doch ich schüttele ihn ab und renne los. Ich fliehe durch das Gartentor auf die Straße. Meine nackten Füße klatschen auf den Asphalt. Das Blut rauscht in meinen Ohren, Tränen verschleiern mir die Sicht.

So sehe ich die Scheinwerfer nicht kommen. Ich pralle so schnell auf der Motorhaube auf, dass ich noch nicht weiß, was passiert ist, als ich schon wieder auf dem Boden aufschlage. Die Welt wird schwarz.

Kapitel 27

Es ist ein nebliger Tag im Herbst. Ich kann nicht sehen, was sich außerhalb des Zimmers befindet. Es sieht aus, als wären die Fensterscheiben aus Milchglas.

„Es sind keine schwerwiegenden Verletzungen zurück geblieben. Wir konnten sämtliche Scherben entfernen“, höre ich eine fremde, männliche Stimme.

„Gott sei Dank“, sagt meine Mutter. Ihre Stimme klingt seltsam rau.

„Was sagten Sie noch, wie das passiert ist?“

„Sie hat versehentlich in ihr Glas gebissen“, lügt meine Mutter. Es stimmt, ich habe in das Glas gebissen. Aber es war nicht aus Versehen.

„Für eine Zehnjährige hat ihre Tochter bereits eine auffällig dicke Krankenakte“, bemerkt der Arzt.

„Ja, sie ist ein unglaublicher Pechvogel“, lacht meine Mutter. Doch ihr Lachen klingt nicht echt. Als der Arzt das Zimmer verlässt, setzt sie sich neben mein Bett. Ich tue so, als würde ich noch schlafen, doch sie fällt nicht darauf herein. Sie greift nach meiner Hand und drückt sie. „Luisa. Wie geht es dir?“

Ich öffne die Augen. „Es geht“, flüstere ich. Mein Hals tut weh.

Die Augen meiner Mutter füllen sich mit Tränen „Du musst damit aufhören, Luisa. Ich schaffe das nicht mehr.

Ich kann die Angst um dich nicht mehr ertragen."

Ich schweige und presse die Lippen aufeinander.

Sie drückt ihre Stirn an meinen Handrücken und schluchzt: „Ich liebe dich! Ich liebe dich mehr als alles andere auf der Welt."

Ein stetes Piepsen dringt wie Wassertropfen in meinen Kopf. Piep. Piep. Piep. Die Welt beginnt sich wieder zu drehen. Ich stöhne leise. Ich will nicht aufwachen. Ich halte meine Augen geschlossen und versuche, wieder abzutauchen.

„Luisa?", die Stimme meiner Mutter holt mich vollends in die Wirklichkeit zurück. Langsam dringen Sonnenstrahlen durch meine geschlossenen Lider.

„Luisa, bist du wach?"

Vielleicht geht sie ja wieder, wenn ich mich nicht bewege. Ich höre, wie sie aufsteht und nervös im Zimmer auf und ab läuft.

„Nun beruhige dich doch mal", höre ich Pauls Stimme. „Die Ärzte haben doch gesagt, dass alles gut wird."

„Es ist meine Tochter, die da liegt!", ruft meine Mutter. „Sie wäre beinahe tot gewesen! TOT, Paul!"

„Erstens: Es ist auch meine Tochter, falls du das vergessen haben solltest. Und zweitens: Sie lebt noch."

Meine Mutter schweigt und setzt sich wieder neben mich. Ich spüre ihre kalte Hand auf meiner Stirn. Langsam öffne ich die Augen und sehe sie an. Meine Mutter. Sie hat Augenringe, die durch die verlaufene Mascara noch verstärkt werden. Als sie mir in die Augen sieht, presst sie die Lippen aufeinander.

„Hi", flüstere ich.

„Hi", antwortet sie genauso leise.

Ihre Augen füllen sich mit Tränen. Paul legt ihr eine Hand auf die Schulter und lächelt mich an.

„Weißt du, was passiert ist?"

Ich schließe kurz die Augen und versuche, mich zu erinnern. Ich erinnere mich an die Scheinwerfer und an den Knall, als ich auf der Motorhaube aufgeprallt bin. Danach ist nichts mehr.

„Du hattest einen Autounfall", sagt meine Mutter und drückt meine Hand.

Ich nicke und sehe mich im Raum um. „Ich hab Durst."

Meine Mutter springt auf und holt mir ein Glas Wasser. Als ich versuche, mich aufzusetzen, zieht ein stechender Schmerz durch meinen Rücken bis hinab in meinen Fuß. Erst jetzt bemerke ich, dass mein Hals durch einen steifen Kragen gestützt wird und mein rechtes Bein eingegipst ist.

„Du bist noch glimpflich davon gekommen", erklärt Paul, während meine Mutter mir das Glas an die Lippen hält und ich in kleinen Schlucken trinke. „Neben einer Gehirnerschütterung und einem gebrochenen Bein hast du ein Schleudertrauma. Aber es hätte dich wesentlich schlimmer treffen können", führt Paul auf und sieht mich dabei an, als wäre er selbst der Arzt.

Meine Mutter setzt sich auf die Bettkante und streichelt meinen Arm. „Aber mach dir keine Sorgen. Zum Umzug nächste Woche bist du laut Arzt wieder fit. Nur der Beinbruch dauert länger an."

Ich schließe die Augen. Ich habe keine Kraft mit ihr zu diskutieren. „Ich bin müde. Ich würde jetzt gerne schlafen", murmele ich.

„Ja, natürlich, Schatz. Ruhe dich schön aus. Wir kommen morgen wieder zu Besuch." Sie drückt noch einmal meine Hand, dann verlassen beide das Zimmer.

Eine Krankenschwester kommt herein und stellt auf meinen Wunsch hin, das Piepsen aus. Doch die Stille, die sich daraufhin im Raum ausbreitet, ist auch nicht besser. Meine Gedanken beginnen wieder zu kreisen und bereiten mir Kopfschmerzen. Langsam kommen die Erinnerungen an den vergangenen Abend wieder hoch.

Das Gespräch mit Justus. Meine Gefühle für ihn. Yasins Blick, als er uns eng umschlungen im Garten stehen sieht. Die Prügelei. Der kalte Ton in Yasins Stimme, als er mir sagt, dass er mich leid ist.

Ich schließe die Augen und versuche, meine Gedanken zu stoppen. Ich konzentriere mich ganz fest darauf, dass sie anhalten. Versuche, sie zu fassen zu bekommen. Doch sie entgleiten mir immer wieder und hämmern laut in meinem Kopf.

Stöhnend probiere ich, mich auf die Seite zu drehen, doch die Halskrause hindert mich daran. Als die Tür aufgeht, kann ich daher nicht sofort sehen, wer herein kommt. Die Schritte kommen nur zögerlich näher.

„Lu?"

Ich zucke überrascht zusammen. „Yasin?"

Er umrundet mein Bett und bleibt unschlüssig daneben stehen. Seine Augen wandern von dem Gips über die Halskrause in mein Gesicht. Unsere Blicke treffen sich kurz, doch er schaut schnell wieder weg.

„Ich bin so froh, dass du da bist, Yasin", sage ich und überlege, nach seiner Hand zu greifen. Doch ich habe Angst, dass er mich zurückweist.

„Ehrlich?" Er sieht mich verwundert an.

„Ja, natürlich. Ich dachte, du wolltest mich nie wieder sehen."

Yasin stöhnt und lässt sich erschöpft auf den Stuhl neben meinem Bett sinken. Er vergräbt das Gesicht in seinen Händen und fängt plötzlich an zu weinen. Es ist ein leises Schluchzen, das seine Schultern unkontrolliert zucken lässt.

Ich beiße die Zähne zusammen und setze mich ein Stück auf.

„Yasin? Alles in Ordnung?“

Er hebt den Blick und sieht mich aus roten Augen an. „Es tut mir so leid! Ich wollte das nicht! Ich wünschte, ich könnte das alles wieder rückgängig machen.“

„Hör auf, dich zu entschuldigen“, schimpfe ich. „Ich bin diejenige, die sich entschuldigen muss. Du hattest Recht. In allem. Ich bin eine furchtbar blöde Kuh.“

Er senkt den Kopf und murmelt: „Ich hab lange über uns beide nachgedacht. Die Sache ist die, ich hab dich unglaublich lieb. Vermutlich mehr als du mich. Aber ich denke, es ist besser, wenn wir nur Freunde bleiben.“

Ich zögere einen Moment, dann nicke ich„Ja, wahrscheinlich ist das besser.“

Nach einigen Sekunden des Schweigens fügt er grinsend hinzu: „Freunde mit gewissen Vorzügen?“

Ich lache und verpasse ihm einen Schlag auf den Oberarm. „Garantiert nicht.“

„Schade“, sagt er und zwinkert.

Ich bin froh, wieder den alten Yasin vor mir zu haben und würde am liebsten die Lachfalten um seine Augen herum küssen. Aber ich bemerke auch diesen kleinen Schimmer in seinen Augen, der mir sagt, dass er mit dieser Lösung unseres Problems nicht ganz so glücklich ist, wie er behauptet.

„Ich habe dir übrigens was mitgebracht“, sagt er und vertreibt damit meine Gedanken. Er greift über die Schulter nach seinem Rucksack und zieht einen Stapel Bücher daraus hervor. „Gegen die Langeweile.“

„Oh, Yasin! Vielen, vielen Dank!“, rufe ich und werfe ihm ein paar Handküsse entgegen.

„Die kannst du später lesen. Draußen wartet noch jemand“, sagt er und nickt in Richtung Tür.

Kapitel 28

Yasin öffnet Justus die Tür und wirft mir noch einen kurzen Blick zu, bevor er uns alleine lässt. Ich hebe die Hand und sage: „Hi."

Justus schweigt. Er atmet so tief ein und aus, dass ich sehe, wie sein Brustkorb sich hebt und senkt. Die Hände hat er an seinen Seiten zu Fäusten geballt.

„Willst du nichts sagen?", frage ich ihn vorsichtig.

„Du bist dumm", presst er hervor.

„Was?"

„Was sollte das werden? Wolltest du dich umbringen? Hast du sie noch alle? Wolltest du es mir heimzahlen? Dachtest du, du kannst mir damit wehtun? Du kannst froh sein, dass ich überhaupt gekommen bin", spuckt Justus mir entgegen. Ich sehe, wie seine Fäuste zittern. Seine Knöchel treten bereits weiß hervor.

„Justus, ich..."

„Ach, sei einfach still!", brummt er und fährt sich mit den Händen durch die Haare. Er geht um mein Bett herum, will sich hinsetzen, tut es dann aber doch nicht, sondern läuft unruhig auf und ab.

„Ich wollte mich nicht umbringen", sage ich. „Das war ein Unfall. Ich hab das Auto zu spät gesehen."

„Dumm. Einfach dumm“, murrt er, dreht sich zu mir um und kaut auf seiner Unterlippe herum, während er mich betrachtet. Ich lächele und deute auf seinen Mund. „Das mache ich auch immer.“

„Ich weiß“, sagt er. „Blöde Angewohnheit.“

„Setz dich doch“, bitte ich ihn.

Widerwillig zieht er sich den Stuhl heran und setzt sich.

„Und jetzt? Wann kommst du wieder raus?“, fragt er.

„Pünktlich zum Umzug, meint meine Mutter.“

„Ach ja.“ Er nickt. „Nächste Woche, nicht wahr?“

„Ja.“ Ich senke den Blick und nestele an meinem Bettlaken herum. Eine Weile schweigen wir uns an, dann kann ich die Frage, die mir schon so lange auf der Zunge brennt, nicht mehr zurückhalten.

„Was ist an deiner Geschichte dran?“

Er sieht überrascht auf. „Was?“

Ich beiße mir auf die Lippe und nehme all meinen Mut zusammen. „Die Geschichte über deine Eltern.“

Justus schüttelt mit gerunzelter Stirn den Kopf. „Ich weiß nicht, was du meinst.“

Ich seufze und versuche, mich verständlicher auszudrücken.

„Hat unser Vater wirklich deine Mutter und dich geschlagen?“

Justus scheint überrumpelt. Eine Weile starrt er mich einfach nur an, sodass ich die Befürchtung habe, dass er mir gar nicht mehr antworten wird. Doch dann findet er seine Sprache wieder.

„Natürlich stimmt das. Wieso sollte ich dich anlügen?“

Ich zucke hilflos mit den Schultern. „Paul hat gesagt, dass deine Mutter schon sehr lange krank ist und sich immer wieder Geschichten ausdenkt. Außerdem würde sie sich selbst verletzen.“

Justus lacht auf, doch sein Lachen klingt kalt und emotionslos. „Und er war schon immer gut darin, sich selbst in einem besseren Licht dastehen zu lassen."

Er sieht mir fest in die Augen und fährt mit belegter Stimme fort. „Glaub mir, Luisa. Meine Mutter lag in den letzten zehn Jahren 24 Mal im Krankenhaus. Und kein einziges Mal hat sie sich selbst hier rein geprügelt."

Verschämt senke ich den Blick. Wie konnte ich nur an seiner Aussage zweifeln?

„Es tut mir leid", flüstere ich. „Wie geht es deiner Mutter jetzt?"

„Sie ist für unbestimmte Zeit in einer Klinik untergebracht. Er weiß nicht wo."

Justus steht so plötzlich auf, dass ich erschrocken zusammen zucke.

„Ich hab noch was zu erledigen. Vielleicht sieht man sich die Tage ja noch."

Bevor ich mich richtig verabschieden kann, ist er auch schon draußen. Ich schließe die Augen und lasse mich in mein Kissen zurück sinken. Wie konnte ich jemals annehmen, dass Justus etwas für mich empfindet? Der Besuch bei mir schien für ihn eher eine Qual gewesen zu sein, sodass er gar nicht schnell genug wieder gehen konnte. Außerdem bin ich eine blöde Kuh. Wie konnte ich ihn so etwas fragen? Jetzt wird er mich wahrscheinlich nie wieder sehen wollen.

Kapitel 29

Ich bin froh um die Bücher, die Yasin mir mitgebracht hat, denn außer ihm kommt mich in den nächsten Tagen niemand besuchen. Entgegen ihrer Versprechung kommt meine Mutter erst ein paar Tage später wieder.

Ich bin enttäuscht, als ich bemerke, dass auch Paul wieder dabei ist.

„Hallo Schatz, wie geht es dir?"

„Den Umständen entsprechend", nuschele ich, ohne von meinem Buch aufzusehen.

„Ich hab mit dem Arzt gesprochen. Du wirst morgen entlassen", verkündet sie fröhlich.

„Toll. Mein Koffer ist ja schon gepackt", entgegne ich, mit vor Sarkasmus triefender Stimme.

„Ja, Schatz. Es ist so…", etwas in ihrer Stimme lässt mich aufhorchen.

„Du wunderst dich vielleicht, weshalb wir dich in den letzten Tagen nicht besucht haben."

„Nein, eigentlich nicht."

Sie ignoriert mich und fährt fort. „Das liegt daran, dass wir einige wichtige Gespräche dich betreffend geführt haben."

„Wichtige Gespräche?", frage ich und bin nun doch ganz aufmerksam.

Meine Mutter nickt. „Herr Schmidt hat uns angesprochen. Du weißt ja, er ist Pauls Vater. Also … dein Großvater. Also, er war nicht so begeistert von unserer Mietkündigung. Er hat gesagt, er hätte dich doch gerade erst kennen gelernt und…"

„Er möchte, dass du bei ihm einziehst", unterbricht Paul sie und sieht mich aus seinen kalten Augen an.

„Einziehen? Bei Herrn Schmidt?"

„Bei deinem Opa", korrigiert meine Mutter mich.

„Aber geht das denn einfach so?", ich wage es nicht zu hoffen.

„Deshalb haben wir mit dem Jugendamt gesprochen. Aufgrund der langen Liste von Umzügen und der Tatsache, dass du dich hier gerade eingelebt zu haben scheinst, befürworten sie die Sache sogar. In den nächsten Tagen wird dich eine Dame vom Jugendamt besuchen kommen und ein Gespräch mit dir darüber führen", erklärt meine Mutter. Sie setzt sich auf meine Bettkante und nimmt meine Hand. „Was sagst du dazu? Du musst natürlich nicht. Jeder kann verstehen, wenn du lieber mit uns mitgehst."

„Ich … wirklich? Ganz im Ernst?"

Ich schaue Paul an und er nickt.

Aufgeregt drücke ich die Hand meiner Mutter und sehe ihr lächelnd in die Augen. „Danke!"

Meine Mutter blinzelt ein paar Mal, räuspert sich und wendet sich von mir ab.

„Mein Vater wird dich morgen hier abholen. Wir werden heute Nacht schon aufbrechen", sagt Paul und tätschelt unbeholfen meinen Kopf. „Du kannst uns in den nächsten Ferien besuchen kommen. Ist ja nicht mehr lang."

Seine Berührung ist mir so unangenehm, dass ich mich unter seiner Hand weg ducke.

„Klar", brumme ich und wende mich wieder meiner Mutter zu. Ich sehe, wie sie sich verstohlen eine

Träne aus dem Augenwinkel streicht und sich dann wieder zu mir umdreht.

Sie lächelt und nimmt mich in den Arm. „Ich liebe dich, mein Schatz. Bitte vergiss das nicht."

Die Umarmung ist ungewohnt für mich. Ich weiß nicht, wann ich meine Mutter das letzte Mal umarmt habe. Ich drücke sie ganz fest an mich. Mehr kann ich zu diesem Zeitpunkt nicht über mich bringen. Meine Mutter atmet tief ein und seufzt. Dann umfasst sie mein Gesicht mit beiden Händen und küsst mich auf die Stirn. „Bis bald."

„Bis bald", lächele ich.

Die beiden haben kaum die Tür hinter sich zugezogen, da grinse ich bis über beide Backen. Mein Herz schlägt mir bis zum Hals und ich habe das erste Mal in meinem Leben Schmetterlinge im Bauch.

Herr Schmidt und Justus holen mich auf meinem Zimmer ab. Während Justus meinen Koffer trägt, hilft Herr Schmidt mir, mit den Krücken klar zu kommen.

„Danke, Herr Schmidt. Es geht schon", sage ich.

„Wedd Du itzend moa obhörn mich *Herr Schmidt* zo nenn", entgegnet er und zwinkert mir zu.

Ich beiße mir auf die Unterlippe. Opa ist für mich so ein fremdes Wort.

„Wie wöhred da vor däe Anfang bedd Fritz?", schlägt er vor.

Ich nicke erleichtert und folge den beiden aus dem Krankenhaus. Es ist ein befreiendes Gefühl, das Krankenhaus zu verlassen. Erst jetzt wird mir so richtig bewusst, was das alles bedeutet. Genau jetzt beginnt für mich ein neues Leben. Ein neues Leben mit meiner neuen Familie.

Herr Schmidt… nein… Fritz hat uns ein Taxi bestellt, das bereits vor der Tür wartet. Während

Justus meinen Koffer verstaut, nutze ich die Gelegenheit, um mich bei Fritz zu bedanken.

„Vielen Dank. Ich freue mich so, dass ich bei dir wohnen darf."

„Bedanke dich nicht bei mir, sondern bei Justus. Er hatte die Idee", verrät er auf hochdeutsch.

„Justus?", frage ich erstaunt.

„Ja, an dem Tag, nachdem er dich im Krankenhaus besucht hat, kam er mit der Idee zu mir und ließ mich nicht mehr in Ruhe, bis ich mit deiner Mutter gesprochen hatte."

Ich bleibe einen Moment auf meine Krücken gestützt stehen und denke über seine Worte nach. Justus? Justus hat das für mich getan? Ein warmes Gefühl breitet sich in meinem Magen aus, während Fritz mir in den Wagen hilft.

Als Justus neben mir auf dem Rücksitz Platz nimmt, kann ich mir ein Grinsen nicht verkneifen. Er sieht mich fragend an.

„Was ist?"

Ich schüttele immer noch grinsend den Kopf. „Nichts. Alles gut."

Teil 2

Kapitel 1

- Luisa

Die sanfte Berührung seiner Finger auf meiner Haut lässt mich erschaudern. Beinahe fühlt es sich an, als würden Schmetterlinge auf meinem Bauch tanzen. Ein Lächeln umspielt meine Lippen. Als er es sieht, beugt er sich über mich und küsst meinen Mundwinkel. Ich umschlinge seinen Nacken mit beiden Armen und ziehe ihn näher an mich heran. Unsere Lippen treffen sich.

So lange habe ich auf diesen Moment gewartet. Ihn herbeigesehnt. Die Angst, die Zerrissenheit, die Scham … Alles ist wie weggespült, jetzt, wo er endlich wieder bei mir ist. So nah, so liebevoll, so sanft.

Meine Hand fährt wie von alleine durch seine dunklen Haare, über seinen Nacken und den Rücken hinab. Wir sehen uns tief in die Augen. Seine sind so blau wie ein klarer Bergsee. Wenn ich genau hinschaue, kann ich mich darin entdecken, im Gras liegend. Die braunen Locken in alle Richtungen verteilt.

Mit einem Finger streicht er eine Haarsträhne aus meiner Stirn und fährt dann meine Schläfe herab, über meine Wange bis zu meinem Kinn.

»Ich liebe dich«, flüstere ich.

Justus lächelt und küsst mich noch einmal, bevor er antwortet: »Ich liebe dich auch.«

»Luisa! Was tust du denn da?«

Die Stimme meiner Mutter erklingt direkt hinter mir. Wir liegen nicht mehr auf der Wiese, sondern in meinem Bett. Ich schrecke hoch und sehe sie am Fußende stehen. Sie sieht geschockt aus. Kein Wunder. Immerhin ist es mein Bruder, den ich gerade geküsst habe.

»Das ist schon ein bisschen eklig«, pflichtet ihr Sophie bei, die nun neben uns steht. Sie verzieht den Mund, hört aber nicht auf, mich anzustarren.

»Lu. Wann hörst du endlich auf, mir weh zu tun?«, fragt Yasin. Seine sonst so warmen, braunen Augen sind zu kleinen Schlitzen zusammengekniffen, aus denen er mich böse anfunkelt.

Justus steht auf und lässt mich alleine dort liegen. Nun sehen mich alle vorwurfsvoll, wütend und auch verletzt an.

Justus verschränkt die Arme vor der Brust. »Du bist krank. Lass mich endlich in Ruhe.«

Das schrille Klingeln des Weckers reißt mich aus meinen Träumen. Mein Herz rast, während ich bestürzt an die Decke starre. Das kann nicht sein. Das darf nicht sein. Warum träume ich immer noch von ihm? Ich ertappe mich dabei, wie ich mal wieder nervös auf meiner Unterlippe herumkaue. Eine dumme Angewohnheit, die ich mir eigentlich abgewöhnen wollte. Zum Wohle meiner Lippe.

Das Klopfen an der Tür lässt mich erschrocken zusammenzucken.

»Luisa?«, ruft Fritz dahinter. Ich setze mich im Bett auf und versuche vergeblich, meine Lockenmähne zu bändigen.

»Ja, ich komme sofort«, antworte ich und schlüpfe in meine Hausschuhe.

Das Wort „Opa" bringe ich immer noch nicht über die Lippen. Auch nach drei Monaten unter einem Dach mit Fritz kann ich es noch nicht glauben, dass er mein Großvater sein soll. Nicht, dass ich es mir nicht wünschen würde. Ich könnte mir keinen besser geeigneten Opa vorstellen. Aber ich befürchte, die fünfzehn Jahre meines Lebens, die ich ausschließlich mit meiner verkorksten Mutter verbracht habe, haben mich untauglich für jede Art von Beziehung gemacht.

Auf dem Weg nach unten überspringe ich geübt die knarzenden Stufen der alten Treppe. Anfangs war mir in Fritz' Haus noch alles ein wenig fremd. Es roch nach alten Leuten und die Glühbirnen, die in den mit Schirmen geschmückten Stehlampen verschraubt sind, geben nachts nur wenig Licht ab.

Doch jetzt, nach drei Monaten, ist mir das alles vertraut. Mehr noch. Ich fühle mich zu Hause. Zum ersten Mal in meinem Leben habe ich das Gefühl, meinen Platz gefunden zu haben.

Im Türrahmen zur Küche bleibe ich stehen und atme tief ein. »Mmm … Rührei.«

Ich lächele Fritz an, der mir gerade eine Ladung davon auf einen Teller schaufelt.

Dazu gibt es Schwarzbrot, das ich erst hier im Siegerland so richtig zu lieben gelernt habe. Mehr braucht es nicht für ein gutes Frühstück.

Ich nehme Fritz die Pfanne aus der Hand, stelle sie wieder zurück auf den Herd und schalte diesen aus.

»Du musst wirklich aufpassen, dass du nicht irgendwann mal das Haus abfackelst«, tadele ich ihn liebevoll.

Fritz klopft mir auf die Schulter. »Njo, Mäddche. Good, datt ech dich ha.«

Lächelnd gebe ich ihm einen Kuss auf die Wange. Etwas, das mir noch vor ein paar Monaten nicht im Traum eingefallen wäre.

Trotz seiner gelegentlichen Verwirrtheit hat Fritz das Rührei so lecker wie eh und je hinbekommen. Ich esse es auf der Brotscheibe, was eine riesige Sauerei verursacht, weil mir bei jedem Bissen der halbe Belag wieder herunterfällt. Aber so schmeckt es eben am besten.

»Hast du heute nach der Schule noch etwas vor?«, fragt er mich, während er sich seine Pfeife anzündet. Er spricht hochdeutsch, weil es ihm inzwischen leid geworden ist, alles drei Mal zu wiederholen, bis ich es im Kopf übersetzt habe. Ich ducke mich unter der ersten Rauchschwade hinweg und schüttele den Kopf.

»Nein, wieso?«

»Justus kommt erst spät nach Hause, weil er seine Mutter besucht. Würdest du dann bitte heute einkaufen gehen?«

»Klar«, antworte ich mit vollem Mund und versuche, nicht an den Traum von letzter Nacht zu denken. Aber sobald jemand Justus' Namen erwähnt, setzt sich sein Bild sofort hinter meiner Stirn fest.

Als ich Justus' Zimmertür im oberen Geschoss höre, springe ich noch kauend auf, sodass mein Stuhl knarzend über den Boden schabt.

»Ich muss los«, rufe ich über die Schulter, während ich in meine Winterstiefel springe und die Jacke vom Haken ziehe.

In diesem Jahr ist es ungewöhnlich früh kalt geworden. Die eisige Dezemberluft bläst mir um die Nase, als ich vor die Tür trete und lässt mich wieder frei durchatmen. Ich kann Justus heute nicht in die Augen schauen. Nicht nach diesem Traum.

Unwillkürlich frage ich mich, ob er eventuell manchmal dieselben Gedanken hat. Aber das glaube ich nicht. Seit unserer Umarmung damals in Sophies Garten haben wir uns nicht mehr berührt.

Wir haben stets einen Sicherheitsabstand von mindestens einem halben Meter eingehalten. Wenn ich ihm dann doch mal zu nahe gekommen bin, sei es auch nur mit dem Ellbogen, ist er jedes Mal zurückgezuckt, als könnte ich ihn verbrennen.

Justus ist nicht mehr an mir interessiert. Auch wenn ich nur seine Halbschwester bin. Wir sind miteinander verwandt und damit tabu für den jeweils anderen.

Auf dem Weg zur Bushaltestelle springe ich absichtlich in jede einzelne gefrorene Pfütze und genieße das Knirschen und Krachen des Eises unter meinen Schuhen.

Kurz bevor ich die letzten Eisschollen zerbrechen kann, kommt mir ein blauer Turnschuh zuvor.

»Ha!«, ruft Yasin. »Das war meine.«

Ich strecke ihm die Zunge heraus und boxe ihn in den Oberarm. Seine Zähne leuchten in der Dunkelheit des Wintermorgens hell auf, als er mich angrinst. Dann wirft er einen Blick über meine Schulter.

»Ist Justus krank?«

Ich schüttele den Kopf und versuche gleichgültig zu klingen. »Hat heute zur Zweiten.«

»Umso besser«, meint Yasin und erntet damit einen irritierten Blick von mir.

»Ich muss dich was fragen«, erklärt er mir. »Wäre es für dich schlimm, wenn ich ihn auch zu meinem Geburtstag einlade?«

Ich muss kurz überlegen. Für mich ist es immer noch seltsam, dass die beiden in den letzten Wochen nicht nur ihr Kriegsbeil begraben haben, sondern sich inzwischen irgendwie nett zu finden scheinen. Es fing damit an, dass sie es nicht mehr unerträglich fanden, sich gleichzeitig in einem Raum aufzuhalten. Inzwischen können sie manchmal sogar über dieselben Witze lachen.

Einerseits freut mich das sehr, weil ich die Anfeindungen zwischen ihnen einfach nur schrecklich und kindisch fand. Andererseits bedeutet das allerdings auch, dass nun ich diejenige bin, die zugeben muss, dass sie sich nicht mehr in Justus' Nähe aufhalten möchte. Nicht, solange ich noch andere, als nur geschwisterliche Gefühle, für ihn hege.

»Mmm…«, stirnrunzelnd beobachte ich, wie er mit einem Fuß noch ein paar Eiskristalle zerbrechen lässt. »Ich weiß nicht…«

»Ist das für dich blöd?«, hakt Yasin nach.

Ich atme tief ein, schaue auf und lächele ihn an. »Es ist dein Geburtstag. Du kannst einladen, wen du willst.«

Zum Glück verhindert der ankommende Bus vorerst seine Antwort.

Doch kaum sitzen wir nebeneinander in unserer Stammreihe, wirft er mir diesen speziellen Blick zu. Sein Ich-weiß-genau-was-du-denkst-Blick.

Mit einem schnellen Fingerzeig pieke ich ihm zwischen die Augen.

»Hör auf damit!«

»Aua«, murrt er und reibt sich über die Stirn. Doch von meiner Attacke lässt er sich nicht davon abhalten, auszusprechen, was ihm auf der Zunge liegt.

»Du magst ihn immer noch, oder?«

Ich vermeide, ihn anzusehen und starre stattdessen aus dem Fenster. »Natürlich. Er ist mein Bruder.«

»Du weißt, wie ich das meine.«

»Und du weißt…«, ich schüttele fast unmerklich den Kopf und beende mein Gestammel flüsternd, »…du weißt schon.«

Er nickt. »Ich weiß.«

Yasin ist einfach zu gut für diese Welt. Ich sehe ihn von der Seite an und muss lächeln. Er strahlt diese Gutmütigkeit förmlich aus. Man könnte ihm unentwegt durch seine schwarzen, wuscheligen Haare strubbeln.

»Von mir aus kannst du ihn ruhig einladen«, sage ich.

Er erwidert meinen Blick und scheint in meinen Augen nach der Wahrheit zu suchen. »Wirklich?«

Ich nicke entschlossen. »Klar. Es macht mir nichts aus. Wo soll's denn hingehen?«

Seine fast schwarzen Augen beginnen zu strahlen. »In die Paintball-Halle.«

»Paintball? Ist das nicht erst ab 18?«

Yasin zwinkert mir verschwörerisch zu. »Eigentlich schon, ja.«

Ich ziehe eine Augenbraue hoch. »Soll heißen …«

»Ediz schaukelt das schon. Er arbeitet doch seit zwei Monaten neben dem Studium da.«

»Ich weiß nicht, ob das so eine gute Idee ist. Was ist, wenn dein Bruder deshalb seinen Job verliert?«

Yasin winkt ab. »Wird er nicht. Komm schon. Sei keine Spielverderberin.«

Seufzend verdrehe ich etwas übertrieben die Augen und schaue dann aus dem Fenster. »Es ist dein Geburtstag«, wiederhole ich, was Yasin ein Grinsen entlockt.

»Oh ja!«

Schon aus einigen Metern Entfernung sehe ich Sophie vor der doppelflügeligen Eingangstür der Schule stehen. Ab und zu streicht sie sich ihre langen, blonden Haare hinter die Ohren, die aber nur wenige Sekunden später wieder in ihr Gesicht rutschen. Als sie uns bemerkt, hebt sie die Hand gerade so weit hoch, dass nur wir ihr Winken bemerken und lächelt. Es ist typisch für sie, dass sie dort steht, als wäre sie unsichtbar. Um jeden Preis der Welt möchte sie verhindern, dass sie unangenehm auffällt.

»Huhu!«, rufe ich betont laut und winke zurück. Yasin boxt mir seinen Ellbogen in die Seite, schmunzelt aber ebenfalls, als Sophie sich erschrocken umsieht und rot anläuft.

»Was hat sie bloß immer?«, fragt er kopfschüttelnd und ignoriert, genau wie ich, die abschätzigen Blicke der anderen Schüler.

Man hätte meinen können, dass ich in der Beliebtheitsskala der Schule steigen würde, wenn herauskommt, dass Justus mein Bruder ist. Doch das Gegenteil war der Fall. Sie warfen ihm mitleidige und mir verachtende Blicke zu, so als könnte ich etwas dafür, dass sein Vater und meine Mutter vor 16 Jahren mal ein Techtelmechtel hatten. Und als sich dann auch noch herumsprach, dass wir etwas miteinander hatten, war mein Ruf komplett im Eimer. Justus hingegen wurde von den Jungs der Schule plötzlich wie ein Held gefeiert. Bei den Sprüchen, die ich mitbekam, drehte sich mir teilweise der Magen herum.

Im Laufe der Zeit habe ich mir einen Schutzpanzer zugelegt. Eine unsichtbare Barriere, die schiefe Blicke und dumme Sprüche an mir abprallen lässt. Ich rechne es Sophie, die solch eine Barriere nicht zu besitzen scheint, hoch an, dass sie mich nach diesen ganzen Attacken nicht sitzen gelassen hat. Sie hält immer noch zu mir, genau wie Yasin.

Justus und ich haben eine Vereinbarung getroffen. Ich bat ihn darum, mich in der Schule einfach zu ignorieren und auf Kommentare der Mitschüler in meine Richtung nicht zu reagieren. Er stimmte zu und so halten wir es seitdem. Durch unsere Übereinkunft sind wir für die anderen bald uninteressant geworden. Andere Themen beherrschten wieder die Schulflure und so kann ich damit leben.

»Hi.« Ich begrüße Sophie wie jeden Morgen ohne Umarmung oder Küsschen links und Küsschen rechts. Ich hebe nur kurz die Hand und lächele. Sie weiß, dass mir Umarmungen meist unangenehm sind und hat sich recht schnell daran gewöhnt. Wir verabschieden uns winkend von Yasin, der nebenan das Gymnasium besucht, und machen uns auf den Weg in unseren Unterrichtsraum.

»Hast du die Hausaufgaben verstanden?«, fragt Sophie, während sie in ihrem Rucksack nach dem Matheheft kramt.

»Kein bisschen«, gestehe ich schulterzuckend.

Sie seufzt erleichtert. »Ich auch nicht.«

Es brennt mir auf der Zunge, ihr von meinem Traum letzte Nacht zu erzählen. Meine Angst, sie könnte es ihren ehemals besten Freundinnen Laura und Melina erzählen, ist längst schon vergessen. Allerdings schäme ich mich viel zu sehr für meine Gedanken. Ich weiß nicht, ob sie es verstehen würde. Sie hat keine Geschwister, aber ich denke, sie weiß genau, dass keine Schwester so wie ich für ihren Bruder empfinden sollte. Seit herausgekommen ist, dass Justus mein Bruder ist, schweigen sie und ich zu allem, was vorher geschehen ist. Wir haben sozusagen bei null neu gestartet. Ich glaube, sie hat Angst, dass ich ihr zu viel verraten könnte. Und ich habe Angst, dass sie mich danach für widerwärtig und krank halten könnte. Ich kann mich ja selbst nicht mehr ausstehen. Ich wünschte, ich würde anders für Justus empfinden. Doch jedes Mal, wenn ich ihn sehe, macht mein Herz einen Sprung, nur um sich im nächsten Moment schmerzhaft zu verkrampfen, weil mein Gewissen es zu Boden ringt. Und wenn ich ihn nicht sehe, muss ich an ihn denken. An seine Augen. Sein Lächeln. Seine starken und doch so sanften Hände.

Ich stöhne gequält auf, als ich bemerke, dass es schon wieder so weit ist. Ich kann schon wieder an nichts anderes denken. Dabei hätte ich gerade ganz andere Sorgen, denn am Ende des Ganges sehe ich Laura und Melina stehen, die bereits hämisch grinsen und kichern, als sie uns entdecken.

»Hab ich was im Gesicht, oder was ist ihr Problem?«, fragt Sophie, sofort unsicher geworden.

»Du siehst toll aus. Das ist ihr Problem«, entgegne ich brummend und lehne mich an die Wand ein paar Meter von den beiden entfernt. Sophie wischt sich sicherheitshalber trotzdem mit einer Hand kurz über das Gesicht, was ein weiteres Kichern am Ende des Flurs auslöst.

»Ignoriere sie doch einfach«, flüstere ich ihr zu.

Sophie sieht mich hilflos an. »Ich versuche es ja.«

Es tut mir furchtbar leid, dass sie durch mich in diese unangenehme Situation gebracht wird. Ich wünschte, ich könnte ihr helfen, über dem Ganzen zu stehen. Ich packe sie am Arm und ziehe sie so neben mich, dass sie die beiden nicht mehr sehen kann und mir in die Augen schauen muss.

»Tu so, als wären sie gar nicht da. Rede mit mir über irgendwelche Dinge. Zum Beispiel Yasins Geburtstag. Wusstest du, dass er mit uns in die Paintball-Halle will?«

Sophie macht große Augen. »Dürfen wir denn da schon rein?«

»Ediz bringt uns rein.«

Jetzt beginnt sie zu strahlen. »Wie cool ist das denn? Kommt Justus auch?«

Ich gebe mir Mühe ganz gelassen zu bleiben und mir nicht anmerken zu lassen, welche Gefühle die bloße Erwähnung seines Namens bei mir auslöst.

»Ja, ich denke schon. Er ist auf jeden Fall eingeladen.«

»Ist das okay für dich?«

Ich sehe ihr nur ganz kurz in die Augen, bekomme dann irgendetwas zwischen Nicken, Kopfschütteln und Schulterzucken hin und meine lässig: »Klar. Warum nicht?«

Kapitel 2
- Luisa

Die Schule war wie immer lang und zermürbend. Aber im Gegensatz zu früher, kann ich mich nun jeden Tag auf das Heimkommen freuen. Ein leeres, liebloses Haus gehört der Vergangenheit an. Fritz kann zwar nicht wirklich gut kochen, aber es steht zumindest immer etwas auf dem Tisch, wenn ich nach Hause komme. Heute duftet es köstlich, als ich den Flur betrete und ich weiß sofort, wer zu Besuch ist.

»Hallo Inge«, begrüße ich die alte Dame, die in der Küche am Herd steht und gerade geschnittene Wurststücke in die darin köchelnde Suppe kullern lässt. Sie dreht sich lächelnd zu mir um.

»Schön, dass du pünktlich bist. Hast du Hunger?«

»Immer!«, antworte ich grinsend und hole ein paar Teller aus dem Schrank, um sie auf dem Tisch zu verteilen.

»Wie war die Schule?«, fragt sie und hält mir einen kleinen Löffel zum Probieren hin. Ich tunke ihn in die Suppe und puste ein paar Mal, bevor ich ihn in den Mund stecke und ihr zufrieden zunicke.

»Schmeckt wunderbar. Schule war okay.«

»Erbsensuppe ohne Erbsen nennt mein Enkelkind

sie, weil ich sie solange köchele, bis die Erbsen nicht mehr zu sehen sind.«

Sie zwinkert mir zu und befördert den großen Topf dann in die Mitte des Tisches. Inge ist es zu verdanken, dass ich in den letzten Monaten mindestens drei Kilo zugenommen habe. Aber das macht nichts. Ich fühle mich wunderbar und ich denke, ihr Essen trägt zu großen Teilen dazu bei. Sie scheint ebenfalls ganz dankbar zu sein, dass sie seit ich hier bin, einen Grund hat, noch öfter rüber zu kommen. Denn Fritz scheint es ihr ganz schön angetan zu haben. Ich mag die liebevolle Art, wie die beiden sich oft gegenseitig necken und die scheuen Blicke, die sie sich zuwerfen, wenn sie denken, sie sind unbeobachtet.

Justus hingegen kann das kaum ertragen. Ich sehe, wie er den Mund verzieht, wenn Inge den Raum betritt. Er scheint sich in ihrer Nähe unwohl, ja sogar von ihr bedroht, zu fühlen.

»Kommt dein Bruder heute später?«, fragt sie. Sie scheint die negativen Schwingungen, die er ihr gegenüber ausstrahlt, noch nicht bemerkt zu haben. Oder sie ignoriert sie gekonnt.

»Er besucht heute seine Mutter«, antworte ich zwischen zwei Löffeln Erbsensuppe ohne Erbsen. Justus‘ Mutter ist erst vor ein paar Tagen aus der Kur zurückgekehrt und hat eine neue Wohnung in der Erlersiedlung bezogen. Die alte wollte sie nach all den Ereignissen mit ihrem Exmann nicht mehr betreten. Justus, Fritz und ich haben ihr beim Umzug geholfen und auch sämtliche Ämtergänge mit ihr unternommen. Seitdem scheint sie wie ausgewechselt. Sie kommt oft zu Besuch, bringt manchmal sogar etwas zu Essen mit und unternimmt viel mit Justus zusammen.

Bei meiner Mutter kann man hingegen keine positive Veränderung wahrnehmen. Seit sie im

Spätsommer zusammen mit Paul Richtung Norden gezogen ist, habe ich nur ein einziges Mal mit ihr telefoniert. Sie wies mich darauf hin, dass sie mir regelmäßig Fotos auf mein Handy schicken würde, damit ich das Meer auch mal sehen könnte. Ja, danke. Wie liebenswürdig. Seltsamerweise macht es mir aber nichts aus, dass sie sich kaum meldet. Sicher, manchmal vermisse ich sie. Wir hatten nicht nur schlechte Zeiten. Wir konnten auch miteinander lachen. Allerdings waren diese Momente so selten, dass sie keine große Lücke in meinem Herzen hinterlassen. Meine Mutter war eigentlich schon seit Jahren nicht mehr da. Ich habe mit einer Frau zusammengelebt, die lieber meine Freundin gewesen wäre als meine Mutter. Und in einem Moment, in dem ich sie dringend gebraucht hätte, war sie nicht einmal mehr als Freundin für mich da.

Ich bin trotz allem zufrieden, wie es zurzeit läuft. Ich habe endlich ein Zuhause. Eine Heimat. Ich war an so vielen Orten, dass ich verwundert bin, ausgerechnet in Kreuztal, einem kleinen unscheinbaren Städtchen im Siegerland, angekommen zu sein scheine. Die Menschen hier sind nach außen hin rau und knurzig, aber nach innen hin haben sie viel Herz und helfen gerne. So wie mein lieber Fritz.

Als er nun die knarzenden Stufen des alten Hauses herabgeschlichen kommt, schaue ich besorgt auf. Er sieht blass aus und sein Husten klingt mal wieder alles andere als gut.

»Alles okay?«, frage ich, als er sich schwerfällig neben mir auf den Holzstuhl sinken lässt.

Er winkt nur ab und schaufelt sich mit verbissener Miene Suppe auf den Teller. Inge und ich werfen uns vielsagende Blicke zu. Uns beiden ist aufgefallen, dass er in letzter Zeit blasser und schwächer wirkt als sonst. Der Winter scheint ihm in den Knochen zu stecken.

»Hast du den Termin beim Arzt heute wahrgenommen?«, fragt Inge ihn mit hochgezogenen Augenbrauen.

»Ach«, murrt Fritz, »watt sall der Kerl mir schor säh? Ech ha dr Hoosde. Datt brengt mech ned emm. Freher sinn merr och ned all nohm Dokdor gerannd.«

»Früher warst du auch noch ein schnittiges, fideles Kerlchen«, zieht Inge ihn auf, nicht ohne eine Spur Sorge in der Stimme.

Ich wende mich wieder meiner Suppe zu, doch irgendwie ist mir der Appetit vergangen. Es macht mir Angst, dass Fritz seinen Gesundheitszustand so auf die leichte Schulter nimmt. Inge hat Recht. Er ist keine zwanzig mehr. Er ist … Gott, wie alt ist er eigentlich? Mindestens 80 Jahre alt. Ich bin nicht naiv. Ich weiß, dass es irgendwann zu Ende geht. Aber ich bin mir sicher, dass es bei Fritz noch nicht so weit ist. Er ist stur. Er geht nicht einfach so.

Fritz reißt mich aus meinen Gedanken, als er mir einen kleinen Zettel mit fast unleserlichen Kritzeleien rüber schiebt.

»Vergess ned weerer dat Pfiffekrut«, ermahnt er mich.

Ich seufze auf. »Ich hab den Tabak nicht vergessen, Fritz. Sie haben ihn mir nicht gegeben. Ich bin erst 15 Jahre alt, falls du dich noch erinnerst.«

»Dummes Geläll«, entgegnet er und schüttelt den Kopf, als wäre das total abwegig. »Du hast nur vergessen, meinen Namen zu erwähnen. Wenn du ihnen sagst, dass er für mich ist, werden sie ihn dir auch verkaufen.«

»Ich finde, du solltest nicht mehr rauchen«, murmele ich und rühre lustlos in meiner Suppe herum.

»Und ich finde, du solltest deine Nase nicht in meine Angelegenheiten stecken«, kontert Fritz. Wenn das Thema auf seine Pfeifen kommt, wird er regelmäßig böse. Sein liebstes Hobby lässt er sich nicht nehmen.

»Und ich finde«, wirft Inge ein, »ihr solltet jetzt einfach in Ruhe eure Suppe essen, bevor sie kalt wird.«

»Danke, aber ich habe keinen Hunger mehr«, sage ich, stecke mir den Einkaufszettel in die Tasche und verlasse die Küche. Noch während ich mir die Schuhe anziehe, höre ich, wie Inge Fritz eine Standpauke hält.

Im Supermarkt ist die Hölle los. Es ist nicht mehr lange bis Weihnachten und die Menschen verfallen bereits in Panik. Sie kaufen wie die Irren und nehmen keinerlei Rücksicht mehr. Da wird man schnell mal von einem Einkaufswagen in die Hacken gestoßen oder von einer Schulter zur Seite gerammt, wenn man am falschen Regal zu lange schaut. Mit verbissenen Gesichtern schieben die Menschen ihre Wagen durch die Gänge, packen ein, was nicht niet- und nagelfest ist und halten nur an, wenn sie von Bekannten gegrüßt und in ein Gespräch verwickelt werden. Das passiert hier leider häufig und führt dazu, dass die sowieso schon vollen Gänge zusätzlich verstopft werden.

Während ich gerade versuche, höflich auf mich aufmerksam zu machen, um an eben so einer Versammlung vorbei zu kommen, bemerke ich ein bekanntes Gesicht in ein paar Metern Entfernung.

Laura. Ausgerechnet jetzt. Ich ducke mich ein wenig, damit sie mich nicht sofort bemerkt und schleiche unauffällig in den nächsten Gang. Durch die Regale hindurch höre ich ihre Stimme. Sie scheint zu telefonieren.

»Aber du hast gesagt, du kommst … Nein, das hat sie nicht … Aber du bist NIE da! … Wie immer …«

Es ist seltsam, Laura so sprechen zu hören. Ihre Stimme klingt ganz anders als sonst. Viel emotionaler. Nicht ganz so hart. Ich verstecke mich hinter einem Pappaufsteller, als sie an mir vorbeigeht. Das Handy hat sie nun nicht mehr am Ohr, sondern starrt gedankenverloren darauf und tippt eine Nachricht. Die glänzenden, schwarzen Haare fallen vor ihr Gesicht, können aber nicht ganz die roten Augen verstecken, die ihre Gefühle verraten.

Ich wünschte, ich hätte das nicht gesehen. Denn das macht sie zu etwas mehr als meiner Feindin. Es macht sie so menschlich. Ich warte noch einen Moment ab, bis ich sicher bin, dass sie genug Vorsprung zur Kasse hat und setze dann meinen Einkauf fort.

Als ich am Abend nach Hause komme, höre ich schon Justus' Stimme aus dem Wohnzimmer. Sein Lachen geht mir durch Mark und Bein und ich traue mich kaum, einen Fuß in den Raum zu setzen. Zum Glück hat es geregnet, sodass ich momentan nichts lieber möchte, als unter die Dusche zu hüpfen und mich wieder aufzuwärmen. Also husche ich in die Küche, um die Einkäufe wegzuräumen und will mich dann unauffällig an Justus und Fritz vorbei die Treppe hinaufschleichen. Doch als ich gerade den Fuß auf die erste Treppenstufe setze, höre ich Fritz rufen: »Luisa, häsde denn Dubak?«

Ich stöhne auf und lasse ergeben den Kopf sinken. Ohne mich herumzudrehen, antworte ich: »Ja, habe ich. Ist in der Küche.«

»Breng mer denn mo«, kommt seine prompte Antwort. Ich schließe kurz die Augen und verfluche mich dafür, dass ich diesen verdammten Tabak überhaupt erst gekauft habe.

Ich hole den Beutel aus der Küche, eile, ohne den Kopf zu heben, zu Fritz und reiche ihm sein braunes Gold.

Er rutscht in seinem alten Sessel ein Stück vor und greift nach der Pfeife, die vor ihm auf dem Wohnzimmertisch liegt.

Weil ich immer noch zu Boden schaue, kann ich nur hören, dass im Fernsehen die WDR-Lokalschau kommt. Eine Sendung, die Fritz nie verpasst. Justus und ich haben uns damit abgefunden und würden niemals offen zugeben, dass wir es eigentlich auch ganz interessant finden. Am besten ist es, wenn etwas direkt aus Kreuztal gesendet wird. Da fühlt man sich gleich ganz prominent.

»Willst du nicht mitgucken?«, fragt Justus und mir wird ganz heiß, weil ich nun doch mit ihm sprechen muss.

Ich kann nicht verhindern, ihn kurz anzusehen. Er hat es sich im zweiten Sessel gemütlich gemacht und tippt auf seinem Handy herum. Als ich nicht antworte, schaut er kurz auf und hebt eine Augenbraue. »Alles klar?«

»Nein … ich meine, ja«, stammele ich. »Ich will nur erst duschen gehen. Es regnet.« Ich deute auf meine nassen Haare und frage mich, warum ich nicht gleich noch hinterher schiebe: »Ich habe eine Wassermelone getragen.«

»Das sehe ich«, antwortet er schmunzelnd und wendet sich wieder seinem Handy zu. Klasse.

Möglichst grazil will ich mich an seinem Sessel vorbei in den Flur bewegen und stoße mir dabei den Zeh an einer Kante des Wohnzimmertisches. Ich quietsche auf, greife nach meinem Fuß und hüpfe auf einem Bein weiter.

Justus richtet sich abrupt auf und schaut mich aus großen Augen an.

»Hast du dir wehgetan?«

»Nein«, presse ich hervor, den Blick von Tränen verschleiert. »Nein, nein. Alles gut.«

Oh, Gott. Schlimmer kann der Tag nicht enden.

Kapitel 3
- Justus

Ich muss mir auf die Lippe beißen, um nicht zu lachen. Natürlich hat es wehgetan. Der Knall war unüberhörbar und ihre zusammengepressten Lippen und die feuchten Augen haben sie verraten. Ich weiß nicht, warum sie sich heute so extrem seltsam verhält. An manchen Tagen ist sie ganz normal. An anderen geht sie mir plötzlich wieder aus dem Weg und kann mich nicht einmal anschauen.

Ich habe schon überlegt, ob das an dieser einen Frauensache liegen könnte. Ich zähle die Tage seit ihrer letzten Stimmungswandlung. Allerdings ist das gerade mal zwei Wochen her. Es passiert also nicht monatlich.

Aber auch ich kann ihr nicht immer in die Augen schauen. Gerade eben fiel es mir auch wieder schwer. Wie sie da stand, die Haare nass vom Regen, die Wangen leicht gerötet von der Kälte. Ihre Sommersprossen sind jetzt im Winter fast verschwunden. Stattdessen ist sie meistens einfach nur blass. Aber es ist eine edle, schöne Blässe, die ihre braunen Augen noch größer erscheinen lässt.

Ich schüttele kurz und kaum merklich den Kopf, um die Gedanken an Luisa loszuwerden. Ich habe lange gebraucht, um nicht mehr in dieser speziellen

Art und Weise an sie zu denken. Inzwischen ist es mir ganz gut gelungen, die Tatsache, dass wir uns nicht nur einmal geküsst haben, auszublenden. Aber manchmal, wenn ich ihr seltenes Lachen höre oder das kleine Grübchen in ihrem linken Mundwinkel sehe, überkommt es mich und ich muss mit meinem monotonen Gebet beginnen.

Sie ist meine Schwester. Sie ist meine Schwester. Sie ist meine Schwester.

Eine SMS reißt mich aus meinen Gedanken. Ich öffne und lese sie mit gemischten Gefühlen.

Hi, hast du Lust, morgen Abend mit auf die Schlittschuhbahn zu kommen? Kathi

Eigentlich habe ich keine Lust. Aber ich denke, es ist besser, mit ihr zu gehen, als hier zu bleiben und meinen Gedanken nachzuhängen. Also antworte ich:

Klar. Ich hole dich ab.

Ihre Antwort kommt wie aus der Pistole geschossen und sprüht geradezu vor Emotionen.

Supi! :D Ich freue mich riesig! Bis morgen und schlaf gut! Kuss

Ich starre einen Moment auf den Bildschirm und stecke das Handy dann zurück in meine Tasche.

»En Mäddche?«, fragt Opa und nickt in Richtung meines Handys.

Ich zucke mit den Schultern. »Kein Besonderes.«

Opa schnalzt mit der Zunge und lässt den Zeigefinger wie ein Metronom von links nach rechts fahren. »Lasse dat net höre. All Mädcher sinn wat Besonerres.«

Ich ziehe einen Mundwinkel hoch. Mein Opa war früher sicher ein richtiger Frauenheld.

»Kann schon sein«, entgegne ich und richte meine Aufmerksamkeit wieder auf den Fernseher.

Kapitel 4
- Luisa

Der wöchentliche Besuch auf dem Fußballplatz gehört für mich inzwischen schon zur Gewohnheit. Jeden Mittwoch sehe ich, manchmal zusammen mit Sophie, Yasin hier beim Training zu.

Während er sich warmläuft und wie ein Kaninchen von links nach rechts springt, lese ich meine Bücher oder mache Hausaufgaben. Heute habe ich mir eine dicke Decke mitgebracht, damit ich auf der Holzbank nicht erfriere und bin gerade in „Der Zauberer von Oz" vertieft, als sich ein langer Schatten zwischen mich und die Wintersonne schiebt. Irritiert schaue ich auf, geradewegs in die dunklen Augen von Yasins Bruder Ediz.

»Hey«, beschwere ich mich und rutsche ein Stück zur Seite. »Geh mir aus der Sonne. Ich erfriere sonst.«

Grinsend lässt er sich neben mich fallen und beugt sich zu mir rüber, um mein Buch zu studieren.

»Vielleicht solltest du etwas anderes lesen, damit dir warm wird?«

»Ach ja?«, funkele ich ihn an. »Und was?«

Er zuckt mit den Schultern und wechselt das Thema.

»Wieso hockst du dich bei dem Wetter überhaupt hier hin? Gibt doch sicherlich schönere Orte, an denen man seinen Nachmittag verbringen kann, oder?«

Ich schaue rüber zu Yasin, der nun endlich dazu übergegangen ist, auch mal ein paar Bälle zu kicken.

»Ich sehe ihm einfach gerne zu.«

Ediz lacht. »Du guckst doch nie hin. Deine Bücher kannst du auch woanders lesen.«

»Stört es dich, dass ich hier bin?«

Er zuckt fast unmerklich zusammen und ich hege die Befürchtung, dass ich mit meiner ironischen Bemerkung ins Schwarze getroffen habe. Doch dann winkt er schnell ab.

»Quatsch. Ich sorge mich nur um deine Blase.«

»Meine Blase?«, wiederhole ich verwirrt.

Er zieht den Reißverschluss seiner Trainingsjacke ein Stück weiter hoch. »Bei den Temperaturen muss sie doch dauerentzündet sein.«

Ich ziehe die Nase kraus, verwundert über seine Gedankengänge. »Nee, keine Sorge. Der geht es bestens.«

Wir schweigen eine Weile und kurz bevor es unangenehm wird, erhebt Ediz sich. Er nickt in Richtung seines Teams, das ein Stück von Yasins Mannschaft entfernt trainiert, »Ich muss dann mal wieder«, und trabt davon.

Eine Weile starre ich ihm noch hinterher und beobachte, wie er anfängt, sich zu dehnen und mit seinen Teamkollegen herumzualbern, bevor ich mich wieder auf mein Buch konzentriere.

»Sollen wir noch was unternehmen?«, fragt Yasin mich nach seinem Training. Seine Haare sind noch etwas nass von der Dusche und in der kalten Winterluft dampft sein erhitzter Körper.

Ich schüttele den Kopf. »Ich will lieber schnell nach Hause. Fritz geht es im Moment nicht so gut und ich will ihn nicht noch länger warten lassen.«

»Soll ich mitkommen?«, bietet Yasin an, doch ich lehne dankend ab.

»Gibt es schon was Neues von deinem Geburtstag?«, frage ich ihn auf dem Weg zum Bus.

»Fee hat auch zugesagt«, antwortet er, »sonst nichts.«

Ah, Fee. Ich erinnere mich an unsere erste Begegnung und schäme mich immer noch, dass ich damals so zickig auf sie reagiert habe. Ich konnte ja nicht ahnen, dass sie lesbisch ist und für mich keinerlei Konkurrenz darstellt. Zum Glück hat sie es mir nicht übel genommen und die nächsten Treffen mit ihr liefen wesentlich harmonischer ab.

»Hast du Justus schon gefragt?« Ich sehe ihn nur aus den Augenwinkeln an und versuche so teilnahmslos wie möglich zu wirken.

Er schüttelt den Kopf. »Noch nicht. Würdest du das bitte heute Abend für mich übernehmen? Ich sehe ihn so selten.«

Ich beiße mir auf die Lippe, nicke aber, als er mich fragend ansieht.

»Ja, okay. Kann ich machen.«

Es ist wie verhext. Einerseits will ich nicht mit Justus sprechen, andererseits freue ich mich, dass ich einen Grund dazu habe.

Beim Abendessen mit Fritz warte ich vergeblich auf Justus. Immer wieder gleitet mein Blick zur Uhr an der Wand, deren Zeiger, ein Messer und eine Gabel, unaufhörlich ticken.

»Häst du noch watt vor?«, fragt Fritz und nimmt noch einen Schluck von seinem Kaffee.

Ich schüttele den Kopf, während ich versuche, die vom Kühlschrank harte Butter auf meinem Brot zu verstreichen. »Nein, ich frage mich nur, wo Justus bleibt.«

Fritz schmunzelt. »Dä hätt heut Öwend noch a Date.«

Er spricht das für ihn fremde, englische Wort eher wie »Deet« aus, sodass es viel weniger cool klingt, als er meint.

Ich schaue überrascht auf »Ein Date?« Und ärgere mich im nächsten Moment, dass ich so darauf anspringe.

Fritz nickt und scheint stolz zu sein, dass er mehr weiß als ich. »Bet ner Kathi eh dr Isslaufbahn.«

»Oh. Wie romantisch«, knurre ich und hacke nun fast wütend auf den Klumpen Butter ein, der mein Brot immer weiter zerreißt.

»Wir sind früher auch schon gerne Schlittschuh gelaufen. Aber dann nicht in so einer künstlich angelegten Halle, sondern auf einem zugefrorenen See. Das war romantisch. Nicht dieses nachgebildete, unechte Eis.«

Ich spare mir, ihm zu erklären, dass das Eis keinesfalls unecht ist. Ich weiß, worauf er hinauswill. Mein Brot hat inzwischen mehr als nur ein Loch.

»Deine Oma und ich, wir waren sehr oft im Winter Schlittschuhlaufen. Aber das war auch nicht ohne. Man musste immer aufpassen, dass man nicht an die dünnen Stellen kam. Da ist schon das eine oder andere Mal jemand…«

»Wer, verdammt nochmal, hat die beschissene Butter schon wieder in den Kühlschrank gestellt?«, schreie ich meine Wut hinaus und werfe das Messer neben meinen Teller.

»Luisa!«, schimpft Fritz und sieht mich böse an.

Ich schiebe meinen Stuhl zurück und stehe auf.

»Tut mir leid«, murmele ich. »Ich habe keinen Hunger mehr. Bin auf meinem Zimmer.«

Justus kommt erst spät nach Hause. Gegen elf Uhr höre ich die Haustür schleifend auf- und zugehen und seine beschwingten Schritte auf der Treppe. Ich schalte schnell mein Nachtlicht aus, damit er es nicht durch den Spalt unter der Tür sieht und denkt, ich hätte auf ihn gewartet. Trotzdem zögern seine Schritte vor meiner Zimmertür, bevor er sich im Badezimmer einschließt.

Ein dicker, schwerer Klumpen liegt in meinem Magen. Ich weiß genau, was es ist. Eifersucht. Sie schmeckt bitter und macht Bauchschmerzen. Ich schlucke den Kloß in meinem Hals hinunter und ziehe die Decke noch ein Stück höher. Erst als er das Badezimmer wieder verlässt und in seinem Zimmer verschwindet, finde ich endlich in den Schlaf.

»Und? Hast du ihn gefragt?«, sind die ersten Worte, die Yasin am nächsten Morgen zu mir sagt. Ich knote die Strickbändel meiner Mütze unter dem Kinn zusammen. Das sieht zwar doof aus, hält aber wenigstens meine Ohren warm.

»Nein, ich hab' ihn gestern nicht mehr gesehen.«

Yasin lacht leise. »Man könnte fast meinen, ihr seht euch überhaupt nie. Und das obwohl ihr unter ein und demselben Dach lebt.«

»Tja«, entgegne ich etwas schnippisch. »So ist das aber. Wir hängen ja nicht ständig zusammen rum, nur weil wir zusammenleben.«

Yasin hebt abwehrend die Hände. »Ist ja schon gut. War doch nur ein Witz. Madame ist heute nicht so gut drauf, oder?«

Als Antwort erntet er nur einen finsteren Blick von mir und nickt verstehend.

»Und wo ist er jetzt? Donnerstags hat er doch auch zur Ersten, soweit ich mich erinnern kann.«

»Hat wahrscheinlich verschlafen«, murre ich.

»Und du weckst ihn nicht?« Yasin sieht an mir vorbei in Richtung unseres Hauses, als könnte er Justus alleine durch seinen Blick aus dem Bett werfen.

»Bin ich seine Mutter, oder was? Er kann sich ja wohl alleine den Wecker stellen.« Ich weiß, dass ich zickig klinge und ich hasse das. Eine unglaublich dumme Eigenschaft, die ich aber beim besten Willen nicht ablegen kann. Justus' Date hat mich mehr getroffen, als ich zugeben will und irgendwie will ich ihn das spüren lassen. Allerdings ohne, dass er mitbekommt, dass ich eifersüchtig bin.

»Was ist denn heute mit dir los?«, entgegnet Yasin. »Du weckst ihn doch sonst auch immer, wenn er mal wieder verschläft.«

»Ich klopfe an seine Tür. Das ist alles. Es ist ja nicht so, als würde ich ihn wachküssen.« Keine Ahnung, warum ich das sage. Vielleicht, weil ich Yasin ärgern will. Vielleicht aber auch, weil ich mir wünsche, ich könnte Justus doch wachküssen.

Yasin verengt die Augen und wendet sich ein kleines Stück von mir ab. Ich weiß, dass ihm die Vorstellung, dass Justus und ich uns schon einmal geküsst haben, nicht gefällt. Es versetzt ihm einen Stich. Und es tut mir jetzt schon leid, dass ich überhaupt darauf angespielt habe.

»Ich frage ihn heute Abend, okay?«, werfe ich etwas versöhnlicher ein, doch er nickt nur stumm.

Kapitel 5
- Justus

Warum, verdammt nochmal, weckt sie mich nicht? Sie weckt mich immer, wenn ich zur ersten Stunde habe und Opa länger schläft.

Das hat mir den ganzen Tag verdorben. Wir hatten nämlich Sport in den ersten beiden Stunden. Der einzige Unterricht, auf den ich mich freue. Die Hälfte habe ich verpasst und noch einen Strich für's Zuspätkommen kassiert.

Dementsprechend wütend bin ich, als ich nach Hause komme und sie seelenruhig am Esstisch einen Joghurt löffeln sehe. Ich bleibe im Türrahmen stehen und starre sie nieder.

Luisa schaut auf und sieht mich fragend an.

»Was ist?«

»Das weißt du genau«, knurre ich, stampfe übertrieben fest zum Kühlschrank und nehme mir eine Milchtüte heraus, um daraus zu trinken.

»Nein«, meint sie unschuldig und kratzt den letzten Rest aus ihrem Joghurt, »klär mich auf«.

»Ich hab' verschlafen«, erkläre ich, obwohl *ich* genau weiß, dass *sie* genau weiß, worum es geht.

Sie hebt beide Augenbrauen. »Und?«

»Ich bin zu spät gekommen«, sage ich nun etwas lauter und knalle die Kühlschranktür wieder zu.

Ein winzig kleines Schmunzeln huscht über Luisas Gesicht. Sie versucht, es zu verstecken, aber ich habe es genau gesehen.

»Ich weiß noch nicht genau, welche Rolle ich bei der ganzen Sache spiele«, flötet sie, steht auf und wirft ihren Joghurtbecher neben mir in den Müll.

Ich atme tief ein und versuche, ihre übertrieben unschuldige Art zu ignorieren.

»Du hast mich nicht geweckt.«

Sie dreht eine Locke um ihren Finger und macht einen Schmollmund. »Sollte ich das?«

Ich bemerke erst, dass ich auf ihre Lippen starre, als sie ein Stück von mir abrückt. Ihr Blick huscht unruhig durch den Raum, als wollte sie um jeden Preis verhindern, mich anzusehen.

»Du weckst mich immer«, murmele ich leicht abwesend.

Sie hört auf, die Locke zu drehen und stemmt die Hände in die Hüften. »Was kann ich dafür, wenn du abends so spät nach Hause kommst? Geh früher ins Bett, statt dich mit irgendwelchen Mädchen zu amüsieren. Dann kommst du morgens auch besser raus.«

Ich erwache aus meiner Starre und lache trocken auf. »Ach, darum geht's hier!«

Einen winzigen Moment lang sieht sie erschrocken aus, dann fängt sie sich wieder und setzt einen trotzigen Gesichtsausdruck auf. »Ich weiß nicht, was du meinst.«

»Du bist eifersüchtig!«, erfasse ich endlich die Situation und kann mir ein Grinsen nicht verkneifen.

»Bitte was?«, faucht sie und wendet sich ruckartig von mir ab. In der Tür bleibt sie noch einmal stehen. Ihre Hand krallt sich so fest in den Türrahmen, dass das Blut aus ihren Fingernägeln weicht. »Das ist ja wohl…«, sie ringt nach Worten, »Das ist ja wohl der Hammer! Eifersüchtig! Dass ich nicht lache! Auf wen denn? Auf die Tussi, die auf dich reingefallen ist?«

Ich setze ein schiefes Grinsen auf und deute von oben nach unten über meinen Körper. »Weil sie das hier bekommt und du nicht.«

Ich merke, dass ich zu weit gegangen bin, als ich das Zittern ihrer Unterlippe bemerke. Sie presst schnell die Lippen aufeinander, um sie unter Kontrolle zu bekommen.

»Du…«, flüstert sie. »Hörst du dir überhaupt manchmal selbst zu? Du bist mein Bruder.«

Da waren sie wieder. Diese Worte, die ich so abgrundtief hasse. Die Worte, die ich nicht wahrhaben will und mir doch immer wieder selbst in Erinnerung rufen muss.

Ich lasse mir nichts anmerken und verschränke die Arme vor der Brust. Einen Moment starren wir uns noch an, dann lässt sie den Türrahmen langsam los. Ihr Arm sackt kraftlos herab, bevor sie sich umdreht und die Treppe hinauf verschwindet.

»Scheiße!«, fluche ich leise und knalle die volle Milchtüte auf die Küchentheke. Ich könnte mich selbst in den Hintern treten. Warum bin ich immer so ein verdammter Idiot?

»Hätt dir de Melsch watt gedoh?«, höre ich auf einmal Opas Stimme hinter mir und drehe mich erschrocken zu ihm herum. Er setzt ein schiefes Lächeln auf und ich überlege fieberhaft, ob dieses Lächeln bedeuten soll, dass er alles mit angehört hat oder, dass er nicht weiß, was mit mir los ist und mich nur beruhigen möchte.

»Seit wann bist du wieder da?«, frage ich und beobachte etwas nervös, wie er an mir vorbei zum Küchentisch schlurft, um seine Pfeife zu stopfen.

»Na süsste? Kah dinn ahler Obba dich emmernoch öwerrasche.«

Betont lässig lehne ich mich gegen die Spüle. Nur ein kleines Zucken an meinem linken Augenwinkel verrät meine Unsicherheit. Falls Opa etwas mitbekommen haben sollte, lässt er es sich zumindest nicht anmerken. Von oben ertönt das dumpfe Dröhnen des Staubsaugers. Luisa scheint unsere Auseinandersetzung schon vergessen zu haben. Opa stopft in aller Seelenruhe seine Pfeife und lässt sich dann seufzend auf den knarzenden Stuhl sinken. Ich beschließe, dass er wohl nichts gehört hat und entspanne mich langsam wieder.

»Was hat der Arzt gesagt?«

»Mh?«, brummt er, führt die Pfeife an die Lippen und pafft dreimal daran. Ich weiß genau, dass er mich verstanden hat. Er mag alt sein, aber seine Ohren sind immer noch gut.

»Was der Arzt gesagt hat?«, wiederhole ich trotzdem und ziehe mir ebenfalls einen Stuhl heran, um ihm etwas näher zu sein. Ich möchte keine noch so kleine Regung in seinem Gesicht verpassen, damit er mich nicht belügen kann.

»Ach«, er winkt ab und zieht die Augenbrauen so fest zusammen, dass sich eine steile Falte zwischen seinen Augen bildet, »das übliche Geschwafel. Ein dummer Lälles ist das«.

Ich seufze und massiere mir mit einer Hand die Stirn. »Opa. Im Ernst. Ich bin kein Kind mehr. Wenn etwas Ernstes ist, dann sag es mir bitte.«

»Etwas Ernstes!« Er erhebt seine Stimme, was meistens bedeutet, dass ich gar keine Chance mehr habe, an ihn heran zu kommen, »Warröm glaubt ihr all datt min letztes Stönche geschloh hätt? Wollt ihr mich loss wern?«

Er fuchtelt so wild mit seiner Pfeife herum, dass sich ein paar Ascheflöckchen aus dem Kopf lösen und langsam auf den Tisch und auch auf meine Hände segeln. Mit einer sachten Berührung meines Zeigefingers ziehe ich eine dünne, graue Spur über meinen Handrücken. Ich weiß, dass er uns etwas verheimlicht. Er will uns keine Angst machen, aber so macht er es nur noch schlimmer. Die Ungewissheit macht mir mehr Angst als alles andere, weil ich so nichts unternehmen kann.

Er schweigt nun, die Arme vor der Brust verschränkt, die Pfeife zwischen die Lippen geklemmt und starrt aus dem Fenster. Feine Regentropfen prasseln gegen die Scheibe und hinterlassen im Licht der Straßenlaterne glitzernde Spuren darauf.

Ich erhebe mich, bleibe aber noch kurz neben ihm stehen, um ihm die Hand auf die Schulter zu legen.

»Sag einfach Bescheid, wenn du uns brauchst.«

Kapitel 6

- Luisa

Ich könnte ausrasten! Warum ist er so ein verdammter Idiot? Und warum gehe ich immer wieder auf ihn ein? Leider muss mal wieder der Staubsauger dran glauben und unter meiner Wut leiden. Ich brauche ein Ventil, an dem ich meine Aggressionen abbauen kann und er kommt gerade richtig. Zum Glück sind seine Düsen so laut, dass man kaum hört, wie ich ihn attackiere. Wütend trete ich auf ihn ein, zerre an seinem Schlauch und schleudere ihn mit aller Kraft von mir weg. Dass das Kabel ständig stecken bleibt und sich nicht richtig ausrollt, macht mich nur noch aggressiver. Fluchend reiße ich weiter daran, bis der Stecker sich auf einmal aus der Wand löst. Bei näherer Betrachtung stelle ich fest, dass sich das Kabel ebenfalls verabschiedet hat. Ein paar dünne Drähte schauen aus dem Plastikteil hervor.

Mist! Mist! Mist! Verdammter Mist! Mit einem letzten Aufschrei werfe ich mich auf mein Bett und prügele auf mein Kissen ein.

Ich bin nicht mal wirklich wütend auf ihn. Viel mehr auf mich selbst. Ich bin wütend, weil ich ihn nicht ignorieren kann. Weil ich nicht einmal jetzt aufhören kann, an ihn zu denken. Ich könnte mich selbst verfluchen. Warum zeige ich mich ihm gegenüber so angreifbar? Natürlich denkt er jetzt, ich wäre eifersüchtig. Wie soll es auch anders rüber gekommen sein?

Ich presse mein Gesicht in das Kissen, um einen weiteren Schrei zu dämpfen, als es an der Tür klopft.

Er wird doch nicht ... Ich springe auf und zupfe meine Klamotten zurecht, bevor ich zur Tür gehe und sie öffne. Mit einer Mischung aus Erleichterung und Enttäuschung sehe ich in Fritzs Gesicht.

»Du hässt Besooch.«

Ich hebe fragend eine Augenbraue, was ihn dazu veranlasst, mehr zu erklären.

»Dein arabischer Freund.«

»Türke, Fritz. Er ist Türke«, erkläre ich schmunzelnd und schiebe mich an ihm vorbei zur Treppe. »Komm rauf!«, rufe ich Yasin zu, der meiner Aufforderung sofort nachkommt.

Fritz hebt mahnend den Zeigefinger. »Ech ha ow em Auw, macht kenn Blödsinn.«

Yasin zieht leicht beschämt die Mundwinkel hinunter. In Fritz' Gegenwart ist er meist eher zurückhaltend. Er bringt kaum ein Wort hervor, was Fritz zu der Annahme verleitet hat, dass er kein Deutsch versteht. Deshalb beugt er sich jetzt noch ein Stück näher an Yasin heran und brüllt ihm schon fast entgegen: »DU FINGER WEG LASSEN VON MÄDCHEN!«

Yasin macht große Augen und sieht mich hilfesuchend an. Ich verdrehe nur die Augen und ziehe ihn hinter mir her in mein Zimmer.

»Vielleicht solltest du nicht immer wie ein Stummfisch dastehen, wenn er mit dir spricht. Dann würde er auch nicht denken, dass du ihn nicht verstehst«, erkläre ich ihm und lasse mich auf mein Bett sinken.

Yasin hebt hilflos die Arme. »Er macht mich einfach nervös. Ich bringe keinen Ton heraus, wenn er mich mit seinen grauen Augen anstarrt. Außerdem ist er derjenige, der meiner Meinung nach eine Fremdsprache spricht. Ich verstehe meistens keinen Ton.«

Kopfschüttelnd lasse ich mich zurückfallen und reibe mir die müden Augen. Die Matratze sinkt ein Stück ab, als Yasin sich neben mich setzt.

»Alles klar bei dir?«

Ich halte die Augen geschlossen und zögere meine Antwort hinaus. Wie soll ich ihm erklären, was zwischen mir und Justus vorgefallen ist, ohne ihn dabei von Neuem zu verletzen? Ich kann mit niemandem wirklich darüber sprechen. Mit Sophie nicht, weil ich mich vor ihr schäme und mit Yasin nicht, weil ich weiß, dass er immer noch Gefühle für mich hat und ich diese einfach nicht erwidern kann.

»Ich hatte einen Streit mit Justus«, halte ich mich deshalb so nah wie möglich an der Wahrheit.

Yasin zieht die Augenbrauen zusammen.

»Schlimm?«

Zur Antwort deute ich auf den zerstörten Staubsauger.

»Ich hab ihn kaputt gemacht.«

Yasin lacht leise auf. »Was hat denn der arme Staubsauger damit zu tun?«

»Entweder er oder Justus. Einer musste dran glauben«, gebe ich knurrend zurück.

Yasin zieht die Nase kraus, entscheidet sich aber klugerweise dafür, mir nicht zu widersprechen. Stattdessen klatscht er mir auf den Oberschenkel und grinst mich an.

»Vielleicht muntert es dich auf, wenn ich dir sage, dass die Paintballhalle für Samstag reserviert ist?«

Ich drehe den Kopf betont langsam in seine Richtung und blinzele ihn an, ohne etwas zu sagen.

»Nicht?«, fragt er leicht verunsichert.

Es fällt mir schwer, aber ich muss mich zusammenreißen. Yasin kann nicht wissen, wie weh mir der Streit mit Justus wirklich tut, weil ich ihn nicht vollständig in mein Gefühlsleben einweihen kann.

»Das ist super«, sage ich deshalb und lächele ihn schwach an. »Wie viele Personen sind wir denn jetzt?«

»Mmm«, überlegt Yasin laut, »du, ich, Sophie, Fee, Ediz und Justus, falls ihr euer Kriegsbeil begrabt. Eigentlich bin ich gekommen, um ihn endlich mal selbst fragen zu können, ob er Lust hat zu kommen.«

Ich wedele mit der Hand in Richtung Tür.

»Mach doch. Er müsste unten in der Küche sein.«

Yasin schüttelt den Kopf. »Er kam mir eben draußen vor dem Haus entgegen gestampft. Er wirkte ziemlich wütend und hatte quasi eine Leuchtreklame auf der Stirn, auf der stand, dass er nicht angesprochen werden möchte. Jetzt weiß ich auch, warum.«

Ich atme tief ein und setze mich wieder auf, sodass wir jetzt Schulter an Schulter sitzen. Unwillkürlich frage ich mich, wo Justus hingegangen sein könnte. Zu seiner Freundin aus der Eishalle? Bilder von ihnen drängen sich in meinen Kopf. Händchenhaltend kurven sie auf ihren Schlittschuhen über das Eis. Sie dreht sich in seine Arme, lächelt ihn von unten herauf an. Er beugt sich zu ihr hinunter und küsst ihre roten Lippen. Bevor ich mich in den Wahnsinn fantasiere, springe ich auf und ziehe Yasin mit mir hoch.

»Wollen wir noch was unternehmen?«

Er sieht überrascht auf seine Armbanduhr. »Jetzt noch? Es gibt gleich Abendessen.«

Genervt lasse ich die Schultern sacken und lege den Kopf in den Nacken. »Gott, du bist so ein Langweiler. Sei doch mal spontan!«

Seine Lippen verziehen sich zu einer wenig begeisterten Grimasse. »Spontan? Gerne. Aber nicht heute. Es ist Donnerstag. Donnerstags gibt es bei uns immer Pizza. Seien wir doch morgen spontan. An was hattest du gedacht?«

»Yasin, wenn wir heute planen, was wir morgen machen wollen, nennt man das nicht spontan.« Ich werfe in einer verzweifelten Geste die Hände in die Luft.

Yasin lässt sich nicht beirren und geht an mir vorbei zur Tür. »Dann lade ich dich jetzt ganz spontan zum Pizzaessen ein. Du kannst wählen zwischen Thunfisch und Pilzen.«

»Thunfisch, Thunfisch, Thunfisch!«, rufe ich und rase an ihm vorbei in den Flur.

Ich liebe Yasins Elternhaus. Trotz seiner eher spartanischen Einrichtung wirkt es immer gemütlich. Gerade jetzt im Winter, wo stets ein Feuer im Kamin prasselt und zahlreiche Lichter in den Fenstern die frühe Dunkelheit vertreiben.

Yasins Mutter Gökce lädt mir bereits das dritte Stück Thunfischpizza auf den Teller, was ich dankbar entgegennehme.

»Du hast heute einen gesunden Appetit«, freut sie sich.

»Wenn ich hier bin, immer«, gebe ich lachend zurück und hoffe, dass niemand sieht, wie die Hitze in meine Wangen steigt. Ediz prostet mir grinsend mit einem Glas Cola zu. »Aber nicht wieder verschlucken!«

Das bringt mich endgültig zum Glühen. Der Vorfall, bei dem ich damals beinahe an einem Linsenbällchen erstickt wäre und es dann noch quer über den Tisch direkt vor den Teller von Yasins Vater gespuckt habe, ist mir heute noch peinlich. Mustafa stößt seinem Sohn den Ellbogen in die Rippen. »Na, lass das.«

»Hast du schon was von Ahmet gehört?«, fragt Gökce ihn, während sie ihrer einzigen Tochter, Aylin, ebenfalls noch ein Stück Pizza reicht.

Yasins ältester Bruder, Ahmet, studiert seit ein paar Wochen in München und konnte seitdem noch nicht wieder zu Besuch kommen.

Mustafa schüttelt den Kopf, während er als Einziger am Tisch, seine Pizza in mundgerechte Stücke schneidet, um sie gesittet mit Messer und Gabel zu essen.

»Der Junge hat viel um die Ohren. Er wird sich schon melden, wenn etwas ist.«

»Deine Gelassenheit hätte ich gerne mal«, murrt sie.

»Du brauchst dir nicht ständig Sorgen zu machen. Er ist erwachsen und kommt schon ganz gut alleine klar. Lass ihn seine eigenen Erfahrungen machen.«

Gökce wirft ihrem Mann einen strengen Blick zu. »Natürlich mache ich mir Sorgen. Ich bin seine Mutter. Egal, wie alt er ist, ich möchte wissen, wie es ihm geht.«

Im nächsten Augenblick sind sämtliche Augen auf mich gerichtet. Ich hatte es befürchtet. Sobald das Wort »Mutter« in meiner Gegenwart fällt, beißen sich anschließend alle auf die Zunge.

»Schon gut«, versuche ich, sie zu beruhigen. »Ich hab mich dran gewöhnt, dass meine Mutter anders ist als die anderen.«

Gökce schüttelt den Kopf, findet aber anscheinend keine passenden Worte. Jetzt geht das wieder los. Mir ist es unangenehm, dass es ihr unangenehm ist, dass es mir unangenehm ist ... Seufzend beiße ich von meiner Pizza ab. Ediz ist der Erste, der sich wieder berappelt.

»Ich hätte Lust auf Schokocreme. Wer noch?«

Ich habe kaum das Haus betreten, als das alte Telefon im Flur beginnt, laut zu schrillen. Ich werfe meine Jacke über den Haken und stolpere fast aus den Schuhen in Richtung Kommode, um den Hörer abzuheben.

»Hallo?«

»Luisa?«

Wenn man vom Teufel spricht ...

»Clara, hallo...«

Die Stimme meiner Mutter zu hören, ist seltsam. Obwohl ich so lange nichts von ihr gehört habe, kommt sie mir immer noch vertraut vor. So, als wäre es erst gestern gewesen, dass wir das letzte Mal miteinander gesprochen haben.

»Lu-Schatz, wie geht es dir?«

Den Umständen entsprechend. Ich bin eine 15-jährige, die von ihrer Mutter verlassen wurde, in der Schule gemieden wird und mit ihrem Opa und ihrem Halbbruder, in den sie immer noch verliebt ist, unter einem Dach lebt. Also ...

»Gut. Und dir?«

»Soweit auch ganz gut. Paul hat hier endlich Arbeit gefunden. In einem Versicherungsbüro.«

»Das ist ja toll. Herzlichen Glückwunsch.« In Wahrheit wünsche ich Paul alles andere als Glück. Ich wünsche ihm, dass er endlich das bekommt, was er verdient ...

»Wir haben jetzt wieder eine Katze«, höre ich sie sagen. »Ich schicke dir mal ein Bild von ihr. Sie ist so süß. Wie ein kleines Baby. Ich hab sie Püppi genannt.«

Ich nicke schwach, bis ich begreife, dass sie das nicht sehen kann. »Schön.«

Ich weiß nicht wieso, aber die Art, wie sie von dieser Katze spricht, macht mich traurig. Wie ein Baby, hat sie gesagt. Meine Mutter hatte in ihrem Leben erst ein Baby: mich. Und mich hat sie all die Jahre über bereut.

»Und wie läuft es in der Schule? Alles in Ordnung?«

Ich zögere kurz, bevor ich antworte: »Ja, ganz gut.«

»Schön, Schatz. Das freut mich. Und mit Fritz und Justus? Alles gut?«

Sie gibt die Antworten schon vor. Schöne Taktik. Meine Mutter war schon immer ein Mensch, der unangenehmen Dingen gerne aus dem Weg gegangen ist. Sie fragt zwar nach, aber eigentlich möchte sie nicht hören, wie es mir geht. Weil sie genau weiß, dass es bei mir nicht so rosarot aussieht, wie bei ihr.

»Ja, ganz gut«, wiederhole ich.

»Holst du mir Fritz bitte mal ans Telefon? Und grüße Justus schön von uns, ja?«, fragt sie und ich bin froh, dass sie das Gespräch mit mir somit für beendet erklärt. Ihre Schuldigkeit ist getan.

»Klar«, antworte ich knapp und lege den Hörer neben dem Telefon ab. Ein schnurloses Telefon besitzt Fritz nicht. Nicht einmal ein Tastentelefon. Sein Exemplar verfügt noch über eine Wählscheibe. Irgendwie schon wieder retro.

Als ich Fritz im Wohnzimmer schlafend im Sessel vorfinde, würde ich am liebsten zurückgehen und das Gespräch einfach beenden. Doch das finde ich ihm gegenüber irgendwie nicht fair, also rüttele ich ihn sanft an der Schulter.

»Fritz? Clara möchte dich sprechen.«

Je länger er braucht, um zu reagieren, desto kribbeliger werde ich. Meine Knie werden ganz weich, als würden sie etwas ahnen, dass ich mich nicht einmal traue zu denken.

Endlich atmet er tief ein und öffnet die Augen.

»Was ist denn, Kind? Ist etwas passiert?«

Lächelnd schüttele ich den Kopf. »Nein. Aber Clara ist am Telefon. Sie möchte dich sprechen.«

Ich greife ihm unter den Arm, als er sich mit zitternden Beinen aufrichtet. Es kommt mir so vor, als müsste er erst einmal seine Lebensenergie zurückgewinnen, bevor er sich, leicht vornübergebeugt, auf den Weg zum Telefon macht.

»Hallo?«, spricht er mit kratziger Stimme in den Hörer und schweigt dann eine ganze Weile.

Ich weiß nicht, ob ich hier warten oder lieber rauf in mein Zimmer gehen soll, lasse mich aber schließlich einfach in den vorgewärmten Sessel sinken und ziehe die Knie an den Körper. Als Fritz wieder spricht, klingt seine Stimme verbittert.

»Clara, lass dich bitte nicht von ihm über den Tisch ziehen. Du ...«, er schweigt wieder, weil er vermutlich ihren Erklärungen lauscht. »Wenn du nur deshalb anrufst, dann können wir das Gespräch auch gleich hier beenden ...« Nach einem Blick in meine Richtung dreht er mir den Rücken zu und spricht in gedämpften Ton weiter. »Darum brauchst du dir keine Sorgen machen und das weißt du. Mir geht es blendend, auch wenn mein Sohn sich vielleicht etwas anderes erhofft ... Ach, hör doch auf, ihn in Schutz zu nehmen ... Du und ich, wir beide wissen sehr genau, was ... Ja, das wünsche ich dir auch.«

Fritz knallt den Hörer auf die Gabel und fährt sich mit der Hand über das Gesicht, bevor er sich wieder zu mir herumdreht. »Ech ha Honger, du och?«

Mit keinem Wort erwähnen wir das Telefonat mehr, während ich Fritz bei der Zubereitung des Abendessens zuschaue. Ich traue mich kaum, ihm zu sagen, dass ich keinen Hunger mehr habe, weil ich mich bei Yasin schon mit Pizza vollgestopft habe. Er wirkt ohnehin schon so traurig und erschöpft. Deshalb decke ich stumm den Tisch und widerspreche auch nicht, als er mir ein Spiegelei und eine gebratene Mettwurst auf den Teller schiebt.

»Wo bliebt da dinn Brorer?« Sein Blick wandert zur Uhr über der Tür und wieder zurück. »Scho wörre en Owendesse dat he verpasst.«

Kapitel 7
- Justus

Als ich das Haus verlasse, weiß ich eigentlich noch gar nicht so recht, wo ich hin soll. Mein erster Impuls war es, so viel Abstand wie möglich zwischen Luisa und mich zu bringen.

Meine Füße tragen mich fast von alleine vom Haus weg. Es ist wie ein Fluchtreflex, den ich nicht kontrollieren kann. Aber ich bin dankbar dafür, denn in ihrer Nähe kann ich momentan nicht sein. Zuerst überlege ich, zu meiner Mutter zu fahren. Das wäre das Naheliegendste. Doch als mir Yasin vor dem Gartentor begegnet, entscheide ich mich anders. Sie hat sich also schon ihren Hausfreund herbestellt. Wenn es so ist. Das kann ich auch.

Kathi zögert nicht lange, als ich sie über das Handy nach ihrer Adresse frage und keine halbe Stunde später sitze ich auf einem kleinen rosa Zweisitzer und trinke Cola aus einem Hello-Kitty-Becher. Es wundert mich, dass Kathi sich ihre rotbraunen Haare noch nicht blond gefärbt hat, denn ansonsten bedient sie alle Klischees einer Blondine. Ihr komplettes Zimmer ist in Rosa und Pink gehalten. An den Wänden hängen Poster von Justin Bieber, Elyas M`Barek und Robert Pattinson und die Stehlampe neben ihrem Schreibtisch hat den Kopf eines Einhorns.

Ich nippe einen kleinen Schluck von der Cola und stelle den Becher dann vorsichtig auf dem weißen Tisch in Herzchenform vor mir ab. Mein Blick fällt auf meine grauen Chucks, die ein paar Erdklumpen auf dem Flusenteppich hinterlassen haben. Kathi bekommt davon nichts mit, weil sie damit beschäftigt ist, mir immer und immer wieder eine Haarsträhne aus der Stirn zu streichen. Bevor sie die Finger noch einmal ansetzen kann, nehme ich ihre Hand in meine und lächele sie an. »Danke, dass ich so spontan vorbeikommen durfte.«

»Klar, immer«, entgegnet sie und zeigt mir ihr strahlendstes Lächeln. Das muss man schon sagen. Ihre Zähne sind perfekt. Alle in Reih und Glied und weiß wie Schnee. Ich muss an Luisas Lächeln denken, das ich nur sehr selten zu sehen bekomme. Zwischen ihren vorderen Schneidezähnen ist so eine kleine Lücke. Groß genug, dass man sie bemerkt, aber so klein, dass sie nicht komisch aussieht.

Kathi setzt sich gerade hin und zieht meine Hand auf ihren Schoß. »Ich freue mich, dass du als Erstes an mich gedacht hast.«

Hab ich ja eigentlich gar nicht. Aber das muss ich jetzt wohl nicht erwähnen.

»Eine Freundin von mir feiert morgen in ihren Geburtstag rein«, spricht sie weiter, während sie mit einem Finger über meinen Handrücken streicht, »und ich wollte fragen, ob du Lust hast, mit mir zusammen hinzugehen?«

»Ja, wieso nicht?«, antworte ich schulterzuckend und werde im nächsten Moment regelrecht von ihr besprungen. Sie schlingt ihre Arme um meinen Hals und drückt sich fest an mich. »Oh, das ist so super!«

Ich lache leise und schiebe sie ein Stück von mir weg, weil ihr linkes Knie sich in meine Seite bohrt. Doch ehe ich es mich versehe, liegen ihre Lippen auf meinen. Sie sind warm und weich und schmecken nach einem fruchtigen Kaugummi. Nicht unangenehm. Aber ich kann nicht anders, als sie mit Luisa zu vergleichen. Sie war bei Weitem nicht das erste Mädchen, das ich geküsst habe, aber bis jetzt das letzte. Luisa zu küssen war aufregend, neu, anders. Mir fallen viele Worte dafür ein. Aber vor allem hat es etwas in mir ausgelöst. Mein Herz hat schneller geschlagen und meine Finger haben so sehr gekribbelt, dass sie beinahe taub waren.

Kathis Kuss ist fordernd, fast gierig. Ich mache mit, ziehe sie näher an mich heran, will sie fühlen und Luisa vergessen. Sie klettert auf meinen Schoß und legt ihre Arme auf meinen Schultern ab, sodass ich sie an den Seiten streicheln und ihr Shirt hochschieben kann. Es wäre gelogen, wenn ich behaupten würde, dass mich das Ganze kalt lassen würde. Aber trotzdem geschehen alle meine Handlungen eher aus dem Bauch heraus. Mein Herz hat damit nichts zu tun. Kathi gibt ein leises Stöhnen von sich und krallt ihre Finger in meine Haare, bevor sie sich wieder von mir löst und mir in die Augen sieht.

Bitte sag jetzt nicht, dass du mich liebst. Bitte nicht. Bitte nicht.

Sie beugt sich wieder ein Stück vor. Ihre Lippen sind nun so dicht an meinem Ohr, dass ich ihren Atem auf der Haut spüren kann. »Schlaf mit mir.«

Oh, Gott sei Dank.

Ich fühle mich tatsächlich ein bisschen besser, als ich Kathis Haus wieder verlasse. Meine Schritte sind beschwingt und mir ist noch so warm, dass ich meine Jacke nur über die Schulter werfe, bevor ich ihr noch einmal zuwinke und mich auf den Nachhauseweg mache.

Meine gute Laune verschwindet allerdings schlagartig, als ich die Küche betrete und Luisa an der Spüle vorfinde. Sie schaut nur ganz kurz auf, bevor sie sich wieder der Pfanne widmet, die sie gerade abschrubbt, als würde sie Blut von einem Tatort entfernen. Doch ich sehe trotzdem, dass sie geweint hat. Ihre Augen sind rot unterlaufen und ihre Lippen fest aufeinandergepresst.

Mir liegt ein »Alles klar?«, auf der Zunge, als ich im Türrahmen stehenbleibe und sie beobachte. Aber ich bringe es nicht heraus. Sie wird doch wohl nicht noch wegen unserem lächerlichen Streit weinen? Doch dann kommt mir ein anderer Gedanke.

»Ist etwas mit Opa?«

Sie legt die Pfanne auf dem Abtropfsieb ab und lässt das Wasser aus der Spüle ablaufen. Während sie sich die Hände an den Hosenbeinen trocken reibt, schüttelt sie den Kopf.

»Nein, es geht ihm gut.«

»Und ... sonst so?« Ich gehe wie beiläufig an ihr vorbei und greife nach dem Trockentuch, bevor sie es tun kann. Nicht, dass sie sich nachher noch beschwert, ich würde nicht im Haushalt helfen.

Aber jetzt steht sie untätig da, weiß offensichtlich nicht, wo sie hinschauen soll und wischt sich, als sie denkt, ich könnte es nicht sehen, mit einer schnellen Bewegung über die Augen.

»Schöne Grüße von deinem Papa.«

Ich halte in der Bewegung inne. Mein ganzer Körper ist angespannt, während ich auf weitere Erklärungen warte, doch es kommt nichts. Also drehe ich mich zu ihr um, in der linken Hand das Trockentuch, in der rechten einen Teller.

»Hat er angerufen?«

»Nein«, sagt sie und klingt dabei, als würde sie unser Gespräch ermüden. »Meine Mutter hat angerufen.«

Erst jetzt fällt mir auf, dass sie *dein Papa* gesagt hat. Eigentlich ist es ja auch ihrer.

»Und was hat sie sonst noch so gesagt?«

Ich hasse es, ihr alles aus der Nase ziehen zu müssen. Sie steht da, als ginge sie das alles nichts an. Als würde sie das nicht weiter interessieren. Ihre geröteten Augen starren auf einen Punkt hinter mir.

»Sie haben jetzt eine Katze«, bei diesen Worten bricht ihre Stimme und sie schlägt sich die Hände vor das Gesicht, damit ich die Tränen, die erneut aufsteigen, nicht sehen kann.

Nun bin ich derjenige, der wie versteinert dasteht. Ich fühle mich so hilflos mit dem Teller und dem Trockentuch in den Händen, traue mich aber auch nicht, sie abzulegen, weil sie wie ein Schutzwall für mich sind. Sie halten mich davon ab, sie in den Arm zu nehmen, ihr näher zu sein, als es gut für uns wäre.

»Und ...«, frage ich zögernd, »... du magst keine Katzen?«

Ihre Schultern zucken, als sie aufschluchzt und gegen ihre Hände spricht: »Sie haben sie Püppi genannt.«

Okay. Ich verstehe die Welt nicht mehr. Hatte sie vielleicht mal eine Puppe, die so hieß? Ist es ein Frevel, seine Katze so zu nennen? Langsam trete ich einen Schritt auf sie zu, ohne zu wissen, was ich damit bezwecken will. Sie bemerkt es gar nicht, schnieft nur weiter in ihre Handflächen.

»Luisa, ich verstehe nicht ganz, was ...«

»... Wie ein Baby hat sie gesagt. Püppi ist wie ein Baby...«

Langsam fällt der Groschen. Ich lege Trockentuch und Teller auf dem Esstisch ab und berühre sie sanft an der Schulter. Gerade als ich den Mund aufmache, um etwas zu sagen, reißt sie sich von mir los, als hätte meine Berührung ihr wehgetan, und rennt aus der Küche.

Kapitel 8
- Luisa

Okay. Eventuell tut es mir doch mehr weh, als ich zugeben wollte, dass meine Mutter mich verlassen hat. Dieser kleine Nervenzusammenbruch in der Küche und dann auch noch vor Justus, war wohl ein eindeutiges Zeichen. Wenn es mir vorher schon unangenehm war, ihm in die Augen zu schauen, möchte ich jetzt am liebsten nicht mal mehr seine Füße sehen. Am besten verlasse ich mein Zimmer nie wieder. Wie eine Heulsuse breche ich da vor ihm zusammen. Er muss doch denken, dass ich das nur mache, damit er mich beachtet. Wahrscheinlich erzählt er gleich alles brühwarm seiner neuen Freundin.

Seufzend lasse ich mich bäuchlings auf mein Bett fallen und schließe die Augen, in der Hoffnung, einfach möglichst schnell einschlafen zu können.

Nachdem ich mitten in der Nacht mal wieder durch einen meiner furchtbaren Justus-Träume geweckt werde, schleiche ich die Treppe hinunter ins Wohnzimmer und lenke mich mit Lesen und später Fernsehgucken ab.

Seltsamerweise keimt in mir die Hoffnung, dass Justus den Fernseher vielleicht hört und zu mir herunterkommt. Die Sehnsucht nach seinen starken Armen, seinem Duft, seinem ruhigen Atem wird so stark, dass ich die Knie an den Körper ziehe und so fest umschlinge, bis ein fester Druck auf meinen Oberkörper entsteht. So kann ich die Leere in meiner Brust verdrängen.

Mein Wunsch bleibt unerfüllt, denn am Morgen ist es Fritz, der mich schlafend in seinem Sessel vor dem laufenden TV-Gerät findet und durch ein sanftes Rütteln an der Schulter weckt.

»Dass dir nicht alle Knochen weh tun«, brummt er auf dem Weg in die Küche, als ich mich gähnend strecke und die Wolldecke zur Seite schiebe, um aufzustehen. Durch das Küchenfenster fallen die ersten Sonnenstrahlen hinein und lassen die Tautropfen an der Scheibe glitzern. Es scheint ein schöner Tag zu werden und fast könnte ich vergessen, wie ich gestern drauf war.

Allerdings nur solange, bis ich Justus´ Schritte auf der Treppe höre. Beschwingt kommt er in die Küche getrabt und stoppt erst ab, als er mich bemerkt. Unsere Blicke treffen sich kurz, bevor ich wieder wegschaue und ein »Guten Morgen« murmele.

»Morgen«, gibt er zurück und ich versuche vergeblich eine versteckte Botschaft dahinter zu entziffern. Während er sich eine Scheibe Brot auf der Küchentheke schneidet und sich dann neben Fritz an den Tisch setzt, beobachte ich ihn so unauffällig wie möglich. Keinerlei Anzeichen dafür, dass er sich noch Gedanken um die gestrigen Geschehnisse macht.

»Ich gehe duschen«, kündige ich betont langsam an und deute in den Flur. Fritz blättert raschelnd in seiner Zeitung und nickt knapp. Justus scheint mich erst gar nicht gehört zu haben. Er ist bereits in sein Handy vertieft. Doch als ich gerade die Treppe rauf gehen will, höre ich ihn zu Fritz sprechen: »Ich bin heute Abend nicht da. Bin auf eine Party eingeladen.«

»Eine Party?«, wiederholt Fritz, als wäre das ein Fremdwort für ihn. »Bei wem?«

»Eine Freundin von Kathi feiert in ihren Geburtstag rein. Nichts Wildes.«

Eine Weile ist es still und ich hege bereits die Hoffnung, dass Fritz ihm vielleicht verbietet, hinzugehen. Doch dann höre ich ihn sagen: »In Ordnung. Aber du bist um Zwölf wieder zuhause.«

Meine Finger krallen sich in das Holz des Treppengeländers. Kathi heißt sie also. Und wenn zwischen den beiden bis jetzt noch nichts Ernsteres lief, wird es wohl spätestens heute Abend soweit sein. Alleine bei dem Gedanken daran, dass er ein anderes Mädchen küssen könnte, wird mir schlecht vor Eifersucht. Noch übler wird mir nur bei der unweigerlichen Schlussfolgerung, dass ich immer noch in meinen Bruder verliebt bin. Denn warum sonst sollte ich diese Eifersuchtsgefühle in mir spüren?

Als ein paar Stuhlbeine über den Küchenfußboden knarzen, beeile ich mich die restlichen Stufen rauf und ins Badezimmer zu kommen.

Zu allem Übel begleitet mich Justus heute auch noch zur Bushaltestelle. ›Begleiten‹ wäre eigentlich zu viel gesagt. Er hat einfach nur denselben Weg zur selben Zeit. Und als wenn das nicht schon genug wäre, begrüßt uns Yasin auch noch mit den Worten: »Na, alles wieder klar bei euch?«

Nicht nur ich, sondern auch Justus, sehen ihn mit leicht entrückten Gesichtern an, sodass Yasin sich genötigt fühlt, noch etwas hinterher zu schieben: »Euer Streit? Habt ihr euch wieder vertragen?«

»Ach so«, entgegne ich und versuche Justus‘ forschenden Blick auf mir zu ignorieren.

Wahrscheinlich überlegt er gerade, was genau ich Yasin von unserem Streit erzählt habe. Ich winke ab. »Ja, alles wieder gut.«

Yasin sucht in meinen Augen nach der Wahrheit, bevor er ein Lächeln aufsetzt und sich an Justus wendet. »Klasse, dann kann ich dich ja jetzt endlich fragen.«

»Was?«, fragt Justus, zieht eine Augenbraue hoch und klingt nicht wirklich gut gelaunt.

»Ich feiere meinen Geburtstag morgen in der Paintballhalle und wollte fragen, ob du Lust hast, auch zu kommen?«

Yasin könnte keinen schlechteren Zeitpunkt für seine Frage wählen, doch das kann ich ihm jetzt ja schlecht begreiflich machen. Ich weiß nicht, wie Justus zur Zeit zu mir steht, ob er überhaupt noch in meiner Nähe sein will und seine Antwort bestätigt meine Befürchtung.

»Ich muss mal schauen. Bin heute Abend noch auf einer Feier und habe keine Ahnung, wie ich morgen drauf bin. Ich werde es spontan entscheiden, okay?«

Yasin zuckt beiläufig mit den Schultern, doch ich sehe die Enttäuschung, die er zu verstecken versucht. »Klar, kein Problem.«

Als der Bus hält, läuft alles wieder in gewohnten Bahnen. Yasin und ich setzen uns in eine Bank in der vorderen Hälfte des Busses. Justus marschiert an uns vorbei nach ganz hinten, wo er sich zu ein paar Jungs aus seiner Klasse setzt. Sie begrüßen sich mit knappem Kopfnicken, bevor er sich auf seinen Stammplatz in der letzten Reihe setzt. Ab jetzt beginnt unsere Ignoranzzeit, wie ich sie nenne. Es ist, als würden wir uns nicht kennen. Und vielleicht wäre das auch besser so.

»Meinst du, es war eine blöde Idee, ihn einzuladen?«, flüstert Yasin mir zu.

Ich zucke mit den Schultern. »Keine Ahnung. Ist aber auch egal. Er wird vermutlich sowieso nicht kommen.«

Er nickt knapp und ich seufze leise. »Warum ist dir das so wichtig?«

»Na ja«, er zieht die Worte in die Länge, »es ist so. Ich hätte schon gerne noch einen Jungen dabei. Manchmal komme ich mir richtig schwul vor, weil ich mit so vielen Mädchen befreundet bin, aber keinen einzigen Kumpel habe.«

Ich lache laut auf. »Du kommst dir schwul vor, weil du von Mädchen umgeben bist?«

Yasin verzieht unwillig das Gesicht. »Wenn ich mit einer von euch was hätte, wäre das vielleicht was anderes. Aber so ...«

»Das ist so ein Quatsch, Yasin. Ich weiß, dass du nicht schwul bist.«

»Ja, du weißt das«, betont er.

»Und selbst, wenn es so wäre, würde das irgendeinen Unterschied machen?«

Er verschränkt die Arme vor der Brust und starrt auf die Sitzreihen vor uns. »Ich hab nur keinen Bock mehr auf blödes Gerede.«

Ich lache leise. »Frag mich mal.«

Von hinten ertönt lautes Grölen und ich höre, wie auch Justus mit einstimmt. Es ist unwahrscheinlich, dass sie über uns lachen, denn unser Gespräch können sie gar nicht gehört haben und trotzdem fühle ich mich plötzlich unwohl. Yasin scheint meine Stimmungsschwankung bemerkt zu haben, denn automatisch verhaken sich seine Finger mit meinen und geben mir ein kleines Stück Sicherheit zurück.

Kapitel 9
- Justus

Es fällt mir schwer, das zuzugeben. Aber es stört mich, dass sie da neben ihm sitzt. Ihre Schultern sind sich viel zu nahe und manchmal beugt er sich zu ihr hinüber, um ihr etwas ins Ohr zu flüstern. Sie lächelt ihn immer wieder auf diese bestimmte Art und Weise an. Ein Lächeln, das ich sehr gerne auch noch einmal von ihr sehen würde. Aber wenn sie mich überhaupt einmal ansieht, dann nur verachtend, traurig oder wütend. Mehr Emotionen zeigt sie in meiner Gegenwart zur Zeit nicht mehr.

Das war am Anfang anders. Als ich ihr angeboten habe, bei uns einzuziehen, war sie überglücklich. Wir haben sehr viel Zeit miteinander verbracht und auch viel miteinander gelacht. Klar war es komisch, dass wir uns nicht mehr näher kommen durften. Wenn wir uns doch mal versehentlich berührt haben, sind wir beide erschrocken zusammen gezuckt. Aber es war auszuhalten. Doch nach und nach hat sie sich immer weiter von mir zurückgezogen. Anfangs nur in der Schule. Dort ist sie mir ausgewichen, hat Ausreden erfunden, um nicht mit mir die Pause verbringen zu müssen. Aber dann auch zuhause. Wenn sie sah, dass ich im Raum war, hat sie gleich den Rückzug angetreten und sich auf ihrem Zimmer verkrochen.

Natürlich habe ich bemerkt, dass es in der Schule für sie nicht gerade leicht war, nachdem raus kam, in welchem Verhältnis wir zueinander stehen. Über sie wurden die übelsten Dinge geredet und das eine oder andere Mal wurde sie auch direkt verbal attackiert. Es war selbstverständlich für mich, dazwischen zu gehen und sie in Schutz zu nehmen. Doch das scheint es für sie noch schlimmer gemacht zu haben. Als sie mir schließlich vorschlug, dass wir uns in der Schule ignorieren sollten, hat mich das hart getroffen. Aber ich habe es verstanden. Seitdem wurden die Hänseleien stetig weniger. Natürlich wurde sie nicht beliebter, aber die Schule war wieder erträglich für sie.

Hin und wieder kommt es vor, dass ihr noch etwas hinterhergerufen wird. Ich muss mich schwer zusammenreißen, um demjenigen nichts über die Rübe zu ziehen. Nur ihr zuliebe halte ich mich zurück.

Umso unverständlicher ist es für mich, dass sie mir nichts zurückgibt. Es kommt keine Dankbarkeit, nicht einmal ein kleines Lächeln. Ganz im Gegenteil. Immer häufiger streiten wir uns, wenn wir aufeinandertreffen. Dass sie gestern in meiner Gegenwart so viel Gefühl gezeigt hat, hat mich fast schon schockiert. Ich war drauf und dran, ihr in ihr Zimmer zu folgen, stand sogar schon vor ihrer Tür. Ich weiß nicht, warum ich es dann doch nicht getan habe.

Ich hatte mir das Zusammenleben mit ihr irgendwie anders vorgestellt. Ich hatte gehofft, dass sie wirklich so etwas wie meine Schwester wird. Weder sie, noch ich kannten bisher das Gefühl, eine Schwester oder einen Bruder zu haben. Aber ich bin mir sicher, dass es sich nicht so anfühlen sollte. Es würde mich nicht wundern, wenn wir bald beide an Herzversagen sterben, weil unsere Herzen seit Monaten nicht mehr normal takten.

Erst als Luca mir seinen Ellbogen in die Seite rammt, bemerke ich, dass ich Luisa die ganze Zeit über angestarrt habe.

»Alles klar bei dir? Oder müssen wir einen Arzt rufen?«

»Bei Justus kommen schon die Beschützerinstinkte hoch, wenn er seine kleine Schwester mit fremden Jungs sieht«, mischt sich Ruben, der erst seit kurzem auf der Schule ist und unsere Geschichte noch nicht kennt, laut lachend ein.

Obwohl mir nicht danach ist, falle ich in das Lachen mit ein, damit niemand bemerkt, wie nahe seine Theorie an der Wahrheit liegt. Gleich darauf sehe ich, wie Luisa sich verspannt.

Sie denkt, sie könnte den anderen vormachen, dass Sticheleien und Angriffe in ihre Richtung an ihr abperlen, aber jeder, der sie nur ein bisschen besser kennt, weiß, dass das nicht so ist. Sie ist schwach und verletzlich und ich bin mir sicher, dass ihre Mutter zum großen Teil dazu beigetragen hat. Während mein Vater auch gerne mal die Hand gegen mich und meine Mutter erhob, waren es bei Luisa Missachtung und Ignoranz, die sie verletzt haben. Eine Zeitlang dachte ich selbst, dass es ihr egal ist, dass ihre Mutter nun weg ist. Dass sie sich vielleicht sogar darüber freut. Aber seit gestern weiß ich, dass das nicht so ist. Sie liebt ihre Mutter, so wie ich meine liebe.

Als ich mich am Abend für die Party fertigmache, ist von Luisa nichts zu sehen. Sie scheint schon vor mir zu Hause gewesen zu sein, denn ihr Rucksack liegt im Flur, aber ihre Zimmertür ist offen und ihre Jacke hängt nicht am Haken.

»Wo ist Luisa?«, rufe ich über die Schulter ins Wohnzimmer, wo Opa im Qualm seiner Pfeife sitzt und die Nachrichten schaut.

Er nimmt die Pfeife aus dem Mund und pafft zweimal leicht abwesend. Den Blick hält er weiter auf den Bildschirm gerichtet, während er mir antwortet.

»Zu ihrem Freund ... Yusuf.«

Ich verzichte darauf, ihm zu erklären, dass das nicht sein Name ist. Stattdessen presse ich die Lippen aufeinander. Obwohl ich mir schon gedacht hatte, dass sie bei ihm ist, ärgert es mich. Übertrieben auffällig werfe ich einen Blick auf meine Armbanduhr.

»Es ist schon 20 Uhr. So langsam sollte sie wieder nach Hause kommen, oder?«

Opa reißt seinen Blick nun endlich vom Fernseher los und sieht mich an. »Sie hat bis 21 Uhr Ausgang. Und darüber hat sie eben schon geschimpft, weil du länger wegbleiben darfst. Da hat sie ja auch irgendwie recht.«

»Sie ist ein junges Mädchen, Opa. Sie läuft alleine im Dunkeln nach Hause. Ich finde das gefährlich.«

»Ed ess doch net widd«, wirft er ein. »Der Yusuf wohnt doch nur ein paar Straßen weiter. Und manchmal begleitet er sie sogar nach Hause.«

»Mh«, grummele ich und ziehe mir die Jacke an. Yasin, der Held. So sieht Luisa ihn wohl auch. Er ist der ewige Gentleman. Stets zuvorkommend und höflich. Ich weiß genau, dass er immer noch etwas von ihr will und alleine aus dem Grund traue ich ihm nicht. Luisa zuliebe bin ich nett zu ihm, aber ich halte es kaum in seiner Nähe aus. Vor allem, wenn sie auch dabei ist. Ich sehe die Blicke, die er ihr zuwirft und spüre, wie nahe die beiden sich stehen und das treibt mich fast in den Wahnsinn. Natürlich bin ich dankbar, dass er ihr in der ganzen Zeit beigestanden hat, in der ich es nicht konnte, weil ich das eigentliche Problem bin. Aber ich wünschte, das alles wäre gar nicht nötig.

»Ich bin dann mal weg«, rufe ich Opa zu und ziehe die Haustüre hinter mir zu.

Der Bass dröhnt mir schon von draußen entgegen und kaum habe ich das prunkvolle Elternhaus des unbekannten Geburtstagskindes betreten, wird mir ein Becher in die Hand gedrückt. Der rote Inhalt riecht nicht nur ekelhaft, er schmeckt vermutlich auch so. Das werde ich aber nicht erfahren, weil ich ihn bei der nächsten Gelegenheit schon wieder abstelle.

Ich trinke keinen Alkohol, weil ich ihn verabscheue. Alleine der Geruch weckt unangenehme Erinnerungen in mir.

Als ich um die Ecke ins Wohnzimmer biege, entdecke ich Kathi mit ein paar Freundinnen auf der Tanzfläche. Eines muss man ihr lassen. Sie weiß, wie man sich grazil bewegt. Ihre Haare fliegen um ihren Kopf, während sie sich vom Takt der Musik tragen lässt. Als sie mich entdeckt, leuchten ihre Augen auf.

»Justus!«

Sofort sind auch die Blicke ihrer Freundinnen auf mich gerichtet. Ich lächele ihnen zu, bevor Kathi sich in meine Arme wirft und mir einen Kuss auf die Lippen drückt. Diesmal schmeckt sie nicht nach Kaugummi, sondern nach einer Mischung aus Schnaps und Salz.

»Ich bin so froh, dass du gekommen bist«, säuselt sie in mein Ohr und zieht mich mit sich auf die Tanzfläche. Aus den Boxen dröhnt nun Techno, doch das hindert sie nicht daran, sich eng an mich zu schmiegen und mit mir zu schwofen. Als sie einmal kurz hickst, schiebe ich sie schnell von mir weg und sehe ihr in die glasigen Augen.

»Du musst doch nicht kotzen, oder?«

»Nee, warum?«, lallt sie kichernd und legt den Kopf leicht schief.

Ich zucke mit den Schultern. »Hab da mal schlechte Erfahrungen gemacht.«

Das Paar Schuhe, das Luisa mir nicht nur einmal versaut hat, habe ich immer noch in meinem Schrank. Ich ziehe sie nicht mehr an, weil sie trotz mehrmaligem Waschen verfleckt sind und seltsam riechen. Aber wegschmeißen kann ich sie auch nicht.

Kathi piekt mir mit zwei Fingern in den Bauch und lässt sie dann wie kleine Beine an meiner Brust und meinem Hals hochspazieren, bis sie meine Lippen damit berührt.

»Ich wäre jetzt gerne mit dir alleine«, flüstert sie und zwinkert mir zu, um mir noch einmal zu verdeutlichen, wie sie das meint. Doch als hätte sie damit einen Fluch ausgesprochen, höre ich hinter mir plötzlich eine bekannte Stimme.

»Justus, bist du auch nochmal in der Öffentlichkeit zu sehen.«

Ich drehe mich nur halb zu Laura um, weil ich keine Lust habe, mich länger als nötig mit ihr zu beschäftigen. Sie hat ihre langen, schwarzen Haare hochgesteckt und ich muss zugeben, dass sie in ihrer engen Jeans und dem knappen Top nicht übel aussieht.

Doch alleine der stechende Blick aus ihren Augen und der zu einem höhnischen Grinsen verzogene Mund lassen sie für mich schon wieder unattraktiv erscheinen. Hinter ihr steht wie immer ihre treue Begleiterin, Melina. Wie ein Hund weicht sie niemals von der Seite ihrer Freundin.

»Hat dein Schwesterlein dir nochmal Ausgang erlaubt?«, fragt Laura und zieht die Nase kraus, als wäre ihr ein unangenehmer Gestank hineingefahren.

Ich weiche ihrem Blick nicht aus, lasse aber auch keine Gefühlsregung sehen. »Möchtest du irgendwas Bestimmtes?«

Sie neigt den Kopf etwas zur Seite, um an mir vorbei einen Blick auf Kathi zu werfen. »Deine Neue?«, fragt sie und der herablassende Ton ist nicht zu überhören.

Kathi tritt mutig einen Schritt auf sie zu und reckt ihr Kinn. Mit einer Hand hakt sie sich bei mir unter, die andere streckt sie Laura entgegen. »Kathi.«

Laura verschränkt demonstrativ die Arme vor der Brust.

»Dass du dir nicht billig vorkommst.«

Kathi macht große Augen. »Bitte was?«

Mit einem knappen Nicken in meine Richtung fügt Laura hinzu: »Der hatte was mit seiner Schlampenschwester. Und von dem lässt du dich noch bespringen?«

In meinen Ohren rauscht das Blut so laut, dass ich die Musik um mich herum kaum noch wahrnehme. Meine Hände ballen sich zu Fäusten. Ich weiß nicht genau, welche ihrer Beleidigungen mich besonders wütend macht, denn sie hat es tatsächlich geschafft, in nur einem kurzen Satz uns alle drei anzugreifen. Wäre sie ein Kerl, hätte sie schon längst meine Faust im Gesicht.

So reiße ich mich zusammen und presse nur durch zusammengebissene Zähne: »Heute mit dem falschen Fuß aufgestanden?«

Sie rümpft noch einmal die Nase und marschiert stolz an uns vorbei, nicht ohne Kathi noch einmal mit der Schulter zur Seite zu stoßen. Diese schaut mich aus großen Augen an.

»Ist das wahr, was sie gesagt hat?«

Ich stoße die Luft aus. In meinem Inneren kocht es immer noch und nur mit viel Mühe schaffe ich es, meinen Frust nicht an ihr auszulassen.

»Nein, meine Schwester ist keine Schlampe.«

Sie schüttelt den Kopf. »Das meinte ich nicht. Hattest du wirklich etwas mit ihr?«

Mein Kopf ruckt so schnell zu ihr herum, dass sie erschrocken zurückzuckt. Wahrscheinlich sieht sie die Wut in meinen Augen aufblitzen.

»Wenn es so wäre, würde das was ändern?«

Sie weiß nicht, wohin mit ihren Händen, weicht meinem Blick so lange aus, bis ich schon kurz davor bin, sie einfach stehen zu lassen und zu gehen. Doch schließlich legt sie sie an meine Hüften und schmiegt sich wieder an mich, als wäre nichts passiert. Ich brauche eine Weile, bis ich mich ebenfalls wieder entspanne und die Musik wie eine Welle über mich hereinbricht.

Kapitel 10

- Luisa

Das Haus ist dunkel, als ich am Abend zurückkomme. Fritz ist bereits im Bett und Justus wahrscheinlich noch auf seiner Party. Spontan hatten Sophie, Yasin und ich beschlossen, noch ins Kino zu gehen. Es war ein lustiger Abend, der mich ein wenig von meinen anderen Sorgen abgelenkt hat.

Ein Blick auf die Uhr verrät mir, dass Justus erst in drei Stunden nach Hause kommen wird. Das ist eine halbe Ewigkeit, in der noch alles Mögliche und Unmögliche passieren kann. Ich bin noch so aufgedreht, dass ich gar nicht erst daran denke, schon ins Bett zu gehen. Stattdessen setze ich mich an meine Weihnachtsgeschenke für Fritz und Justus. Es wird das erste Weihnachtsfest, dass ich ohne meine Mutter feiere und ich möchte, dass es endlich mal etwas ganz Besonderes wird. Vor allem hoffe ich auf Schnee.

In meiner Vorstellung soll das Fest in diesem Jahr perfekt sein. Ich möchte einfach einen Abend voller Besinnlichkeit und ohne Frust und schlechter Laune verbringen. So wie es im Fernsehen immer gezeigt wird. Und da gehört Schnee definitiv dazu.

An den Geschenken für die beiden sitze ich schon eine Weile. Fritz bekommt eine Zeichnung, die ich mit Bleistift angefertigt habe. Ich bin ganz stolz darauf, weil es das erste Mal ist, dass ich etwas zeichne. Und ich finde, ich habe tatsächlich Talent. Immer wieder betrachte ich das Bild, verfeinere die Linien, schattiere hier und da und versinke in der Kunst, bis es schließlich fertig ist.

Bei Justus war es schon etwas schwieriger. Wegen meiner gespaltenen Gefühle für ihn kam mir jedes Geschenk wie eine versteckte Botschaft vor. Es hat lange gedauert, bis mir etwas Unverfängliches einfiel. Schließlich habe ich mich für verschiedene selbstgestaltete Gutscheine entschieden. Wahlweise kann er sie einlösen, wenn ich für ihn abwaschen oder putzen soll. Wenn er abends die Fernbedienung und somit die alleinige Herrschaft über das TV-Programm haben möchte oder wenn ich ihm etwas zu Essen kochen soll. Es sollen 12 Gutscheine sein. Für jeden Monat des Jahres.

Einen Gutschein lege ich bei, auf dem lediglich Ein Wunsch deiner Wahl steht. Einfach, weil mir da die Fantasie ausgegangen ist. Alle Gutscheine stecke ich in kleine, selbstgebastelte Umschläge und klebe sie anschließend auf einen Bilderrahmen, damit er sie sich an die Wand hängen kann.

Als ich die Haustüre zuschlagen höre, schiebe ich den Bilderrahmen schnell unter mein Bett und lausche seinen Schritten.

Er versucht, leise über den Flur zu schleichen, doch hin und wieder erwischt er eine der knarzenden, alten Dielen. So weiß ich genau, wann er vor meiner Tür ist. Fast scheint es so, als würde er davor einen Moment innehalten, bevor er weiter schleicht und in seinem Zimmer verschwindet.

Ich senke den Blick auf meine Hände und versuche, das Bedürfnis zu unterdrücken, ihm in sein Zimmer zu folgen, um zu fragen, wie sein Abend war. Doch irgendwann schaffe ich es, mich aufzuraffen und ins Bett zu gehen.

»Alles Gute!«, wünsche ich Yasin, bevor ich ihm einen Kuss auf die Wange drücke und ihm mein Geschenk überreiche. Eine Fotocollage mit Bildern von ihm, Sophie, Fee und mir, die ich im Laufe der Zeit zusammen getragen habe.

»Vielleicht kannst du dafür eines deiner Fußballposter abhängen?«, necke ich ihn und schmunzele, als ich seinen empörten Gesichtsausdruck sehe.

»Bessere Idee«, meint er, »ich hänge es an die Decke. Da ist noch genug Platz.«

Sophie lacht leise. »Dann aber über das Bett, damit du uns jeden Abend vor dem Einschlafen siehst.«

»Tue ich doch sowieso. Wir sehen uns doch fast jeden Abend.« Er zwinkert ihr zu und mir entgeht nicht die leichte Röte, die sich auf ihren Wangen ausbreitet. Sie sehen sich jeden Abend? Ist mir da etwas entgangen?

»Wir sind dann komplett, oder?«, wechsele ich das Thema und schaue zur Paintballhalle hinüber, auf deren Parkplatz wir noch stehen. Fee, Sophie, Yasin und ich. Das Team ist dann doch nicht so groß wie erhofft.

»Wenn wir zwei gegen zwei machen bin ich in Luisas Team«, ruft Fee und hakt sich schnell bei mir ein.

Ich sehe sie verwundert an. »Bei mir? Bist du dir sicher? Ich hab noch nie im Leben Paintball gespielt.«

»Na ja, du kannst nicht schlechter spielen als Yasin. Da bin ich mir sicher.«

»Hast du schon mal mit ihm gespielt?«

Sie schüttelt den Kopf und deutet mit geöffneter Hand auf ihn. »Nein, aber sieh ihn dir doch an. Er kann keiner Fliege etwas zuleide tun. Genau wie unsere kleine Prinzessin.«

Sie wirft sich die inzwischen grau gefärbten Haare über die Schulter und zieht mich mit sich in Richtung Eingang, bevor Yasin noch etwas erwidern kann.

Ich spüre seine Anwesenheit, bevor ich seine Stimme höre. Ein Schauer läuft mir den Rücken hinunter und ich drehe mich schluckend um.

»Noch Platz für zwei Nachzügler?«, fragt Justus Yasin gerade mit einem schiefen Grinsen im Gesicht und reicht ihm die Hand, um ihm zu gratulieren. Mein Blick fällt sofort auf das brünette Mädchen neben ihm. Etwas schüchtern drängt sie sich an ihn und hält seine Hand umklammert. Als Yasin sie begrüßt, lächelt sie ihn freundlich an.

»Auch von mir alles Gute. Danke, dass ich auch mitkommen darf.«

Mit gerunzelter Stirn verfolge ich das Geschehen. Justus hat mich noch keines einzigen Blickes gewürdigt. Was fällt ihm ein, einfach ungefragt seine Freundin mitzubringen? Oder wusste Yasin etwa davon und hat mir nichts erzählt? Sophie tritt auf die beiden zu und hebt kurz die Hand.

»Hi, ich bin Sophie.«

»Kathi«, antwortet das Mädchen und scheint langsam etwas lockerer zu werden. Sie löst sich von Justus' Seite, lässt seine Hand allerdings nicht los. Ich muss mich zwingen, nicht unentwegt auf ihre ineinander verschränkten Finger zu starren.

Fee ist immer noch bei mir untergehakt, was mir etwas unangenehm ist, als Justus nun doch in meine Richtung schaut. Kathi folgt seinem Blick und scheint auf eine Erklärung zu warten, doch er schweigt. Aus einem Impuls heraus mache ich mich von Fee los, gehe so selbstbewusst wie möglich auf sie zu und strecke ihr die Hand entgegen.

»Hi. Ich bin Luisa. Justus' Schwester.«

Für einen Moment meine ich, etwas in ihren Augen aufflackern zu sehen. Überraschung? Angst? Doch dann lächelt sie und lässt Justus los, um meine Hand zu ergreifen.

»Schön, dich kennenzulernen. Ich hab schon ...«,

sie bricht ab, ihr Blick huscht zu Justus und wieder zu mir zurück, bevor sie schluckt und ihr Lächeln wieder aufsetzt, »ihr seht euch überhaupt nicht ähnlich.«

Mein Blick verfinstert sich und Justus antwortet an meiner Stelle. »Wir sind Halbgeschwister.«

Sie nickt und greift wieder nach seiner Hand. »Ah, verstehe.«

Irgendetwas an ihrer Art gefällt mir nicht. Ich mag es nicht, wie sie mich von oben bis unten mustert, bevor sie und Justus sich abwenden, um Fee zu begrüßen und dann mit den anderen die Paintballhalle zu betreten. Yasin dreht sich noch einmal zu mir um und winkt mir zu. »Komm schon. Wenn du dich beeilst, kannst du dir dein Team noch aussuchen.«

Im Eingangsbereich werden wir von einem streng blickenden Ediz begrüßt. Er hat die Arme vor der Brust verschränkt und mustert jeden Einzelnen von uns.

»Wenn ihr da drin Scheiße baut, muss ich euch leider töten und eure Leichen in der Sieg versenken. Verstanden?«

Justus lacht, schweigt aber schnell wieder, als Ediz ihn anfunkelt. »Wenn ich meinen Job wegen euch verliere, war's das. Alles klar?«

Wir nicken artig und lassen uns von ihm in das Spiel einweisen. Jeder bekommt einen Helm und eine Schutzweste, die allerdings nur Bauch und Rücken bedeckt. Sophie betrachtet ihren Helm und verzieht angeekelt das Gesicht.

»Ich will gar nicht wissen, wer den schon alles aufhatte.«

Ediz schüttelt den Kopf, »Nein, das willst du wirklich nicht.«, dann reicht er uns unsere Waffen. Sie sind riesig und irgendwie anders, als ich erwartet hatte. Ediz zeigt uns, wie wir die kleinen gelben Kugeln, in denen tatsächlich gar keine Farbe ist, von oben nachfüllen.

»Warum heißt es Paintball, wenn da gar keine Farbe drin ist?«, fragt Fee leicht enttäuscht und richtet die Waffe auf Sophie, die sofort panisch zur Seite springt. Ediz drückt den Lauf nach unten und sieht sie mahnend an. »Niemals entladen, bevor ihr in der Halle seid und vor allem niemals auf Personen richten, die noch keine Schutzkleidung tragen.«

Sie nickt, verdreht allerdings genervt die Augen, als er sich von ihr abwendet, um Kathi zu helfen, ihre Schutzweste richtig anzulegen. Dann reicht er uns Warnwesten in verschiedenen Farben.

»Team Gelb oder Team Orange?«, fragt er mich und ich vergewissere mich schnell, in welchem Team Kathi ist, bevor ich das andere wähle. »Orange«, brumme ich und ziehe das hässliche Teil über.

Fee klopft mir auf die Schulter. »Gute Wahl, Partnerin.«

Sophie zieht sich ebenfalls die orangene Weste über, sieht allerdings alles andere als begeistert aus.

»Ich weiß nicht, ob ich richtig Lust darauf habe«, meint sie, folgt uns aber artig in die hintere Hälfte des Feldes. Das große Spielfeld ist von Mauern aus Luftpolstern durchzogen, hinter denen man sich verstecken kann. Unsere Aufgabe ist es, in die gegnerische Hälfte zu gelangen und dort einen großen, roten Knopf zu drücken, bevor die anderen uns erwischt haben. Dasselbe versucht auch das gegnerische Team.

»Ich hab ein bisschen Angst«, flüstert Kathi und sieht Justus aus großen Augen an. Er legt ihr den Arm um die Schulter und lächelt sie an, bevor er sich den Helm über den Kopf zieht.

»Kein Grund zur Panik. Die erwischen uns eh nicht.«

Mein Finger liegt bereits auf dem Abzug.

Der Moment, bevor das Startsignal ertönt, ist schon so aufregend, dass Sophie neben mir kaum noch Luft bekommt. Ich deute ihr mehrmals an, leise zu hyperventilieren, damit die anderen drei nicht sofort wissen, wo wir uns befinden. Dann ertönt ein lautes Hupen. Fee prescht zur nächsten Mauer vor und feuert die ersten Schüsse ab. Sophie drückt sich enger gegen das Luftpolster und sieht mich aus großen Augen an.

Ehrlich gesagt schlägt mir mein Herz ebenfalls bis zum Hals, doch ich traue mich ein Stück weiter vor und weiche dem ersten Schuss aus. Ich kann nicht genau sagen, wer auf mich gezielt hat. Aber der Knall, den das Geschoss auf dem Polster hinter mir erzeugt hat, lässt mein Herz noch schneller schlagen. Es muss sauweh tun, von den Kugeln getroffen zu werden.

Fees nächster Schuss scheint ins Schwarze zu treffen, denn ich höre Yasin laut aufjaulen.

»Verdammt!« Mit erhobenen Armen verlässt er sein Versteck auf der anderen Seite der Halle und trottet nach draußen. Das Geburtstagskind ist schon mal raus.

Wir warten einen Moment, bis er das Gelände verlassen hat, bevor wir uns wieder in Bewegung setzen. Aus den Augenwinkeln sehe ich Fee, die sich geduckt vorwärts schleicht. Dann fällt der nächste Schuss und fast zeitgleich spüre ich einen beißenden Schmerz in meinem Oberschenkel. Ich springe herum und bekomme die nächste Kugel in die Seite, genau da hin, wo meine Weste mich nicht schützt.

Nach Luft schnappend packe ich mir an die Seite und schaue mich suchend um, bevor die dritte Kugel mich mit lautem Knallen direkt am Helm trifft.

»Schon gut!«, rufe ich. »Ich bin schon getroffen. Hört auf.«

Als der Schütze neben mir erscheint, hebe ich abwehrend eine Hand in seine Richtung.

»Du musst deine Hände hochheben, damit man sieht, dass du getroffen wurdest«, erklärt mir Kathi in leisem Ton. Ich kann ihren Mund nicht sehen, aber ich wette, dass sie ihn zu einem hämischen Grinsen verzogen hat.

Schweigend hebe ich die Arme über den Kopf und verlasse den Platz.

Als ich von außen durch das Netz blicke, sehe ich wie Justus und Kathi sich abklatschen. Ich weiß nicht, was mehr wehtut. Die Stellen, an denen die Kugeln mich getroffen haben oder mein Herz, das sich zu einem winzig kleinen Klumpen unbrauchbarem Nichts zusammenkrampft.

»Da werden wir noch ein paar Tage was von haben«, meint Yasin neben mir und deutet auf seinen Arm. Er hat das Shirt hochgekrempelt, um mir den roten Fleck zu zeigen, der sich langsam auf seinem Oberarm bildet.

Es dauert nicht lange, bis auch Kathi, Fee und Justus vom Platz kommen.

»Haben wir gewonnen?«, fragt Yasin freudig.

»Wenn Sophie irgendwo da hinten noch lebt, nicht«, antwortet Fee zwinkernd und ruft anschließend über den Platz: »Sophie! Du kannst rauskommen!«

Zunächst zögernd krabbelt Sophie aus ihrem Versteck, schaut sich um wie ein kleines Häschen und rast dann in die gegnerische Hälfte, um den Buzzer zu drücken. Fee streckt die Arme in die Luft. »Yeah!«

»Noch eine Runde?«, fragt Kathi, die ihren Helm gerade erst abgenommen hat. Ihre schulterlangen Haare sind darunter leicht verstrubbelt und sie schüttelt den Kopf, um sie wieder in Form zu bringen. Dabei kommt sie sich wahrscheinlich unheimlich sexy vor.

»Noch eine Runde«, brumme ich und marschiere an ihr vorbei aufs Feld.

Dieses Mal gebe ich mich nicht so leicht geschlagen. Ich husche zwischen den Mauern hin und her, suche neue Deckung, feuere Kugeln ab und arbeite mich Stück für Stück weiter vor. Mein bevorzugtes Ziel ist allerdings nicht der Buzzer. Meter für Meter arbeite ich mich an Kathi heran. Sie hält sich stets in Justus´ Nähe auf, es ist also nicht so einfach sie in einem unbeobachteten Moment zu erwischen. Hinter mir höre ich Sophie schreien, die von Yasin getroffen wurde. Doch gleich im nächsten Moment bricht sie in hysterisches Kichern aus. »Oh Gott, bin ich froh, dass es vorbei ist. Ich bin raus! Hört ihr? Ich bin raus!« Sie hüpft beinahe an meinem Versteck vorbei in Richtung Ausgang.

Ich richte meinen Blick wieder nach vorne, während Fee sich gerade bei Yasin rächt.

»Schon wieder so früh raus«, murmelt er und verlässt nur wenige Sekunden nach Sophie das Feld. Das graubraune Luftpolster wackelt ein bisschen, als sich auf der anderen Seite jemand dagegen lehnt. Links von mir arbeitet sich gerade Justus weiter vor, der kann es also nicht sein. Ich hebe den Lauf meiner Waffe an und schleiche ein kleines Stück um die Mauer herum.

Mein Moment ist gekommen. Zeit, Rache zu nehmen. Für ihr unfaires Spiel und alles andere. Mit einem schnellen Schritt bin ich neben ihr und richte den Lauf der Waffe auf ihr Bein. Schade, dass sie nicht sieht, wie ich ihr die Zunge herausstrecke, während ich abdrücke. Mit einem Plopp trifft die Kugel auf ihren Oberschenkel, etwa genau an die Stelle, die sie bei mir auch getroffen hat. Sie fährt keuchend zu mir herum und starrt mich aus großen Augen an. Dann beginnt sie zu schreien.

Erschrocken trete ich einen Schritt zurück, als sie zur Seite kippt und sich die rechte Hand an ihren Hals drückt. Wimmernd bleibt sie zu meinen Füßen liegen.

»Kathi?«, frage ich, »was ...«, da taucht bereits Justus auf und lässt sich auf die Knie sinken, um ihr den Helm vom Kopf zu ziehen.

»Was ist los? Was ist passiert?«

Weinend drückt sie sich in seinen Schoß. Vor lauter Schniefen ist sie kaum noch zu hören.

»Sie ...«, sie deutet anklagend auf mich, »sie hat auf meinen Hals gezielt. Genau hier.« Für einen Moment nimmt sie die Hand von ihrem Hals, an dem sich inzwischen tatsächlich ein roter Flatschen gebildet hat.

»Was?«, keucht Justus und schaut geschockt zu mir auf. »Wieso tust du das?«

Ich bin wie erstarrt. Ich kann nichts anderes tun, als auf diese abstrakte Szene zu schauen. Ihre Worte kommen zwar in meinem Kopf an, werden aber nur sehr langsam verarbeitet.

»Aber«, stottere ich, »aber das stimmt nicht.«

Kathi krallt ihre Finger in Justus` Shirt und zieht sich ein Stück hoch, sodass sie mich wütend anfunkeln kann. »Natürlich stimmt das! Wieso sollte ich lügen? Das hast du mit Absicht gemacht. Weil du eifersüchtig bist!«

Die letzten Worte faucht sie mir schon fast entgegen, bevor sie sich stöhnend zurück in seine Arme sinken lässt. »Mir ist ganz schwindelig.«

Inzwischen sind auch die anderen wieder bei uns und starren abwechselnd Kathi und mich an.

»Sollen wir einen Arzt rufen?«, flüstert Sophie.

Fee lacht auf. »Die braucht keinen Arzt. So schlecht kann es ihr gar nicht gehen. Sonst würde sie hier nicht so rumkeifen.«

Alles, was ich sagen kann, ist: »Ich bin nicht eifersüchtig.«

Kathi lässt sich von Justus aufhelfen. Seltsamerweise humpelt sie jetzt sogar, obwohl sie doch angeblich nur am Hals getroffen wurde. Doch das fällt Justus nicht auf. Er wirft mir einen finsteren Blick zu, auf den ich nur noch einmal entgegnen kann: »Ich bin nicht eifersüchtig.«

Yasin greift nach meinem Arm und drückt ihn leicht, um mich aus meiner Starre zu befreien. »Komm. Lass uns gehen.«

Kapitel 11
- Luisa

Ich befinde mich immer noch in einer Art Schockstarre, als wir von Ediz nach draußen befördert werden. Sein Blick spricht Bände und Yasin muss ihm tausendmal versprechen, dass Kathi keine Anzeige erstatten und auch nicht zum Arzt gehen wird.

Kathi selbst ist derweil schon längst mit Justus zusammen verschwunden.

Fee schüttelt empört ihren grauen Haarschopf. »Das ist ja wohl sowas von dreist. Was ist denn das für eine Schauspielerin? Wer hat die überhaupt eingeladen?«

»Ich jedenfalls nicht«, meint Yasin, der sich neben mich auf eine Parkbank gesetzt hat und mich immer wieder besorgt von der Seite mustert.

»Alles klar bei dir?«, fragt Sophie und streichelt meinen Arm.

Ich nicke langsam. »Ich hab sie wirklich nicht am Hals getroffen«, versuche ich, mich zu erklären, doch Yasin winkt bereits ab. »Das glaubt auch keiner.«

»Doch, Justus glaubt es.« Meine Stimme klingt so verzweifelt, dass ich mir schnell auf die Lippe beiße, um nicht auch noch in Tränen auszubrechen. Yasin und Sophie werfen sich vielsagende Blicke zu. Genau das hatte ich zu verhindern versucht. Sie sollen nicht denken, dass ich immer noch Gefühle für Justus habe. Doch genau so ist es. Wem soll ich noch länger etwas vormachen? Gerade Yasin hat es wahrscheinlich die ganze Zeit über gewusst. Es wird still um mich herum. Nicht einmal Fee regt sich noch auf. Irgendwann steht Yasin endlich auf.

»Ich hab Hunger. Lasst uns was essen gehen.«

Sofort bekomme ich ein schlechtes Gewissen. »Es tut mir leid. Ich hab deinen Geburtstag versaut.«

Yasin hält mir die Hand entgegen, um mir aufzuhelfen und schüttelt den Kopf. »Quatsch. Der ist doch noch gar nicht vorbei. Außerdem ist Paintball irgendwie sowieso nichts für mich.«

Fee lacht laut auf. »Ich hab doch gleich gesagt, lass uns golfen gehen. Da wärst du der Held gewesen. Aber nein, der Herr musste ja den Macker raushängen lassen.«

Yasin ignoriert seine Freundin einfach, legt stattdessen mir und Sophie demonstrativ die Arme um die Schultern und führt uns zur nächsten Pizzeria.

Ich weiß nicht, ob es an der leckeren Pizza liegt oder an der gemütlichen Stimmung in der kleinen Gaststätte, aber so langsam taue ich wieder auf. Ich lache über Fees und Yasins Zänkereien und über Sophies verzweifelte Versuche, ihren Hähnchenschenkel mit Messer und Gabel zu essen, um sich die Finger nicht schmutzig zu machen. Tief in mir sieht es anders aus. Ich bin nicht mal mehr wütend auf Kathi. Etwas irritiert, aber nicht wütend. Sie hat ja recht. Ich bin eifersüchtig. Alleine zu sehen, wie sie seine Hand hält, macht mich rasend. Aber viel schlimmer als das ist die Enttäuschung darüber, dass Justus mir nicht geglaubt hat. Die Schuldfrage war für ihn so schnell geklärt, als hätte er nur auf so einen Vorfall gewartet.

»Darf ich was von deiner Cola?« Fees Frage reißt mich aus meinen Gedanken. Sie sieht mich mit hochgezogenen Augenbrauen an, während sie immer noch auf mein Glas zeigt. Ich nicke und schiebe meinen Teller ein Stück von mir weg.

»Kannst auch meine Pizza haben, wenn du magst. Ich bin satt.«

»Hey!«, ruft Yasin empört. »Verschenk nicht an die Erstbeste deine Pizza. Hier sind noch mehr hungrige Menschen am Tisch. Sophie zum Beispiel. Die verhungert bald vor vollem Teller.«

Ich folge seinem Blick und kann mir ein Grinsen nicht verkneifen, als ich Sophies frustriertes Gesicht sehe. Mit der Gabel piekt sie eine Pommes auf und schiebt sie sich in den Mund.

»Kein Wunder, dass du so dünn bist«, murmele ich und muss an meine neu angelegten Fettpölsterchen denken.

»Wenigstens sind meine Finger gleich noch sauber und triefen nicht vor Fett, so wie eure«, meint Sophie und streckt einem nach dem anderen die Zunge heraus. Das Klingeln meines Handys hält mich davon ab, weiter auf sie einzugehen. Als ich Frau Bertholds Nummer auf dem Display sehe, durchströmt mich ein ungutes Gefühl.

Ich stehe auf und entferne mich ein paar Schritte vom Tisch, bevor ich abhebe.

»Ja?«

»Luisa, hier ist Inge. Gerade wurde Fritz mit dem Krankenwagen abgeholt. Er ist die Treppe runter gefallen und hat sich den Kopf angestoßen.«

»Was?« Meine Stimme ist nicht mehr als ein Flüstern und doch brechen am Tisch sofort alle Gespräche ab. »Wo haben sie ihn hingebracht?«

»Ins Kreisklinikum. Deinen Bruder habe ich auch schon benachrichtigt.«

Ich lege auf, stopfe das Handy zurück in meine Hose und schnappe mir meine Tasche von der Sitzbank.

»Ich muss los. Fritz ist im Krankenhaus.«
Yasin springt sofort auf. »Ich komme mit.«
»Nein«, sage ich kopfschüttelnd. »Brauchst du nicht. Es ist dein Geburtstag und den habe ich dir schon genug versaut.«
Ohne zu zögern zückt er sein Handy. »Ich sage Ediz Bescheid, dass er dich fahren soll.«

Erst als ich in Ediz` Auto sitze, sickern die Informationen, die ich eben erhalten habe, so langsam in mein Bewusstsein. Mit zittrigem Atem stoße ich die Luft aus und fingere nervös am Verschluss meiner Tasche herum.
Ediz verfolgt meine Bewegungen aus dem Augenwinkel, bevor er sich etwas über mich beugt und das Handschuhfach öffnet, um darin nach etwas zu suchen.
»Taschentuch?«, fragt er und hält mir eine Packung entgegen.
Ich nicke dankbar, wende mich von ihm ab, um mir die Nase zu putzen und unauffällig ein paar Tränen aus den Augenwinkeln zu wischen.
»Es ist bestimmt nicht so schlimm, wie es sich im ersten Moment anhört«, versucht Ediz mich zu beruhigen, aber ich höre ihm an, dass er sich selbst nicht ganz glaubt.
Fritz ist alt. Ich weiß nicht einmal genau, wie alt. Und auch, wenn ich es nicht wahrhaben möchte, irgendwann ist es auch für ihn an der Zeit, zu gehen. Aber doch bitte nicht jetzt. Ich schließe die Augen und versuche an etwas anderes zu denken, um nicht weinen zu müssen. Zum Beispiel an die Schule. Die letzten Hausausaufgaben. Sophies Hähnchenmassaker. Aber immer wieder führen meine Gedanken mich zu Fritz zurück.
»Wir sind da«, verkündet Ediz leise. Einen Moment bewegt sich keiner von uns. Dann öffnet er

plötzlich seine Tür, kommt um den Wagen herum, um auch meine zu öffnen und hält mir die Hand entgegen.

»Komm.«

Er fragt gar nicht erst, ob er mich begleiten soll. Er tut es einfach. Und ich bin froh darum. Denn er übernimmt das Fragen nach dem Weg und die Suche nach dem richtigen Zimmer. Ich folge ihm wie ein Zombie. Alles, was ich sehe, sind seine Schuhe auf den Fliesen des Krankenhausflures. Das Drumherum blende ich aus. Als ich das letzte Mal in diesem Krankenhaus war, war ich selbst die Patientin. Und als ich es verlassen habe, dachte ich, für mich beginnt ein neues Leben. Ich dachte, jetzt bin ich ein neuer Mensch. Neue Hoffnungen, neue Chancen. Aber eigentlich bin ich noch genauso traurig wie zuvor.

»Hier ist es«, sagt Ediz und stoppt vor einer der vielen Türen. Er öffnet sie, legt mir eine Hand auf den Rücken und schiebt mich sanft hinein.

»Ich warte hier draußen.«

Fast hatte ich erwartet, dass die Gerätschaften um Fritzs Bett herum, piepsende Geräusche von sich geben würden. So wie man das nun mal kennt. Aber sie sind still und das macht mir fast noch mehr Angst. Erst, als Fritz mir sein Gesicht zuwendet, atme ich erleichtert auf.

»Du bist wach«, stelle ich unnötigerweise fest.

Er lächelt schwach und streckt mir seine dünne Hand entgegen. Ich komme näher und erkenne nun auch den dunklen Schatten über seiner linken Gesichtshälfte. Die Haut um sein Auge herum ist dunkelviolett verfärbt und sein Auge selbst ist rot unterlaufen.

Ich nehme seine Hand und setze mich vorsichtig auf die Bettkante. »Was machst du denn für Sachen?«

»Ech ha nur die än Stufe öwersee. Du weißt doch, wie ägelich oos Dreppe es«

Mein Herz hüpft ein wenig bei seinen Worten. Er hat unsere Treppe gesagt. So, als wäre es selbstverständlich, dass auch ich Teil des Ganzen bin.

»Musst du jetzt hierbleiben oder darf ich dich gleich wieder mit nach Hause nehmen?«

Fritz schnalzt mit der Zunge. »Ach, du weißt doch, wie verbohrt die Ärzte sind. Die wollen mich erst noch beobachten. Du und Justus, ihr könnt nachher eure Sachen holen und diese Nacht bei Inge verbringen. Das ist schon mit ihr abgesprochen. Dann sehen wir weiter.«

Ich nicke. »Alles klar. Morgen darfst du bestimmt wieder nach Hause.«

Bevor er etwas erwidern kann, öffnet sich die Tür. Stimmen dringen vom Flur herein.

»Vielleicht sollte sie lieber hier draußen warten«, höre ich Ediz sagen.

»Und das hast du zu bestimmen, weil ...?«, erwidert Justus in einem Ton, den ich schon lange nicht mehr bei ihm gehört habe. Er klingt kalt, gefühllos.

»Komm mal wieder runter. Ich bestimme hier nichts. Es war nur ein Vorschlag. Aber das musst du selbst wissen.«

Als ich mich zur Tür umdrehe, sehe ich als erstes sie dort stehen. Warum bringt er sie mit? Sie hat hier nichts zu suchen. Fritz ist unsere Gemeinsamkeit. Die eine Person, die Justus und mich miteinander verbindet.

Plötzlich fühle ich mich zurückversetzt an den Tag, als Justus mich mit ins Krankenhaus zu seiner Mutter genommen hat. Genau wie Kathi jetzt, stand ich damals in der geöffneten Tür und starrte auf das Krankenbett. Doch im Gegensatz zu ihr, trat ich den Rückzug an. Kathi denkt erst gar nicht daran. Sie tritt ein, strahlt Fritz an und streckt ihm die Hand entgegen.

»Hallo Herr Schmidt. Ich bin Kathi. Justus` Freundin.«

Fritz' Miene bleibt ausdruckslos. Ich weiß, dass es für ihn ein Unding ist, dass Justus das fremde Mädchen mit hierher bringt. Ich kann selbst nicht verstehen, wieso er so etwas tut.

Mein Blick sucht seinen, doch er weicht mir aus, tritt um das Bett herum und umschließt mit einer Hand die Metallstange am Kopfende des Bettes. Die andere steckt er in seine Hosentasche. Doch er ist nicht schnell genug. Ich sehe das Zittern in seinen Fingern und mir entgeht auch nicht das Flackern in seinen Augen.

Er ist unsicher. Er hat Angst. Deshalb ist er nicht alleine gekommen. Genau wie ich. Wahrscheinlich wollte er sie gar nicht mit ins Zimmer bringen, doch Ediz' Bemerkung hat seinen Trotz wieder hervorgebracht. Er lässt sich nicht gerne etwas vorschreiben, vor allem nicht, wenn er sich sowieso schon in die Ecke gedrängt fühlt.

Kathis Lächeln erstirbt nach und nach und ihre Hand sinkt so langsam herab, als wäre sie an einem langen Kaugummifaden befestigt.

Es ist gemein, aber für mich ist es eine Genugtuung, dass Fritz sie ignoriert. Ich rücke noch ein Stück näher an ihn heran, um ihr zu zeigen, wer hier eine Einheit bildet.

»Wie geht es dir?«, fragt Justus und hat seine Stimme, im Gegensatz zu seinen Händen, dabei erstaunlich gut im Griff.

»Et geng scho mo besser«, mault Fritz. »Ich hab deiner Schwester gerade schon gesagt, dass ihr bitte nachher eure Sachen packt und zu Inge rüber geht. Dort werdet ihr übernachten, bis ich wieder nach Hause darf.«

Justus runzelt die Stirn. »Warum dürfen wir nicht zuhause bleiben?«

»Weil ich euch zwei nicht unbeaufsichtigt lassen möchte«, antwortet Fritz, was zur Folge hat, dass Justus und ich in Sekundenschnelle den Blick heben und uns erschrocken in die Augen sehen.

»Dann bleibt ihr nachher noch bis in die Puppen wach, guckt Fernsehen und verschlaft die Schule. Datt gerd net.«

Mein Herz, das mir gerade noch bis zum Hals geschlagen hat, beruhigt sich nur allmählich wieder. Auch Justus scheint sich wieder berappelt zu haben.

»So ein Quatsch. Du kannst uns doch vertrauen.«

Kathi macht einen Schritt auf das Bett zu. Ihr Blick huscht nervös zwischen Fritz und mir hin und her.

»Ich finde das schon ganz richtig, Herr Schmidt. Sehr verantwortungsbewusst.«

Fritz ignoriert sie gekonnt, schüttelt aber den Kopf.

»Ich kann euch nicht alleine im Haus lassen. Das Jugendamt hat immer noch ein Auge auf euch beide. Wenn raus kommt, dass ihr ohne Aufsicht da seid ... Nein, das kann ich nicht verantworten.«

Ediz ist so lieb und bringt uns alle nach Hause. Während Kathi sich überschwänglich von Justus verabschiedet, verschränke ich die Arme vor der Brust und starre aus dem Fenster auf das pompöse Haus, in dem sie wohnt. Ich wünschte, ich hätte Supermans Laserblick, dann stände zumindest mal ihr Zimmer nun in Flammen. Aber nichts dergleichen passiert.

Sie drückt Justus noch einen finalen Kuss auf die Lippen und nickt mir und Ediz kühl zu, bevor sie die Tür zuknallt. Von der Eingangstür aus winkt sie uns noch einmal kokett zu, als Ediz den Motor startet und wir sie endlich hinter uns zurücklassen.

»Danke für's Fahren«, sage ich an Ediz gerichtet, als ich mich vor unserem Haus abschnalle.

»Kein Problem. Sagt Bescheid, wenn ihr Herrn Schmidt abholen wollt.«

»Machen wir«, antworte ich lächelnd, bevor ich aussteige. »Danke nochmal.«

Mit Justus spreche ich kein Wort, bis wir im Haus sind und die Tür hinter uns geschlossen haben. Im Flur ist es dunkel. Nur das hereinfallende Licht der Straßenlaterne lässt uns nicht vollkommen blind dastehen. Doch keiner von uns macht Anstalten, den Lichtschalter zu bedienen.

Ich lasse meine Handtasche auf den Boden fallen, drehe mich zu ihm herum und stemme die Fäuste in die Hüften.

»Was hast du dir dabei gedacht?«

Er lehnt sich mit der Schulter an die Wand und verschränkt die Arme vor der Brust. Ich kenne diese Geste von ihm. Sie ist ablehnend und überheblich.

»Keine Ahnung, was du meinst.«

»Warum bringst du sie mit ins Krankenhaus?«

Er zieht eine Augenbraue hoch, stößt sich von der Wand ab und geht an mir vorbei zur Garderobe, um sich die Jacke auszuziehen.

»Warum nicht? Dich hab ich doch damals auch mitgenommen.«

Mir steigt das Blut in den Kopf und ich bin froh, dass wir das Licht immer noch nicht eingeschaltet haben.

»Das war eine vollkommen andere Situation!«, keife ich ihm entgegen.

»Ach ja?«

Es regt mich auf, dass er so furchtbar gelassen ist. Dass ich mich immer weiter hochschaukele und er so cool bleibt.

»Ja!«, rufe ich und schleudere meine Schuhe von den Füßen.

»Warum?«

»Weil ...« Ich stocke kurz. Ja, warum? Weil das zwischen uns etwas Besonderes war? Aber für ihn ja offensichtlich nicht. Ich dachte, ich wäre die Erste und Einzige, die er so in sein Familienleben einweiht. Aber anscheinend macht er das bei jeder. Vielleicht ist das so seine Masche. Außerdem war ich damals so betrunken, dass ich den Heimweg niemals alleine gefunden hätte. Er hatte also gar keine andere Wahl, als mich mitzunehmen. Und vielleicht empfindet er für Kathi ja tatsächlich mehr als für mich damals. Woher will ich das wissen? Aber es macht mich wütend. So verdammt wütend.

Alles, was mir noch dazu einfällt, ist:

»Du bist ein Arschloch!«

Justus lacht trocken auf. »Wie habe ich mir das jetzt verdient?«

»Du denkst immer nur an dich! Niemals an andere! Nicht an Fritz und auch nicht an ... an mich ...« Die letzten beiden Worte wispere ich nur noch.

»Hör auf!«, brüllt er mich plötzlich an und stößt mich so fest mit beiden Händen gegen die Schultern, dass ich gegen die Kommode hinter mir stoße und der darin steckende Schlüssel sich schmerzhaft zwischen meine Schulterblätter bohrt. Ich stöhne auf und versuche, die Stelle mit der Hand zu erreichen, um darüber zu streichen.

Justus steht mir schwer atmend gegenüber. Es wirkt fast, als wäre er gerade einen 1000-Meter-Sprint gelaufen. Seine Hände schließen und öffnen sich immer wieder.

»Aua«, stoße ich leise aus und sehe ihm in die Augen. Sie sind vor Schreck geweitet. Darin liegt eine Panik, wie ich sie bei ihm noch nie zuvor gesehen habe. »Es ...«, stottert er, »... es tut mir leid. Ich ... Ich weiß nicht, warum ...«

»Aber ich weiß es«, flüstere ich und sehe ihm dabei immer noch fest in die Augen. »Unsere Eltern haben uns kaputt gemacht. Dich und mich. Auf vollkommen unterschiedliche Arten.«

Kapitel 12
- Justus

Während ich ungläubig auf meine Hände starre, bildet sich ein Schleier vor meinen Augen. Was ist bloß in mich gefahren? Warum habe ich das getan? Ehrlich gesagt habe ich gehandelt, bevor ich nachgedacht habe. Dieses Verhalten kannte ich bisher nur von einer Person. Meinem Vater. Jetzt, wo ich hier stehe, unfähig, mich auch nur einen Zentimeter von der Stelle zu bewegen, komme ich mir vor, als wäre ich kurzzeitig in seine Haut geschlüpft. Als hätte *er* Luisa gegen die Kommode gestoßen und nicht ich. Aber das wäre eine zu leichte Ausrede.

Nein, ich war es. Ich ganz allein. Ich war wütend auf sie. Wütend, weil sie mir meine Fehler so deutlich vor Augen geführt hat. Wütend auf mich, weil ich in der Paintballhalle am liebsten *sie* in die Arme geschlossen hätte und nicht Kathi. Und vor allem, weil ich sie mit meinem Verhalten verletzt habe. Erst seelisch. Nun auch noch körperlich.

Sie hat recht. Unsere Eltern haben uns kaputt gemacht. Unser ganzes Leben lang haben sie uns weisgemacht, dass wir nichts wert sind. Mein Vater, indem er mich verprügelt hat. Meine Mutter, indem sie mir nicht zur Hilfe gekommen ist. Luisas Mutter, indem sie sie als Tochter verleugnet hat.

Wir sind seelische Wracks. Nicht imstande, normal zu lieben. Warum sonst sollten wir uns ineinander verlieben? Kein normaler Mensch verliebt sich in seine Schwester. Die Schmach dafür bekommt bisher nur sie zu spüren. Ich kann und darf ihr das nicht länger antun. Vor allem darf ich sie nie wieder berühren. Weder auf die liebevolle Art, noch so wie ich es gerade eben getan habe. Erst recht nicht so.

Als ich Luisas Hand auf meiner spüre, zucke ich zusammen und verstecke die geballten Fäuste in den Taschen meines Sweatshirts.

»Wir sollten nicht mehr unter einem Dach leben.«

Ihre Augen weiten sich. Anscheinend hatte sie mit einer anderen Reaktion gerechnet. Sie zieht ihre Hand, die noch immer wie ein Verbindungsstück zwischen uns in der Luft schwebte, zurück und umklammert damit ihren rechten Unterarm. Als ob sie Angst hätte, ich würde sie noch einmal verletzen.

Ich blinzele den letzten Tränenschleier vor meinen Augen weg und weiche ihrem fragenden Blick aus.

»Ich werde meine Mutter fragen, ob ich wieder bei ihr wohnen darf. Sie ist schon wieder ganz gut drauf und ich denke, das Jugendamt wird nichts dagegen haben.«

Luisas Unterlippe zittert ein bisschen. Aber vielleicht bilde ich mir das auch nur ein, denn ihre Stimme klingt fest, als sie antwortet:

»Vielleicht wird es Zeit.«

Zeit wofür?, will ich fragen. Stattdessen nicke ich nur knapp und wende mich von ihr ab, um meine Sachen zu packen.

Meine Mutter scheint zwar überrascht, aber trotzdem glücklich, als ich spätabends plötzlich vor ihrer Tür stehe. Die Wohnung, die sie angemietet hat, ist zwar klein, aber zum Glück hat sie vorsorglich ein zusätzliches Zimmer mitgemietet, in dem ich früher oder später wohnen sollte.

»Ich freue mich so«, meint sie lächelnd, während sie mein Bett bezieht und ich die paar Habseligkeiten aus meinem Rucksack hole, die ich in der Eile eingepackt hatte.

»Wenn du willst, können wir gleich noch ein bisschen zusammen fernsehen. Ich mache uns Popcorn.«

Ich schüttele den Kopf. »Nein, ich gehe lieber sofort ins Bett. Bin ziemlich müde.«

Sie scheint ein wenig enttäuscht zu sein, versucht aber, sich nichts anmerken zu lassen, streicht die Bettlaken gerade und geht an mir vorbei in Richtung Zimmertür.

»Alles klar. Du weißt ja, wo alles ist. Wenn du sonst noch etwas brauchst, sag Bescheid. Okay?«

»Okay.«

In der Tür bleibt sie stehen und dreht sich noch einmal zu mir um. »Ich bin wirklich glücklich, dass du wieder bei mir bist. Du hast mir gefehlt.«

Ich zwinge mir ein Lächeln auf und gebe ihr einen Kuss auf die Wange. »Du mir auch.«

Kapitel 13
- Luisa

Eine Woche ist es jetzt her, dass ich bei Inge eingezogen bin. Eine Woche, seit Justus zu seiner Mutter gezogen ist und wir uns höchstens noch auf dem Schulflur begegnen. Manchmal fühle ich mich zurückversetzt in die Zeit, bevor wir uns richtig kennen gelernt haben. Gestern habe ich mich dabei erwischt, wie ich vor der Tür des Streitschlichterraumes stand und darüber sinniert habe, wie diese Tür mich einmal fast k.o. geschlagen hat. Das war die erste Begegnung mit Justus. Das erste Mal, dass er mich abfällig behandelt und damit irgendeinen gestörten Nerv bei mir getroffen hat.

Vielleicht entwickele ich mich ja langsam aber sicher zu einer Sado-Maso-Fetischistin. Vielleicht gefällt es mir in Zukunft, von Männern gegen die Wand geschubst und erniedrigt zu werden. Vielleicht brauche ich das, um glücklich zu sein? Wahrscheinlich ist das der Grund, weshalb ich den perfekten Yasin nicht als meinen zukünftigen Ehemann ansehen kann. Ich brauche wohl eher Mr. Grey als Mr. Darcy.

Heute geht es mir gefühlsmäßig zum Glück schon wieder etwas besser. Von Vorteil war wohl auch, dass Laura die ganze Woche schon krank war.

Ich verfluche mich selbst dafür, ihren Namen auch nur gedacht zu haben. Denn genau in diesem Moment erscheint sie in der Tür und lässt sich überschwänglich von Melissa und ein paar anderen Mädchen aus der Klasse begrüßen.

Ich wende mich schnell wieder der Tafel zu, bevor sie meinen Blick auffängt und spreche ihren Namen gedanklich noch drei Mal aus, als könnte ich sie damit wieder verschwinden lassen. Stattdessen höre ich ihre Stimme nun direkt hinter mir. Sie flüstert gerade laut genug zu Melissa, dass ich es auch hören kann.

»Hat sich nichts verändert in der Zeit, in der ich nicht da war. Die beiden sehen immer noch genauso scheiße aus.«

Sophies schreibende Hand hält inne. Auch sie scheint den Kommentar gehört zu haben.

Mit einem Blick und einem kurzen Zeichen meiner Hand gebe ich ihr zu verstehen, die beiden einfach zu ignorieren. Aber sie kann nicht verhindern, dass ihr die Röte ins Gesicht steigt.

Herr Bolting, unser Politiklehrer, zeigt uns gerade die wichtigsten Industrienationen der Welt, als mich ein kleines Papierkügelchen am Kopf trifft und neben meinem Schreibblock landet.

Ich kämpfe mit mir selbst. Am klügsten wäre es, das Kügelchen gar nicht erst zu entfalten. Doch wie von selbst greifen meine Hände danach und streichen die winzigklein geschriebene Zettelbotschaft glatt.

Habe die Neue deines geliebten Bruders getroffen. Macht ihr's jetzt zu dritt?

Ich schlucke die aufkommende Wut hinunter, zerknülle die Nachricht in einer Hand und lasse sie demonstrativ neben meinem Stuhl zu Boden fallen.

Nach dem Politikunterricht wechseln wir alle zügig den Raum, um pünktlich zum Matheunterricht bei Frau Rothenpieler zu kommen. Die Flure sind, wie immer zwischen den Stunden, absolut überfüllt. Es ist laut, es wird gedrängelt und geschubst und so dauert es nicht lange, bis mir jemand in die Hacken tritt und ich strauchelnd zu Boden gehe. Ich versuche, mich mit einer Hand abzufangen, doch schon als meine Finger die Fliesen berühren, merke ich, dass das nicht gut gehen kann. In der Sekunde des Aufpralls zieht sich ein stechender Schmerz durch mein Handgelenk, mein Arm knickt weg und ich stoppe erst mit der Schläfe auf den Fliesen.

Die Zeit scheint plötzlich langsamer zu laufen. Ich habe das Gefühl, dass es Minuten dauert, bis Sophie sich neben mich hockt und mir aufhilft. Erst nach und nach nehme ich die ganzen Gesichter um mich herum wahr. Viele grinsen hämisch oder lachen sogar laut. Andere schütteln nur den Kopf oder laufen unbeteiligt am Geschehen vorbei.

Und dann sehe ich in seine Augen. Ich würde sie auf Kilometer Entfernung finden und in ihnen eintauchen können, wie in türkisblaues Wasser. Seine Körperhaltung ist angespannt und er sieht mich an, als wäre er wütend auf mich. Ich weiß nicht, was ich ihm jetzt schon wieder getan habe, aber ich scheine ihm nicht so viel wert zu sein, dass er nach meinem Befinden fragt.

Nachdem ich meinen schmerzenden linken Arm an den Körper gezogen und gemeinsam mit Sophie mein anschwellendes Handgelenk betrachtet habe, ist Justus weg.

»Es ist nichts gebrochen«, bestätigt mir der Arzt und wickelt mein geschwollenes Handgelenk in Bandagen. Inge schüttelt trotzdem sorgenvoll den Kopf.

»Wie machst du das bloß immer? Du bist wirklich ein Unglücksrabe.«

»Ich weiß nicht«, gebe ich zu, obwohl ich inzwischen genau weiß, wer mich zu Fall gebracht hat. Sophie hat es genau gesehen, doch ich werde Laura trotz allem nicht verraten. Was bringt es denn? Sie wird nicht aufhören, nur weil ich sie beschuldige. Es würde wohl eher das Gegenteil eintreten.

Gleich nach meinem Arztbesuch fahren Inge und ich mit dem Bus zu Fritz ins Krankenhaus. Es wundert mich, dass sie ihn immer noch nicht entlassen haben, doch die Ärzte meinen weiterhin, er müsste noch zur Kontrolle dortbleiben. Ich habe das Gefühl, dass er mit jedem Tag, den er nicht zuhause verbringt, älter aussieht.

»Kriegsverletzung«, erkläre ich ihm grinsend, als er fragend auf meinen Arm deutet. »Alles halb so schlimm.«

»Euch kann man keine Minute aus den Augen lassen«, meint er kopfschüttelnd und versucht, sich mühsam von seinem Kissen aufzurichten. Ich komme ihm zu Hilfe, ziehe ihn ein Stück hoch und klopfe das Kissen unter seinem Kopf zurecht. Kaum zu glauben, dass es erst ein paar Monate her ist, seit er mir gezeigt hat, wie man Kartoffeln erntet. Heute wäre er wohl nicht einmal imstande, alleine auf die Toilette zu gehen.

Ich bin daher wenig hoffnungsvoll, als ich ihn frage: »Bist du an Weihnachten wieder zuhause?«

Sein Blick huscht zu Inge, die wiederum zu Boden schaut.

»Vielleicht«, antwortet er rau und hustet im nächsten Moment so stark, als wollte er sich selbst Lügen strafen.

Die Abende bei Inge sind nett, aber furchtbar langweilig. Sie schaut zwar, genau wie Fritz, jeden

Abend die Lokalzeit und auch die Krimis, die er bevorzugt. Aber ohne Fritz und Justus macht mir das keinen Spaß.

Ich sitze mit angezogenen Beinen auf dem geblümten Zweisitzer, während sie in ihrem Schaukelstuhl sanft vor und zurück wippt und einen Socken nach dem anderen strickt. Wer die alle tragen soll, ist mir ein Rätsel. Aber das Stricken scheint sie ungemein zu beruhigen. Ihr seit Tagen angespannter Gesichtsausdruck verschwindet mit jeder gestrickten Reihe etwas mehr.

»Würdest du auch gerne mal stricken lernen?«, fragt sie mich, als sie schließlich meinen beobachtenden Blick bemerkt.

Ich schüttele schnell den Kopf. »Nee, das kann ich nicht.«

»Ich könnte dir eine Strickliesel besorgen. Damit ist es ganz einfach.«

Die Vorstellung, dass ich in Zukunft jeden Abend strickend hier im Haus verbringen werde, gruselt mich ein wenig. Doch ich lächele tapfer.

»Vielleicht, ja.«

Inge schweigt eine Weile. Neben den Gesprächen aus dem Fernseher sind nur das leise Knarren ihres Schaukelstuhls und das Klappern der Stricknadeln zu hören.

»Wir sollten uns so langsam mal Gedanken über das Weihnachtsfest machen«, reißt ihre Stimme mich aus meinem Gedankensumpf.

Ich sehe sie überrascht an. »Weihnachten? Wieso?«

Sie stoppt ihren Stuhl, indem sie sich ein Stück aufsetzt und das Strickzeug in ihren Schoß sinken lässt.

»Luisa, es könnte sein, dass dein Opa über Weihnachten nicht nach Hause darf.«

Obwohl ich genau weiß, was sie meint, weil ich selbst schon sehr oft daran gedacht habe, schaue ich sie verwirrt an. Ich will es nicht wahrhaben. Ich hatte mir doch schon alles so schön ausgemalt. Nur Fritz, Justus und ich. Echte Kerzen am Weihnachtsbaum und Schnee vor den Fenstern.

»Hat deine Mutter schon etwas dazu gesagt? Wird sie über die Feiertage hierher kommen?«

»Ich…«, sage ich und zögere kurz, »… ich weiß nicht. Da haben wir noch nicht drüber gesprochen.«

Es würde mich nicht wundern, wenn meine Mutter Weihnachten vergessen würde. Wäre nicht das erste Mal.

»Du kannst auch gerne mit zu meiner Tochter kommen. Die ganze Familie wird da sein. Du bist herzlich eingeladen.«

Darüber hatte ich mir nun wirklich noch keine Gedanken gemacht. Für mich stand bisher fest, dass Weihnachten ausfällt, wenn Fritz nicht nach Hause kommt. Ich hätte ihn abends im Krankenhaus besucht und mich danach auf mein Zimmer verkrochen. Ich bin auch nicht wirklich begeistert von der Vorstellung, mit einer fremden Familie zu feiern. Ich wäre doch nur ein Störfaktor.

Deshalb schüttele ich den Kopf und wende mich wieder dem Fernseher zu. »Das ist lieb, aber ich denke, ich werde meine Mutter an Weihnachten besuchen. Ich spreche das morgen mit ihr ab.«

»Warum kommst du nicht zu uns an Weihnachten?«, fragt Yasin mich am nächsten Tag. Wir sitzen in seinem Zimmer und fahren ein Autorennen auf der Konsole. Mein Arzt wäre wahrscheinlich nicht so begeistert, wenn er sieht, dass ich mit dem verletzten Handgelenk Videospiele spiele. Mal wieder komme ich etliche Sekunden nach ihm ins Ziel und werfe frustriert den Controller weg.

»Weil ihr kein Weihnachten feiert.«

»Na und? Ist doch besser als alleine zuhause zu sitzen. Denn mal im Ernst. Du hast nicht wirklich vor, deine Mutter zu fragen, oder?«

Ich lehne mich zurück und stütze mich mit den Ellbogen auf dem Teppichboden ab.

»Ich hatte zumindest mal darüber nachgedacht.«

Yasin wirft mir einen vielsagenden Blick zu, weshalb ich augenrollend die Wahrheit sage: »Nie im Leben. Weihnachten bei meiner Mutter ist so ziemlich das Letzte, was für mich in Betracht kommt.«

»Also was hast du vor? Wo willst du hin?«

Ich zucke mit den Schultern, lege den Kopf in den Nacken und betrachte die Fotocollage an der Decke.

»Du hast es wirklich da oben aufgehängt?«

Er ignoriert meine Frage und sucht stattdessen fieberhaft nach einer Lösung. »Sophie fährt über die Feiertage weg. Bei ihr geht es also auch nicht.«

Ich senke den Blick wieder und sehe ihn fragend an. »Davon hat sie mir ja noch gar nichts erzählt.«

»Sie besuchen ihren Onkel in Dresden und kommen erst nach Weihnachten zurück.«

Ich setze mich ein Stück auf und betrachte ihn genauer. »Wann hat sie dir das erzählt?«

»Gestern. Sie war noch bei mir und hat mir von deinem Zusammenstoß mit Laura erzählt.«

»Das war kein Zusammenstoß«, erwidere ich etwas patzig. »Sie hat mir sozusagen ein Bein gestellt. Und was habt ihr sonst noch so gemacht?«

Yasin legt fragend den Kopf schief. »Sonst noch?«

»Ja«, sage ich leise, »sie war ja wohl nicht nur hier, um dir das zu erzählen. Dann hätte sie ja auch anrufen können.«

»Wir haben dann auch noch ein paar Kämpfe ausgetragen«, meint er und nickt in Richtung Konsole. »Wieso?«

Ich zucke mit den Schultern und weiche seinem Blick aus. »Nur so. Ihr seid in letzter Zeit ziemlich oft zusammen, oder?«

Ich will nicht eifersüchtig klingen, aber aus jedem Wort, das meinen Mund verlässt, schreit der Neid geradezu.

»Ja«, antwortet er zögernd. »Ist das schlimm?«

Ich stehe auf, gehe an seinen Schreibtisch und blättere wie beiläufig in einem seiner Schulbücher.

»Nein. Nein, das ist nicht schlimm. Ich war nur etwas verwundert.«

»Bist du sauer?«, höre ich seine Stimme hinter mir. Ich drehe mich zu ihm herum und betrachte ihn eine Weile.

Er sitzt noch auf dem Teppich. Ein Bein angewinkelt und einen Arm darauf gestützt. Seine schwarzen Haare sind auf diese wundervoll chaotische Art verwuschelt und aus seinen dunklen Augen sieht er mich so liebevoll an, dass mir ganz warm ums Herz wird.

Aus einem Impuls heraus hocke ich mich zu ihm herunter und nehme ihn in den Arm. Ich grabe mein Gesicht in die warme Grube an seinem Hals und atme seinen vertrauten Duft ein. Er scheint zunächst etwas überrumpelt von meiner plötzlichen Nähe zu sein, doch dann erwidert er den sanften Druck und atmet ebenfalls tief ein.

»Nein, natürlich bin ich nicht sauer«, sage ich, als ich mich wieder von ihm löse. Nun knie ich ihm gegenüber. Er hält meine Hand und starrt lange Zeit darauf. Als er mir wieder in die Augen schaut, sehe ich einen unglücklichen Ausdruck in seinen Augen.

»Alles klar?«, frage ich leise.

Er schließt die Augen, als wollte er seine Gefühle vor mir verstecken. Doch als er sie wieder öffnet, hat sich nichts verändert.

»Ich mag Sophie sehr gerne.«

Ich versuche mich an einem Lächeln. »Das ist schön. Sie ist ja auch sehr lieb.«

Er gibt ein leises Lachen von sich und schüttelt kurz den Kopf. »Ich meine, wirklich gerne. Ich ...«, er bricht ab, drückt meine Hand etwas fester, bevor er sie loslässt und sich nervöse durch die Haare fährt.

»Wenn sie bei mir ist, muss ich nicht mehr ständig an dich denken.«

»Oh.« Ich ziehe meine Hände zurück und falte sie in meinem Schoß. Ich weiß nicht genau, wie ich seine Worte einordnen soll.

Yasin ringt nach Worten. »Ich meine, du weißt dass ... du weißt doch, was ich für dich fühle. Und ich weiß, dass du ... dass du nicht dasselbe fühlst.« Seine Augen huschen unruhig hin und her. Er schafft es nicht, mich anzusehen, bis er die richtigen Worte gefunden hat.

»Es tat die ganze Zeit über weh. Es tat weh, zu sehen, wie du ihn ansiehst. Wie dein Blick sich verändert, wenn du von ihm sprichst. Ich weiß, dass du ihn immer noch liebst. Und dass du mich niemals so lieben wirst. Es tut weh. Aber mit Sophie ... Mit Sophie wird es besser. Ich ... Ich bin glücklich, wenn sie bei mir ist. Verstehst du das?«

Ich starre ihn an, kann nicht antworten. Yasin. Mein Yasin. Was würde ich darum geben, ihn so lieben zu können, wie er es verdient hat? Aber ich kann mich nicht ändern. Ich bin ein kranker Mensch. Ein Mädchen, das in seinen Bruder verliebt ist. Yasin weiß es. Ich weiß es. Vielleicht wissen es alle.

Mit Yasin verliere ich den letzten Menschen, der mir gezeigt hat, dass ich etwas wert bin. Meine letzte Stütze. Mein Anker. Ich kann ihn nicht lieben. Aber ich kann ihn auch nicht teilen. Es geht nicht.

Langsam stehe ich auf. Yasin schaut unsicher von unten zu mir rauf. Sein Blick ist flehend, ängstlich.

»Ich verstehe«, antworte ich und spüre mein Herz schrumpfen.

Kapitel 14

- Justus

Ich passe sie nach der Schule ab. Sie verlässt gerade den Schulhof und ist alleine, als ich ihr in den Weg trete. Ihre Augen weiten sich vor Überraschung. Oder Angst? Mein Blick ist jedenfalls nicht der freundlichste. Dieses Biest.

»Justus«, entfährt es ihr.

»Laura«, brumme ich zurück.

Sie fängt sich schnell und verengt die Augen zu funkelnden Schlitzen.

»Was willst du?«

»Ich will, dass du sie in Ruhe lässt. Ein für alle Mal.«

Laura verdreht die Augen und macht eine wedelnde Handbewegung, um mich zu verscheuchen.

»Keine Ahnung, was du meinst. Und jetzt lass mich vorbei. Ich hab' noch eine Verabredung.«

Ich versperre ihr mit einem Arm den Weg. Sie zuckt kurz zusammen, als ich sie dabei flüchtig berühre.

»Du weißt genau, wen ich meine.«

Laura stöhnt genervt und wirft ihre Haare in den Nacken, bevor sie meinen Blick erwidert.

»Deine Schlampenschwester?«

Sie hat das Wort noch nicht ganz ausgesprochen, da habe ich sie schon gepackt und gegen die Wand der Pausenhalle gedrückt. Ihr Körper verspannt sich unter meinem festen Griff.

»Hör auf, sie so zu nennen«, knurre ich durch zusammengebissene Zähne.

»Lass mich los, du Arsch«, jammert sie und versucht sich vergeblich aus meinem Griff zu winden.

»Ich hab gesehen, was du im Schulflur getan hast. Du hast sie verletzt. Tust du das noch einmal, vergesse ich meine Prinzipien. Dann sieht es übel für dich aus.«

Lauras Augen sind schreckgeweitet und ihr Atem geht schnell. Es fällt mir schwer, die Fassung zu wahren. Ich weiß, dass das, was ich hier gerade tue, falsch ist. Doch gleichzeitig verschafft es mir Genugtuung und endlich werde ich die aufgestauten Aggressionen los. Lauras Blick huscht an mir vorbei, auf einen Punkt in der Ferne. Augenblicklich lasse ich sie los und wende mich um. Frau Bäcker verlässt gerade das Schulgebäude und hat uns im Visier. »Was treibt ihr zwei denn da?«

Ich lasse Laura wortlos stehen, stecke die Hände in die Hosentaschen und mache mich auf den Nachhauseweg.

»Wie war es heute in der Schule?« Meine Mutter lädt mir einen riesigen Haufen Nudeln auf den Teller, um sie einen Moment später mit genauso viel Gulasch zu bedecken.

»Wie immer«, murmele ich. »Nichts Besonderes.«

»Habt ihr jetzt vor den Ferien noch viele Hausaufgaben auf?«

Eines muss ich ihr lassen. Sie gibt sich wirklich Mühe, mir ein normales Familienleben vorzuspielen. Was sie nicht weiß, ist, dass ich ihren geheimen Vorrat entdeckt habe. Mein erster Impuls war es, den Inhalt der Flaschen in den Ausguss zu schütten, doch dann überkam mich diese Wut. Wut auf Menschen, die anderen Menschen grundlos das Leben schwer machen.

Menschen wie mein Vater, der meine Mutter verprügelt und ihr alles kaputt gemacht hat.

Menschen wie Laura, die Luisa im Schulflur ein Bein stellt, sodass diese sich verletzt.

Mein Vater war zu weit weg, um ihm eine reinzuhauen, also musste Laura dran glauben. Im Nachhinein bin ich froh, dass ich sie wenigstens nicht geschlagen habe. Auch wenn sie es bitter verdient hätte.

»Schmeckt es dir nicht?«, höre ich meine Mutter fragen. Ihr Blick lässt mich bis in ihre Seele schauen. Ein falsches Wort und sie fängt an zu heulen.

»Ist lecker. Ich hab nur nicht so großen Hunger.«

Ein erleichtertes Lächeln erscheint auf ihren Lippen und sie nimmt noch einen Schluck von ihrem Rotwein, den sie sich heute Abend »gegönnt« hat.

»Wie geht es deinem Opa?«, versucht sie, das Gespräch aufrecht zu halten.

Ich zucke mit den Schultern. »Ganz gut, denke ich.«

»Hast du ihn denn noch nicht besucht?«

»Hast du?«, erwidere ich und bereue es im selben Moment, denn schon füllen sich ihre Augen mit Tränen.

»Du weißt, dass ich momentan keine Zeit dafür habe. Ich muss den ganzen Haushalt machen und mir einen Job suchen und ... und mich um dich kümmern. Ich hab es auch nicht leicht, weißt du?«

Ich lasse die Gabel sinken und lege die Hände auf den Tisch, sodass sie danach greifen kann.

»Ist schon gut, Mama. Ich hab's nicht so gemeint.«

Sie schnieft und wischt sich eine vereinzelte Träne von der Wange. »Ach, ist ja auch nicht deine Schuld, mein Schatz. Wir hatten es beide nicht leicht. Ich ... wenn er uns bloß nicht im Stich gelassen hätte.«

Ich entziehe ihr meine Hand und ziehe die Stirn in Falten. Es ist dumm, näher nachzufragen. Aber ich tue es trotzdem.

»Was meinst du?«

»Vielleicht kommt er ja zurück«, flüstert sie und alleine der Gedanke daran bringt ihre Augen zum Leuchten. »Vielleicht sieht er es endlich ein und verlässt diese unsägliche Frau.«

»Mama...«, setze ich an, doch sie steht bereits auf und räumt unter lautem Klappern die Teller zusammen. Dass sich dabei die Hälfte meines Essens auf dem Tisch und dem Boden verteilt, bemerkt sie nicht einmal.

»Er hatte es doch gut hier«, murmelt sie vor sich hin, während sie alles in die Spüle wirft. »Oder habe ich etwas falsch gemacht?« Sie dreht sich zu mir herum und wiederholt die Frage noch einmal: »Habe ich etwas falsch gemacht, Schatz?«

Ich stoße die Luft aus und schüttele langsam den Kopf, unfähig etwas anderes zu tun.

»Natürlich nicht. Aber ...«

»Ich war nicht immer ganz einfach, weißt du?« Nervös bindet sie sich die Haare zu einem Dutt zusammen und macht sich dann mit bloßen Händen daran, die Nudeln und Fleischstücke aufzusammeln, die sie verloren hat.

»Ich habe mich gehen lassen, habe mich nicht mehr hübsch gemacht. Kein Wunder, dass er mich nie mitnehmen wollte.«

»Er konnte dich nicht mitnehmen, weil er dich grün und blau geprügelt hat«, entgegne ich gepresst und sie sieht mich einen Augenblick verständnislos an. Dann fragt sie: »Hast du seine Nummer? Ich würde gerne noch einmal mit ihm sprechen.«

Kapitel 15
- Luisa

Den letzten Schultag schwänze ich. Ich halte es nicht mehr aus, in Sophies Nähe zu sein. Es ist falsch, aber ich habe ständig das Gefühl, sie hätte mir etwas weggenommen. Ich verkrieche mich auf meinem Zimmer, ignoriere ihre und Yasins Anrufe und bade mich in Selbstmitleid.

Warum bin ich so? Warum kann ich ihnen ihre Liebe nicht einfach gönnen? Yasin kann doch trotzdem mein bester Freund sein. Vielleicht kann ich es nicht, weil es mir selbst nicht vergönnt ist. Dieses Gefühl, jemanden zu lieben. Legal zu lieben. Öffentlich zu lieben. Noch ein bisschen und ich werde an diesen ganzen verbotenen, unterdrückten, falschen Gefühlen zerbrechen. Es zerreißt mich innerlich. Ich will doch nur normal sein.

Als es an meiner Zimmertür klopft, reagiere ich nicht. Selbst als Inge zweimal hintereinander meinen Namen ruft, drücke ich mir nur das Kissen auf den Kopf und versuche, die Welt um mich herum auszublenden.

»Luisa?«, fragt sie noch einmal, die Tür diesmal schon einen Spalt geöffnet.

Ich gebe einen stöhnenden Laut von mir und drehe mich auf meinem Bett mit dem Gesicht zur Wand.

»Geht es dir etwas besser?«

»Nein«, grummele ich und ziehe demonstrativ die Nase hoch.

Die Tür öffnet sich knatschend ein Stück weiter und Inge tritt zögernd in den Raum.

»Ich wollte noch einmal mit dir über Weihnachten sprechen. Morgen ist ja bereits Heiligabend. Meine Tochter fragt, ob du Rotkohl, Knödel und Sauerbraten magst oder ob sie für dich etwas anderes machen soll.«

»Ich komme nicht mit.«

Inge schweigt einen Moment und scheint an ihrer Antwort zu überlegen. »Ja, aber … Hat sich deine Mutter noch gemeldet?«

Ich wälze mich zu ihr herum, starre allerdings an ihr vorbei auf das kitschige Blumenbild an der Wand.

»Ich hab sie angerufen. Ich fahre morgen Mittag mit dem Zug los.«

»Oh«, erwidert sie und steht etwas unschlüssig im Raum. »Brauchst du denn noch Geld für das Zugticket?«

Ich schüttele den Kopf. »Nein, ich hab etwas angespart.«

Sie setzt ein schwaches Lächeln auf und verhakt die Hände vor ihrem Bauch. »Na, das ist doch schön. Freut mich für dich, dass du zu deiner Mama kannst.«

»Mh«, brumme ich und drehe ihr wieder den Rücken zu.

Ich bin ein furchtbarer, kranker Mensch, der alle Personen, die ihm nur etwas Zuneigung entgegenbringen, vor den Kopf stößt.

An Heiligabend herrscht im Krankenhaus eine ganz seltsame Stimmung. Die Schwestern haben versucht, überall einen Hauch von Weihnachten zu verteilen. Doch irgendwie wirkt die blinkende Lichterkette über der Tür zum Schwesternzimmer wie eine Alarmleuchte. Und die kleinen Tannenästchen, die hinter die Zimmernummer geklemmt sind, hängen schon jetzt traurig herab. Dabei hat Weihnachten noch nicht einmal richtig begonnen.

Bereits beim Eintreten habe ich ein mulmiges Gefühl. Fritz ist so dünn geworden, dass er unter seiner riesigen Decke wie ein Streichholzmännchen wirkt. Sein Gesicht ist so blass, dass es sich kaum vom weißen Kissen abhebt.

Ich räuspere mich leise, dann etwas lauter. Doch erst, als ich ihn am Arm berühre, wendet er mir das Gesicht zu und lächelt schwach.

»Luisa. Minn Mäddche.« Seine Stimme ist so dünn, dass ich sie kaum höre. Ich ziehe mir einen Stuhl heran und setze mich, so dicht es geht, neben ihn.

»Frohe Weihnachten, Fritz«, sage ich und versuche mich ebenfalls an einem Lächeln.

Mit viel Mühe hebt er den Kopf und sieht sich suchend um. »Wo ist Justus?«

»Bei seiner Mutter. Es ist Heiligabend.«

»Und warum bist du dann hier? Ich dachte ...« Er wird durch einen Hustenanfall unterbrochen, der seinen ganzen Körper durchschüttelt. »...Ich dachte, du willst zu deiner Mutter.«

»Ich fahre gleich. Wollte dir aber vorher noch dein Geschenk bringen.«

Fritz verzieht unwillig das Gesicht. »Ech wollt kei Geschänck«

»Ich weiß«, sage ich schmunzelnd. »Aber ich bin mir sicher, dass du dich trotzdem darüber freuen wirst.«

Vorsichtig ziehe ich die zusammengerollte Pappe aus meinem Rucksack, entferne das Gummi und überreiche sie ihm. Fritz wirft mir einen vorwurfsvollen Blick zu.

»Jetzt hab ich nichts für dich, mein Mädchen.«

»Macht nichts«, sage ich ehrlich. »Ich brauche kein Geschenk.«

Ehrfurchtsvoll öffnet er Zentimeter um Zentimeter die weiße Pappe und enthüllt so nach und nach die feine Bleistiftzeichnung, die sich darauf befindet.

Seine Augen werden groß und größer und glänzen schließlich, gefüllt mit Tränen.

»Emma«, haucht er und für einen Moment scheint er in den gezeichneten Augen seiner geliebten Frau zu versinken.

»Ich habe das Bild von der Anrichte als Vorbild genommen«, erkläre ich unnötigerweise, denn er kennt es inzwischen wohl in- und auswendig.

»Es ist ...«, er räuspert sich kurz, »es ist wundervoll. Eine wunderschöne Zeichnung. Zuhause müssen wir gleich nach einem guten Platz dafür suchen. Vielen Dank.«

»Gerne«, antworte ich lächelnd und streiche sanft über seinen Arm.

Er rollt das Bild vorsichtig wieder zusammen und reicht es mir, damit ich es sicher verstauen kann.

»Ich habe doch noch einen Wunsch«, gesteht er mir leise, als ich mich schon wieder auf den Weg machen will.«

»Ja?«, frage ich und sehe ihn überrascht an.

Er nickt und schließt kurz die Augen, müde von unserem Gespräch.

»Ich wünsche mir, dass du mich Opa nennst.«

Ich atme tief ein und lächele, was mir diesmal nicht wirklich schwerfällt.

»Bis bald, Opa.«

»Bis dohinn«, antwortet er und dämmert langsam weg.

Noch seltsamer als das Krankenhaus an Heiligabend ist das einsame Haus, das ich nun betrete. Es ist nicht das erste Mal, dass ich alleine hier bin. Aber nun, da Fritz und wir schon so lange Zeit nicht mehr hier waren, kommt es mir leer vor, obwohl alle Möbel noch an ihrem Platz stehen. Ich ziehe die Vorhänge zu und dimme das Licht auf ein Minimum, sodass man von draußen nicht sieht, dass ich hier bin.

Im Supermarkt habe ich mir Essen für die nächsten Tage besorgt, sodass ich ohne Probleme bis zum Ende der Feiertage überleben kann, ohne das Haus zu verlassen. In der Küche bereite ich mir meinen persönlichen Weihnachtsschmaus zu. Ravioli. Und zum Nachtisch gibt es Tiramisu aus der Packung. Es ist nicht besser oder schlechter als das, was es auch bei meiner Mama an solchen Feiertagen gab.

Meine Hoffnung, dass dieses Weihnachtsfest anders wird, war also vergebens. Trotzdem bin ich nicht ganz unglücklich, als ich mich mit einem vollen Teller, einer Tüte Eistee und Besteck bewaffnet auf den Weg ins Wohnzimmer mache.

Ich überlege, eine Weihnachts-CD einzulegen, doch das kommt mir dann doch ein bisschen trostlos vor. Also schalte ich den Fernseher ein, damit seine flimmernden Bilder mich von meinen eigenen Sorgen ablenken können.

Es laufen die alljährlichen Weihnachtsklassiker, wie »Das letzte Einhorn« und »Kevin allein zuhaus«. Meine Ravioli schmecken nach nichts und dadurch, dass die Heizung so lange aus war und erst hochfahren muss, beginne ich bereits zu frieren.

Ein tolles Weihnachtsfest ist das. Dabei kann ich nicht einmal behaupten, dass es schlechter ist als die Jahre zuvor. Da saß ich auch oft alleine in meinem Zimmer. Aber ich habe mich selten so einsam gefühlt wie in diesem Moment.

Als ich endlich wegdämmere, ist das fast wie eine Erlösung. Im Schlaf bin ich nicht alleine. Im Schlaf kann ich bei Justus sein.

Ein kalter Windhauch lässt mich frösteln und langsam aus meinem so herbeigesehnten Schlaf erwachen. Ich klammere mich an dem Traum fest, versuche bei Justus zu bleiben, doch als ich schwere Schritte im Flur höre, bin ich plötzlich hellwach.

Kapitel 16
- Justus

Wenn ich nicht wüsste, dass es falsch ist, würde ich meine Mutter packen und sie kräftig durchschütteln, bis sie wieder zu Verstand kommt. Wie kann sie sich dieses Arschloch wieder herbeiwünschen? Waren ihr die Torturen der letzten Jahre nicht genug?

Entnervt lasse ich mich auf das Sofa fallen und betrachte den mickrigen Weihnachtsbaum, der auf dem Tischchen direkt neben mir steht. Er sieht aus wie meine Mutter, wenn die Wirkung der Antidepressiva nachlässt. Traurig, erschöpft und irgendwie verloren. Ich wundere mich, wie ich das so lange übersehen konnte. Bis vor ein paar Tagen dachte ich, es geht ihr wieder gut. Ich dachte, meine Mutter ist wieder sie selbst. Jetzt kann sie endlich die Frau sein, die sie immer sein wollte. Mit Freundinnen ausgehen, ohne Angst vor der Rückkehr. Oder ein Abendessen zubereiten, ohne befürchten zu müssen, dass die schicken Teller in zwei Stunden an der Wand zerschellen.

Jetzt sehe ich: Sie hat keine Freundinnen mehr und außer mir niemanden, für den es sich zu kochen lohnt. Dabei tut sie das so gerne. In guten Zeiten habe ich viel von ihr gelernt.

Mein Blick wandert vom Baum hinüber zu meiner Mutter, die in der Küche steht und die Teller abspült, während eine Träne nach der anderen auf ihre Hände tropft.

»Warum will er nicht mit mir sprechen? Was habe ich ihm getan? Nicht einmal an Weihnachten kommt er uns besuchen. Er ist es uns schuldig. Dir und mir. Wie kann er dir das bloß antun? Und was soll nur aus dir werden ... ohne Vater?«

»Was wäre *mit* ihm aus uns geworden?«, flüstere ich, doch das ist nicht einmal nötig. Seit etwa einer Stunde merkt sie sowieso nicht mehr, was um sie herum geschieht. Nachdem sie ihn angerufen hatte, war Heiligabend für uns gelaufen. Die Kerzen am Tisch sind abgebrannt, während nicht einmal das Dessert fertig ist. Sobald ich ihr zur Hand gehen wollte, scheuchte sie mich mit wirren Worten aus der Küche.

Jetzt sitze ich hier, fahre mir mit den Fingern durch die Haare und frage mich, was aus unserer Familie geworden ist. Wie es so weit kommen konnte? Mein Vater war nicht immer ein Arschloch. Er hat sich langsam zu einem entwickelt. Es war ein schleichender Prozess und, obwohl mir der Gedanke nicht gefällt, glaube ich, dass es auch etwas mit Opa zu tun hat. Mein Opa hat meinen Vater geschlagen, mein Vater schlägt meine Mutter und mich. Vielleicht schlage ich irgendwann einmal meine eigenen Kinder ...

Ein Schauer läuft mir über den Rücken und ich springe auf und beginne, nervös durch den Raum zu tigern. Das Schluchzen meiner Mutter geht mir an die Nerven. Es macht mich traurig und wütend zugleich. Es reizt mich und am liebsten würde ich sie anschreien, doch endlich still zu sein. Bevor es dazu kommt, stürme ich in den Flur, ziehe mir Schuhe und Jacke an und verlasse die kleine Wohnung.

Würden nicht in jedem zweiten Fenster Lichterbögen stehen und an etlichen Dächern hässliche Weihnachtsmänner emporklettern, könnte man glatt vergessen, dass heute Heiligabend ist. Ein leichter Nieselregen hat eingesetzt, der perfekt zu meiner grauen Stimmung passt. Ich vergrabe die Hände in den Jackentaschen und ziehe die Schultern hoch, damit der Regen mir nicht den Nacken hinunterlaufen kann. Trotz Kälte und Regen tut die frische Luft gut. Ich atme tief ein und komme langsam wieder zur Ruhe. Manchmal fühle ich mich, als hätte ich keine Kontrolle über mich selbst. Als würde eine unsichtbare Hand mich steuern, mir sagen, was ich zu tun habe.

Längst schon bereue ich es, so grob zu Laura gewesen zu sein. Sie ist eine dumme Kuh, das kann man nicht anders sagen. Aber trotzdem war es nicht richtig, sie so zu behandeln. Es war eine Kurzschlussreaktion, genau wie meine plötzliche Flucht aus Mamas Wohnung. Aber zurückgehen kann ich nicht. Ich habe Angst, dass die Wut zurückkommt. Dass ich ungerecht zu ihr werde.

Ich liebe meine Mutter, aber so, wie sie momentan ist, kann ich nicht mit ihr leben. Bevor ich bei ihr eingezogen bin, dachte ich, sie wäre wieder die Alte. Doch das ist sie nicht. Und vielleicht wird sie auch nie mehr so sein.

Nun stehe ich hier draußen im Regen und weiß nicht, wohin. Also folge ich meinem ersten Impuls und steige in den Bus, der mich an den Ort bringt, den ich ein Zuhause nennen kann.

Beim Eintreten bin ich noch so sehr mit mir selbst beschäftigt, dass ich erst gar nicht bemerke, dass hier etwas nicht stimmt. Ich trete mir die Schuhe auf der Fußmatte ab und entledige mich meiner nassen Jacke. Im Haus riecht es immer noch nach

Opas Pfeife und ... nach Essen? Irgendetwas mit Tomatensoße. Und in den Flur dringt das helle Flackern des Fernsehers. Ich schaue vorsichtig um die Ecke ins Wohnzimmer. Auf dem Fernsehbildschirm ist das letzte Einhorn in seiner menschlichen Gestalt zu sehen.

Dann fällt mein Blick auf den alten Sessel, der mit der Rückseite zu mir steht. Ich schließe kurz die Augen, bete, dass es nicht ausgerechnet sie ist. Doch dann taucht ihr Lockenkopf nach und nach hinter der Rückenlehne auf. Ihre runden Augen leuchten im Schein der Kerzen.

Eine Weile starren wir uns einfach nur an, bis ich schließlich das Schweigen breche.

»Luisa.«

»Justus«, erwidert sie leise. Immer noch sehe ich sie nur bis zur Nasenspitze. Ihre Locken hängen wirr um ihren Kopf und auf ihrer Stirn zeichnet sich die Naht des Kissens ab.

»Frohe Weihnachten«, sage ich und ringe mir ein schiefes Lächeln ab.

Ihr Kopf verschwindet hinter dem Sessel, bevor sie an der Seite wieder auftaucht und mir einen halb leer gegessenen Teller entgegenhält.

»Ravioli?«

Ich ziehe die Augenbrauen hoch. »Kalt?«

Sie nickt und ich tue begeistert. »Genau so, wie ich sie liebe.«

Endlich scheint das Eis gebrochen und ich schiebe mich an ihrem Sessel vorbei zur Couch. Auf leeren Magen schmecken selbst kalte Ravioli wie ein Festtagsessen. Als Luisa uns anschließend sogar noch eine Packung Tiramisu aufmacht, gehört dieser Heiligabend definitiv nicht mehr zu meinen schlechtesten. Erst als wir alles aufgegessen haben, lehnt sie sich in ihrem Sessel zurück und betrachtet mich lange.

»Warum bist du nicht zuhause?«

»Warum bist du nicht zuhause?«, werfe ich ihre Frage zurück.

Sie legt die Arme auf die Lehnen und zieht die Schultern leicht hoch. »Das bin ich.«

»Ich auch«, erwidere ich.

»Warst du bei Opa?«

Ihre Frage stört und irritiert mich zugleich. Ich will nicht darauf antworten, denn ich war nicht da. Und seit wann nennt sie ihn Opa?

Mein Schweigen wertet sie wohl als »Nein«, denn ihre Lippen verziehen sich zu einem Schnütchen.

»Er vermisst dich. Er fragt jedes Mal nach dir. Ich weiß langsam nicht mehr, was ich ihm noch sagen soll.«

»Das ist mein Problem, okay?«

Ich habe den Satz kaum zu Ende gesprochen, da richtet sie sich auf und funkelt mich wütend an.

»Nein. Eben nicht. Es ist nicht nur dein Problem. Wir sind eine Familie. Wir ...«

Mit einem lauten Lachen bringe ich sie zum Schweigen. »Eine Familie? Wir wissen doch nicht einmal, was das bedeutet. Es ist ein leeres Wort. Eine Hülle. Mehr nicht.«

Selbst in meinen Ohren klingen meine Worte hart und verletzend. Fast fluchtartig lehnt Luisa sich wieder zurück und saugt ihre Unterlippe ein.

»Gott, hör auf damit«, maule ich. »Du bist wie ein kleiner Vampir.«

Sie dreht den Kopf weg und ignoriert mich, während sie weiter ihre Lippe massakriert.

»Du weinst doch jetzt nicht, oder?«, frage ich etwas unsicher. Ich traue mich kaum, sie anzusehen. Es dauert ein paar Sekunden, dann schnellt ihr Kopf zu mir herum und die ersten Tränen kullern über ihre Wangen. »Du bist keine einzige Träne wert!«

Ich nicke langsam. »Stimmt.«

Der Drang, sie in den Arm zu nehmen und zu trösten, ist unglaublich stark. Nur mit viel Mühe bleibe ich auf meinem Platz sitzen und richte den Blick auf den Fernseher. »Das letzte Einhorn« ist längst vorbei. Jetzt läuft »Terminator 1«. Ich kann mir nichts Weihnachtlicheres vorstellen. Ich stelle mir vor, ich wäre der Terminator. Alles zerstören, keine Gefühle zeigen, nur verletzen. Ich wäre wie geschaffen für diesen Job. Ich kann ein leises Schnaufen nicht unterdrücken.

»Worüber denkst du nach?« Luisas brüchige Stimme reißt mich aus meinen Gedanken.

Ohne meinen Blick vom Bildschirm zu wenden, antworte ich: »Wie ich als Terminator aussehen würde.«

Eine Weile ist es still, dann höre ich sie glucksen. Zunächst bin ich mir nicht sicher, ob sie eventuell wieder angefangen hat zu weinen, doch als ich sie anschaue, hält sie sich die Hand vor den Mund und kichert leise hinein.

Aus einem Impuls heraus lehne ich mich zu ihr hinüber und ziehe ihre Hand langsam herunter. Fast augenblicklich ist sie still und starrt mich erschrocken an.

»Was tust du?«

»Ich will dein Lächeln sehen. Deine Hand war im Weg.«

Ihre Finger streichen für eine Sekunde sanft über meine Handinnenfläche und hinterlassen ein angenehmes Kribbeln, als sie sie mir entzieht. »Du spinnst.«

»Dito. Wenigstens das haben wir gemein, nicht wahr?«

Da ist es. Das Lächeln, auf das ich so lange gewartet habe. Es ist nur ein kleines Zucken um ihren Mundwinkel, aber es genügt, um meine Stimmung zu heben.

»Also, was haben wir heute noch geplant?«, frage ich sie und tue so, als würde ich nicht bemerken, wie sie sich unauffällig die letzten Tränen von den Wangen wischt.

Sie schaut erfreut auf und hält mir ihren Zeigefinger vor mein Gesicht. »Ah, warte. Ich habe da noch was für dich.« Schon springt sie auf und rennt die Treppe hinauf. Ich höre sie in der oberen Etage rumpeln und poltern und nur wenige Sekunden später stürmt sie wieder ins Wohnzimmer. Hinter ihrem schmalen Rücken versucht sie, einen riesigen Bilderrahmen zu verstecken.

»Mein Weihnachtsgeschenk für dich«, sagt sie strahlend und zieht es umständlich hervor. Bevor noch etwas zu Bruch geht, nehme ich ihr das sperrige Teil ab und lege es auf meinen Schoß, um es genauer zu betrachten. Zu meiner Überraschung hat sie nichts auf den Bilderrahmen gemalt, stattdessen kleben zwölf bunte, nummerierte Umschläge darauf. Ich öffne die Nummer eins, ziehe das kleine, zusammengefaltete Zettelchen daraus hervor und lese:

Gutschein
Du hast für einen Abend die Macht über die Fernbedienung

»Mh.« Ich nicke und zögere meine Reaktion absichtlich noch ein wenig heraus, weil ich sehe, wie sie neben mir nervös auf und ab tippelt.

»Und?«, platzt es schließlich aus ihr heraus. »Wie findest du es?«

Ich reiche ihr den Gutschein mit einem schiefen Grinsen. »Den hier löse ich direkt ein.«

Ich bemerke, wie sie erleichtert ausatmet. »Gebongt.«

»Aber ...«, gestehe ich, »ich habe nichts für dich.«

Ich ziehe die Oberlippe ein Stück hoch und wappne mich auf eine weitere Ladung Tränen, doch sie zuckt lediglich mit den Schultern. »Kein Problem. Ich wollte auch gar nichts haben.«

Ich bin mir nicht sicher, ob sie das ernst meint, lenke aber sicherheitshalber vom Thema ab.

»Darf ich jeden Monat nur einen einlösen?«, frage ich und schiele neugierig in den nächsten Umschlag.

»Von mir aus kannst du alle heute schon einlösen, aber dann hättest du dein ganzes Pulver schon verschossen und keinen Haussklaven mehr«, meint sie und zwinkert mir zu meiner Überraschung tatsächlich zu.

»Haussklaven?«, rufe ich erfreut. »Welcher Umschlag ist das?«

Sie boxt mich gegen den Oberarm und lässt sich dann neben mich auf die Couch fallen, um gemeinsam mit mir die Gutscheine zu studieren.

»Den hier finde ich gut«, sage ich und halte ihr das Zettelchen vor die Nase. »Eine Fußmassage.«

Luisa läuft fast augenblicklich rot an. Ich liebe es, wenn ich ihr die Röte ins Gesicht treiben kann. Normalerweise hat sie ihren Blutdruck ganz gut unter Kontrolle, aber wenn ihr dann doch mal heiß wird, dann sieht man das als erstes an ihren Ohren. Als hätte sie meine Gedanken gelesen, schüttelt sie leicht den Kopf und ihre wilden Locken verdecken das verräterische Rot.

»Keine Ahnung, was da in mich gefahren ist«, murmelt sie und zerknüllt den Zettel.

»Hey!«, rufe ich und versuche, ihn ihr wieder zu entreißen. »Den will ich noch einlösen.«

Schneller als ich gucken kann, hat Luisa den Zettel in die Flamme eines Teelichtes auf dem Wohnzimmertisch geworfen und beobachtet zufrieden, wie er dort zuerst hell auflodert und im nächsten Moment zu einem kleinen Häufchen Asche zusammenfällt.

»Das gilt als eingelöst«, sage ich sadistisch grinsend und streife mir die Schuhe von den Füßen, um sie auf ihrem Schoß abzulegen. Nun breitet sich die Röte auch auf ihren Wangen aus. Hilflos starrt sie auf meine wackelnden Zehen, ihre Arme schlaff herabhängend.

»Worauf wartest du?«, frage ich und zwinkere ihr zu.

»Auf deine Freundin«, erwidert sie überraschend kühl. »Vielleicht sollte sie das lieber erledigen.«

Das Grinsen verschwindet von meinem Gesicht und bevor meine Zehen von ihr genauso zu Asche verwandelt werden, wie der Gutschein zuvor, ziehe ich meine Füße lieber wieder zurück.

Luisa atmet zweimal tief ein, streift sich die Haare zurück und wechselt dann von der Couch zum Sessel hinüber. Wieder einmal ärgere ich mich über mich selbst, weil ich zu weit gegangen bin.

Nach unerträglich langen Minuten des Schweigens, durchbreche ich schließlich die Stille.

»Hab ich die Stimmung verdorben?«

Sie starrt in den Fernseher, aber ich weiß, dass sie die Handlung des Filmes nicht wirklich verfolgt. Es kommt mir vor, als säße sie 200 Meilen von mir entfernt und nicht nur ein paar Schritte.

»Ist doch nichts Neues, oder?«, gibt sie schließlich undeutlich zurück.

Stimmt. Ich bin besonders gut darin, andere Menschen zu verletzen. Sei es körperlich oder seelisch. Muss in der Familie liegen.

Die Kirchturmglocken geben mir das Zeichen, auf das ich offensichtlich gewartet habe. Ich stehe auf und deute mit dem Daumen über meine Schulter in Richtung Tür.

»Ich mache mich dann jetzt besser mal auf den Weg.«

Weil ich mich schon an Luisa vorbeigeschoben habe, sehe ich nur ihren Hinterkopf und kann ihre Reaktion nicht erkennen. Doch schließlich nickt sie langsam.

»Ja.«

Kapitel 17
- Luisa

Zuerst flackern die Bilder des Fernsehers noch vor meinen Augen, dann verschwimmen sie nach und nach. Als ich die Haustür zufallen höre, löst sich eine einzelne Träne und tropft auf mein Knie, das ich bis zum Kinn hochgezogen habe.

Ich bin eine blöde Kuh. Warum tue ich das? Warum bin ich so zu ihm? Weil es richtig ist. Und es war mehr als falsch, ihm so nahe zu kommen. Mein Herz scheint jetzt noch nicht zu seinem alten Rhythmus zurückgefunden zu haben. Und auch die Hitze, die mich in seiner Nähe jedes Mal überkommt, weicht erst allmählich wieder aus meinen Gliedern.

Ich atme zittrig ein und drücke meine Stirn auf mein Knie, um das schwindelige Gefühl aus meinem Kopf zu vertreiben.

Ich will ihn so sehr. Ich brauche ihn so sehr. Nie hab ich mir etwas sehnlicher gewünscht als seine Nähe. Gleichzeitig macht mir genau das Angst. Es darf nicht sein. Es darf einfach nicht sein. So viele Gefühle drehen sich in mir und lassen mir übel werden. Angst, Trauer, Verzweiflung und nicht zuletzt Wut. Wut auf mich, weil ich ihn zurückweise. Wut auf ihn, weil er sich nicht von selbst fernhält und es sich so leicht macht. Wut auf meine Mutter und unseren Vater, die uns das Ganze erst eingebrockt haben und sich keiner Schuld bewusst sind.

Als ich den Blick wieder hebe, entdecke ich den Bilderrahmen auf der Couch. Er hat ihn zurückgelassen. Glückwunsch, Luisa. Ein absolut gelungenes Weihnachtsgeschenk. In welcher geistigen Umnachtung kam mir eigentlich die Idee, eine Fußmassage aufzuschreiben? Am liebsten würde ich jetzt sofort das ganze Teil verbrennen. Doch so viel packt das kleine Teelicht dann wohl doch nicht.

Passend zu meiner Stimmung peitscht ein heftiger Windstoß den Regen gegen die Fensterscheiben. Es könnte gemütlich sein, wenn ich nicht alleine hier sitzen und mich hassen würde.

Der nächste Morgen beginnt positiver, als ich erwartet hätte. Nach einer heißen Dusche, einer Schüssel Cornflakes und ein paar Kapiteln eines guten Buches fühle ich mich langsam wieder wie ein normaler Mensch und nicht mehr wie ein gefühlsgestörtes Monster. Das Buch schafft, wozu der Fernseher nicht imstande war: Es lenkt mich ab. Endlich vergesse ich meine tausend Probleme und kann in eine andere Welt abtauchen.

Jedoch nur solange bis das Schellen der Türklingel mich so heftig zucken lässt, dass ich fast die Milch über der Couch verteile.

Wer sollte jetzt hier klingeln? Hat Inge etwa Verdacht geschöpft und sucht mich hier? Oder ist es ein Nachbar, der noch nicht weiß, dass Fritz im Krankenhaus ist und ihm frohe Weihnachten wünschen will?

Ich lege Buch und Müslischale weg und schleiche auf Zehenspitzen Richtung Tür. Vermutlich wäre es besser, erst gar nicht hinzugehen und mich einfach ruhig zu verhalten. Doch ich habe die Befürchtung, dass einer der Nachbarn Bewegungen im Haus gesehen hat und sich nun überzeugen will, dass keine Einbrecher am Werk sind. Und auf einen baldigen Besuch der Polizei habe ich nun wirklich gar keine Lust.

Möglichst unauffällig schiebe ich die Gardine des schmalen Fensters rechts neben der Tür zur Seite und schiele hinaus. Sofort erkenne ich Yasins schwarze Haare. In der Kälte wippt er leicht von einem Fuß zum anderen. Oder ist es, weil er nervös ist? Woher weiß er, dass ich hier bin? Aber eigentlich ist es nur logisch. Wo sollte ich sonst sein?

Ich weiß nicht wieso, aber meine Hand lässt die Gardine ohne mein Zutun wieder zugleiten und bleibt dann regungslos an meiner Seite hängen. Irgendetwas hält mich davon ab, ihm zu öffnen. Es ist Yasin. Mein bester Freund. Und ich lasse ihn in der Kälte stehen.

Doch tief in mir weiß ich, dass es besser so ist. Ich weiß, weshalb er gekommen ist. Er hat Angst, mich zu verlieren und ich kenne ihn gut genug, um zu wissen, dass er Sophie für mich fallen lassen würde. Zumindest in diesem Augenblick. Und ich kenne mich selbst genug, um zu wissen, dass ich auf ihn eingehen würde. Ich fühle mich schwach und einsam und würde ihn sofort in mein Herz lassen.

Während ich mich Schritt für Schritt rückwärts von der Tür entferne und ein weiteres ungeduldiges Mal die Klingel ertönt, erkenne ich, dass ich ihn um seinetwillen zurückstoße. Er muss mich loslassen können. Am besten wäre es, wenn er mich ganz vergisst. Es ist nicht fair, ihm gegenüber, ihn jetzt hereinzulassen und mich von ihm trösten zu lassen. Genauso wenig ist es Sophie gegenüber fair.

Mein Handy vibriert in meiner Hosentasche und ich muss nicht draufschauen, um zu wissen, dass er es ist. Nach dem Anruf geht eine Nachricht ein. Ich widerstehe dem Drang, das Handy herauszuholen und nachzusehen, was er geschrieben hat.

Dann ist es still. Kein Klingeln mehr. Kein Vibrieren mehr.

Yasin ist weg.

Ich hätte es vorher nicht vermutet, aber dieses Weihnachtsfest wird tatsächlich das Trostloseste, das ich jemals gefeiert habe. Wenn man es denn Feiern nennen kann. Hauptsächlich sitze ich auf Fritz' altem Sessel, lese Bücher oder schaue fern. Das Haus verlasse ich kein einziges Mal. Zwischendurch muss ich mich in der Abstellkammer verstecken, weil Inge kommt, um die Blumen zu gießen und nach dem Rechten zu sehen.

Immer wieder versucht Yasin, mich zu erreichen, ruft auf meinem Handy an, schickt mir Nachrichten oder klingelt an der Tür. Als er mir per SMS androht, die Polizei zu rufen, wenn ich nicht wenigstens ein Lebenszeichen von mir gebe, schicke ich ihm eine kurze Antwort:

Ich lebe. Bitte ruf mich nicht mehr an.

Mir graut es bereits jetzt vor dem neuen Jahr und dem Beginn der Schule. Spätestens an der Bushaltestelle werde ich ihn wiedertreffen. Ich weiß nicht, wie ich ihm gegenübertreten soll, wie ich ihm mein Verhalten erklären soll.

Am Abend des zweiten Weihnachtstages packe ich meine Sachen zusammen und mache mich auf den Weg zurück zu Inge. Sie öffnet mir gut gelaunt die Tür und beginnt sofort mich auszufragen.

»Wie war es bei deiner Mama?«

»Gut«, antworte ich und hoffe, dass das keine Fangfrage ist und sie nicht schon längst weiß, dass ich nicht dort war. Aber das würde bedeuten, meine

Mutter hätte hier angerufen und die Wahrscheinlichkeit liegt bei Null.

»Was gab es zu Essen?«

Was es zu Essen gab? Okay, auf diese Frage war ich nicht vorbereitet. Ich antworte möglichst wahrheitsgetreu. »Ach, nichts Besonderes. Ravioli, Tiramisu und so was.«

Inge setzt sich zurück an den Esstisch, wo sie gerade dabei war, Pellkartoffeln für ihren berühmten Kartoffelsalat klein zu schneiden.

»Setz dich«, meint sie und nickt in Richtung des freien Stuhles. Zögernd nehme ich Platz und fühle mich wie bei einem Verhör. Sie versucht auf guter Cop zu machen, aber ich merke, dass sie einen Verdacht hat. Ich sehe es in ihrem Blick, mit dem sie mich immer wieder prüfend betrachtet.

»Wie geht es Paul?«, hakt sie nach.

Ich nestele nervös an einem losen Faden an meinem Pulli herum und ziehe die Maschen damit noch weiter auf.

»Gut.« Je knapper ich antworte, desto geringer ist die Chance, dass ich etwas Falsches sage.

»Wie gefällt dir ihre neue Wohnung?«

Uh. Fangfrage. Ich meine, mich erinnern zu können, dass meine Mutter etwas von einem kleinen Haus erzählt hat. Ich zögere die Antwort hinaus, suche in Inges Augen nach einem Hinweis und antworte schließlich: »Sie wohnen sehr schön.«

Sie nickt, schiebt die Kartoffelscheiben mit dem Knippchen vom Schneidebrett in die große Schüssel und macht sich dann an die Zwiebel.

»Und wie war das Wetter?«

Sie ist geschickt. Aber spätestens jetzt weiß ich, dass sie mich ausfragt. Sie weiß es. Zumindest hat sie einen Verdacht. Ich schweige und errege damit ihre Aufmerksamkeit. Sie hebt den Blick und wir starren uns eine Weile an, bis sie es endlich sagt:

»Ich weiß, dass du nicht da warst.«

Seltsamerweise bin ich erleichtert. Ich weiß nicht, ob sie mir böse ist oder nicht. Aber wenigstens brauche ich jetzt nicht mehr zu lügen.

»Es tut mir leid.«

»Weißt du«, meint Inge, während sie weiter die Zwiebel zu winzig kleinen Würfelchen verarbeitet, »wenn du dich schon vor mir versteckst, dann räume auch vorher dein dreckiges Geschirr weg. Nur so als Tipp für‘s nächste Mal.«

Meine Wangen kribbeln, als ich beschämt den Mund verziehe.

»Warum bist du nicht hiergeblieben? Du hättest so schön mit mir feiern können.«

»Aber du wolltest doch zu deiner Tochter«, murmele ich und sammele eine Kartoffelscheibe auf, die neben die Schüssel gefallen ist.

»Aber doch nicht die ganzen drei Tage. Ich liebe meine Tochter und meine Enkelkinder, aber manchmal brauche auch ich etwas Ruhe. Wir zwei, wir hätten es uns hier schön gemütlich machen können. Justus hat auch heute nach dir gefragt.«

Ich schaue überrascht auf. »Justus?«

Sie nickt und schüttet ihre selbstgemachte Mayonnaise über die Kartoffel-Zwiebel-Mischung. »Er war heute Nachmittag hier und wollte wissen, wie es dir geht. Es hat mich gewundert, dass er nicht wusste, dass du bei deiner Mutter bist. Deshalb habe ich mal bei Fritz nachgesehen.«

Justus wollte wissen, wie es mir geht? Langsam kommt wieder Leben in meinen schlappen Körper.

»Und hat er sonst noch was gesagt?«

»Mh?« Inge ist inzwischen aufgestanden, um den Kartoffelsalat zum Ziehen in die Abstellkammer zu bringen.

»Justus«, erinnere ich sie, »hat er sonst noch etwas gesagt?«

Sie schüttelt den Kopf. »Nein, er war sehr schnell wieder weg. Obwohl ich ihm noch Kuchen angeboten hatte.«

»Okay«, murmele ich und starre auf das Bild an der Wand, das Inges Enkelkinder zeigt. Ein Junge und ein Mädchen, etwa sieben und neun Jahre alt. Ganz normale Kinder, die sich niemals ineinander verlieben würden.

Kapitel 18
- Justus

Kathis Stimme macht mich wahnsinnig. Seit zwanzig Minuten telefoniert sie jetzt schon mit ihrer Freundin und kommt dabei vom Stöckchen auf's Hölzchen. Angefangen bei: *Ich bin mit Justus in Kreuztal* bis zu *Meine Nägel sind jetzt türkis.*

Die Feiertage mit meiner Mutter waren anstrengend. Vor allem, nachdem ich an Heiligabend erst so spät wieder nach Hause kam.

Eigentlich hatte ich überhaupt keine Lust auf das Treffen mit Kathi, aber nachdem ich schon dreimal kurz davor war, wieder zu Luisa zu fahren, habe ich schließlich zugestimmt, mit Kathi eine Pizza essen zu gehen.

Jetzt sitze ich hier, kaue meine Thunfischpizza und beobachte die Menschen, die an der Fensterscheibe vorbei durch das Einkaufszentrum laufen. Eine Mutter mit einem Kind auf dem Arm, das zweite noch im Kinderwagen. Ein junges Paar, das sich lauthals streitet, aber an der nächsten Ecke schon wieder küsst. Zwei Jungs, um die zehn Jahre alt, die sich gerade im Laden nebenan mit Schokoriegeln eingedeckt haben und diese nun gierig in sich hineinstopfen. Eine Gruppe von Bankangestellten, die sich in ihren feinen Anzügen von der Masse abheben. So viele verschiedene Menschen mit unterschiedlichen Zielen, Hintergründen, Problemen.

Manchmal stelle ich mir vor, wie es wäre, wenn diese Personen alle nur Darsteller wären. Sie haben keinerlei eigenes Leben. Sobald sie außerhalb meiner Sichtweite sind, bleiben sie wie erstarrt stehen oder lösen sich in Luft auf. Ihr einziger Daseinszweck ist es, mir vorzugaukeln, dass ich nicht der einzige Mensch auf diesem Planeten bin. Doch seit ich Luisa kenne, weiß ich, dass das nicht so ist. Sie spukt mir auch dann noch im Kopf herum, wenn ich sie nicht mehr sehe. Sie hört nicht auf zu existieren, wenn ich die Augen schließe. Selbst, wenn ich nicht aktiv an sie denke, ist sie noch da. Irgendwo in mir drin.

»Oder was meinst du?«

Kathis Stimme holt mich in die Wirklichkeit zurück. Ich schüttele meine Gedanken ab und sehe sie verwirrt an. »Was?«

»Diese neue Diät. Paleo. Schwachsinn, oder?«

»Ich weiß nicht. Keine Ahnung.«

Sie legt den Kopf schief und sieht mich mit gerunzelter Stirn an. »Denkst du, ich sollte sie mal ausprobieren?«

Ich sollte auf die Alarmsignale hören, die mein Körper mir zu senden versucht. Aber mein Kopf reagiert nicht schnell genug.

»Wenn du willst.«

Ihre Augen weiten sich zunächst, nur um sich im nächsten Moment zu kleinen Schlitzen zu verengen.

»Du meinst, ich brauche eine Diät?« Das letzte Wort kommt so spitz aus ihrem Mund, dass es mir schon fast in den Ohren wehtut.

Ihre Art laugt mich aus. Sie macht mich müde.

»Das habe ich nicht gesagt.«

Kathis Unterlippe beginnt zu beben. Kein gutes Zeichen. Mit einer Hand schiebt sie den Teller mit der Pizza von sich, von der sie erst ein kleines Stück gegessen hat.

»Du bist so gemein.«

»Ich weiß«, höre ich mich sagen. Ich sehe sie zwar an, aber ich nehme ihre Gefühlsregungen nicht wahr. Es ist mir egal, wenn ich sie verletze. Ich habe schon so vielen Menschen wehgetan. Ist doch egal, ob einer mehr oder weniger.

»Wenn du so weitermachst, gehe ich«, schnieft sie. »Dann kannst du hier alleine sitzen.«

»Okay«, entgegne ich und höre sie scharf einatmen.

»Dann bist du also doch so ein Arschloch, wie alle sagen«, flüstert sie.

Inzwischen bin ich nicht mehr nur müde. Ich bin genervt. Gereizt. Wütend. Da ist es wieder, dieses dunkle Gefühl, das wie eine Welle auf mich zurast und mich unter sich begräbt. Ich sehe kaum noch etwas um mich herum. Spüre nur noch die Wut. Unter dem Tisch ballen sich meine Hände zu Fäusten.

Kathis Stimme zittert. »Sie haben mich vor dir gewarnt. Sie haben gesagt, ich soll mich nicht mit dir einlassen, weil du mich nur verletzen würdest.«

»Und mir haben sie gesagt, du wärest eine dreckige Schlampe und würdest mit jedem ins Bett steigen. Da hatten sie wohl alle recht, nicht wahr?« Meine Stimme klingt fremd, als wäre nicht ich es, der die Worte ausspricht. Vielleicht bin ich es auch nicht. Es ist die schwarze Masse, die mich einnimmt und mich solche Sachen sagen lässt.

Aber ich bin es, der Kathis Ohrfeige abbekommt. Ihr Handabdruck hinterlässt ein brennendes Gefühl auf meiner Wange und holt mich zumindest ein bisschen ins Hier und Jetzt zurück.

Der Pizzabäcker betrachtet mich mit gerunzelter Stirn, nachdem Kathi das Lokal schon längst verlassen hat. Ich atme einmal ruhig ein und aus und ziehe mir dann ihren Teller auch noch heran.

Meine Mutter ist nicht zuhause, als ich zurückkomme. Das ist auch gut so, denn ich habe ein Ziel. Ihr Geheimversteck habe ich ja bereits vor ein paar Tagen lokalisiert. Eigentlich sind es mehrere. Ganz einfache, wie das unter ihrem Bett. Aber auch ein paar kniffligere, wie das im Spülkasten der Toilette.

Meine Finger zittern leicht, als ich ihre Seite des Spiegelschranks im Badezimmer öffne. Dass das Mundwasser nicht wirklich Mundwasser ist, weiß ich, seit ich sie einmal in großen Zügen daraus habe trinken sehen. Die große Flasche wurde gerade erst neu befüllt, doch ich denke, es fällt ihr nicht auf, wenn etwas daraus fehlt.

Das hochprozentige Zeug brennt in meinem Hals und breitet sich warm in meinem Magen aus. Es ist nicht so, dass ich noch nie etwas getrunken habe. Die ersten Partys mit meinen Freunden begannen mit Trinkspielchen und endeten regelmäßig in Saufgelagen. Doch je mehr ich zuhause mit dem Alkohol konfrontiert wurde, desto widerlicher fand ich das Zeug. Ich habe gesehen, wie mein Vater sich dadurch verändert hat. Wie er vom witzigen Papatyp zu einem prügelnden Monster geworden ist.

Aber ich habe auch gesehen, wie meine Mutter sich damit betäubt. Wie sie die Schmerzen und ihre Sorgen einfach wegtrinkt.

Manchmal war sie danach normaler als davor. Und ich möchte auch wieder normal sein. Ich möchte die schwarze Masse ertränken. Ich will mich nicht von ihr beherrschen lassen. Und mit jedem Schluck, den ich mehr nehme, dränge ich sie weiter zurück. Solange bis ich nicht mehr wütend, sondern nur noch müde bin.

Kapitel 19
- Luisa

Bis Silvester sind es nur noch zwei Tage. Zwei Tage, bis das Jahr, in dem sich für mich so vieles verändert hat, zu Ende geht. Ja, es hat sich viel verändert. Aber gebracht hat es mir nichts. Ich sitze immer noch alleine auf meinem Zimmer und mein einziger sozialer Kontakt ist eine schrullige, alte Frau.

Ich versinke immer mehr in der Welt meiner Bücher. Meine Bücher waren schon immer und sind jetzt wieder meine besten Freunde. Sie können mich nicht verletzen, nur aufbauen, ablenken und trösten. Seit ich ein eigenes Zimmer und regelmäßiges Taschengeld habe, bin ich Stammkundin in der Buchhandlung. Meine Sammlung wächst und wächst. Ein tolles Gefühl.

Das Klopfen an der Tür bringt mich nicht aus meinem Lesefluss. Ich nehme es zwar wahr, reagiere aber nicht darauf. Erst als Inges Stimme direkt hinter mir erklingt, sehe ich fragend auf.

»Luisa.« Sie hat die Fäuste in die Hüften gestemmt und funkelt mich streng an. »Ich hab mir das jetzt lange genug mit angesehen. Seit Tagen warst du nicht mehr aus dem Haus. Du ziehst dir jetzt was an und dann bewegst du dich draußen an der frischen Luft. Du wirst mir sonst noch krank.«

Ich deute vielsagend auf mein Buch. »Ich bin noch nicht fertig.«

»Lesen kannst du heute Abend immer noch. Die Sonne scheint, falls du das noch nicht bemerkt hast.«

Mit zwei Schritten ist sie bei mir, zieht mir das Buch aus der Hand und klappt es zu.

»Neeeeiiiiiin!«, schreie ich verzweifelt. »Es ist kein Lesezeichen drin.«

Inge sieht mich verständnislos an. »Die Worte purzeln deshalb nicht heraus. Du findest die Stelle schon wieder. Und jetzt raus mit dir.«

Sie folgt mir, während ich widerwillig das Zimmer verlasse und im Flur Schuhe und Jacke anziehe.

»Ich hätte auch eine Aufgabe für dich, falls du nicht weißt, wo du hingehen sollst«, sagt sie leichthin, doch ich sehe ihr an, dass das von Anfang an ihr Plan war.

»Und die wäre?«

Sie huscht in die Küche und kommt gleich darauf mit einem Korb zurück. »Eine Bekannte von mir wartet auf ein paar Sachen. Ich wäre dir sehr dankbar, wenn du ihr die bringen würdest.«

»Klar«, murre ich und nehme den schweren Korb entgegen. »Meine Güte, was ist denn da drin? Backsteine?«

»Honig, Marmelade, eingelegte Birnen und Gurken ...«

Ich vermute, dass die Aufzählung noch weiter geht, doch Inge lächelt nur und zwinkert mir zu. »Danke.«

Inges Bekannte lebt ein paar Straßen weiter. Eigentlich keine Strecke, die nicht zu bewältigen wäre. Aber der Korb in meiner Hand scheint mit jedem Meter schwerer zu werden. Kein Wunder, dass sie nicht selbst gehen wollte.

Das Mehrfamilienhaus, vor dem ich schließlich stehen bleibe, ist zwar alt, aber gut gepflegt. Frau Meier, die Bekannte, öffnet mir glücklich lächelnd.

»Ah, du musst die Luisa sein. Wie lieb, dass du mir die Sachen bringst.«

»Kein Problem«, antworte ich und helfe ihr, den monstermäßig schweren Korb auf dem Esstisch abzustellen.

»Möchtest du noch etwas trinken oder ein Stück Kuchen?«, fragt sie und stellt im selben Moment einen Teller vor mir auf den Tisch.

»Ähm ...« Mein erster Impuls ist es, abzulehnen. Doch Frau Meier sieht mich so herzerweichend an, dass ich es nicht schaffe. »... na gut.«

Der Kuchen, den sie aus dem Schrank holt, scheint schon etwas älteren Jahrgangs zu sein. Er ist staubtrocken und nur noch genießbar, indem ich ihn ab und zu in den warmen Kakao tunke, den die nette, alte Dame mir ausgeschenkt hat.

»Du bist ja wirklich ein Engel«, schmachtet Frau Meier mich an, während sie nach jedem Schluck, den ich aus der Tasse nehme, noch einen nachschüttet. Ich befürchte, dass ich hier so schnell nicht mehr wegkomme. Danke, Inge.

»Glaubt man ja kaum, dass der Justus dein Bruder ist«, redet sie weiter. »Ihr seht euch überhaupt nicht ähnlich.«

Ich schüttele leicht den Kopf, exe meinen Kakao und stelle ihn außerhalb von Frau Meiers Reichweite wieder ab.

»Der war ja auch manchmal hier. Aber der ist lange nicht so höflich wie du. Hat die Sachen bloß immer gebracht und ist schnell wieder abgehauen. Zur Inge ist er auch immer so frech. Dem hätte man schon viel früher mal Manieren beibringen sollen. Ich hab ihn auch ein paar Mal gesehen, wenn er mit der Enkelin von der Renate hier war.

Die Renate tat mir so leid. Die Enkelin ist doch die Einzige, die ihr noch hilft, weil ihre Tochter doch so krank ist und der Schwiegersohn immer auf Geschäftsreise. Einer muss ja das Geld verdienen.«

Allmählich brummt mir der Schädel. Aus dem ganzen Gebrabbel habe ich mir nur die für mich relevanten Informationen herausgefiltert. Justus und ein Mädchen. Kathi? Oder ist es schon länger her?

»Wie heißt denn die Enkelin von Renate?«, unterbreche ich ihren Monolog. Frau Meier sieht mich verwirrt an. »Die Enkelin? Ach, wie hieß die denn noch gleich?« Sie sieht mich an, als könnte ich ihr die Antwort liefern. »Luisa?«

Ich schüttele den Kopf. »Luisa bin ich.«

»Ach ja«, nun scheint sie ganz aus der Bahn geworfen zu sein. »Na, wie war das noch? Lisa, Lena, Lara, Laura ... Laura. Ja, ich denke, Laura war es.«

»Ah.« Ich versuche mir meine Abneigung bei der bloßen Erwähnung des Namens nicht anmerken zu lassen. Wie hoch ist die Wahrscheinlichkeit, dass es sich um eine andere Laura handelt?

»Ja, das ist ein ganz armes Mädchen. Den Vater sieht sie kaum und die Mutter ist bettlägerig. Sie kümmert sich nicht nur um ihre Mutter und ihre Großmutter, sondern auch noch um die drei kleinen Schwestern.«

Im Ernst? Ich kann kaum glauben, was ich da höre. Und irgendwie passt das auch nicht zu »meiner« Laura.

»Möchtest du noch ein Stück Kuchen?«, fragt Frau Meier und ist schon im Begriff, meinen Teller neu zu beladen.

Ich springe hastig auf. »Nein, nein. Danke. Ich muss jetzt wirklich los.«

Die alte Frau wirkt etwas enttäuscht, aber darauf kann ich jetzt keine Rücksicht nehmen. Noch ein Stück Staubkuchen überlebe ich nicht.

Das Gute an dem Besuch bei Frau Meier war, dass ich meine Sorgen fast vergessen habe. Es blieb keine Zeit, an Yasin zu denken und wie sehr ich ihn mit meinem Verhalten verletze oder daran, dass meine Mutter sich nicht mal an Weihnachten bei mir gemeldet hat. Nur Justus konnte ich mal wieder nicht ganz vergessen.

Was mir aber aktuell nicht mehr aus dem Kopf geht, ist Laura. Bisher waren die einzigen Gefühle, die ich für sie empfunden habe, Wut und Abneigung. Jetzt spüre ich tatsächlich Mitleid für sie aufkeimen. Ich habe nie hinter ihre Fassade blicken können. Wie auch? Dafür hätte ich mehr als nur Anfeindungen mit ihr austauschen müssen.

Inge hatte recht. Der Spaziergang an der frischen Luft tut mir gut. Ich atme die kalte Dezemberluft ein und genieße die wärmenden Strahlen der Sonne auf meinem Rücken. Wenigstens für ein paar Minuten möchte ich an nichts anderes denken, als den Weg, der vor mir liegt. Ich zähle die Platten des Bürgersteiges, beobachte drei Blätter, die vom Wind sanft über die Straße getragen werden und atme den Duft von frisch gebackenem Brot ein, als ich an einem geöffneten Küchenfenster vorbeikomme.

»Was machst du denn hier?«

Die altbekannte Stimme lässt mich stoppen. Als ich den Blick hebe, sehe ich direkt in Lauras kühle Augen.

Wenn man vom Teufel spricht oder wie war das?

»Hi«, begrüße ich sie möglichst neutral.

»Was machst du hier?«, wiederholt sie ihre Frage und schielt misstrauisch an mir vorbei zu Frau Meiers Haus. Das Haus, in dem auch ihre Großmutter lebt.

Ich schaue mich gespielt verwirrt um. »Das ist eine öffentliche Straße, oder nicht?«

»Es ist eine Sackgasse«, brummt sie, »und ich habe dich hier vorher noch nie gesehen.«

»Ich wohne nur ein paar Straßen weiter«, erkläre ich, obwohl ich vermute, dass ihr das egal ist. Erst jetzt fällt mein Blick auf das kleine Mädchen, dass ihre Hand hält. Sie hat dieselben schwarzen Haare wie Laura und auch dieselbe spitze Nase. Das Mädchen grinst mich frech an. Im Schein der Sonne blitzt ihre Zahnspange auf. Laura ruckt an ihrer Hand und die kleine stellt das Grinsen sofort wieder ein.

»Wie auch immer«, murmelt Laura, rempelt mich im Vorbeigehen an und zerrt ihre kleine Schwester hinter sich her.

Wie war das? Ich hatte Mitleid?

Trotz der Begegnung mit Laura bin ich gut gelaunt, als ich das Haus betrete und mir die Schuhe von den Füßen streife.

»Inge?«, rufe ich auf dem Weg in die Küche und stelle den leeren Korb auf dem Tresen ab. »Ich bin wieder da!«

»War alles in Ordnung?«, tönt ihre Stimme aus dem Obergeschoss.

Ich schnappe mir einen Apfel aus der Obstschale, beiße ein Stück ab und antworte kauend: »Ja, alles gut. Sie war sehr gesprächig und es gab Kuchen.«

Ihre Antwort geht im Rauschen des Duschwassers unter, also setze ich mich an den Küchentisch und inspiziere das Kreuzworträtsel, das sie halb ausgefüllt dort liegen gelassen hat.

Ich überlege gerade an einer Schellfischart mit sechs Buchstaben, als es mehrmals an der Tür klingelt. Das Klingeln ebbt auch nicht ab, als ich bereits im Flur angekommen bin.

»Ist ja schon gut«, brumme ich, öffne die Tür und erstarre.

Kapitel 20
- Justus

Mit einer Hand stütze ich mich am Türrahmen ab, die andere hängt schlaff an meinem Körper herunter. Ich dachte, ich würde wieder etwas ausnüchtern, wenn ich zu Fuß hierher laufe. Immerhin war ich fast eine Stunde unterwegs. Aber jetzt, wo ich vor ihr stehe und nicht aufhören kann, auf ihre Lippen zu starren, die vor Überraschung leicht geöffnet sind, weiß ich, dass ich es nicht bin.

»Hi«, sage ich und zwinkere ihr zu. Warum zwinkere ich? Das war nicht geplant.

»Hi«, gibt sie erstaunt zurück. »Was willst du?«

Ich keuche in einer Art missglücktem Lachen. Was ich will, sollte sie lieber nicht fragen. Die Antwort würde ihr mit Sicherheit nicht gefallen. Oder vielleicht doch? Es macht mich wahnsinnig, nicht zu wissen, wie sie über uns denkt. So wahnsinnig, dass ich nur noch ihr Gesicht vor Augen habe. Ich habe noch nie etwas so sehr gewollt wie sie. Meine Schwester.

Nervös lecke ich mir über die Lippen und fahre mir mit der Hand, mit der ich mich nicht abstützen muss, durch die Haare. Das bringt mich trotz allem leicht aus dem Gleichgewicht.

Luisa weicht ein Stück vor mir zurück. »Bist du betrunken?«

»Sieht es so aus?«, nuschele ich.

Statt einer Antwort zieht sie mich am Ärmel hinter sich her in den Flur und schließt die Haustür.

»Bist du wahnsinnig? Seit wann trinkst du?«

Ich hebe die Hand und versuche an meinen Fingern abzuzählen. »Seit ... zwei ... drei ... vier Stunden und ... ein paar Minuten.«

»Warum ... Was ... Scheiße!« Luisa rauft sich die wilden Locken und presst die Lippen aufeinander, bevor sie mich wieder prüfend betrachtet. »Inge darf dich so auf keinen Fall sehen.«

»Schon klar«, nicke ich, weiß aber nicht wirklich, wovon sie spricht. Warum darf sie mich nicht sehen? Ich beobachte, wie Luisa grübelt und sich suchend umsieht. »Soll ich mich im Wandschrank verstecken?«, schlage ich vor.

Mit einem Kopfschütteln tut sie meinen nicht ganz ernst gemeinten Vorschlag ab. »Es gibt hier keinen Wandschrank. Komm mit.«

Sie packt meine Hand und zieht mich hinter sich her die Treppe hinauf. Es fällt mir schwer, auch nur einen Fuß neben den anderen zu setzen. Mein Kopf fühlt sich an, als wäre er mit Watte gestopft worden. Sie führt mich an der Badezimmertür vorbei, hinter der das Rauschen der Dusche zu hören ist. Inge unter der Dusche. Eine Vorstellung, die mich beinahe wieder nüchtern werden lässt.

»Setz dich«, befiehlt Luisa und deutet auf ihr Bett.

»Bist du dir sicher?«, frage ich mit hochgezogenen Augenbrauen, doch im nächsten Moment stolpere ich fast auf die Matratze. Sie dreht den Schlüssel im Schloss herum und deutet mir an, leise zu sein, bevor sie sich im Schneidersitz auf den Teppich vor dem Bett sinken lässt.

»Warum sitzt du da unten?«

Sie ignoriert meine Frage und funkelt mich stattdessen wütend an.

»Was hast du dir dabei gedacht? Du verabscheust Alkohol.«

Was ich mir gedacht habe? Das ist so schwer zu erklären. Ich verstehe es ja selbst kaum. Vielleicht habe ich es getan, um genau das endlich nicht mehr zu tun. Denken. Und auch jetzt will ich nicht denken. Ich will fühlen. Durch die Watte in meinem Kopf spüre ich das Verlangen nach ihr. Obwohl sie mehr als einen Meter Sicherheitsabstand wahrt, spüre ich ihre Ausstrahlung. Es kribbelt überall. Bevor ich weiß, was ich tue, hocke ich vor ihr und versinke in ihren Rehaugen, die sie überrascht aufgerissen hat.

»Was tust du?«, flüstert sie, als ich mich vorbeuge und mit den Armen links und rechts von ihr abstütze.

Ich kann ihr nicht antworten. Ich weiß es doch selbst nicht. Mein Körper steuert sich ganz von alleine. Es ist, als hätte der Alkohol die Notbremse deaktiviert, die ich in solchen Fällen normalerweise anziehe.

Meine Lippen sind nur noch Zentimeter von ihren entfernt. Luisa hat sich bereits so weit zurückgelehnt, dass sie fast flach unter mir liegt. Mein Bauch liegt auf ihrem. Ihre Brust hebt und senkt sich gegen meine. Noch ein paar Millimeter, bevor ich ihre Lippen schmecke.

»Justus« Ihre Stimme ist jetzt nur noch ein Wispern. Ich kann es nur hören, weil ich so nah bei ihr bin, dass ich fast schon ihre Gedanken lesen kann. »Bitte ... tu das nicht.«

Ihre Worte dringen nur langsam in meinen Kopf ein, doch sie lassen mich zögern. Ich verharre in dieser Position, auf ihr liegend. Atme die Luft ein, die sie ausatmet. Durch den Schleier vor meinen Augen versuche ich, ihre verbliebenen Sommersprossen zu zählen, um mich wieder zur Vernunft zu bringen. Erst nach und nach kann ich mich von ihr lösen und wieder aufrecht hinsetzen. Sie bleibt noch einen Moment auf dem Rücken liegen, bevor auch sie sich aufstützt und mich aus glasigen Augen ansieht.

»Du solltest ...«

Ich unterbreche sie, bevor sie den Satz beenden kann. »Ich weiß. Ich sollte jetzt besser gehen.«

Kapitel 21
- Luisa

Wie schafft er das nur immer wieder? Endlich geht es mir mal wieder etwas besser und dann? Dann kommt er und reißt meine Schutzmauer wieder ein. Er macht das mit einem Fingerschnippen. Einem Wimpernschlag. Ach, was rede ich? Es reicht ein Zucken seines Mundwinkels und ich bin ihm verfallen.

Vielleicht war es ein Fehler, ihn so betrunken wie er immer noch ist, vor die Tür zu setzen. Aber schlimmer wäre es geworden, wenn ich ihn nicht weggeschickt hätte. Es hat nicht mehr viel gefehlt. Nicht mehr viel und ich hätte ihn geküsst. Ich wollte es. Ich wollte es so sehr. Aber es ist falsch. Wir dürfen es nicht tun.

Durch das Fenster beobachte ich, wie Justus zurück auf die Straße wankt. Am Gartentörchen bleibt er kurz stehen und reibt sich mit einer Hand über das Gesicht. Mit der anderen hält er sich am Zaun fest.

Ich schließe die Augen und atme tief ein, um mein Herz zu beruhigen, das mir immer noch bis zum Hals schlägt. Ich kann ihn so nicht gehen lassen. Er würde vermutlich noch vor das nächste Auto rennen.

Im Flur öffne ich kurz die Badezimmertür und rufe durch den Dunst des heißen Wassers: »Ich bin nochmal kurz weg.«

»In Ordnung«, antwortet Inge. »Aber sei zum Abendessen zurück.«

Justus zuckt erschrocken zusammen, als ich seinen Arm ergreife und mich bei ihm unterhake.

»Was hast du vor?«

»Dich nach Hause bringen. So schaffst du es keine zwei Meter weit.«

Justus schnauft. »Ich habe es zu Fuß hierher geschafft. Ich schaffe es auch alleine wieder zurück.«

Seltsam. Eben wollte er mich noch küssen. Jetzt tut er so, als würde er lieber vor ein Auto rennen, als sich von mir begleiten zu lassen. Wir sind zwei seltsame Geschöpfe. Fast wie Magnete, die sich immerfort im Kreis drehen. Im einen Moment ziehen wir uns an und im nächsten stoßen wir uns wieder ab.

Ohne sein Nörgeln zu beachten, ziehe ich ihn weiter den Weg entlang.

»Zu Fuß oder mit dem Bus?«, will ich von ihm wissen.

Seine Antwort kommt prompt. »Oh bitte, zu Fuß.«

Er wirkt nun ganz blass und ich kann ein leises, schadenfrohes Lachen nicht unterdrücken.

»Ich hoffe, dir ist so richtig schön schlecht. Geschieht dir recht. Das war so dumm von dir.«

»Was genau meinst du? Dass ich mich betrunken habe? Oder dass ich dich besucht habe? Dass ich versucht habe, dich zu küssen?«

Ich wette, es ist der Alkohol, der seine Zunge lockert. Denn normalerweise würde er das nicht so offen aussprechen.

»Dass du getrunken hast«, antworte ich nach kurzem Zögern, »denn die anderen beiden Dinge hättest du nüchtern nie getan.«

Ich spüre seinen Blick auf mir ruhen, schaue aber nicht auf, damit ich nicht Gefahr laufe, mich in seinen blauen Augen zu verlieren.

»Bist du dir sicher?«, fragt er, erwartet aber zum Glück keine Antwort. »So kann das mit uns nicht weitergehen«, murmelt er.

Ich bin ganz seiner Meinung und doch tun mir seine Worte weh. »Und was sollen wir dagegen tun? Abstand scheint nicht zu helfen. Haben wir ja schon versucht.«

»So meinte ich das nicht«, erwidert er und schüttelt leicht den Kopf, was ihn im nächsten Moment dazu veranlasst, unglücklich den Mund zu verziehen und noch ein bisschen blasser zu werden.

»Wie dann?«

Er bleibt stehen und stoppt somit auch mich. »Was, wenn wir uns heimlich treffen?«

»Was?« Ich schaue ihn entgeistert an. Das kann er nicht ernst meinen.

»Luisa.« Seine Stimme klingt verzweifelt. »Es ist ja wohl kaum zu übersehen, dass ich dich liebe. Und ich hoffe, dass es dir genauso geht.«

»Wie ...«, ich stocke kurz, um mich zu sammeln, »Wie kannst du das hoffen? Es ist absolut falsch.« Ich gehe einen Schritt zurück und schaffe so wieder einen Sicherheitsabstand zwischen uns. »Es darf niemals etwas zwischen uns sein.«

Zwischen seinen Augen bildet sich eine steile Falte.

»Wieso? Wieso ist es falsch? Es fühlt sich nicht falsch an.«

»Du bist mein Bruder«, zische ich und nach einem Rundumblick füge ich etwas leiser hinzu. »Geschwister lieben sich nicht auf diese Weise.«

»Halbbruder«, verbessert er mich, »und wo steht geschrieben, dass wir uns nicht lieben dürfen?«

»Im Gesetz«, rufe ich verzweifelt und schiebe mir mit der flachen Hand ein paar Locken aus der

Stirn. »Es steht im Gesetz, verdammt nochmal.«

»Nur weil wir denselben Vater haben?« Er will mich nicht verstehen. Es ist müßig, mit einem Betrunkenen zu diskutieren.

»Ja«, antworte ich erschöpft, »weil wir denselben Vater haben.« Ich greife wieder nach seinem Arm und will ihn weiterziehen, doch Justus kommt mir zuvor, packt mich mit den Händen an den Oberarmen und drückt mich mit dem Rücken gegen die Hauswand hinter mir. Sein Blick ist starr auf meine Lippen gerichtet, sein Atem geht schnell. Ich kann nicht anders, als den Druck seiner Hände auf meinen Armen zu genießen. Es tut nicht weh. Im Gegenteil. Es fühlt sich geborgen an. Als würde er eine Mauer um uns herum errichten, die alle Blicke von uns abschirmt. Nur er und ich in unserer eigenen kleinen Welt.

»Ich liebe dich, Luisa«, flüstert er. »Bitte sag es. Sag, dass du mich auch liebst.«

Ich schlage die Augen nieder und starre auf den Boden, auf seine grünen, fleckigen Schuhe. Er hat sie wieder an. Sie sind nicht mehr nur ein Relikt aus schöneren Zeiten. Ich schlucke schwer und sehe ihm das erste Mal seit Langem wieder direkt in die Augen.

»Du bist betrunken.«

»Kann schon sein«, murmelt er. Plötzlich ist er viel näher an mir dran als noch vor ein paar Sekunden. Ich spüre seinen Atem auf meiner Wange. »Aber sagen Kinder und Betrunkene nicht immer die Wahrheit?«

Bevor ich noch etwas erwidern kann, spüre ich seine Lippen auf meinen. Sein Kuss ist nicht sanft, nicht fragend. Der Griff um meine Arme wird noch fester und er presst sich so eng an mich, dass ich glaube, bald keine Luft mehr zu bekommen. Aber ich wehre mich nicht. Ich will mich nicht mehr wehren. Ich lasse mich sinken, in seinen fordernden, flehenden Kuss und gebe ihm so die Antwort, auf die er so sehnlich gewartet hat.

Als er sich schließlich wieder von mir löst und meine Arme langsam loslässt, hat er endlich wieder Farbe bekommen. Und auch meine Wangen kribbeln verräterisch.

Er pustet die Luft aus und setzt ein verlegenes Grinsen auf. »Das musste mal gesagt werden.«

Ich bin überrascht. Nach meinen Erfahrungen hatte ich erwartet, dass er nun wieder kühl und abweisend zu mir ist. Doch Justus scheint viel befreiter zu sein. Außerdem wirkt er gar nicht mehr so betrunken. Ich dagegen fühle mich, als hätte ich gerade drei Gläser Wein auf ex gekippt.

Die Versuchung ist groß, einfach nach seiner Hand zu greifen und wie ein verliebtes Pärchen weiter zu spazieren. Doch eine kleine Stimme in meinem Kopf stößt schrille Warnrufe aus. Wir stehen immer noch direkt an der Hauptstraße, nicht einmal 500 Meter von Inges Haus entfernt. Die Gefahr, dass uns jemand sieht, der uns kennt, ist viel zu groß. Also stecke ich die Hände in die Hosentaschen und schlendere neben ihm her.

Vor der Wohnung seiner Mutter angekommen, wirkt Justus schon fast wieder normal. Wir haben nicht viel gesprochen auf dem Weg hierher, aber ich denke, er hat selbst begriffen, dass das gerade eben nur ein einmaliger Ausrutscher gewesen sein darf.

Stumm schließt er die Wohnungstür auf und gibt mir mit einem Nicken zu verstehen, dass ich mit rein kommen soll. In der Küche treffen wir auf seine Mutter, die mit verbissener Miene ein paar Teller spült. Ich sehe mich verwundert in der kleinen Wohnung um. Als ich das letzte Mal hier war, war alles penibel aufgeräumt und sauber. Nun wirkt es fast, als stände ich am Drehort einer neuen Realityshow für einen der Trashsender im Fernsehen. Überall liegt ungewaschene Wäsche und Verpackungsmaterial herum. Die Teller, die sie gerade spült, sind nur die Spitze des Eisberges. In einer Ecke der Küche stehen übervolle Mülltüten, aus denen mir ein scharfer Gestank entgegenschlägt.

Als sie uns bemerkt, schaut sie nur kurz auf und wendet sich dann wieder dem schmutzigen Geschirr zu.

»Hallo Frau Engel«, begrüße ich sie und hebe unsicher die Hand.

Sie ignoriert mich, knallt stattdessen den gerade gespülten Teller auf das übervolle Abtropfgitter und faucht: »Was hast du dir dabei gedacht?«

Sie sieht keinen von uns, aber es ist klar, wen sie meint. Justus steckt die Hände in die Taschen und kickt eine leere PET-Flasche aus dem Weg. Er schweigt, aber das macht es nicht besser.

»Bist du jetzt vollkommen verrückt geworden? Willst du mich kaputt machen? Habe ich nicht schon genug Probleme? Jetzt noch einen minderjährigen Säufer im Haus. Justus, was hast du dir dabei gedacht?«

Justus gibt einen schnaufenden Ton von sich und verzieht die Lippen zu einem freudlosen Grinsen.

»Ob ich verrückt geworden bin? Wer von uns versteckt seine Alkoholvorräte denn im Toilettenkasten?«

Frau Engel wirft ihm das geblümte Tuch entgegen, mit dem sie sich gerade die Hände abtrocknen wollte.

»Komm mir jetzt bloß nicht so. Du bist minderjährig, verdammt nochmal!« Ihre Stimme wird immer schriller, ihre Wangen immer röter. Sie kommt um die Küchentheke herum auf uns zu.

»Willst du so werden wie dein Vater? Willst du das? Dann gratuliere ich dir, denn du bist auf dem besten Weg dorthin.«

Justus versteift sich augenblicklich. Seine Lippen bilden inzwischen nur noch einen schmalen Strich, so sehr presst er sie aufeinander. Ich greife nach seiner Hand und drücke sie leicht.

»Du«, faucht Frau Engel, ihr Blick haftet an unseren ineinander verschränkten Fingern, bevor sie wieder aufschaut und ihr Gesicht sich zu einer wütenden Maske verzerrt. »Du Flittchen hast uns das alles eingebrockt!«

Mir wird heiß und kalt gleichzeitig. Noch begreife ich nicht ganz, was sie da gerade zu mir gesagt hat. Erst nach und nach sickern die Worte in mein Unterbewusstsein. In der Zwischenzeit macht sie einen Schritt auf mich zu und deutet mit ihrem Finger auf meine Brust. »Wenn du niemals hier aufgetaucht wärst, wäre mein Mann jetzt noch bei mir. Justus hätte noch seinen Vater und wir wären eine intakte Familie. Du kleine Schlampe hast uns alles zerstört.«

Keuchend weiche ich vor ihr zurück und stolpere dabei fast über einen Haufen Dreckwäsche. Justus hält mich am Arm fest und schiebt mich gleichzeitig ein Stück hinter sich. Seine Stimme ist fest und klar, als er zu seiner Mutter spricht.

»Hör auf damit. Sie ist nicht ihre Mutter. Genauso wenig wie ich mein Vater bin. Die Einzigen, die etwas kaputt gemacht haben, seid ihr.«

An Justus' Schulter vorbei kann ich sehen, wie sich Tränen in Frau Engels Augen bilden. Ihr Mund ist immer noch verzerrt, doch so langsam scheint sie mehr verzweifelt als wütend zu sein.

»Du liebst mich nicht mehr. Stimmt das? Du liebst mich nicht mehr!«

Justus' Hand sucht meine. Hinter seinem Rücken reiche ich sie ihm und streiche beruhigend mit dem

Daumen über seine Handinnenfläche. Ich weiß nicht, wem diese Situation mehr Angst macht. Ihm oder mir. Doch seine Stimme klingt ganz gelassen.

»Ich bin dein Sohn. Ich werde dich immer lieben.«

Es ist wie verhext. Seine Mutter scheint ihn überhaupt nicht zu hören. Ihr Blick ist wieder auf mich gerichtet. »Du liebst nur noch sie.« Der kalte Ton in ihrer Stimme lässt mich frösteln. »Deine eigene Schwester. Das ist widerlich.« Ihre Augen suchen seine. »Du bist widerlich.«

Seine Hand drückt meine so fest, dass es fast wehtut. Aber ich weiche nicht zurück. Ich bleibe bei ihm, trete sogar noch ein Stück näher an ihn heran. Eine Weile stehen er und seine Mutter so da, dann beginnt er langsam wieder zu atmen.

»Komm, Luisa. Lass uns gehen«, murmelt er, ohne den Blickkontakt zu seiner Mutter zu unterbrechen und zieht mich dann aus dem Raum.

»Ihr werdet nirgendwo zusammen hingehen!«, schreit Frau Engel uns hinterher. »Hört ihr?«

Wir haben inzwischen die Wohnungstür erreicht.

»Justus!«, ihre Stimme klingt nun wesentlich verzweifelter. »Justus, bleib hier! Ich hab es nicht so gemeint. Bitte! Bitte, Justus. Lass mich nicht allein.«

Noch im Hausflur hören wir ihr Weinen und Flehen. Doch Justus hält nicht an. Hand in Hand steigen wir die Stufen hinab, verlassen das Haus und lassen es hinter uns zurück.

Kapitel 22
- Justus

Eigentlich müsste es mir peinlich sein, dass Luisa diese Szene zu Gesicht bekommen hat. Aber wenn mir auch nur irgendetwas vor ihr noch peinlich wäre, hätte ich sie erst gar nicht mit in die Wohnung genommen. Mit meiner Mutter geht es stetig bergab. Das Grausigste ist, dass ich nicht glaube, dass sie schon am Boden angekommen ist. Es geht noch tiefer.

»Wie ...« Ich richte meinen Blick auf Luisa, die in ihrer heißen Waffel mit Kirschen herumstochert und nach den richtigen Worten sucht. »Wann ...«, sie unterbricht sich erneut und schüttelt leicht den Kopf. »Was ist mit ihr passiert?«

Ich warte bis der Kellner an unserem Tisch vorbei zu den nächsten Kunden gegangen ist, bevor ich antworte.

»Mein Vater ist ihr passiert.«

»Aber ...«, sie scheint immer noch geschockt von der Situation zu sein. »Aber es ging ihr doch wieder gut. Sie war doch so fröhlich beim letzten Mal.«

»Manchmal geht es ihr auch gut. Dann ist sie fast die Alte. Macht Witze mit mir und schmiedet Pläne. Aber nur wenig später ist sie erschöpft und traurig. Manchmal wütend, so wie eben.«

Luisa schweigt eine Weile, pikst eine Kirsche auf, führt sie aber nicht zum Mund.

»Sie ist krank, Justus«, flüstert sie und sieht mich ängstlich an, als würde sie befürchten, dass ich sie dafür angehe.

»Ich weiß.«

»Sie braucht Hilfe. Alleine bekommt sie das nie wieder hin.«

»Ich weiß.«

»Du kannst dort nicht mehr wohnen.«

Mein Blick wandert an ihr vorbei aus dem Fenster. Da sind sie wieder. Die Menschen. Führen fröhlich Telefonate, lachen mit ihren Freunden, schimpfen über zu langsame Behörden, rufen ihre Kinder. Probleme, die für mich verschwunden sind, sobald ich sie nicht mehr sehe.

»Und wo soll ich hin?«, gebe ich leise zurück.

»Zu Inge und mir. So wie es von Anfang an geplant war. Opa kommt sicher bald aus dem Krankenhaus und dann geht alles weiter wie zuvor.«

Sie versucht, nach meiner Hand zu greifen, doch ich ziehe sie weg und vergrabe sie in meinem Schoß.

»Willst du das denn?«

Sie legt fragend den Kopf schief. Eine Locke fällt nur haarscharf an den Kirschen vorbei.

»Willst du, dass alles wird wie zuvor?«

Sie zieht ihre Hand wieder zurück und senkt den Blick. »Ist es nicht besser so, wie es vorher war?«

Ich schüttele den Kopf. »Nein. Nein, das finde ich nicht. Ich will dich nicht wieder ignorieren. Ich kann dich nicht ignorieren. Verlang das nicht von mir.«

Sie schluckt, kratzt sich nervös an ihrem Arm und zieht die Ärmel anschließend so weit herunter, dass sie den Stoff zwischen den Fingern reiben kann.

»Hör zu«, gebe ich etwas versöhnlicher nach, »ich werde mit Opa sprechen. Ich ziehe wieder in mein Zimmer zurück. Er wird es mir sicherlich erlauben. Ich kann nicht mit dir unter einem Dach leben, wenn du von mir verlangst, dich wie Luft zu behandeln.«

»Das sollst du doch auch gar nicht«, verteidigt sie sich. Etwas leiser fügt sie hinzu: »Du sollst mich wie eine Schwester behandeln.«

»Kann ich nicht«, gebe ich wahrheitsgemäß zu.

Luisa schweigt lange Zeit und starrt ihre zerrupfte Waffel an. Dann reckt sie das Kinn vor und blitzt mich durch ihre dunklen Augen an.

»Du bist ein sturer Bock.«

»Und du ...«, ich überlege kurz, »... auch.«

Sie lächelt und zwinkert mir zu. »Komm schon. Das kannst du besser. Wenn überhaupt bin ich eine Ziege und kein Bock.«

»Du bist nicht nur eine Ziege«, verbessere ich sie. »Du bist eine freche, störrische, besserwisserische, nörgelige Kuh.«

Luisa schiebt beleidigt ihre Unterlippe vor, doch im nächsten Moment verzieht sich ihr Mund zu einem kleinen Lächeln. »Siehst du? Du kannst es doch.«

»Was?« Ich hebe eine Augenbraue und entwende unauffällig ein Stück Waffel von ihrem Teller.

»Mich wie eine Schwester behandeln. Du kannst es.«

Geschickt. Äußerst geschickt.

»Ich werde heute Nacht in Opas Haus schlafen«, sage ich trotz allem. Denn ich traue mir nicht. Wenn ich sie nur wenige Meter neben mir weiß, kann ich nicht ruhig schlafen. Es wundert mich, dass ich das überhaupt solange geschafft habe.

Sie nickt. »Okay. Aber dann isst du wenigstens bei uns zu Abend. Die Vorräte in Opas Haus sind seit Weihnachten leider aufgebraucht.«

Auch, wenn ich Inge von Anfang an nicht wirklich leiden konnte, ihr Essen ist einfach gut. Ich weiß nicht einmal, woher meine Abneigung genau kommt. Vielleicht mag ich es nicht, dass sie sich so in unser Leben drängt. Ich habe Angst, sie könnte zu viel über uns und unsere dunklen Geheimnisse erfahren. Wobei die Wahrscheinlichkeit, dass Inge sich bei jemandem verplappert, eher gering ist. Denn eins muss man ihr zugutehalten; sie ist kein Klatschweib. Und vielleicht sollte ich meine Meinung über sie allgemein noch einmal überdenken. Entgegen meiner Befürchtung hat sie nichts dagegen einzuwenden, dass ich die Nacht alleine in Opas Haus verbringe.

Obwohl sie mir mehrmals anbietet, im Büro schlafen zu können. Aber das Büro liegt direkt gegenüber von Luisas Notunterkunft. Und nein, das kommt zurzeit wirklich nicht infrage.

»Gleich morgen fahren wir euren Opa besuchen«, schlägt sie vor, während sie unsere Teller noch einmal mit Sauerkraut, Kartoffelbrei und Speck füllt.

»Meinst du, er kann dieses Jahr noch wieder nach Hause?«, fragt Luisa. Am liebsten würde ich nach ihrer Hand greifen. Sie klingt so hoffnungsvoll. Ich sehe Inge an und bete, dass sie Luisa nicht zu sehr enttäuscht.

Inge stockt in der Bewegung, ein bisschen Sauerkraut fällt dabei auf die Tischdecke.

»Ich weiß nicht, Luisa. Das Jahr hat nur noch zwei Tage.« Ihr Blick trifft meinen und ich weiß, dass sie die Lage genauso realistisch sieht, wie ich. Opa wird nicht mehr nach Hause kommen. Sie schwenkt wieder auf Luisa um und setzt ein authentisches Lächeln auf.

»Wir werden sehen, wie es ihm morgen geht.«

Luisa nickt zufrieden und wendet sich wieder ihrem Essen zu. Weil Inge gerade das Sauerkraut vom Tisch entfernt, bekommt sie nicht mit, wie glasig Luisas Augen auf einmal werden. Sie weiß es ebenfalls.

Kapitel 23
- Luisa

Der Besuch bei Opa Fritz trägt nicht gerade zur Verbesserung der allgemeinen Stimmung bei. Schon bevor ich das Zimmer betrete, bekomme ich Schnappatmung und würde am liebsten sofort umdrehen und wegrennen. Ich habe ein ganz schlechtes Gefühl und das bestätigt sich noch einmal, als ich Opa in seinem Bett liegen sehe. Von Mal zu Mal sieht er schlechter aus. Blasser, dünner, schwächer.

Als er uns sieht, dreht er den Kopf und lächelt. Er öffnet kurz den Mund und ich sehe zwei Finger seiner Hand zucken, doch zu hören ist nichts. Etwas steif bleibe ich in der Tür stehen, bis Justus mich sanft weiter in den Raum schiebt.

»Hallo Opa«, begrüße ich ihn, was seine müden Augen kurz flackern lässt. Inge nimmt an seiner rechten Seite Platz und greift nach seiner Hand. Ich kann mich immer noch nicht richtig rühren. Justus lächelt mir aufmunternd zu und richtet sich dann an unseren Opa.

»Opa, ich wohne jetzt wieder bei dir im Haus. Ist das okay?«

Fritz betrachtet seinen Enkel einige Sekunden, bevor er langsam nickt. Seine Augen wirken traurig. Mir scheint es, als wüsste er alles. Als könnte er

Justus durchleuchten und könnte die Szene, die seine Mutter uns gemacht hat, bildlich vor sich sehen.

Mir nimmt das alles den Atem. Ich kann ihn kaum anschauen, so sehr tut mir sein Anblick weh. Der Drang wegzurennen und das Bild von ihm im Krankenbett hinter mir zurückzulassen, wird immer größer.

»Wann darfst du endlich nach Hause?«, platzt es schließlich aus mir heraus. Meine Stimme zittert leicht und die Angst vor einer Antwort wirkt erdrückend.

Opa Fritz richtet seine müden Augen auf mich. Lange Zeit glaube ich, dass ich keine Antwort bekommen werde, doch schließlich öffnet er den Mund und flüstert ein einzelnes Wort: »Bald.«

Ich spüre Inges und Justus' Blicke auf mir und reiße mich zusammen, nicht hier vor allen loszuheulen. Eigentlich hat er mir die Antwort gegeben, die ich mir erhofft hatte. Aber warum bin ich dann auf einmal so unendlich traurig? Ich fühle mich wie eine Fünfjährige, die Trost und Wärme sucht. Und bevor ich mich selbst daran hindern kann, knie ich vor seinem Bett und drücke mein Gesicht gegen seinen Arm. Seine knochige Hand liegt in meiner und ich spüre den sanften Druck, den er mir schenkt. Ich möchte ihm so viel sagen. Aber ich habe Angst, dass aus meinem Mund nichts als Schluchzer kommen, wenn ich ihn aufmache.

Als ich eine Hand auf meinem Rücken spüre, schaue ich auf und sehe in Justus' traurige Augen.

»Er schläft«, sagt er leise. »Lass uns gehen.«

Als wir an der Bushaltestelle aussteigen, bleibe ich hinter Justus und Inge zurück.

»Geht schon mal vor. Ich komme später nach.« Es sind die ersten Worte, die ich spreche, seit wir das Krankenhaus verlassen haben. Meine Stimme klingt daher brüchig und leise, doch Justus scheint mich trotzdem verstanden zu haben.

»Wo willst du hin?«

»Yasin«, ist alles, was ich sage und Justus nickt verstehend.

Ich weiß nicht genau, wieso. Aber der Besuch im Krankenhaus hat mir verdeutlicht, dass ich Yasin nicht einfach so aus meinem Leben verbannen darf. Ich liebe ihn. Wenn auch nicht so, wie er es verdient hätte.

Vor seinem Elternhaus hole ich noch einmal tief Luft und nehme all meinen Mut zusammen, um zu klingeln. Die Tür öffnet sich schon kurze Zeit später und ich blicke in Ediz' erfreutes Gesicht.

»Lu! Lange nicht mehr gesehen. Wie geht es dir?«

»Es geht«, antworte ich. »Danke. Ist Yasin da?«

Er schaut über meinen Kopf hinweg zum Gartentor.

»Hast Glück. Er kommt gerade nach Hause.«

Ich drehe mich um und entdecke Yasin und Sophie, die händchenhaltend auf mich zukommen. Während Sophie eher pikiert schaut, lese ich in Yasins Blick nichts. Ich kann ihn nicht deuten. Ist er überrascht? Oder hat er sich schon gedacht, dass ich früher oder später hier vorbeikommen würde? Freut er sich? Ist er wütend? Mit diesem nichtssagenden Ausdruck im Gesicht kommt er auf mich zu. Dabei lässt er Sophies Hand nicht los. Mein Plan scheint aufgegangen zu sein. Glückwunsch an mich selbst. Doch leider kann ich mich momentan kein bisschen darüber freuen.

»Luisa«, begrüßt er mich. Seine Stimme ist ebenso farblos, wie sein Blick. Er schafft es erfolgreich, sämtliche Emotionen zu unterdrücken. Das macht mich noch unsicherer. So kenne ich ihn nicht. »Was willst du?«

Er fragt, was ich will. Genauso muss es für ihn immer rübergekommen sein. Ich komme nur zu ihm, wenn ich etwas will. Wenn ich ihn brauche. Und irgendwie ist es auch heute wieder so.

Ich schaue unsicher zwischen ihm und Sophie hin und her. Ihr ist bereits die Röte ins Gesicht gestiegen und sie lässt seine Hand los, um sich eine Strähne hinter das Ohr zu schieben.

»Ich ...« Mein Herz schlägt mir bis zum Hals. Was denkt er bloß? Warum ist er so unnahbar? »Ich ... verdammt, jetzt hör doch auf, mich so anzugucken.«

Er blinzelt kurz. »Wie?«

»Na, so!« Ich deute mit der offenen Hand auf sein Gesicht und lasse sie gleich darauf wieder sinken. »Du machst mich total nervös.«

»Wie soll ich denn gucken?«, fragt er und nun ist doch etwas Gefühl in seiner Stimme. Doch es geht in eine ganz falsche Richtung. »Wie wäre es dir am liebsten? Wie hättest du es gerne?«

Sophie räuspert sich leise. Die ganze Situation scheint ihr fast genauso unangenehm zu sein wie mir. Ich frage mich, wann sie begonnen hat, Gefühle für ihn zu entwickeln. Ich war so mit mir selbst beschäftigt, dass ich es gar nicht mitbekommen habe.

Ich schüttele den Kopf. »Ich wollte nur sagen, dass es mir leidtut. Ich hätte dich nicht ignorieren dürfen. Das war falsch.«

»Ach«, Yasins Stimme trieft vor Sarkasmus, »War es das? Und was bringt dich zu dieser Erkenntnis?«

Ich trete nervös von einem Fuß auf den anderen und versuche Sophie, die mich anstarrt, auszublenden. »Opa geht es sehr schlecht.«

Etwas in der Art, wie er mich ansieht, ändert sich. Ein kurzes Flackern in seinen Augen. Seine Züge werden weicher. Doch nur für einen

Wimpernschlag. Dann verhärtet sich sein Ausdruck wieder. Er ergreift Sophies Hand und zieht sie an mir vorbei ins Haus.

»Wünsche ihm gute Besserung von mir«, knurrt er, ohne mich anzuschauen und ist verschwunden.

Zu meinem Leid erkenne ich, dass Ediz die ganze Zeit über im Türrahmen gestanden und uns beobachtet hat. Er wirkt betroffen.

»Lu, das tut mir wirklich leid ... Alles.«

Ich schüttele den Kopf. »Kannst du ja nichts für.«

Nein, er kann da wirklich nichts für. Es ist alles ganz allein meine Schuld.

Der Silvestermorgen beginnt versöhnlich. Justus kommt früh rüber, um Inge und mir bei den Vorbereitungen für den Abend zu helfen. Ich war überrascht, als Justus mitteilte, dass er nicht zu seinen Freunden will, um dort zu feiern. Stattdessen stimmt er einem Raclette-Abend mit seiner gestörten Halbschwester und der schrulligen, alten Dame von nebenan zu. Inge gibt sich wirklich Mühe, den Tag so schön wie möglich zu gestalten. Als wollte sie uns für die misslungenen Weihnachtsfeiertage entschädigen.

Über den Tag verteilt gibt es immer wieder etwas zu naschen, in den Putzpausen machen wir es uns vor dem Fernseher gemütlich und schauen »Ein Herz und eine Seele« und natürlich »Dinner for one« und abends gibt es das beste Raclette aller Zeiten. Nach dem Essen bin ich so vollgefressen, dass ich mich kaum noch rühren kann.

Da tut der Abwasch ganz gut. Justus gibt sein Bestes, um mich von der unangenehmen Erinnerung an Yasin abzulenken. Während ich die Teller spüle, fordert er mich zum Trockentuch-Duell heraus, das er haushoch gewinnt, weil er mich festhält und zum guten Schluss darin einwickelt und an sich heranzieht. Bevor die Situation zu brenzlig werden kann, schubse ich ihn lachend weg.

»Du schummelst!«

»Tue ich nie, Schwesterchen«, witzelt er und legt eine besondere Betonung auf das letzte Wort.

»Wer hat Lust auf eine Runde Kniffel?«, fragt Inge, die gerade mit der letzten Platte Käse in die Küche kommt und sie in den Kühlschrank räumt.

»Keine Ahnung, wie das funktioniert«, gebe ich zu, »aber ja, warum nicht?«

Im Wohnzimmer setzen wir uns gemütlich um den kleinen Couchtisch, während Inge Würfel, Becher, Stift und Block auf dem Tisch ausbreitet. Das Klingeln des Telefons unterbricht sie in ihrer Erklärung.

»Tragt einfach schon mal unsere Namen auf dem Block ein. Ich komme gleich zurück.«

»Willst du das machen, Schwester?«, fragt Justus mich und schiebt mir Zettel und Stift rüber. »Du hast die schönere Handschrift.«

»Hör auf, da so drauf rumzureiten«, warne ich und funkele ihn gespielt böse an.

»Was denn? Stimmt doch. Du schreibst so schön geschwungen.«

Unter dem Tisch verpasse ich ihm einen leichten Tritt. »Du weißt genau, was ich meine. Du ...«

Ich verstumme sofort, als Justus seine Hand hebt und alarmiert in Richtung Flur blickt. Und jetzt fällt es auch mir auf. Die Stimmung hat sich verändert. Es ist, als hätte jemand eine dunkle Decke über uns ausgebreitet. Durch die geöffnete Tür hören wir Inge leise in den Hörer murmeln.

Mein Herz schlägt schneller, obwohl ich keine Ahnung habe, was hier gerade vor sich geht. Doch ein Blick in Justus' Gesicht verrät mir, dass er es auch spürt. Das Klicken des Telefonhörers erklingt, doch es dauert noch eine ganze Weile, bis Inge wieder ins Wohnzimmer zurückkommt. Ihre Augen sind gerötet, so als hätte sie geweint. Aber auf ihren Wangen sind noch keine Tränen zu sehen. Sie ist so quälend langsam, dass es mich fast wahnsinnig macht.

Ich will aufstehen und ihr entgegengehen, doch sie bedeutet mir sitzenzubleiben. Mit einer Hand hält sie sich an der Rückenlehne ihres Schaukelstuhls fest, doch ich sehe sie trotzdem zittern.

»Inge«, flüstere ich, »was ist los?«

Mein Blick wandert von ihr zu Justus, der angespannt auf die Würfel in seiner Hand starrt. Inge atmet tief ein, setzt sich neben mich und nimmt meine Hand. »Luisa ... Ich weiß gar nicht, wie ich dir das erklären soll ... Deine Mutter ... Sie ist ... Sie hatte heute einen Unfall.«

Justus' Kopf ruckt hoch. Ich spüre seinen Blick auf mir. Mein Herz setzt aus. Die Zeit scheint stehen zu bleiben, während Inge und Justus auf eine Reaktion von mir warten. Warum ist mein Mund plötzlich so trocken? In meinen Ohren rauscht es.

»Ist sie ...« Ich kann nicht weitersprechen. Es ist absurd. Niemals ...

Inges Stimme ist kaum ein Flüstern. »Es tut mir so leid.«

Kapitel 24
- Luisa

Mein Kopf ist leer. Ich kann nichts fühlen. Kann nicht weinen. Seit einer Stunde sitzt Inge neben mir und streicht mir immer wieder beruhigend über die Hand. Justus schweigt. Ich spüre, dass er mich immer wieder ansieht, spüre, dass er mir etwas sagen möchte. Aber er tut es nicht. Was soll er auch schon sagen?

»Wie ...«, setze ich an, doch meine Stimme ist nur ein raues Krächzen.

Inge versteht trotzdem, was ich wissen möchte.

»Es war ein Unfall. Sie ist mit dem Auto auf glatter Straße in den Gegenverkehr gekommen.« Inge schweigt kurz, wirft Justus einen beruhigenden Blick zu und spricht weiter: »Euer Vater war mit im Auto. Aber er hat leicht verletzt überlebt. Er war es, der mich eben angerufen hat.«

Ich warte auf den Schmerz. Warte darauf, dass in mir etwas zerbricht. Warum spüre ich nichts? Die Uhr an der Wand tickt genauso, wie sie es schon vor einer Stunde getan hat. Von der Straße dringt das gleichmäßige Brummen der Autos herein. Inges Hand beginnt in meiner zu schwitzen.

»Ich gehe jetzt ins Bett«, murmele ich und stehe auf. Inge hält mich noch einen Moment fest. »Bist du dir sicher? Willst du diese Nacht vielleicht bei mir schlafen?«

Ich schüttele den Kopf. »Nein. Nein, ich möchte einfach nur in mein Bett.«

Justus' Finger berühren meine wie zufällig, als ich an ihm vorbei gehe. Es ist eine federleichte Berührung, aber mehr als er momentan für mich tun kann.

»Ich gehe auch«, höre ich ihn sagen, als ich schon die ersten Stufen der Treppe hinaufgegangen bin.

»Geht es dir gut, Junge?«, fragt Inge. Seine Antwort höre ich nicht mehr.

Es ist kurz nach Mitternacht, als Inge einen Blick in mein Zimmer wirft. Ich liege mit dem Gesicht zur Wand und starre im Licht der Feuerwerkskörper ein kleines Foto an. Ich bin etwa zwei Jahre alt auf diesem Bild. Meine Mutter hält mich auf ihrem Schoß und strahlt in die Kamera. Sie ist so jung. Kaum älter als ich jetzt. Ich habe nur zwei Fotos von ihr. Zwei. Dieses hier und eines von meiner Einschulung. Warum habe ich nicht mehr Fotos?

Als Inge den Raum betritt, lasse ich das Foto unter meinem Kissen verschwinden und schließe die Augen. Ich spüre ihre Hand, die meine Decke ein Stück höher zieht und mir sanft über den Kopf streicht. Dann verschwindet sie genauso leise wieder.

Ich warte, bis sie ganz sicher im Bett ist, dann nehme ich meinen Schlüsselbund, schleiche im Nachthemd die Treppe hinunter und aus dem Haus. Vereinzelt werden noch ein paar Böller und Raketen gezündet. Menschen lachen und stoßen mit ihren Sektgläsern an. Der Boden unter meinen Füßen müsste nass und eiskalt sein, aber ich spüre nichts. Mein ganzer Körper scheint taub zu sein.

Opas Haus riecht kaum noch nach Pfeifentabak. Viel mehr riecht es nach Justus. Es riecht gemütlich, geborgen. Eine Mischung aus Aftershave und seinem natürlichen Körpergeruch. Es ist wie ein Lockruf.

Seine Zimmertür steht einen Spalt offen, sodass ich eintreten kann, ohne Krach zu machen. Vor seinem Bett bleibe ich stehen. Er liegt mit dem Rücken zu mir und atmet ruhig ein und aus. Plötzlich habe ich Hemmungen. Ich möchte ihn nicht wecken. Aber zurückgehen will ich auch nicht. Da dreht er sich zu mir herum und reicht mir seine Hand. Wortlos zieht er mich neben sich und umfängt mich in einer festen Umarmung. In diesem Moment bricht meine Gefühllosigkeit auf.

Es beginnt mit einem leichten Zittern, gefolgt von schnellen Atemzügen. Mit aller Kraft versuche ich, die Tränen zurückzuhalten. Justus drückt seine Lippen auf meine Haare. Ich spüre seinen warmen Atem auf meiner Kopfhaut. Der aufkommende Schmerz lässt mich wimmern. Es ist kein körperlicher Schmerz. Vielmehr scheint es so, als würde jemand mein Herz packen und es zu einer kleinen Kugel formen.

Mit zitternden Fingern streiche ich ihm durch die Haare, ziehe ihn zu mir heran und küsse ihn. Seine Antwort kommt langsam, zögerlich. Und sein Kuss ist beruhigend und sanft. Nicht so wild wie der Letzte. Erst nach und nach taut er auf, streicht mit den Händen über meinen Rücken, meine Hüfte und die Beine.

Sein leises Stöhnen spornt mich nur noch mehr an. Mit leichtem Druck schiebe ich mein Bein zwischen seine, zwinge ihn so, sich auf den Rücken zu drehen und lege mich auf ihn. Seine Augen leuchten im Schein des Feuerwerks, das immer noch nicht ganz abgeklungen ist.

Ich senke den Kopf, um ihn noch einmal zu küssen, stoppe aber nicht bei seinen Lippen, sondern küsse mich bis zu seinen Shorts hinunter. Gerade, als ich die Finger unter den Stoff schieben will, zieht er mich wieder rauf und hilft mir, mich aus meinem Nachthemd zu befreien. Nun sitze ich vollkommen nackt auf ihm. Eine Weile liegt er still da und betrachtet mich, dann setzt er sich auf und haucht mir einen Kuss auf den Mund.

Ich wusste bisher nicht, auf wie viele verschiedene Arten man sich küssen kann. Seine Lippen berühren meine kaum. Er ist so liebevoll, so zärtlich, dass ich vollkommen berauscht bin. Seine Hände umfassen meine Hüften und ehe ich weiß, was er tut, liege ich unter ihm.

Mit tausend kleinen Küssen bedeckt er meinen Körper. Meine Schultern, mein Schlüsselbein, mein Dekolleté, meine Brüste, meinen Bauchnabel. Ich seufze unter seinen Berührungen, was ihn dazu veranlasst wieder zu mir rauf zu kommen und an meinen Lippen zu knabbern.

Und dann spüre ich ihn. Mein leises Keuchen und eine vereinzelte Träne küsst er weg. Während vor dem Fenster die letzten Raketen in den Nachthimmel geschossen werden, sind wir uns so nah wie nie zuvor. Ich klammere mich an Justus, an diesen Moment und hoffe, dass nur dies wirklich ist und alles andere ein schlechter Traum.

Seine Finger malen sanfte Kreise um meinen Bauchnabel, während ich mit geschlossenen Augen daliege und die eben erlebten Gefühle abklingen lasse. Als ich die Augen wieder öffne, ist sein Gesicht meinem so nah, dass ich die kleinen, dunklen Sprenkel in seinen sonst so strahlend blauen Augen sehe.

»Wie geht es dir?«, fragt er mich. Seine Stimme klingt anders als sonst. Weicher.

»Du meinst mein Herz?«, flüstere ich.

Er nickt und legt eine Hand an meine Wange.

»Es tut weh. Warum tut es so weh?«, frage ich

und kann nun doch nicht mehr verhindern, dass mir eine Träne entwischt.

»Es wäre schlimm, wenn es nicht so wäre«, entgegnet er leise und küsst meine Stirn.

»Sie war nie für mich da«, wispere ich, weil ich meiner Stimme nicht mehr traue. »Es macht keinen Unterschied, ob sie tot ist oder nicht.«

Unsere Gesichter leuchten im Schein einer Rakete blau auf. Er schweigt und betrachtet mich lange. Unter meiner Hand spüre ich sein Herz im selben Takt wie meines schlagen.

»Hast du schon mal jemanden verloren?«

Er nickt und streicht mir sanft mit Daumen und Mittelfinger über Stirn und Schläfe. »Meine Tante. Die Schwester meiner Mutter. Sie war damals sehr oft bei uns, als es noch besser lief zwischen meinen Eltern. Sie war wie eine zweite Mutter für mich.«

»Weshalb ist sie gestorben?«

Er atmet tief ein und lässt zu meinem Bedauern seine Hand sinken. »Sie hatte Krebs.«

Ich richte mich in seinem Arm ein kleines Stück auf. Meine Hand ruht auf seiner Brust.

»Warum hast du mir nie von ihr erzählt?«

Er lächelt schwach. »Wann hätte ich das tun sollen? Das ist nichts, was man einfach mal so raus haut.«

»Tut mir leid«, murmele ich, doch er zieht mich wieder in seine Arme.

»Hör auf, dich wegen Dingen zu entschuldigen, für die du nichts kannst.«

»Vermisst du sie noch?«, frage ich weiter. Einfach, damit ich nicht schweigen muss. Denn sobald ich schweige, denke ich an meine Mutter.

»Ja, manchmal«, gibt er zu und dreht sich so zu mir herum, dass wir uns Auge in Auge gegenüberliegen.

»Ich glaube nicht, dass ich meine Mutter

vermissen werde. Ich glaube, ich habe kein Herz.«

Justus schnauft leise. »Das ist Quatsch. Du vermisst sie doch schon. Weshalb sonst solltest du hier sein?«

»Ich weiß nicht ... Ich verstehe nicht ... Ich glaube, mein Herz ist kaputt.«

Die sanfte Berührung seiner Hand auf meiner linken Brust lässt mich erschaudern.

»Es fühlt sich noch intakt an«, flüstert er.

Kapitel 25
- Justus

Zwei Tage sind seit dem Tod ihrer Mutter vergangen und Luisa hat seit unserer gemeinsamen Nacht keine einzige Träne mehr vergossen. Viel mehr wandelt sie wie eine Schlafende durch das Haus, spricht kaum und ist für Inge und mich nicht mehr wirklich greifbar.

Mir verpasst das einen mächtigen Dämpfer. Nach dieser Nacht dachte ich, sie würde nun zu uns stehen und die Sache wie ich sehen. Ich dachte, es wäre ihr endlich egal, was die anderen sagen. Doch sie geht mir regelrecht aus dem Weg. Ich habe keine Ahnung, wie ich ihr helfen und sie trösten kann, wenn sie mich nicht einmal ansieht. Manchmal hebt sie den Blick, doch es scheint, als sähe sie durch mich hindurch.

Auch heute will sie nach dem Essen sofort aufstehen. Inge hält sie zurück.

»Warte, Luisa. Setz dich bitte noch einmal.«

Luisa hebt eine Augenbraue und starrt Inge an, als hätte diese sich eine große Frechheit erlaubt. Ich kenne diese Geste nicht von ihr. Sie wirkt wie eine Fremde.

»Wir müssen über etwas Wichtiges sprechen«, fährt Inge unbeirrt fort und deutet auf den freien

Stuhl. Luisa lässt sich sichtlich widerstrebend auf die Sitzfläche sinken.

Inge räuspert sich. »Wir müssen über das danach sprechen.«

»Danach?«, wiederholt Luisa und ihre Stimme klingt rau von den Stunden des Schweigens. Ich fühle mich unwohl, rutsche ein paar Mal auf meinem Stuhl hin und her, um eine bequemere Sitzposition zu finden und konzentriere mich dann wieder auf Inge.

»Ich meine, wo du wohnen kannst.«

Luisa zieht die Stirn in Falten, während sie auf ihren leeren Teller starrt. »Ich verstehe nicht ...«

»Es ist so ...« Es ist unserer Nachbarin anzumerken, dass ihr dieses Gespräch sichtlich unangenehm ist. »Ich habe dich sehr gerne hier bei mir, das weißt du. Aber das wird in Zukunft nicht mehr möglich sein.«

Mein Magen krampft sich zusammen. Luisa will es vielleicht noch nicht wahrhaben, aber ich sehe zu klar, welche Konsequenzen daraus entstehen.

»Das heißt ...«, flüstert sie.

»Das heißt, du musst zu unserem Vater ziehen«, vollende ich den Satz und springe auf, als hätte mir jemand einen Stromschlag verpasst. »Auf keinen Fall! Inge, das kannst du nicht machen. Du weißt ja nicht ...« Ich unterbreche mich, sehe Luisa an, die mich nun endlich wieder wahrnimmt. Über ihren Augen liegt ein Tränenschleier.

»Wo soll ich denn sonst hin?«, fragt sie mit brüchiger Stimme. Ich laufe aufgebraucht durch den Raum, raufe mir die Haare und richte mich dann wieder an Inge.

»Sie kann da nicht hin. Wirklich, Inge. Das geht nicht. Du weißt ja nicht ...«

Die alte Dame unterbricht mich. »Ich weiß mehr, als du denkst, mein Junge. Und falls ihr glaubt, ich hätte nicht stundenlang wachgelegen, weil ich mich um ihr Wohl gesorgt habe, dann täuscht ihr euch gewaltig in mir. Doch es gibt noch eine Alternative.«

Luisa und ich sehen sie fragend an. Was für eine Alternative soll es noch geben? Sie hat doch niemanden mehr. Ihre Mutter ist tot, Opa im Krankenhaus. Welche Möglichkeit außer dem Heim käme für sie in Betracht?

Inge wendet sich an Luisa und nimmt ihre Hand.

»Deine Großeltern, Luisa. Hast du sie schon einmal gesehen?«

Luisas Augen werden groß. »Meine Großeltern? Das ... das ist lange her.«

Langsam beruhigt sich mein Puls wieder. Ich komme näher und setze mich. Ihre Großeltern. Natürlich.

»Aber ...«, sie schüttelt den Kopf, »sie wollten uns nicht. Sie haben uns weggeschickt.«

»Ich habe gestern mit ihnen telefoniert. Sie kommen zur Beerdigung und werden dich von da aus mitnehmen.«

Mein Herz setzt aus. Was? Sie werden sie mitnehmen? Für den Bruchteil einer Sekunde spüre ich Luisas Blick auf mir, doch dann steht sie auf und entzieht Inge ihre Hand.

»Dann werde ich jetzt packen gehen.«

Hilflos schaut Inge ihr hinterher. In mir tobt ein Kampf der Gefühle. Luisa. Meine Luisa. Sie dürfen sie mir nicht wegnehmen. Ich sehe Inge an, lege so viel Flehen wie möglich in meinem Blick.

»Du kannst sie nicht einfach so gehen lassen. Sie ist hier zuhause. Hier in Kreuztal. Bei uns.«

Sie schüttelt traurig den Kopf. »Was denkst du, soll ich tun, Justus? Ich bin nicht ihre Erziehungsberechtigte. Das Jugendamt hat sich schon schwer getan, sein Okay für euren Opa zu geben. Aber nach allem, was geschehen ist, werden sie nicht auch noch der gebrechlichen Nachbarin das Sorgerecht übertragen. Die letzte Möglichkeit wäre das Heim. Und willst du ihr das wirklich antun? Willst du, dass sie ins Heim kommt?«

Für einen Moment denke ich über diese Möglichkeit nach. Vielleicht wäre sie dort sogar besser aufgehoben als bei den Großeltern, die sie nie haben wollten. Die Menschen, die ihre eigene Tochter schwanger auf die Straße gesetzt haben. Aber Luisa scheint ihre Entscheidung getroffen zu haben.

Als ich ihr Zimmer betrete, sitzt sie bereits neben ihrem gepackten Koffer. Vermutlich hat sie ihn nie ausgepackt. In ihren Händen hält sie ein kleines, abgenutztes Fotoalbum. Die Locken hängen ihr ins Gesicht, sodass ich nicht sehen kann, ob sie weint oder nicht. Langsam trete ich näher und setze mich neben sie.

»Darf ich mal sehen?«, frage ich und deute auf das hellblaue Büchlein. Sie reicht es mir wortlos und lehnt ihren Kopf an den Lederkoffer. Ich blättere es vorsichtig durch, darauf bedacht, die lockeren Seiten nicht vollends auszureißen. Sie muss es schon Hunderttausendmal in den letzten Jahren angesehen haben. Bei einem Bild, das meinen Vater in jungen Jahren zeigt, bleibe ich hängen. Er sieht so friedlich darauf aus. Als könnte er kein Wässerchen trüben.

»Woher hast du das?«, frage ich, ohne aufzuschauen.

»Hat meine Mutter gemacht.«

Ich blättere weiter und finde ein Foto, das Luisa als kleines Kind zusammen mit ihrer Mutter zeigt. Fast scheint es, als würde Luisa sich selbst in den Armen halten. So ähnlich sehen sie sich.

»Du siehst aus wie sie.«

»Verfluchte Verwandtschaftssache, he?«, gibt sie zurück und versucht sich an einem kleinen Lächeln, das ihr allerdings kläglich misslingt.

Ich streiche mit den Fingern über das Gesicht des pausbäckigen Kindes auf dem Foto. Es grinst so fröhlich in die Kamera. Ich frage mich, wer das Bild geschossen hat. Wem sie dieses Lächeln schenkt. Dann sehe ich auf und in die Augen der jugendlichen Luisa. Wo ist das Strahlen hin? In ihrem Blick liegt kein Glanz mehr. Schon lange nicht mehr.

In einer fließenden Bewegung lege ich das Album zur Seite, beuge mich zu ihr vor und küsse sie. Es ist mir egal, ob Inge gleich hereinkommt. Egal, ob es jemand sieht. Ich will sie wieder lächeln sehen, will den Glanz zurückholen.

Zunächst bleibt Luisa steif. Sie rührt sich kein Stück, schiebt mich aber auch nicht von sich, weshalb ich mutiger werde und sie in meine Arme ziehe. Sie lässt es geschehen, krabbelt auf meinen Schoß und drückt sich, so eng es geht, an mich. Unsere Lippen lösen sich voneinander und sie vergräbt ihr Gesicht an meinem Hals. Es passt perfekt in diese Kuhle und ich wende den Kopf ein Stück, um an ihren Haaren zu schnuppern. Sie riecht so gut. Ein bisschen blumig und ein wenig nach Honig.

»Bitte geh nicht«, murmele ich in ihre Haare.

Sie schweigt eine Weile, dann richtet sie sich auf und sieht mich traurig an. »Was soll ich sonst tun? Mich auf dem Speicher verstecken bis ich achtzehn bin?«

»Warum nicht?«, frage ich und verziehe die Lippen zu einem missglückten Grinsen. »Ich würde dir jeden Tag etwas zu essen und Bücher hochbringen und einmal die Woche ein Bad einlassen.«

»Wie großzügig von dir«, antwortet sie schmunzelnd. Lächelnd küsse ich ihre Grübchen und wickele eine ihrer Locken um meinen Finger. Doch schnell ist ihr Lachen wieder verklungen und der ernste Ausdruck kommt zurück.

»Vielleicht ist es besser so.«

»Wie? Wie kann das besser sein?«

Sie richtet sich ganz auf und rutscht so aus meiner Umarmung. Eine Hand lässt sie auf meiner Brust liegen und übt leichten Druck darauf aus, um mich auf Abstand zu halten.

»Ich meine, wenn wir uns nicht mehr sehen. Vielleicht können wir uns dann vergessen.«

Für ein paar Sekunden bin ich sprachlos und starre sie einfach nur an. Dann finde ich meine Stimme wieder.

»Vergessen? In tausend Jahren werde ich dich nicht vergessen.«

»Aber das solltest du«, sagt sie leise und will aufstehen. Ich ziehe sie wieder runter auf meinen Schoß und halte sie dort fest.

»Wenn wir beide achtzehn sind, dann komme ich und hole dich da weg.«

Sie lacht, doch es klingt verbittert. »Auch wenn wir achtzehn sind, ist das, was wir tun, immer noch verboten. Wir dürften niemals heiraten. Niemals Kinder bekommen.«

»Kinder werden überbewertet«, sage ich.

Sie schweigt. Ihre Miene verfinstert sich. »Das sagst du jetzt noch. Aber in ein paar Jahren wirst du unzufrieden sein. Du wirst mehr wollen. Und ich kann dir nicht mehr geben. Es werden andere Mädchen kommen. Andere Frauen. Und du wirst sie interessant finden und mich nervig und langweilig.«

Es macht mich traurig, dass sie so über mich denkt. Ich dachte, ich hätte ihr zur Genüge bewiesen, dass ich es ernst mit ihr meine. Während ich noch über ihre Worte nachdenke, strampelt sie sich frei und steht auf.

»Glaub mir, es ist besser so. Wir zwei, wir sind nicht gut füreinander.«

Ich schüttele verwundert den Kopf. »Wie kann etwas besser sein, als das, was wir füreinander fühlen?«

Sie atmet tief ein und fährt sich mit zitternden Fingern durch die Haare. »Es ist krank, verstehst du das nicht? Das, was wir fühlen, ist krank und falsch. Es darf einfach nicht sein.« Bevor ich etwas erwidern kann, stürmt sie aus dem Zimmer und lässt mich allein zurück.

Kapitel 26

- Luisa

Wenn es nicht so wehtun würde, wäre ich mir sicher, dass ich das Richtige getan habe. Ja, es war das Richtige. Aber warum fühlt es sich dann so falsch an? Zu sehen, wie ihn meine Worte verletzen, hat auch mir einen Stich versetzt. Aber bald bin ich hier weg. Und wer weiß? Wenn ich ihn nicht mehr jeden Tag sehe, spüre, schmecke, rieche ... vielleicht kann ich ihn dann wirklich vergessen.

Ach, was mache ich mir vor? Niemals könnte ich ihn vergessen. Er hat recht. In tausend Jahren nicht. Sein Gesicht, sein Duft und die Wärme seiner Haut haben sich in meine Erinnerung eingebrannt. Das ist beruhigend und erschreckend zugleich.

Der Regen der letzten Tage friert allmählich auf den Straßen fest. Bei jedem zweiten Schritt rutsche ich aus, doch ich will nicht langsamer laufen. Ich muss weg von ihm. So weit weg, wie nur möglich, damit ich nicht Gefahr laufe, wieder herumzudrehen und mich bei ihm zu entschuldigen. Ja, ich habe ihn verletzt. Aber nur so kann ich ihn von mir fernhalten. Und so mache ich uns beiden den Abschied etwas leichter.

Je weiter ich mich vom Haus, und somit auch von ihm, entferne, desto besser kann ich über die aktuelle Situation nachdenken. Zwei Möglichkeiten: Ich ziehe zu meinem Vater, der ein krankes Schwein ist und laufe Gefahr, genauso wie Justus' Mutter von ihm verprügelt zu werden. Oder ich wähle meine Großeltern, die sich bisher einen Dreck um mich und meine Mutter geschert haben. Und dann gibt es da ja auch noch das Heim. Aber will ich das wirklich? Will ich in ein Heim mit dutzenden von fremden Jugendlichen ziehen? Ich weiß nicht, welche Vorstellung mir am meisten Angst macht.

Die einzige Erinnerung, die ich an meine Großmutter habe, ist der kalte Ausdruck in ihren grauen Augen, als sie uns vor ihrer Haustür abwies. Da war keine Liebe, keine Freude in ihrem Blick. Meinen Großvater habe ich noch nie gesehen. Aber sie wollen mich zu sich holen. Sie müssen das nicht tun, aber sie haben sich dafür entschieden. Heißt das, sie wollen mir eine Chance geben?

Bei der ganzen Grübelei fällt mir erst auf, wohin ich laufe, als ich eine bekannte Stimme höre.

»Das ist nicht dein Ernst, oder? Nicht mal im neuen Jahr verschonst du mich mit deinem Anblick?« Laura verzieht unwillig das Gesicht. Links und rechts von sich trägt sie je zwei prall gefüllte Plastiktüten. Sie scheinen schwer zu sein, denn sie nutzt die kleine Pause, um sie abzustellen und ihre Hände auszuschütteln.

»Keine Sorge«, murmele ich und weiche ihrem strengen Blick aus, »bald musst du mich nicht mehr sehen.«

»Ah«, sie setzt ein schiefes Grinsen auf, »ziehst du endlich zurück zu deiner Mutter und lässt uns hier in Frieden?«

»Meine Mutter ist tot.« Ich weiß nicht, warum ich ihr das sage. Es ist einfach so herausgerutscht. Aber die Worte schaffen mir ein bisschen

Erleichterung. Als hätten sie bisher auf meiner Seele gelegen und sie zerdrückt.

Lauras Mund formt ein stummes O. In ihren Augen blitzt so etwas wie Mitleid auf. Doch sie fängt sich schnell wieder und rafft die Tüten zusammen.

»Das tut mir leid.«

Ich stehe mit hängenden Schultern da. Sämtliche Energie scheint aus meinem Körper gewichen zu sein. Auf ihr Mitleid kann ich verzichten. Sie macht Anstalten, sich an mir vorbei zu schieben, doch aus irgendeinem Grund entscheidet sie sich anders und hält mir zwei der Tüten hin. »Hier. Mach dich mal nützlich und hilf mir tragen.«

Ich sehe sie verwundert an. Was denkt sie sich? Warum sollte ich ausgerechnet ihr tragen helfen? Doch als ich in ihre Augen sehe, erkenne ich, dass es ein Zeichen ist. Ein Schritt in meine Richtung. Sie zieht die Augenbrauen hoch und wackelt mit den Tüten. »Na, was ist? Mir leiern gleich die Arme aus.«

Ohne ein Wort zu sagen, nehme ich die Tüten entgegen und folge ihr die Straße entlang. Nach ein paar Metern blickt sie sich über die Schulter zu mir um. Sie betrachtet mich, als würde sie mich heute das erste Mal sehen. Ich warte darauf, dass sie etwas sagt, doch sie schweigt, bis wir am Haus ihrer Oma angekommen sind.

»Mach schnell«, zischt sie mir zu und hält mir die Tür auf, »bevor die alte Frau Meier uns sieht.« Wir huschen in die kleine Wohnung und sie drückt die Tür mit dem Rücken zu. »Puh. Es ist furchtbar, wenn die einen erwischt. Die labert einen so lange voll, bis man genug Worte für die nächsten zwei Jahre zusammen hat.«

Ich kann mir ein kleines Lächeln nicht verkneifen, während ich mich aus meiner Jacke und meinen Schuhen befreie. In der Wohnung von Lauras Oma ist es unglaublich warm.

»Stell die Tüten in die Küche«, fordert sie mich auf und schaltet in der Wohnung die Lichter ein. »Meine Oma ist noch bei ihrem Seniorentreffen. Die kommt erst in einer Stunde zurück.«

Sie folgt mir in die Küche, in der gerade genug Platz für uns zwei ist und zusammen räumen wir die Einkäufe in die Schränke. Als sie mir ein Bild reicht, das in einem Herzrahmen auf der Anrichte steht, halte ich in der Bewegung inne.

»Das ist meine Mama«, erklärt sie und ich sehe sofort die Ähnlichkeiten. Sie hat viel von ihrer Mutter, die schwarzen Haare, die dunklen Augen und vielleicht sogar das Lächeln. Nur der Rollstuhl unterscheidet sie wesentlich voneinander.

»Sie hat Muskeldystrophie. Eine leichte Variante, laut der Ärzte.«

Sie bemerkt meinen fragenden Blick und fügt hinzu: »Muskelschwund. Sie hat die Prognose bekommen, als sie zwölf Jahre alt war. Damals hieß es, es wäre nicht so schlimm. Sie könnte locker 60 Jahre oder älter werden. Und es ging ihr auch lange Zeit den Umständen entsprechend gut. Immerhin hat sie vier Töchter bekommen.«

Ich nicke und stelle das Bild wieder zurück auf seinen Platz. Ich weiß nicht, warum sie mir das erzählt.

»Aber seit ein paar Monaten geht es ihr schlechter. Der Muskelschwund scheint jetzt auf ihr Herz und die Atemmuskulatur überzugreifen. Gestern musste sie wieder ins Krankenhaus.«

Ich schlucke und begreife.

»Vielleicht wird sie sterben«, spricht Laura das aus, was ich befürchtet hatte.

»Das tut mir leid.«

»Und mir erst«, flüstert sie und wendet sich von mir ab. Doch ich habe das Glitzern in ihren Augen bereits bemerkt.

»Willst du etwas trinken?«, fragt sie mich mit belegter Stimme und reicht mir ein Glas.

»Ja, danke.«

»Ich hab Cola mitgebracht. Meine Oma darf die sowieso nicht trinken, deshalb musst du mir helfen, die zwei Liter wegzusaufen.«

Ich lache leise. »Warum kaufst du zwei Liter Cola für dich alleine?«

»Die war im Angebot«, verteidigt sie sich schnippisch und knallt die riesige Flasche auf den Tresen. Mit unseren randvoll gefüllten Gläsern gehen wir ins Wohnzimmer und setzen uns dort auf die Couch.

»Wie sind deine Großeltern so?«, will Laura wissen, doch ich zucke mit den Schultern.

»Keine Ahnung. Ich kenne sie nicht.«

Sie verdreht die Augen. »Hoffentlich sind sie nicht so wie Frau Meier. Dann hast du echt gelitten.«

Ich ziehe die Mundwinkel nach unten. »Ich glaube, ich kann mich glücklich schätzen, wenn sie nur annähernd so nett sind.«

»Wo wohnen sie?«

»Ich bin mir nicht ganz sicher. Ich glaube, in der Nähe von Würzburg.«

Sie nickt langsam. »Das ist ziemlich weit weg.«

»Jap.«

»Was ist mit Justus?«

Ihre Frage kommt so plötzlich, dass sie mich eiskalt erwischt. Ich weiche ihrem Blick aus und nippe möglichst unbeteiligt an meiner Cola, bevor ich antworte.

»Was soll mit ihm sein?«

»Ach, komm schon«, sie gibt mir einen Klaps auf den Oberschenkel, »jetzt erzähl mir nicht, es macht dir nichts aus, ihn hier zurückzulassen. Jedes Kleinkind sieht, wie ihr euch angafft.«

Ich lasse unauffällig ein paar Locken über meine Ohren fallen, damit sie nicht sieht, wie rot sie werden.

»So ein Quatsch.«

»Er steht sowas von auf dich.«

»Ich weiß nicht, was du meinst. Ich weiß nicht mal, ob dein Satz so überhaupt richtig ist.«

Laura lacht auf. »Nein, im Ernst. Vor kurzem hat er mich nach der Schule abgefangen und mir mit Prügel gedroht, wenn ich dich noch einmal ärgern sollte.« Sie setzt das Wort »ärgern« mit den Fingern in kleine Anführungszeichen, so als ob das niemals ihre Intention gewesen wäre.

»Er hat *was*?«, frage ich und verschlucke mich dabei fast an meiner Cola.

Sie nickt theatralisch. »Du hättest ihn mal sehen sollen. Hätte mich nicht gewundert, wenn seine Augen dabei rot geglüht hätten. Wenn du mich fragst, sitzt bei dem ´ne Schraube locker. Aber wahrscheinlich mögt ihr euch gerade deshalb so gerne. Ihr passt zueinander.« Sie wirft mir einen kurzen Seitenblick zu und zwinkert. »Nimm's mir nicht übel.«

»Tue ich nicht«, antworte ich wahrheitsgemäß. »Du hast ja recht. Wir sind beide nicht mehr ganz dicht.«

»Also, auf mich brauchst du jedenfalls keine Rücksicht mehr zu nehmen. Ich will nichts mehr von ihm. Das ist mir zu heikel.«

Ich sehe sie überrascht an. »Du denkst, ich hätte Rücksicht auf dich genommen?«

Sie wiegt den Kopf hin und her. »Na ja, vielleicht ist das der falsche Ausdruck. Du brauchst jedenfalls keine Angst mehr haben, dass ich dir die Augen wegen ihm auskratze.«

»Das hatte ich nie«, antworte ich verwirrt.

»Und warum macht ihr dann so ein großes Geheimnis aus der Sache?«, will sie wissen und zieht interessiert die Augenbrauen hoch, während sie einen Schluck Cola trinkt.

»Weil wir Geschwister sind?«, werfe ich in den Raum.

»Aha!« Sie deutet anklagend mit dem Finger auf mich. »Es läuft also was zwischen euch!«

Die Röte, die meine Ohren ergriffen hat, breitet sich schlagartig in meinem ganzen Gesicht aus. Super. Ausgerechnet Laura habe ich jetzt eingeweiht. Nicht einmal Sophie habe ich bisher etwas von meinen Gefühlen verraten. Und nun erzähle ich es meiner Erzfeindin?

»Bitte verrat es niemandem«, flehe ich.

Sie schlägt eine Hand auf ihre Brust. »Gott, was denkst du von mir?«

Als sie meine erhobene Augenbraue bemerkt, winkt sie ab. »Ach ja. Schon klar. Nein, keine Sorge. Euer Geheimnis ist bei mir sicher. Tote-Mütter-Ehrenwort.« Sie streckt mir ihren kleinen Finger entgegen, damit ich meinen einhaken kann.

»Deine Mutter ist nicht tot.«

»Komm schon. Du weißt, wie ich das meine«, sagt sie lächelnd und zwinkert mir noch einmal zu.

Lauras lockerer Umgangston hilft mir, mich besser zu fühlen. Ich bin froh, dass sie den Tod meiner Mutter nicht so ernst nimmt, wie alle anderen. Ich will kein Mitleid, keine traurigen Blicke. Denn ich habe ja selbst bisher kaum eine Träne hinter meiner Mutter hergeweint. Neben Laura komme ich mir nicht mehr ganz so mies vor.

Kapitel 27
- Justus

Es kostet mich einiges an Überwindung, das kleine Gartentor zu öffnen und auf die moderne Eingangstür zuzugehen. Doch schließlich stehe ich davor und drücke auf den Klingelknopf. Sie hat in den letzten Tagen nicht mehr von ihm gesprochen, doch ich weiß, dass sie ihn gerade jetzt sehr vermisst.

Tatsächlich öffnet mir Yasin selbst die Tür. Er steht mir in seinem Pyjama gegenüber, sieht verschlafen und nicht sehr erfreut aus, mich zu sehen.

»Hast du mal auf die Uhr geguckt?«, fragt er mich finster.

»Seit zwei Stunden alle paar Minuten. Ja«, bestätige ich und will ihn nicht mehr länger hinhalten. »Hör zu. Ich mach es kurz. Ich bin nicht wegen dir hier, sondern wegen Luisa. Sie würde es nicht sagen, aber ich glaube, sie ist todtraurig, wenn du dich nicht von ihr verabschiedest.«

Yasins müde Augen werden größer. »Verabschieden? Wo will sie denn hin?«

Ich schaue noch einmal auf die Uhr. »In 32 Minuten fahren wir los zur Beerdigung.«

Er fährt sich mit der Hand über das Gesicht und sieht mich traurig an. Erst jetzt scheint ihm mein dunkler Anzug aufzufallen. »Euer Großvater? Mein Beileid.«

Ich schüttele den Kopf. »Nein. Ihre Mutter.«

Nun weicht alle Farbe aus seinem Gesicht. Ich hatte vergessen, dass er davon ja noch gar nichts weiß.

»Ihre Mutter? Aber ... Wieso? Was ist passiert?«

»Dafür reicht die Zeit nicht. Zieh dich an und komm mit, wenn du sie noch sehen willst. Sie kommt nicht wieder zurück.«

Als wir das Haus betreten, kommt uns Inge entgegen. Sie hat ihre Schürze gegen einen schwarzen Rock und eine schwarze Bluse getauscht. Auf dem Kopf trägt sie einen dazu passenden Hut. Sie wirkt nervös, wühlt immer wieder in ihrer kleinen Handtasche und läuft anschließend gehetzt durch das Haus.

»Wo ist die Beerdigung?«, flüstert Yasin hinter mir. Er wagt sich kaum weiter rein.

»In Würzburg, bei ihren Großeltern. Dort wird sie dann auch bleiben.«

Er nickt. Viel mehr ist nicht zu sagen. Ich weiß nicht, ob er dieselbe Trauer spürt wie ich. Ob er denselben Schmerz fühlt. Seit wir losgelaufen sind, hat er sich kaum etwas anmerken lassen.

»Luisa!«, ruft Inge die Treppe hinauf. »Wir müssen los. Bist du soweit?« Eine Tür im oberen Geschoss wird geöffnet und gleich darauf wieder verschlossen. Die Dielen des alten Holzbodens knarzen, als Luisa den Treppenabsatz betritt. Das schwarze, knielange Kleid, das Inge ihr besorgt hat, passt perfekt. Aber es lässt sie noch blasser wirken. Die wilden Locken hat sie zu einem Zopf zusammengebunden.

Mit einer Hand wuchtet sie den schweren Koffer die Treppe hinunter. Ich komme ihr entgegen und nehme ihn ihr ab. Mit einem Koffer ist sie gekommen, mit einem Koffer wird sie gehen. Sie nimmt nichts mit, was sie hier erhalten hat. Keine Kleidungsstücke, keine Bücher, keine Bilder. Nur Erinnerungen. Und selbst die würde sie am liebsten hier lassen.

Ich schlucke schwer bei dem Gedanken, dass sie wirklich vorhat, mich zu vergessen. Noch ein Tag, dann sehe ich sie nie wieder. Auf der untersten Treppenstufe bleibt Luisa stehen. Sie hat ihn entdeckt. Doch die abwehrende Mauer, die sie in den letzten Tagen mit viel Mühe um sich herum errichtet hat, hält auch jetzt noch stand.

Während in Yasins Gesicht eindeutig zu sehen ist, wie sehr er mit ihr, wegen ihr, für sie leidet, trägt sie ihre Maske der Gefühllosigkeit. Sie starrt ihn stumm an, während er händeringend auf sie zukommt.

»Lu ... es tut mir so leid. Alles ...«

Sie versteift sich, als er ihre Hand ergreift. Ihr Blick sucht meinen, stellt eine stumme Frage. Ich nicke zur Antwort. Ich weiß nicht, ob sie mir jetzt im Moment dankbar ist, dass ich ihn hergeholt habe. Aber ich weiß, dass sie es sein wird.

»Du musst dich nicht entschuldigen«, sagt sie ihm schließlich leise. »Ich war die Dumme. Ich dachte, ich tue dir einen Gefallen, wenn ich dich ignoriere. Wenn du mich vergessen kannst.« Ihr Blick huscht wieder kurz zu mir, ich presse die Lippen aufeinander.

Yasin lächelt und zieht sie in seine Arme. Fast augenblicklich weicht die Spannung aus ihrem Körper und sie presst ihr Gesicht an seine Brust. Ich lehne mich an die Wand ihnen gegenüber und beobachte sie. Es ist seltsam. Eigentlich bin ich ihr Bruder, aber Yasin geht viel brüderlicher mit ihr um, als ich es je getan habe. Ja, seine Umarmung ist liebevoll. Aber nicht auf die Art, die ich für sie empfinde.

Lange Zeit stehen sie so da, die Augen geschlossen, beide ein kleines Lächeln auf den Lippen. Als Inge den Raum betritt und nervös auf die Uhr schaut, fasst Yasin Luisa an den Oberarmen und schiebt sie so weit von sich weg, dass er ihr ins Gesicht sehen kann.

»Möchtest du, dass ich mitkomme?«

Ich rechne fest mit einem Nein, doch Luisa nickt zu meinem Erstaunen. »Bitte.«

Inge tippt auf ihre Armbanduhr. »Dann jetzt aber hurtig. Wir müssen den Zug noch erwischen.«

Yasin schüttelt den Kopf. »Ich werfe meinen Bruder aus dem Bett. Er kann uns mit dem Auto fahren. So sparen wir ein bisschen Zeit.«

Vor der Friedhofshalle warten bereits einige Trauergäste, als Inge gefolgt von Luisa, Yasin und mir aus Ediz' Auto steigt.

»Ich warte hier«, sagt er an Yasin gerichtet und nickt Luisa aufmunternd zu. Sie ist wieder sehr still geworden. Ich kann mir kaum vorstellen, wie es in ihr aussehen muss. Immerhin geht sie mit gerade einmal 15 Jahren auf die Beerdigung ihrer eigenen Mutter. Ohne zu zögern, nehme ich ihre Hand und schreite neben ihr über den schmalen Schotterweg. In einiger Entfernung läuten die Kirchenglocken zum bevorstehenden Trauergottesdienst.

Als ich unseren Vater auf uns zukommen sehe, spanne ich mich unwillkürlich an. Ich muss dem Drang widerstehen, mich vor Luisa zu stellen, um sie vor ihm zu schützen. So wie ich es bei meiner Mutter so oft getan habe. Auch Yasin tritt näher an sie heran, während Inge sich höflich zurückzieht.

»Justus«, begrüßt er mich und nickt mir sachlich zu. Weil ich ihn nur stumm anstarre, wendet er sich an Luisa. »Luisa, es tut mir so leid. Ich möchte, dass du weißt, dass ich keine Möglichkeit hatte, den Unfall zu verhindern.«

Luisa atmet tief ein und reckt das Kinn vor. »Es war ein Unfall. Unfälle lassen sich nicht verhindern.«

»Du sagst es.« Er klingt erleichtert. So als hätte Luisa ihm gerade eine Absolution erteilt. »Komm, ich bringe dich zu deinem Platz. Du sitzt in der ersten Reihe. Bei mir und deinen Großeltern.«

Wie er das sagt, klingt es fast so, als hätte er ihr einen Gefallen getan. Als sollte es eine große Ehre für sie sein, bei der Beerdigung ihrer Mutter in der ersten Reihe sitzen zu dürfen.

Sie weicht vor seiner auffordernden Hand zurück.

»Ich möchte lieber bei Justus sitzen«, murmelt sie und drückt meine Hand ein bisschen fester.

Der Blick meines Vaters verfinstert sich. »Ich denke nicht, dass das jetzt der passende Augenblick ist, über Sitzplätze zu diskutieren.«

»Du sagst es«, wiederhole ich seine Worte von eben und ziehe Luisa weiter mit mir in Richtung Kapelle. Solange sie bei mir bleiben will, werde ich ihr das nicht verwehren. Yasin, Luisa und ich setzen uns zu Inge in die zweite Reihe, rechts vom Gang. Auf der linken Seite ganz vorne entdecke ich ein älteres Paar. Etwa um die 60 Jahre alt. Die fast weißhaarige Frau mit dem strengen Dutt schnäuzt sich immer wieder leise in ihr Taschentuch, während der Herr neben ihr streng auf den Sarg blickt, als wollte er die Frau darin für ihren Tod rügen. Sie hätten nicht deutlicher als Luisas Großeltern entlarvt werden können, wenn sie Namensschilder getragen hätten. Aus dem Augenwinkel erkenne ich, dass auch Luisa sie gesehen hat. Ihr Atem stockt einen Moment, ihr Daumen kreist nervös über meinen Handrücken. Nach und nach treten mehr Trauergäste ein. Sie schreiten bis zum Sarg vor, neigen ihre Köpfe und scheinen still zu beten.

»Ich kenne die alle nicht«, flüstert Luisa mir ins Ohr.

Eine Orgel beginnt eine schiefe Melodie zu spielen und der Pfarrer betritt die Halle. Auch er bleibt kurz vor dem geschlossenen Sarg stehen, bevor er sich hinter seinem Pult in Position bringt. Er räuspert sich kurz, hebt dann den Blick und spricht:

»Gott ist unsere Zuversicht und Stärke, eine Hilfe in den größten Nöten, die uns getroffen haben. Psalm 46,2.

Clara Peters wurde gerade einmal 30 Jahre alt. Sie hinterlässt ihre trauernden Eltern, ihren liebenden Gatten und eine Tochter.

Natürlich fragen wir uns: Wie kann das fair sein? Wie kann eine junge Frau, die noch so viel vor sich hatte, die ihr Leben gerade erst neu entdeckte, auf so grausame und plötzliche Art aus dieser Welt gerissen werden? Wir verstehen Gottes Entscheidungen nicht immer und wir müssen sie auch nicht stets für gut heißen. Doch Clara Peters hat ihr Leben in vollen Zügen genossen. Und ich bin mir sicher, wenn sie nun auf uns herabblickt, dann wird sie froh sein. Froh, dass alle ihre Lieben hier zusammengefunden haben.

Im Gespräch mit ihren Eltern teilten diese mir mit, dass Clara Peters' Weg nicht immer mit ihren Vorstellungen übereinstimmte. Sie traf viele Entscheidungen, positive wie negative. Doch ist es nicht das, was uns Menschen ausmacht? Wir alle machen Fehler und treffen falsche Entscheidungen, denn nur so können wir lernen und uns entwickeln. So hat Gott es für uns vorgesehen…«

Luisas Hand in meiner beginnt zu schwitzen. Ich schiele zu ihr herüber, doch sie schüttelt nur mit zusammengekniffenen Lippen den Kopf. Ich hoffe, dass sie sich nicht als Fehler angesprochen fühlt, denn ich denke nicht, dass das die Intention des Pfarrers war.

Die Orgel beginnt wieder zu spielen und um mich herum werden Liederbücher aufgeschlagen. Der

Text des Liedes ist nur mit viel Mühe zu verstehen, denn es sind kaum Menschen da, die gegen die Orgel ansingen könnten. Inge versucht es trotzdem.

Ich nutze die Zeit, um unseren Vater und Luisas Großeltern genauer unter die Lupe zu nehmen. Sie sitzen zwar in derselben Bank, haben aber einen ganzen Meter Platz zwischen sich gelassen. Der Platz, an dem eigentlich Luisa sitzen sollte. Es sieht so aus, als hätten sie Angst, sich zu nahe zu kommen. Mein Vater blickt stur geradeaus. Fast meine ich, das Knacksen seiner Knöchel zu hören. Doch das kann nur Einbildung sein, denn dafür ist das Orgellied viel zu laut. Die Melodie verstummt und der Pfarrer bittet uns, zum stillen Gebet aufzustehen.

Neben mir höre ich Luisa schwer atmen. Weder sie noch Yasin noch ich haben unsere Hände zum Gebet gefaltet. Stattdessen halten wir uns der Reihe nach an den Händen, geben uns gegenseitig Halt und Schutz. Als wir nach einer weiteren halben Stunde die Trauerhalle endlich wieder verlassen können, atme ich die frische Luft tief ein. Dies war die erste Beerdigung seit dem Tod meiner Tante vor einigen Jahren, doch ich brauche nicht so schnell eine Wiederholung.

Eine fremde Frau, etwa im Alter von Luisas Mutter, kommt auf uns zu und schüttelt ihr sanft die freie Hand. »Mein herzliches Beileid, zum Tod deiner Mutter.« Gleich hinter ihr steht ein junger Mann mit Mütze. Seine dunklen Augen sind gerötet.

Luisa sieht mich hilflos an. Ich lächele das Paar knapp an und ziehe sie weiter.

»Wer war das?«, fragt sie leise.

»Woher soll ich das wissen?«

Weitere, meist ältere Menschen, bewegen sich in unsere Richtung, doch Yasin und ich schaffen es, Luisa hinter dem Gebäude außer Sichtweite zu bringen.

»Das ist ein Albtraum«, murmelt sie und fingert an einer Locke herum, die sich aus ihrem Zopf gelöst hat. »Dieser ganze Gottesdienst war ein einziger Albtraum.«

Yasin schweigt und dreht mit seiner Schuhspitze ein Loch in den Kieselweg. Ich weiß, was ihn beschäftigt. Die Beerdigung ist vorbei. Ein anschließendes Kaffeetrinken hat die Familie nicht gewünscht. Also kommt jetzt der Moment des Abschieds. Luisa atmet tief ein und lässt die widerspenstige Locke los, die sich gleich darauf wieder löst.

»Das war's dann wohl.«

Yasin schließt kurz die Augen. Ich hoffe, er flennt jetzt nicht los. Sie nimmt seine Hand und zieht ihn in eine enge Umarmung.

Kapitel 28

- Luisa

Wenn ich eine Zeit meines Lebens verschenken müsste, um sie jetzt verlangsamen zu können, dann würde ich es tun. Ich würde ganze Jahre verschenken, um fünf Minuten mehr für den Abschied zu haben. Vielleicht ist es kein Abschied für immer. Aber zumindest für sehr lange Zeit. Deshalb atme ich Yasins Duft noch einmal tief ein. Er weckt so viele Erinnerungen in mir. Zum Beispiel an unsere erste Begegnung. Wie er mir damals aufgeholfen hat, nachdem ich gestürzt bin. Er hat mir so oft aufgeholfen. Viel zu oft. Diese Welle der Hilfsbereitschaft zog sich durch unsere gemeinsame Zeit. Und ich konnte ihm so wenig zurückgeben.

Trotzdem erwidert er meine Umarmung ohne Vorbehalt. Ich weiß, dass er die Tränen zurückhalten muss. Ich sehe sie in seinen Augen, als er einen Schritt zurücktritt und mich traurig anlächelt. Vielleicht hält er sie zurück, um mich nicht zu verletzen. Vielleicht aber auch, weil Justus dabei ist.

Justus. Ich traue mich kaum, ihn anzusehen. Wie soll ich mich von ihm verabschieden? Niemand weiß von uns. Niemand darf von uns wissen. Deshalb streiche ich zum hunderttausendsten Mal diese nervige Locke hinter mein Ohr und druckse unbeholfen herum.

»Ich ... vielleicht ... vielleicht komme ich dich mal besuchen ...«

Justus schnaubt, macht einen Schritt auf mich zu und zieht mich in seine Arme. Und dann küsst er mich. Er küsst mich, als gäbe es nur uns zwei. Als wären wir alleine auf dieser Welt, die für uns nur Pech bereithält. Nur Pech, bis auf diesen einen Tag. Den Tag, an dem wir zusammenstießen und ich ihm das erste Mal in die Augen sah. Ich lasse mich treiben, vergesse endlich mal meine Bedenken und als wir den Kuss beenden und ich meine Stirn gegen seine lehne, kann ich ein leises Seufzen nicht unterdrücken.

»Und wie du mich besuchen kommst«, knurrt er. »Und wenn du es nicht tust, dann hole ich dich.«

Eine fremde, kratzige Stimme kommt mir zuvor:

»Na, das werde ich aber zu verhindern wissen, Bürschlein.«

Ich weiß, dass sie es ist, bevor ich sie überhaupt sehe. Ich kann mich an sie erinnern. Es ist Jahre her, aber dieser Moment, diese Stimme verfolgt mich noch heute.

Das ist doch wohl nicht dein Ernst, dass du dich traust, hier nochmal aufzutauchen.

Emotionslos. Kalt.

»Hallo Luisa«, begrüßt sie mich und bedenkt mich mit einem langen, begutachtenden Blick.

»Hallo ...«, erwidere ich, weil ich nicht weiß, wie ich sie nennen soll. Hinter ihr taucht Inge auf. Sie ist etwas außer Atem, als hätte sie der strengen Frau hinterherrennen müssen.

»Hast du dich bereits verabschiedet von ...«, meine Großmutter zögert und betrachtet abwechselnd Yasin und Justus. Ihre Nase rümpft sich dabei ein kleines bisschen, »... deinen beiden Freunden?«

Noch nicht. Nicht jetzt. Justus stellt sich dichter neben mich und zieht meine Hand hinter seinen Rücken, sodass er sie vor den Blicken der anderen verbergen kann. Ich spüre, wie er mir etwas in die Handfläche legt. Ein Zettel.

»Für später«, flüstert er, haucht mir einen Kuss auf die Wange und geht zusammen mit Yasin an meinen Großeltern vorbei Richtung Ausgang. Den Zettel schiebe ich in den langen Ärmel meines Kleides.

In Inges Augen stehen Tränen.

»Mein Mädchen«, weint sie, »ich werde dich so vermissen. Ruf ganz oft an, ja? Ich will wissen, wie es dir geht. Du kannst mir alles erzählen.«

Ich drücke sie fest an mich. »Ich weiß. Danke.«

»Nun komm«, höre ich die Stimme meiner Großmutter ungeduldig rufen. »Mir frieren hier die Füße ab.«

»Ich muss noch meinen Koffer holen«, werfe ich ein, in der Hoffnung, Justus, Yasin und auch Ediz noch einmal sehen zu können.

»Haben wir schon«, brummt mein Großvater und deutet auf mein altes Gepäckstück, das an die Hausecke gelehnt dasteht. Es ist traurig, aber mal wieder ist dieser Koffer das Einzige, was mir bleibt.

Inge runzelt die Stirn und wirkt schon fast verärgert. Eine Art, die ich an ihr gar nicht kenne, die mir aber im Moment sehr sympathisch ist.

»Mach es gut, Luisa«, sagt sie, reibt mir noch einmal über den Arm und folgt dann den anderen zum Auto. Das Bedürfnis, ihnen hinterherzurennen und mich einfach mit ins Auto zu werfen, ist so stark, dass meine Muskeln zum Zerreißen gespannt sind. Ich kann sie nicht mehr sehen, aber ich höre Ediz' Auto, dessen Motor stotternd anspringt und mit der Entfernung immer leiser wird.

»Können wir dann?«

Ich nicke, folge den beiden vom Friedhof und lasse meine tote Mutter hinter mir zurück.

»Das hier ist dein Zimmer«, beendet Dorothee, wie meine Großmutter heißt, ihre Führung durch das Haus.

Der Raum, der eindeutig als das Jugendzimmer meiner Mutter zu erkennen ist, passt perfekt zum Rest des Hauses. Nobel, gepflegt, spießig. Die weißen Spitzenvorhänge sind links und rechts des großen Sprossenfensters aufwendig drapiert worden. Auf dem massiven Eichenholzschreibtisch liegen sogar noch alte Schulbücher meiner Mutter. Ordentlich gestapelt, als wären sie mehr Deko als Gebrauchsgegenstände. Daneben gleich das Bücherregal. Selbst die Bücher darin sind angeordnet, als wären sie nur zum Anschauen da. Das Bett wurde frisch bezogen. Keine Selbstverständlichkeit. Denn der Rest des Zimmers scheint in einer Zeit vor 15 Jahren hängen geblieben zu sein. Alles sieht aus, als hätte meine Mutter es gestern erst zuletzt betreten. Auf dem Schminktisch neben dem riesigen Kleiderschrank stehen sogar noch kleine Parfümfläschchen. Vermutlich auch mehr zu Dekorationszwecken. Alles ist in Weiß, Braun und Rosa gehalten.

Und nichts davon passt zu meiner Mutter. Wenn meine Mutter eine Farbe gewesen wäre, dann wäre sie Rot gewesen. Rot wie die Leidenschaft. Rot wie das Abenteuer. Jedenfalls wäre sie eine Signalfarbe gewesen. Keine rosa Prinzessin.

»Morgen fahren wir einkaufen. Wie ich sehe, besitzt du nicht sehr viele Kleidungsstücke.« Ihr Blick haftet an meinem Koffer.

»Oh, es reicht eigentlich. Danke.«

Dorothee hebt eine Augenbraue. »Das war keine Frage.«

»Oh«, erwidere ich. »Okay.«

»Du solltest jetzt schlafen. Es war ein langer Tag. Solltest du uns brauchen, wir sind noch eine Weile in der Stube.«

»Stube?«, frage ich irritiert.

Sie hebt schon wieder die Augenbraue, was mich dazu bringt, über den Muskel nachzudenken, der das bewirkt. Ihrer muss ziemlich gut trainiert sein.

»Das Wohnzimmer.«

»Alles klar«, sage ich und versuche mich an einem leichten Lächeln. Schlagartig verfinstert sich ihre Miene und die Tür ist so schnell hinter ihr geschlossen, dass ich erschrocken zusammenzucke.

Das ist es also. Das Zimmer meiner Mutter. Mein Zimmer. Hier hat sie 14 Jahre lang gelebt. Ich gehe an ihren Schreibtisch, setze mich auf den massiven Holzstuhl und blättere in ihren Schulbüchern. Viel hat sich nicht geändert. Aber es ist ja auch nicht einmal 16 Jahre her, dass sie hier saß.

Das Bücherregal zieht meine Aufmerksamkeit auf sich und ich stehe auf, um einige der Bücher zu inspizieren. Ich kann mir meine Mutter gar nicht lesend vorstellen. In all den Jahren habe ich sie höchstens mal mit einer Zeitschrift in der Badewanne gesehen. Doch hier steht sogar »Der Herr der Ringe« im Regal. Gleich neben ... »Darrel Shawn« in der Erstausgabe. Ich nehme mir eines der Bücher und lege mich damit auf mein Bett.

Die nächsten zwei Stunden vertreibe ich mir die Zeit mit dem Mitternachtszirkus. Erst, als Dorothee an die Tür klopft und mich darauf aufmerksam macht, dass sie das Licht durch den Türspalt sehen kann, höre ich auf und schlurfe mit meinem Nachthemd und dem Waschzeug unter dem Arm ins Badezimmer.

Bis gerade eben konnte ich mir noch vorstellen, ich wäre nur kurz zu Besuch hier und würde gleich wieder nach Hause fahren. Doch jetzt, wo ich vor dem vergoldeten Spiegel in einem viel zu kitschig eingerichteten Badezimmer stehe, überkommt mich das Heimweh in großen Schüben. Ich muss mich am Rand des Waschbeckens festklammern und zwingen ruhig zu atmen, damit ich keinen Heulkrampf erleide. Und in diesem Moment fällt ein kleiner blauer Zettel aus meinem Ärmel in das Becken. Ich fische ihn blitzschnell heraus, bevor er von den darin verbliebenen Wassertropfen aufgeweicht werden kann.

Es ist seine Handschrift. Ich würde sie überall wiedererkennen. Das erste Mal habe ich sie auf seinem Matheheft gesehen, das ich nach unserem Zusammenprall in der Schule versehentlich eingesteckt hatte. Und er hat recht. Meine Handschrift ist wirklich schöner.

Ich setze mich auf den Badewannenrand und falte das kleine Zettelchen vorsichtig auseinander. Es ist gerade mal so groß wie meine Handfläche und darauf sind nur drei kurze Sätze geschrieben.

Ich will nicht heiraten.
Ich will keine Kinder.
Ich will nur dich.

Mein Herz setzt einen Schlag aus und beginnt dann, doppelt so wild gegen meine Brust zu hämmern. Es macht mein Heimweh nicht gerade besser, dass ich ihn jetzt so sehr vermisse, dass es schmerzt.

Zurück in meinem Zimmer lege ich den Zettel in mein Fotoalbum und verstaue es sicher wieder in meinem Koffer. Ich werde ihn nicht auspacken. Habe ich nie. Werde ich nie.

Es ist ungewohnt für mich, pünktlich um sieben Uhr vollständig angezogen und gekämmt am

Frühstückstisch zu sitzen. Deshalb tue ich es nicht.

Die verstörten Blicke meiner Großeltern versuche ich zu ignorieren, während ich mir das Brot heranziehe. Rührei suche ich leider vergeblich auf dem Tisch. Meine Großeltern scheinen zu den »Süß-Frühstückern« zu gehören. Also begnüge ich mich mit Erdbeermarmelade.

»Ist das dein Schlafanzug?«, fragt Dorothee mich und betrachtet meine T-Shirt-Boxershort-Kombi von oben bis unten.

Ich folge ihrem Blick. »Ähm ... Ja.«

»Na, dann ist es ja gut, dass wir später einkaufen fahren.«

»Wir sollten dich vielleicht mit einigen unserer Regeln hier im Haus vertraut machen.« Die tiefe Stimme meines Großvaters, Conrad, bringt mich etwas aus dem Konzept. Er und Dorothee tauschen einen vielsagenden Blick aus.

»Du wirst verstehen, dass wir aufgrund unserer Erfahrungen streng zu dir sein werden. Das heißt nicht, dass wir dich nicht mögen. Wir möchten nur keine Risiken eingehen. Du hast dich hier abzumelden, wenn du das Haus verlässt. Wir möchten wissen, wohin du gehst und wann du wiederkommst. Natürlich musst du pünktlich sein. Telefonate sind auf zehn Minuten begrenzt, da wir keine unangenehme Überraschung mit der Telefonrechnung erleben wollen. Männerbesuche sind nicht gestattet. Besuche von Freundinnen sind in Ordnung, sofern wir sie vorher kennenlernen.«

»Darf ich bei Männern zu Besuch sein?«

Dorothee atmet scharf ein. Der Blick meines Großvaters ist göttlich. Ich konnte es mir nicht verkneifen. Ich komme mir vor wie Heidi in der Stadt, unter der Aufsicht von Fräulein Rottenmeier.

»Schon gut«, murmele ich und senke den Kopf unter ihren strengen Blicken. »War nur ein Scherz.«

»Seit dem Tod unserer Tochter sind wir nicht mehr zum Scherzen aufgelegt. Ich denke, du bist alt genug, um das zu verstehen.«

Ein kleiner Funken Zorn flammt in mir auf. »Du meinst, seit dem Tod meiner Mutter?«

Dorothee tupft sich die Krümel mit einer Serviette vom Mund, legt sie auf dem Teller ab und sieht mich an. »Das reicht. Wenn du fertig gefrühstückt hast, kannst du dich anziehen. Dann fahren wir einkaufen.«

Ihre Stimme hat etwas Endgültiges. Ihr Blick ist hart und unnahbar. Ich kann gar nicht glauben, dass meine Mutter von ihr abstammte. Meine Mutter war wild, lebensfroh, manchmal energisch, manchmal auch faul. Sie war aufsässig, extrovertiert und spontan. Ihre Eltern sind langweiliger als das stete Ticken der teuren Standuhr in ihrem Esszimmer.

Kapitel 29

- Luisa

Schuhe für über einhundert Euro zu kaufen, um danach mit ihnen durch den Dreck der Würzburger Straßen zu laufen, kommt mir vor wie ein Frevel. Noch dazu sind die Klamotten, die Dorothee mir aufschwatzt für meinen Geschmack viel zu spießig. Ein schwarzer Rollkragenpullover zu einem knielangen, karierten Faltenrock und dicker Strumpfhose. Ich komme mir vor wie ein britisches Schulmädchen.

»Das steht dir ausgezeichnet«, flötet meine Großmutter und verzieht ihre Lippen zu etwas, das wohl ein Lächeln sein soll.

Der kratzige Pulli und der Schottenrock sind dann wohl genauso gekauft, wie die Bundfaltenhose und die drei geblümten Blusen. Zum Glück ist es mir relativ egal, wie ich herumlaufe. Was mir nicht egal ist, ist, wie teuer diese furchtbar hässlichen Sachen sind. Doch Dorothee zahlt sie ohne mit der Wimper zu zucken. Als sie mich nun auch noch in die Unterwäscheabteilung zerren will, stemme ich beide Füße in den Boden.

»Brauche ich nicht. Ich hab genug ... Mieder«, haspele ich und sehe sie flehend an. Dorothee betrachtet mich prüfend. »Bist du dir sicher? Ich meine, wenn wir schon mal hier sind ...«

»Nein, nein.« Ich schüttele wild den Kopf. »Alles noch auf Vorrat.«

Unser Shoppingtrip endet somit zum Glück nicht in einer furchtbar peinlichen Situation, sondern sogar relativ entspannt in einem italienischen Restaurant.

»Schnitzel mit Pommes und Mayo«, bestelle ich voller Vorfreude und ernte einen missbilligenden Blick meiner Großmutter.

»Wir sind hier beim Italiener. Da isst man doch kein Schnitzel.«

»Aber es steht auf der Karte«, antworte ich und deute anklagend auf das Menü. Mit einem leicht entschuldigenden Ausdruck bestellt sie sich »Tagliatelle melanzane e ricotta«, bevor sie ihren Wein gekonnt schwenkt und daran nippt.

»Ich habe in der Schule angerufen. Diese Woche kannst du noch zuhause bleiben. Am Montag bringt ... mein Mann dich dann hin.«

»Okay«, antworte ich langgezogen. Ich hatte beinahe vergessen, dass ich ja auch hier nicht von der Schulpflicht befreit bin.

»Wie läuft es denn allgemein bei dir in der Schule?«, will sie wissen.

»Gut«, antworte ich und nehme einen großen Schluck von meiner Cola.

Dorothee verdreht ihre grauen Augen. »Gut. Was soll das heißen, gut? Heißt das, du schreibst gute Noten?«

Ich überlege einen Moment. »Wenn man es so sieht, könnte man sagen, es läuft befriedigend bis ausreichend.«

Sie sieht mich entsetzt an. »Das muss sich aber hier ändern. Deine Mutter hat wohl nicht allzu viel Wert auf deine Ausbildung gelegt.«

»Sie hat auf vieles, was mich anbelangt, nicht allzu viel Wert gelegt.«

Für einen kurzen Moment scheint sie betroffen zu sein. Sie senkt ihren Blick und fingert kurz nervös an ihrer Stoffserviette herum.

»Weißt du ...«, sagt sie schließlich und ich bin mir erst nicht ganz sicher, ob sie überhaupt mit mir spricht, weil sie es so leise tut, »deine Mutter war ein gutes Kind. Sie hat uns immer stolz gemacht. Sie war gut in der Schule. Sehr gut ...«, verbessert sie sich, mit einem kurzen Blick auf mich, »und war immer höflich und zuvorkommend. Sie hat unsere Regeln beachtet, ohne zu murren. Sie war mein Sonnenschein.«

Ich bin mir nicht ganz sicher, ob wir über dieselbe Person sprechen. Nichts, von dem, was sie sagt, passt auf das Bild, was ich von meiner Mutter hatte.

Sie stockt kurz, hat Mühe weiterzusprechen.

»Dann hat sie diesen Jungen kennengelernt. Er war frech und ungezogen. Er hat uns beschämt, indem er nachts in ihr Zimmer eingebrochen ist. Die ganze Nachbarschaft wusste davon.«

Ich schlucke. Jetzt wird es interessant. »Mein Vater?«

Sie zieht die Mundwinkel herunter und sieht dadurch noch einmal zehn Jahre älter aus. »Paul. Ja. Wir haben ihm Hausverbot erteilt. Aber das machte alles nur noch schlimmer. Von da an blieb sie regelmäßig bis spät in die Nacht weg. Wir bekamen Probleme mit dem Jugendamt und der Polizei. Sie war ja immerhin erst 14 Jahre alt.«

»Und dann wurde sie schwanger«, rate ich.

Dorothee nickt und ich merke, dass es ihr schwerfällt weiterzusprechen. Der Kellner kommt und bringt unser Essen, doch ich breche den Blickkontakt zu meiner Großmutter nicht ab. Als er den Tisch wieder verlässt, spreche ich es aus.

»Ihr habt sie auf die Straße gesetzt.«

Dorothee versteift sich. Sie sieht sich nervös im Restaurant um, als hätte sie Angst, jemand könnte unser Gespräch belauschen und sie dafür anklagen. Aber die einzige noch lebende Anklägerin, vor der sie Angst hat, sitzt ihr gegenüber.

»Was blieb uns denn anderes übrig?«, flüstert sie.

»Ihr hättet ihr helfen müssen«, gebe ich zurück und füge etwas leiser hinzu: »Ihr hättet *mir* helfen müssen.«

Kurz flammt in mir ein Gedanke auf. Wie wäre mein Leben verlaufen, wenn meine Großeltern ihr und mir eine Chance gegeben hätten. Was wäre gewesen, wenn sie sich der Herausforderung gestellt hätten und wir alle zusammen unter einem Dach hätten leben können? Wie würde es mir dann heute gehen? Sicherlich wäre ich eine verwöhnte, reiche Spießergöre. Aber ich hätte ein normales Leben.

Doch dann fällt mir ein, dass ich dann auch Yasin und Justus niemals kennengelernt hätte. Dass Sophie niemals mit Yasin zusammengekommen wäre, sondern immer noch unter der Fuchtel von Laura und Melina stehen würde. Und dass ich niemals herausgefunden hätte, wie viel Gutes eigentlich hinter Lauras Fassade steckt. Das alles ist passiert, weil Dorothee und Conrad eine Entscheidung getroffen haben. Die Entscheidung gegen ihre Tochter. Gegen mich. Der Pfarrer hatte Recht. Wir alle treffen falsche Entscheidungen. Wir alle machen Fehler. Was er aber nicht erwähnt hat, war, dass jeder Fehler eine neue Tür öffnet, hinter der viele weitere Türen liegen. Türen zu Orten, Geschichten und Personen. Manche sind nur von kurzer Dauer. Sie begleiten dich ein kleines Stück und verschwinden dann. Andere packen dich und lassen dich nie mehr los.

Ein kurzes, zittriges Aufatmen reißt mich aus meinen Gedanken. Ich blicke auf und sehe eine Träne über ihre Wange laufen.

»Ich habe sie geliebt«, sagt sie mit bebender Stimme. »Sie war meine Tochter. Ich habe sie geliebt.«

Als meine Großmutter und ich vor ihrem Haus aus dem Auto steigen, ist die Stimmung zwischen uns eine vollkommen andere als bei unserer Abfahrt. Über den Wagen hinweg lächelt sie mir zu, bevor wir uns am Kofferraum wiedertreffen und die unzähligen Kaufhaustüten herausholen.

»Oh. Großeinkauf?«, höre ich eine freundliche Stimme vom Nachbarsgrundstück. Es ist die Frau, die mir nach der Beerdigung ihr Beileid aussprach.

Dorothee nickt ihr zu. »Es war dringend nötig.«

Die Frau kommt zu uns herüber und reicht mir die Hand. »Ich hatte mich noch gar nicht richtig bei dir vorgestellt. Ich bin Hannah. Meinen Mann, Simon, hast du gestern auch schon gesehen. Wir sind alte Freunde von deiner Mutter.«

»Luisa«, antworte ich und drücke ihre Hand.

»Es freut mich, dich endlich mal kennenzulernen. Auch, wenn die Umstände nicht gerade die Schönsten sind.«

Ihr Lächeln wirkt echt. Sie ist eine sehr attraktive Frau. Rote Haare, grüne Augen. Und unter ihrem Strickpulli erkenne ich eine leichte Wölbung. Als hätte sie meinen Blick bemerkt, streicht sie liebevoll über ihren Bauch.

»Sechster Monat«, sagt sie lächelnd.

Ich nicke. »Herzlichen Glückwunsch.«

Ein kurzes Schweigen entsteht, bis Hannah sich übertrieben fröstelnd über die Arme reibt. »Ziemlich kalt hier draußen, nicht wahr? Also, ich gehe dann mal wieder rein. Komm uns doch die Tage mal besuchen. Wir würden uns wahnsinnig freuen.«

»Klar«, antworte ich, »gerne.«

Auf meinem Zimmer führt mich mein erster Weg zu meinem Handy. Ich habe es absichtlich nicht mit mir herumgetragen, weil ich dann vermutlich alle fünf Minuten drauf gestarrt hätte.

Zu meiner Freude habe ich gleich zwei Nachrichten. Eine von Yasin und eine von Sophie. Ich schreibe ihnen gleich zurück. Dann suche ich Justus' Nummer heraus. Mein Finger schwebt über der Hörertaste.

Ich würde so gerne seine Stimme hören. Aber das geht absolut gegen meinen Plan, ihn mich vergessen zu lassen. Ich stelle mir vor, was er wohl gerade tut. Vielleicht war er heute schon wieder in der Schule. Sehr wahrscheinlich sogar. Vielleicht sitzt er jetzt an seinen Hausaufgaben. Oder er isst gerade mit Inge zu Abend. Vielleicht besucht er aber auch Opa im Krankenhaus. Vielleicht ... in diesem Moment klingelt mein Handy. Ich sehe seinen Namen und für eine Sekunde habe ich die Befürchtung, dass ich versehentlich doch auf die Hörertaste gekommen bin. Doch es ist ein eingehender Anruf. Er ruft mich an. Er will mit mir sprechen. Mein Daumen zittert. Die Versuchung, einfach abzuheben und seiner Stimme zu lauschen, ist so groß, dass ich mir auf die Lippe beißen muss, um das Handy aus der Hand zu legen. Der Anrufton klingt nicht ab und das kleine Gerät brummt auf dem Schreibtisch, als läge es in den letzten Zügen.

Ich darf nicht dran gehen. Ich darf nicht dran gehen. Ich darf nicht dran gehen.

Dieses Mantra bete ich mir immer wieder vor, bis endlich der Anrufbeantworter anspringt und die Melodie verstummt. Schnell springe ich zum Handy, um es auf lautlos zu stellen und verstecke es in den Tiefen meines Koffers.

Es ist besser so. Und bald wird er das auch begreifen.

Kapitel 30

- Justus

Während ich nervös im Wohnzimmer auf- und abtigere, versucht Inge, mich mit der erhobenen Hand zu beruhigen.

»Es wird schon nichts passiert sein. Es ist alles neu und aufregend. Wahrscheinlich hat sie einfach keine Zeit, ans Telefon zu gehen. Vielleicht essen sie gerade zu Abend.«

»Ich habe es jetzt schon drei Mal versucht. Ich sag dir, da stimmt was nicht. Wir müssen sie da wegholen.«

Inge schüttelt schmunzelnd den Kopf. »So ein Unsinn.« Trotzdem greift sie zum Telefonhörer und wählt die Nummer von Luisas Großeltern.

Schon nach wenigen Sekunden erhellt sich ihre Miene. »Frau Peters. Inge Berthold hier. Ich wollte nur wissen, ob Luisa sich schon ein bisschen eingelebt hat ... Ja? Ja, das ist ja wunderbar ... Da hat sie sich sicherlich gefreut.« Sie zwinkert mir aufmunternd zu, doch das kann meine Stimmung auch nicht bessern.

»Sag, dass du sie sprechen willst. Vielleicht halten sie sie im Keller gefangen.«

Sie verdreht die Augen, kommt meiner Bitte aber trotzdem nach. »Würden Sie sie einmal ans Telefon holen? ... Vielen Dank.«

Einige endlos lange Sekunden vergehen, bis Inge wieder spricht. »Luisa, Liebes. Wie geht es dir? ... Ja, das habe ich schon gehört ... Fritz geht es ein bisschen besser. Aber nach Hause darf er noch lange nicht. Er will wissen, wie das Essen bei euch ist ... Natürlich nicht ... Keine Biersuppe? Das ist aber schade. Dann mache ich sie das nächste Mal, wenn du mal wieder zu Besuch kommst ... Ach, erzähl doch keinen Unsinn. Natürlich kommst du ...«

Ich halte es nicht mehr aus. Ich muss sie sprechen. Fordernd strecke ich die Hand aus und unterbreche somit Inges Wortschwall.

»Luisa? Justus möchte dich sprechen. Ich reiche ihm den Hörer mal weiter.«

Ich bin mir ziemlich sicher, dass Inge kurz davor ist, mir die Zunge herauszustrecken, bevor sie mir den Hörer reicht.

Mein Herz schlägt mir bis zum Hals und meine Stimme klingt brüchig, als ich ihren Namen ausspreche. »Luisa?«

Ein wildes Tuten klingt mir entgegen. Ich schaue auf das Telefon, bin mir nicht ganz sicher, ob eventuell das Gerät kaputt ist. Bis irgendwann die Erkenntnis zu mir durchsickert. Sie hat aufgelegt.

Nach allem, was passiert ist, einfach so in die Schule zu gehen, kommt mir lächerlich vor. Aber Inge lässt keine Ausreden dulden. Seit Luisa weg ist, habe ich ihr Zimmer in Inges Haus bezogen und ich muss sagen, bei einer alten Dame zu wohnen, hat so seine Vorteile. Ich werde bekocht und mein Zimmer putzt sich fast schon von alleine. Leider könnte sie auch als penetranter Wecker arbeiten. Alle fünf Minuten taucht sie in der Zimmertür auf, klatscht unangenehm laut in die Hände und reißt zum guten Schluss auch noch die Rollläden hoch. Es bringt nicht allzu viel, da es draußen noch wintermäßig dunkel ist. Aber Krach macht es dafür umso mehr.

Deshalb stehe ich an diesem, für mich ersten, Schultag im Jahr überpünktlich an der Bushaltestelle. Als Yasin um die Ecke biegt und sieht, dass er ausnahmsweise mal nicht der Erste ist, macht er große Augen.

»Hi«, begrüßt er mich.

»Hi«, gebe ich elanlos zurück. Ich muss zugeben, ich freue mich, ihn hier zu sehen. Seit der Beerdigung ist er so etwas wie ein Verbündeter für mich. Es ist, als würden wir ein Geheimnis teilen, das uns zusammenschweißt.

»Heute geht's wieder los, he?«, fragt er und setzt ein unsicheres Lächeln auf.

»Ja«, grummele ich und rücke meinen Rucksack zurecht, den ich mir über die rechte Schulter gehängt habe. Ich war morgens noch nie der Gesprächigste, doch heute gibt es ein paar Worte, die schon seit Stunden in mir rumoren und heraus wollen.

»Hat Luisa sich bei dir gemeldet?«

Yasin schaut mich verwundert an. »Ja, gestern Abend ... Bei dir noch nicht?«

Ich schüttele den Kopf, versuche, mir meine Enttäuschung nicht anmerken zu lassen. »Was hat sie gesagt? Wie geht es ihr?«

»Ganz gut. Sie hatte gestern wohl auch viel zu tun. Vielleicht hat sie sich deshalb noch nicht bei dir gemeldet.«

Ich stelle den Kragen meiner Jacke auf. Ein bisschen, um mich vor dem aufkommenden Wind zu schützen. Ein bisschen, um ihm nicht zu viel meiner verletzten Gefühle zu zeigen. »Ja, kann sein.«

Der Bus kommt und ich steige nach Yasin ein. Er geht zu seinem Stammplatz. Da, wo er immer mit Luisa gesessen hat. Nun sitzt er dort allein.

Ich zögere. Meine Freunde sitzen wie immer in der letzten Bank, albern herum, reißen dämliche Witze. Nach und nach heben sie ihre Blicke und betrachten mich irritiert. Zwischen ihnen ist noch ein Platz frei. Da, wo ich sitzen müsste. Das ist mein Platz. Ganz hinten. Bei den Gewinnern. Aber ich bin kein Gewinner. Nicht mehr.

Ohne sie noch weiter zu beachten, lasse ich mich neben Yasin fallen. Er sieht nur kurz auf, zieht dann einen Mundwinkel zu einem halben Lächeln hoch und schaut wieder aus dem Fenster.

Im Streitschlichterraum bin ich zumindest vor den Blicken der anderen sicher. Inzwischen hat es sich herumgesprochen, dass Luisa nicht mehr da ist, weil ihre Mutter verstorben ist. Das ein oder andere Mal war ich kurz davor, jemandem eine reinzuhauen. Meine Faust zuckte schon nervös in meiner Jackentasche.

Lisa ist erleichtert, als ich ihr erkläre, dass ich die Pause übernehme. Meistens kommt sowieso niemand herein und man langweilt sich zwanzig Minuten zu Tode. Aber heute kann ich diese Abgeschiedenheit gut gebrauchen. Sobald sie den Raum verlassen hat, fällt mein Kopf auf die Tischplatte. Wann habe ich dieses Stadium erreicht? Dieses Stadium des Selbstmitleids? Wie hat sie das geschafft? Noch nie habe ich mich wegen einem Mädchen so gefühlt. Aber sie ist nicht irgendein Mädchen. Sie ist mein Mädchen. Das wusste ich, seit sie mir ihr Blut auf die Füße gespuckt hat. Sie wirkte anziehend. Zunächst fremd, dann verboten.

Das Klicken des Türschlosses lässt mich hochfahren. Es ist verrückt, aber für eine Sekunde dachte ich, sie kommt zurück.

Stattdessen steht Laura da und sieht mich mit unergründlichem Blick an. Meine Augen verengen sich zu Schlitzen. »Was willst du?«

»Hi, ich freue mich auch, dich zu sehen«, sagt sie übertrieben grinsend und wackelt zur Begrüßung mit ihren Fingern.

»Wenn du auch nur einen dummen Spruch raus haust ...«, warne ich sie, doch sie winkt ab.

»Keine Angst, Romeo. Hab ich nicht vor. Du kannst dein Schwert wieder einstecken.«

Sie schlendert weiter in den Raum hinein und lässt sich grazil auf das Sofa fallen.

»Ich wollte nur sehen, wie es dir geht.«

Meine Kiefermuskeln knacken, so heftig presse ich die Zähne aufeinander. »Warum?«

Sie betrachtet eine lange Zeit ihre Fingernägel und scheint es zu genießen, mich warten zu lassen.

»Weil sie mich darum gebeten hat.«

»Sie?«, frage ich und mein dummes Herz schlägt einen Takt schneller.

Laura verdreht die Augen und wirft sich die dunklen Haare gekonnt über die Schulter. »Luisa.«

Ich lache grimmig auf. »Als ob sie dich um irgendetwas bitten würde.«

»Wenn du mir nicht glaubst, bitte. Aber du solltest wissen, dass Luisa und ich so unsere Gemeinsamkeiten haben und ich nicht so unwissend bin, wie du vielleicht denkst.«

Ich atme tief ein, versuche, mir nichts anmerken zu lassen. Doch mein Puls rast. Luisa hat doch wohl nicht ausgerechnet ihr von uns erzählt? Warum sollte sie das tun?

»Jedenfalls«, Laura rekelt sich auf der Couch, stützt das Kinn auf ihre Faust und klimpert mir mit ihren dunklen Wimpern zu, »macht sie sich Sorgen, dass du vielleicht nicht mehr ganz in der Spur sein könntest. Dass du nicht mehr du selbst sein wirst. Ich bin nur da, um mich vom Gegenteil zu überzeugen.«

Ich schüttele grimmig den Kopf. »Ach, komm schon. Das glaubst du doch wohl selbst nicht.«

Sie setzt sich auf und auf einmal wirkt sie viel ernster. Der feixende Ausdruck aus ihrem Gesicht ist verschwunden.

»Es ist nicht so, dass ich das, was zwischen euch läuft, gutheiße«, merkt sie an. »Denn das ist irgendwie ... krank. Aber ich sehe, was ihr füreinander fühlt. Ich hab es in ihren Augen gesehen und ich sehe es auch in deinen. Und das, was ich da sehe, das kann nicht falsch sein. Sie sagt, sie will nicht, dass du sie kontaktierst, weil es nicht gut für dich ist. Aber ich weiß, dass ihr das nicht leicht fällt.«

Ich starre sie stumm an, unfähig etwas zu entgegnen. Laura steht auf und geht zurück in Richtung Tür. Doch bevor sie den Raum verlässt, dreht sie sich noch einmal zu mir um. »Sie liebt dich. Du liebst sie. Aber wenn du klug bist, vergisst du sie. Das wäre besser für euch beide.«

Kapitel 31
- Luisa

Nachdem ich mich schon nach einem Tag des Nichtstuns so sehr langweile, dass ich die Darren-Shawn-Reihe fast vollständig gelesen habe, scheucht Dorothee mich aus dem Haus und rüber zu den Nachbarn. »Hannah meinte, sie kocht etwas Leckeres und ihr könntet vielleicht einen Spieleabend machen.«

Ich nicke, während ich mir Mantel und Stiefel anziehe.

»Aber um 20 Uhr bist du wieder zuhause«, fügt sie sicherheitshalber hinzu, bevor ich die Tür hinter mir zuziehe.

Hannahs und Simons Haus wirkt zwar von außen alt, doch das Innere haut mich fast um.

»Wir haben es vor ein paar Jahren komplett saniert«, erklärt Hannah, während ich die Heimkinoanlage im Wohnzimmer bestaune.

»Das Haus gehörte meinen Eltern«, fügt Simon hinzu, der gerade die modern gestaltete Treppe hinunter kommt. Jede einzelne Stufe dient auch gleichzeitig als Buchregal.

»Das ist der Hammer«, wispere ich. »Wie viele Bücher sind das?«

»Ich weiß nicht«, lacht Simon. Seine braunen, etwa schulterlangen Haare hat er zu einem strengen Zopf nach hinten gebunden. »Wir haben sie nie gezählt. Wenn du magst, kannst du dir mal welche davon ausleihen.«

Ich nicke so schnell, dass mir fast schwindelig wird, bevor ich mich zusammenreiße und Hannah und Simon in die Katalog-Hochglanzküche folge.

»Warst du Mamas Nachbar?«, frage ich Simon, der gerade das Fleisch aus dem Kühlschrank holt.

Er lächelt. »Ja, wir kennen ... kannten uns von klein auf.«

Hannah streicht ihm im Vorbeigehen mit einer Hand über den Rücken. Es ist eine ganz beiläufige Geste und doch wirkt sie ungemein liebevoll und tröstend.

»Clara, Simon und ich. Wir drei waren meistens zusammen unterwegs«, spricht sie für ihn weiter.

»Wie war sie so?«, frage ich und ernte dafür irritierte Blicke.

»Nun ja«, meint Hannah, »eigentlich kanntest du sie ja sogar länger als wir ...«

Ich schüttele den Kopf. »Ich glaube, ich kannte eine andere Clara.«

Simon lässt das Schneidemesser sinken und betrachtet mich lange, bevor er antwortet. »Sie war wild, aber auch einfühlsam. Meistens fröhlich, aber manchmal auch ganz tiefgründig. Sie war ...«, er stockt einen Moment und ich sehe ihn schwer schlucken, »sie war ein besonderer Mensch.«

Das Plätschern des Wassers aus dem Spülbecken zieht meine Aufmerksamkeit auf sich. Hannah hat aufgehört, das Gemüse zu waschen und starrt stattdessen abwesend auf ihre Hände.

»Es tut mir leid«, sage ich. »Ich wollte die Stimmung nicht vermiesen.«

Simon schüttelt lächelnd den Kopf. »Hast du nicht. Keine Sorge. Wir haben viel zu lange nicht mehr über Clara gesprochen.«

Hannah stellt das Wasser ab, dreht sich zu mir herum und lächelt ebenfalls. »Sie war meine beste Freundin«, sagt sie und mit einem Blick auf Simon: »Unsere beste Freundin.«

Zwei Stunden später habe ich Bauchschmerzen vor Lachen. Durch Hannah und Simon erfahre ich so viele neue Geschichten über meine Mutter. Wie sie sich einmal mit sechs Jahren vor Simons Tür in die Hose gepinkelt hat, weil er sie nicht reinlassen wollte. Wie sie drei kleinen Mäusebabys das Leben gerettet und sie unter ihrem Bett versteckt hat, bis Dorothee sie dort fand. Wie Dorothee sich an dem Tag den Fußknöchel gebrochen hat, weil sie von dem Hocker fiel, auf den sie sich rettete. Ich sehe meine Mutter vor mir, wie sie zusammen mit Hannah in ihren besten Sonntagsklamotten auf einer Plastiktüte eine Schlammrutsche hinunter saust und wie sie sich zwei Schneidezähne ausschlägt bei dem Versuch, ohne Hände Fahrrad zu fahren. Ich erlebe mit ihr zusammen das Abenteuer der ersten Klassenfahrt und wie der Ausflug für sie im Krankenhaus endet, weil sie über eine Leiter in das Zimmer der Jungs klettern wollte.

An manchen Stellen erkenne ich meine Mutter wieder, an anderen ist es, als würden sie mir von einer Fremden erzählen.

»Und weißt du noch, als sie sich für mich in diese Prügelei mit dem dicken Benno geworfen hat«, kichert Hannah, »wie sie später da stand, schwer atmend, die Knie blutig, die Wangen zerkratzt. Und mit einem Siegesschrei hielt sie seine ausgerissenen Haarbüschel in die Luft.«

Ich sitze da, wie ein kleines Kind bei seinem ersten Kinobesuch. Mit roten Wangen und leuchtenden Augen. Die Vorstellung meiner Mutter als Heldin gefällt mir sehr gut.

Hannah wischt sich die Lachtränen aus den Augen und deutet auf mein Glas. »Noch einen Orangensaft?«

»Ja, bitte«, nicke ich und sie hievt sich hoch, um in die Küche zu watscheln.

»Sie ist schon sehr schwanger«, merke ich zwinkernd an und Simon nickt lachend.

»Ja, und sie geht voll darin auf.«

»Das habe ich gehört«, ertönt ihre Stimme aus der Küche.

»Wann hast du meine Mama das letzte Mal gesehen?«, frage ich und Simon sieht mich überrascht an.

»Das letzte Mal?« Er zögert. »Ich weiß es nicht mehr genau. Ich glaube, das war ein paar Tage, bevor sie verschwunden ist.«

»Was hat sie da gesagt?«, will ich wissen und hoffe, dass ich nicht zu intim werde. »Hat sie dir von der Schwangerschaft erzählt?«

Seine Miene verfinstert sich. »Nein. Sie hat niemandem davon erzählt.«

»Aber warum nicht? Ihr wart doch ihre besten Freunde.«

»Das haben wir uns auch oft gefragt«, meint Hannah, die gerade wieder hereinkommt und mir mein Saftglas reicht. »Vielleicht hat sie sich geschämt.«

»Kanntet ihr Paul?«

Hannah schüttelt den Kopf. »Nur flüchtig. Er tauchte plötzlich auf und war genauso plötzlich wieder verschwunden.«

»Ist er ein guter Vater?«, will Simon wissen. Seine Stimme klingt auf einmal müde.

Ich lache freudlos. »Wohl eher nicht. Ein Antivater würde ich sagen.«

»Ich wusste nie, was sie an diesem Kerl fand«, murmelt Hannah. »Muss wohl am Bad-Boy-Charme gelegen haben.«

Simon wirft einen Blick auf seine Armbanduhr. »Es ist gleich Acht. Du solltest dich jetzt auf den Weg machen.«

Ich schaue in mein gerade neu gefülltes Glas. »Oh. Ja, klar.«

Zurück im Jugendzimmer meiner Mutter sehe ich es plötzlich mit ganz anderen Augen. Ich sehe das junge Mädchen, das sie war. Wild und frech und liebevoll. Ich sehe die ganzen kleinen Details, mit denen sie das ansonsten so ordentlich arrangierte Zimmer bestückt hat. Kleine Überraschungseifiguren, die sie geschickt zwischen den Büchern platziert hat. Ein eingeritztes Herz ganz am Rande der Schreibtischplatte. Ein Schmuckkästchen, in dem sich Zettelbotschaften von Hannah, Simon und ihr befinden.

Ich falte sie nach und nach auseinander und versuche sie in der richtigen Reihenfolge aneinander zu hängen. Sie enthalten keine sinnvollen Nachrichten. Nur kleine Insiderwitze.

Beflügelt durch diesen Fund suche ich weiter und finde in der hintersten Ecke ihres Kleiderschrankes ein kleines Geheimfach. Ich öffne es und kann mein Glück kaum fassen. Es sieht aus, wie ein Tagebuch. Und als ich es aufschlage, macht mein Herz einen aufgeregten Hüpfer. Es *ist* ein Tagebuch. Meine Mutter hat Tagebuch geführt.

Gespannt lasse ich mich auf mein, nein eigentlich ihr Bett fallen und schlage die erste Seite auf. Sie ist voll mit kindlichen Warnhinweisen. Drohungen, dass mir die Finger abfallen oder meine Augen vertrocknen, wenn ich weiterlese. Ich schmunzele und blättere mutig weiter. Die ersten zehn Seiten sind gefüllt mit Zeichnungen, vielen Herzen, auch Drachen und Schmetterlingen. Ich erkenne meine Mutter in diesen Zeichnungen tatsächlich wieder.

Kein Wunder, dass sie Mediengestalterin geworden ist.

Dann kommen die ersten Einträge. Es beginnt mit unwichtigen Details. Ein eingerissener Nagel an ihrem 12. Geburtstag. Hausarrest, weil sie eine Fünf in Mathe nach Hause gebracht hat. Spott über eine Klassenkameradin mit Mundgeruch. Doch dann kommt ein gewaltiger Sprung. Etwa ab der Hälfte des Tagebuches hat sich ihre Handschrift geändert. Sie wirkt jetzt kleiner und ordentlicher. Die Punkte über den i's bestehen nicht mehr aus Herzen. Und dann lese ich zum ersten Mal etwas über ihn.

05.07.

Eigentlich hatte ich keine Lust, mit Hannah in die Stadt zu fahren. Vor allem, weil Mama wegen der schlechten Note in Physik immer noch nicht gut auf mich zu sprechen ist.

Aber dann hat es sich doch gelohnt. Wir saßen zusammen im Eiscafé und Hannah erzählte mir zum tausendsten Mal von diesem Film, den ich unbedingt sehen sollte. Ich weiß nicht einmal mehr, wie er hieß. Denn dann kam er ... Mr. Sexbombe. Ein Gott. Oh Mann, ich kann ihn gar nicht so toll beschreiben wie er ist. Als Erstes sah ich seine Augen. Eisblau. Sie leuchten richtig in seinem perfekten Gesicht. Wie ein See in den Bergen. Ich hab Hannah fast die Rippen gebrochen, so oft habe ich ihr meinen Ellbogen in die Seite gerammt. Und dann sein Lächeln! Er lächelte mich an und es war um mich geschehen. Ich weiß, ich bin erst 14 und das klingt sehr hochtrabend, aber das war Liebe auf den ersten Blick. Leider ist er gegangen, ohne, dass ich herausfinden konnte, wer er ist. Aber ich bin mir sicher, dass es nicht das letzte Mal gewesen sein wird, dass ich ihn gesehen habe.

Ich klappe das Tagebuch kurz zu und atme dreimal tief durch. Ich weiß nicht, ob ich mir das wirklich antun soll. So in die jugendliche Gefühlswelt meiner Mutter einzutauchen ist irgendwie doch recht seltsam. Aber meine Neugier siegt und so schlage ich es wieder auf und lese weiter.

12.07.
Kein Zeichen von Mr. Firstlove bisher. Ich bin fast jeden Tag in der Stadt. Verbotenerweise, denn Mama und Papa glauben, ich wäre bei der Nachhilfe. Simon gibt mir Rückendeckung, aber selbst er meint inzwischen, ich soll mir den Kerl aus dem Kopf schlagen.
Mit Simon ist es allgemein im Moment etwas schwierig. Er ist oft gereizt und will mir nicht richtig zuhören. Manchmal macht er mir erst gar nicht die Tür auf. Ich glaube, das liegt daran, dass er sich in Hannah verliebt hat. Sie weiß noch nichts von ihrem Glück und ich werde es ihr auch nicht unter die Nase binden. Nachher bildet sie sich noch was drauf ein. Jedenfalls wirkt er, als wäre er in der ... ich nenne es Bubität. Ich nenne es so, weil er mich immer wieder mit meiner Püppität aufzieht. Spinner.

Die Beiträge über Simon lassen mich immer wieder schmunzeln. Es ist seltsam, dass meine Mutter ihn und Hannah kein einziges Mal erwähnt hat. In ihrem Tagebuch klingt es wirklich so, als ständen sie sich sehr nahe.

16.07.
Ich habe ihn wiedergesehen! Aber ausgerechnet heute hatte ich Simon dabei. Er lief wie ein Wachhund neben mir her und ließ mich kaum aus den Augen. Kein Wunder, dass Firstlove dachte, ich hätte meinen Freund dabei. Aber Blicke hat er mir in diesem Videospieleladen trotzdem zugeworfen. Und irgendwann ist er dann tatsächlich zu uns

rübergekommen und hat mich angesprochen. Mit einer Hand hat er sich so typisch cool am Regal abgestützt. Direkt neben meinem Kopf. Und dann hat er wieder dieses Lächeln aufgesetzt. Oh mein Gott! Dieses Lächeln!
Simons abwertendes Pusten hinter mir habe ich einfach ignoriert. Der hat doch keine Ahnung.
Firstlove sagte: »Hi. Ich bin Paul. Und du bist?«
Paul! Er heißt Paul! Ich liebe Paul! Paul, Paul, Paul, Paul, Paul ... Alleine seinen Namen auszusprechen macht mich glücklich.
Wir haben uns dann für morgen ins Kino verabredet. Vielleicht sollte ich den Film vorschlagen, den Hannah mir aufzwingen wollte. Zwei Fliegen mit einer Klappe sozusagen.
Waaaaahhhhhhhh! Oh mein Gott!

Aufgeregt blättere ich die Seite um. Ich fühle mich wie in der Zeit zurückversetzt. Weiß genau, wie meine Mutter sich fühlt. Es ist, als würde ich das alles zusammen mit ihr noch einmal erleben.

17.07.
Das war er also. Mein Kinoabend mit Paul. Ich bin immer noch sprachlos. Es war so cool! Wir waren in »Mission Impossible 2«. Gähnend langweilig. Aber darum ging es ja auch nicht.
Gleich zu Beginn hat Paul seinen Arm um meine Schulter gelegt. Es hat überall gekribbelt, so aufgeregt war ich. Ich hatte mir zwar Popcorn gekauft, aber keiner von uns hat es angerührt. Wofür ich auch ganz dankbar bin. Denn mal ehrlich: Nichts ist unsexier, als ein Datepartner, der im Kino Popcorn kaut.
Ich glaube, Paul ist etwas älter als ich. Ich merke es daran, wie er mich anfasst. Er hat keine Hemmungen, mir mitten im Kino an die Brust zu fassen. Erst war es mir etwas peinlich, aber dann habe ich mich geschmeichelt gefühlt.

Nach dem Kino hat er mich bis zum Bus begleitet und bevor ich eingestiegen bin, hat er mich zu sich heran gezogen und auf den Mund geküsst. Mich hat noch nie ein Junge auf den Mund geküsst. Aber ich könnte mich daran gewöhnen. Es war schön und aufregend und ... schmeckte nach mehr.
Wir wollen uns bald schon wieder treffen. Leider konnte ich ihm meine Telefonnummer nicht geben, weil die Gefahr besteht, dass meine Eltern rangehen, wenn er anruft. Ein Handy erlauben sie mir ja nicht. So fies.
Apropos Eltern: Als ich dann nach Hause kam, herrschte schon dicke Luft. Simon hat meinen Eltern gepetzt, dass ich nicht bei Hannah war. Warum macht er das? Er ist doch nur neidisch, dass ich mich sowas traue und er Hannah immer noch nicht nach einem Date gefragt hat. Dem werde ich was erzählen, wenn ich ihn das nächste Mal sehe!

Meine Augen huschen immer schneller über den Text. Zwischendurch erwische ich mich, wie ich die Seiten bis zum Schluss zähle, weil ich Angst habe, dass die wichtigsten Daten, nämlich der Zeitpunkt meines Entstehens und der Rauswurf von Zuhause vielleicht gar nicht darin festgehalten wurden.

Aber ich verbiete mir selbst, das Ende zuerst zu lesen. Ich will es nach und nach erfahren. Will das Ganze aus ihren Augen sehen und verstehen, wieso sie so gehandelt hat. Wieso sie so geworden ist, wie ich sie kannte.

26.07.
Wenn jemals herauskommt, dass Paul nachts heimlich durchs Fenster in mein Zimmer klettert, bin ich geliefert. Er kommt jede Nacht. Aber es ist noch nie mehr als Streicheln zwischen uns passiert. Er hat mir versprochen, es langsam angehen zu lassen. Ich kenne ihn inzwischen schon viel besser. Wir treffen uns, so oft es geht und deshalb

habe ich mächtig Ärger mit meinen Eltern. Leider hat Simon mich nach meiner letzten Aussprache mit ihm ganz hängen lassen. Er will nicht mehr mein Alibi sein und Hannah meint auch, dass sie Paul nicht leiden kann, weil ich jetzt gar keine Zeit mehr für sie habe.
Wenn sie Paul ein bisschen besser kennen würden, wüssten sie, dass er gar nicht so übel ist. Er ist sehr charmant und höflich. Aber das scheint die beiden nicht zu interessieren. Und meine Eltern erst recht nicht. Sie sind richtig ausgeflippt, als sie mich vor kurzem mit ihm in der Stadt erwischt haben. Deshalb habe ich auch seit einer Woche Hausarrest. Paul lässt sich davon aber nicht abhalten. Wir sind verliebt. Liebe kennt keine Grenzen und Verbote.

30.07.
Wir haben es getan.

Ich klappe das Tagebuch so schnell zu, dass mir der dadurch entstehende Luftstoß die Haare hoch weht. Mein Atem geht schnell, mein Puls rast. Ich muss mich überwinden, weiter zu lesen und hoffe, dass sie nicht zu sehr ins Detail geht.

30.07.
Wir haben es getan.
Es hat ganz schön wehgetan, aber es war trotzdem schön. Hätte nicht gedacht, dass es jetzt doch so schnell geht. Aber ich denke, es war der richtige Zeitpunkt. Paul sieht das auch so. Immerhin kommt er seit fast zwei Wochen jede Nacht mit dem Bus her und zurück muss er zu Fuß, weil dann kein Bus mehr fährt. Das war ich ihm irgendwie schuldig. Und er war auch ganz vorsichtig beim ersten Mal.
Wir machen es natürlich nur mit Kondom. Paul sagt, dass er für Kinder auf jeden Fall noch nicht bereit ist. Und ich bin das auch nicht.

Okay. Meine Mutter war naiv. Im Grunde war sie ihr ganzes Leben lang naiv gegenüber Männern gewesen. Paul war der erste, aber definitiv nicht der letzte Mann, auf den sie reingefallen ist. Ich frage mich, ob sie ihr Tagebuch selbst im Nachhinein nochmal gelesen hat und klarere Sicht auf die Dinge hatte. Aber dafür blieb ihr wohl keine Zeit mehr.

Nach einem Blick auf die Uhr entscheide ich mich, das Tagebuch erst einmal zur Seite zu legen und am nächsten Tag weiterzulesen. So neugierig ich auch bin, meine Augen fordern ihre Ruhe.

Kapitel 32
- Luisa

Ich wache auf und sehe als Erstes das hübsch verzierte Tagebuch neben mir liegen. Ich hatte damit gerechnet, dass ich von meiner Mutter träumen würde. Doch da war nichts. Einfach nur ein tiefer, ruhiger Schlaf.

Gerade als ich nach dem Buch greife, klopft es an meiner Tür. Mit einer schnellen Bewegung lasse ich es unter meinem Kissen verschwinden und setze mich auf. »Ja?«

Dorothee steckt ihren Kopf zu mir herein. Wie immer ist sie schon perfekt gestylt. Manchmal glaube ich, sie schläft überhaupt nicht. Sie stellt sich einfach mit ihren feinen Klamotten irgendwo in eine Ecke und wartet auf den nächsten Morgen. Damit auch bloß nichts Falten wirft. Ausgenommen ihre Bundfaltenhosen.

»Frühstück ist fertig. Ziehst du dich bitte an?«

»Okay.« Widerwillig schiebe ich die Füße aus dem Bett und schlurfe ins Badezimmer. Zu gerne würde ich jetzt einfach weiterlesen.

Genauso unmotiviert, aber immerhin vollständig bekleidet, begebe ich mich an den Frühstückstisch und schmiere mir mein Marmeladenbrot.

»Du könntest deinem Opa heute helfen, in der Garage ein bisschen für Ordnung zu sorgen«, schlägt Dorothee vor und sieht mich auf diese spezielle Weise an, die keinen Widerspruch duldet.

Ich kann nicht verhindern, dass meine Mundwinkel sich ein Stück nach unten verziehen. »Eigentlich wollte ich noch lesen.«

Sie zieht beide Augenbrauen hoch. Inzwischen weiß ich, dass das Alarmstufe Gelb ist. »Das kann doch nun wirklich warten. Lesen kannst du heute Abend im Bett.«

Mein Blick schwenkt zu Conrad hinüber, der in seiner Zeitung liest und aussieht, als würde ihn das Ganze überhaupt nichts angehen.

»Also gut«, gebe ich nach und beiße lustlos ein Stück von meinem Brot ab.

Ich weiß nicht genau, was man in dieser Garage genau aufräumen soll, denn sie sieht ordentlicher aus als so manches Kinderzimmer. Aber Conrad scheint dieses Problem schnell beheben zu wollen. Wortlos zieht er sämtliche Schraubenkästen hervor und schiebt sie mir rüber.

»Sortieren«, brummt er und zeigt mir, wie ich es zu tun habe.

Ich komme mir vor wie Aschenputtel, während ich die Schrauben von den Muttern trenne. Nach etwa einer Stunde sehe ich auch in etwa so aus.

Conrad säubert schweigend neben mir seine Radkappen mit einem alten Unterhemd. Offenbar ist mein Großvater nicht sehr gesprächig. Doch das ist nicht schlimm, denn es lässt mir mehr Zeit, mich in Gedanken in die Zeilen meiner Mutter zurückzuversetzen. Und ich komme nicht drum herum, mir Conrad aus ihren Augen vorzustellen. Sicher, fast 16 Jahre jünger. Aber ich denke, viel verändert hat er sich ansonsten nicht. Oder war er damals gesprächiger?

»Hat meine Mutter dir früher auch hier in der Garage geholfen?«, frage ich ihn möglichst beiläufig.

Lange Zeit warte ich vergeblich auf eine Antwort. Er sieht mich nicht einmal an. Als ich schon gar nicht mehr damit rechne, sagt er schließlich:

»Deine Mutter war meine Spezialistin im Finden von Kleinteilen.«

Ich schaue ihn fragend an und registriere ein kleines Lächeln um seine Mundwinkel. So klein, dass man es fast übersehen könnte.

»Wenn ich einen Nagel verloren habe, habe ich sie darauf angesetzt. Sie hat alles wiedergefunden.«

Ich halte in meiner Arbeit inne, warte darauf, dass er fortfährt, doch er hat sich bereits wieder seiner Radkappe zugewendet. Obwohl er mir den Rücken zugedreht hat, spüre ich seine Trauer wie eine Welle über mich hinwegschwappen.

Wir unterbrechen unsere Arbeit nur für einen kurzen Mittagssnack und arbeiten dann weiter, bis die Sonne untergeht und es in der Garage zu kalt wird. Ich helfe Conrad, alle Kästen wieder an ihren Ort zu stellen und fühle eine seltsame Befriedigung bei dem Gedanken, dass ich ihm einen Gefallen getan habe.

Conrad schließt das Garagentor und bevor wir zurück ins Haus gehen, hält er mich mit sanftem Druck an der Schulter fest.

»Du bist ihr sehr ähnlich. Weißt du das?«

Ich sehe ihn verwundert an. »Bis auf die Haare, ja. Das habe ich schon öfter gehört.«

Er schüttelt den Kopf. »Nicht dein Äußeres. Ich meine deine Art. Deine Neugierde, deine manchmal freche, ehrliche Art. Behalte es dir bei. Ja?«

12.08.

Paul war heute komisch. Ich wollte nicht mit ihm schlafen. Das gefiel ihm nicht. Wir hatten einen Streit und Mama und Papa haben es gehört. Er war nicht schnell

genug aus dem Fenster draußen, deshalb hat Papa ihn erwischt und ihm eine verpasst. Ich hab geschrien, Papa hat gebrüllt und Mama hat sich geschämt, weil die Nachbarn angeblich alles mitbekommen hätten.
Heute bin ich deshalb am Boden zerstört. Und ich weiß nicht, mit wem ich darüber reden soll. Hannah ist sauer auf mich, weil ich sie so vernachlässigt habe und Simon ist sowieso total seltsam. Ich vermisse die Gespräche mit ihm. Ich hab so lange nicht mehr mit ihm gequatscht. Und gerade jetzt bräuchte ich ihn.
Ach, was soll's. Ich gehe jetzt rüber.

13.08.
Ich weiß nicht, wie ich anfangen soll. Es ist etwas passiert. Etwas, mit dem ich niemals gerechnet hätte. Als ich gestern bei Simon war, lief alles anders ab als geplant. Ich hab geweint. Ich wollte nicht weinen, aber ich habe es trotzdem getan. Ich kam rüber wie eine kleine Heulsuse. Aber weil Simon Simon ist, hat er es mir nicht übel genommen und mich getröstet. Er ist ziemlich wütend geworden, als ich ihm erzählt habe, was Paul getan hat. Hat gesagt, dass ein echter Mann so etwas nicht macht. Ich weiß nicht, was dann in mich gefahren ist. Jedenfalls habe ich ihn geküsst. Und es war toll! Es war nochmal ganz anders als mit Paul. Simon ist so … so einfühlsam. Er kennt mich und ich kenne ihn und wir passen einfach zueinander. Und dann ist es passiert. Einfach so. Ohne viel Gerede.
Aber es war dumm. Simon liebt doch eigentlich Hannah. Und Hannah liebt Simon. Das weiß ich inzwischen. Sie hat es mir selbst gesagt. Ich bin eine blöde Kuh. Ich hasse mich. Hasse, hasse, hasse mich.

Meine Hände zittern so stark, dass ich das Buch zur Seite legen muss. In meinem Kopf schwirren tausend Gedanken und doch will keiner ans Tageslicht kommen. Sie bleiben im Dunkeln und bereiten mir Kopfschmerzen. Das Einzige, was mich weiterbringt, ist Lesen.

29.08.
Mir ist schlecht. Mir ist so verdammt übel. Ich könnte kotzen.
Paul war wieder da und hat sich bei mir entschuldigt. Ich habe ihm verziehen. Zumindest habe ich ihm das gesagt. Aber irgendwie bleibt ein fader Beigeschmack. Wenn ich ihn küsse, denke ich nicht mehr nur an ihn. Ich denke auch an Simon. Warum denke ich an Simon? Und warum ist mir so verdammt schlecht?

02.09.
Ich kann nicht sagen, wie viele Tränen ich in den letzten Stunden vergossen habe. Ich weine und kotze und weine und kotze. Und dann betrachte ich dieses blöde Stäbchen und frage mich, wie es passieren konnte, dass es jetzt ein Plus anzeigt. Ich versuche, es weg zu starren, aber es bleibt da. Es bleibt. Inzwischen sehe ich es nicht mehr als Plus, sondern als Kreuz. Es ist mein Kreuz. Mein verdammtes Kreuz.

Das Blut rauscht in meinen Ohren. Meine Wangen sind heiß. Obwohl ich wusste, was geschehen würde, bin ich trotzdem überrascht. Und verwirrt. Es schwirrt eine Frage in meinem Kopf herum, deren Antwort ich wohl nur von meiner Mutter selbst erhalten kann.

06.09.
Nun ist es klar. Ich bin schwanger. Der Frauenarzt ist entsetzt und drängt mich, es meinen Eltern zu sagen. Er sagt, es muss eine Entscheidung her. Er will wissen, ob ich das Kind behalten will oder nicht. Oder nicht? Es gibt eine Alternative? Er hat es mir genau erklärt. Das Baby wird herausgeschabt. Mit so etwas wie einem

Eislöffel. Und dann kommt es in den Müll. Er sagt, das spürt es nicht.
Rausschaben.
Ich habe gerade zehn Minuten damit verbracht, nur auf dieses Wort zu starren. Ich weiß es nicht. Ich weiß nicht, was ich tun soll.
Meine Mama sagt, ich muss zum Nachhilfeunterricht. Jetzt. In diesem Moment. Vielleicht werde ich es ihnen danach sagen.

10.09.
Ich kann es nicht mehr länger hinauszögern. Es macht mich wahnsinnig. Ich muss es meinen Eltern sagen. Und vor allem muss ich es ihm sagen. Aber wie? Wie soll ich es ihm erklären? Wie soll ich ihm erklären, dass ich sein Leben zerstört habe? Er wird nie wieder derselbe sein. Ich mache damit alles kaputt. Ich mache unsere Freundschaft kaputt.

Mein Atem setzt aus. Ich lese den Satz immer und immer wieder. Sie schreibt von Freundschaft. Nicht von Liebe. Mit viel Mühe reiße ich den Blick von dem kleinen Buch hoch und starre an die Wand vor mir, um mich selbst zu beruhigen. Doch ich muss weiterlesen. Ich muss es wissen.

12.09.
Die Entscheidung ist gefallen. Ich werde es ihm nicht sagen. Er soll sein Leben weiterleben. Für ihn steht so viel auf dem Spiel. Für mich dagegen ... Was habe ich zu verlieren? Meine Freiheit? Eventuell.
Und vielleicht ist er es ja auch gar nicht. Ich bin mir so sicher, dass er der Vater ist, weil ich mit Paul immer verhütet habe. Aber so ein Kondom kann ja auch mal reißen. Wer weiß? Simon und Hannah. Die beiden gehören zusammen. Ich werde ihnen nicht im Weg stehen. Jedenfalls werde ich Paul heute Abend einweihen. Ich

werde ihm sagen, dass ich schwanger bin und hoffe, dass er zu dem Kind steht. Ich kann ihm aber auf keinen Fall verraten, dass ich mit Simon geschlafen habe. Ich habe Angst vor seiner Reaktion. Inzwischen weiß ich, wie er reagiert, wenn ihm etwas nicht passt.
Und danach ... Danach sage ich es meinen Eltern.
Ich hoffe, dass sie anders reagieren, als ich befürchte. Abtreibung kommt für mich nicht mehr in Frage. Das Baby, das gehört zu mir. Seit es in meinem Bauch ist, bin ich nicht mehr allein. Egal wo ich bin. Es ist da. Es ist so beruhigend und gleichzeitig beängstigend. Genauso wie die Tatsache, dass ich es bereits jetzt schon liebe. Hörst du, Baby? Ich liebe dich. Ich liebe dich jetzt und morgen und übermorgen und bis in alle Ewigkeit.

Mein Hals schnürt sich zu. Mein Herz tut weh. Meine Augen brennen.

Mama.

Ehe ich es mich versehe, sprudeln die Tränen geradezu aus meinen Augen. Sie tropfen wild auf das Papier, verwischen nach und nach die hastig geschriebenen Buchstaben.

Da ist sie. Meine Mama. In diesen Worten fühle ich sie. Ich kann sie riechen, spüre ihre weiche Umarmung. Plötzlich fallen mir all die Dinge ein, die ich vergessen hatte. Das Spiel, das wir jeden Morgen auf dem Weg zum Kindergarten spielten. *Zweimal Kästchen, einmal Strich, dreimal Fuge, fall bloß nicht.* Ihre eigenhändig gebastelte Schultüte für mich zum ersten Schultag. Sie war hässlich. Grottenhässlich. Aber ich habe sie geliebt. Meine Mama, wie sie sich vor einer anderen Mutter aufbaut und mein rosa Hello-Kitty-Nachthemd verteidigt, das ich an diesem Tag unbedingt zur Schule anziehen wollte. Meine Mama, neben mir im Krankenhaus. Immer wieder. Besorgt, weinend, müde. Meine Mama, die meine Hand hält und mich tröstet, nachdem meine Oma uns weggeschickt hat. Meine Mama, die ihre eigenen Tränen zurückhält und mir Mut macht.

Aus meinen stillen Tränen wird ein Glucksen und Schluchzen. Es tut weh. Es tut so weh. Aber mein Herz, das schlägt jetzt wieder.

Kapitel 33

- Luisa

Als Simon mir die Tür öffnet und in meine verheulten Augen sieht, wirkt er zunächst überrascht, doch dann schleicht sich etwas anderes in seinen Blick. Verstehen. Ohne ein Wort zu sagen, lässt er mich herein, setzt sich auf die Couch und bedeutet mir, es ihm gleichzutun.

Meine Nase ist noch ganz verstopft vom vielen Weinen und meine Augen sind wund. Aber ich konnte nicht länger warten.

Meine erste Frage an ihn klingt seltsam. Aber für mich ist sie von immens großer Bedeutung.

»Du hast Locken, nicht wahr?«

Stumm greift er an seinen Zopf, zieht das Gummi heraus und offenbart mir einen Wuschelkopf, der meinem in nichts nachsteht.

»Wusstest du es?«, will ich von ihm wissen.

Er senkt den Kopf und überlegt an seiner Antwort. »Nie genau. Ich habe es vermutet. Ja. Aber die Erkenntnis kam erst, als ich dich auf der Beerdigung gesehen habe. Du bist nicht sein Kind. Niemals.«

»Ich bin deins«, flüstere ich.

Er nickt. Um seine Lippen spielt ein trauriges Lächeln. »Ja.«

»Was ist mit Hannah? Weiß sie es?«

»Wir haben noch nicht darüber gesprochen. Aber es ist kaum zu übersehen, nicht wahr?« Er wirkt nicht traurig aufgrund dieser Tatsache. Ich hätte vermutet, dass er versucht, es zu vertuschen. Dass er alles abstreitet. Aber es scheint fast so, als wäre er dankbar, dass ich endlich auf ihn zukomme.

Er betrachtet mich, als würde er mich gerade das erste Mal sehen. »Wie hast du es herausgefunden?«

»Ich habe ihr Tagebuch gelesen.«

»Sie hatte ein Tagebuch?«, wundert er sich und als ich nicke, kommt er ins Grübeln.

»Weißt du, was mich die ganze Zeit schon beschäftigt? Ich habe mich immer wieder gefragt, warum sie mir nichts von der Schwangerschaft erzählt hat. Vor allem jetzt, wo ich mit Sicherheit weiß, dass ich der Vater bin. Warum hat sie es mir nicht gesagt? Warum hat sie mir dich vorenthalten?«

Ich zögere, suche nach den richtigen Worten. »Ich glaube, sie wollte dich in Schutz nehmen. Sie schrieb, dass sie dir dein Leben und deine Zukunft mit Hannah nicht verbauen wollte.«

»Meine Zukunft mit Hannah?«

Ich nicke. »Weil du doch eigentlich in Hannah verliebt warst.«

Seine Augen werden groß. Er atmet schwer ein und schüttelt dann langsam den Kopf. »Ich war nicht in Hannah verliebt. Ich meine, jetzt ... ja. Sie ist zum wichtigsten Menschen in meinem Leben geworden und ich liebe sie. Aber damals ... Damals war ich unsterblich in deine Mutter verliebt.«

»Aber ...«, ich stocke, weil ich nun nach und nach begreife. »Du wolltest mit ihr zusammen sein?«

Er nickt. »Schon lange bevor sie verschwand. Ich habe mich nie getraut, es ihr zu sagen. Erst nachdem Clara weg war, kamen Hannah und ich uns näher.«

Ich nicke, weil ich das Verhalten meiner Mutter jetzt endlich verstehe. »Du warst ihr Yasin.«

»Ihr *was*?« Er sieht mich fragend an und ich winke lächelnd ab.

»Erkläre ich dir ein anderes Mal. Aber hast du dich nie gefragt, ob ich eventuell deine Tochter sein könnte?«

Simon atmet tief ein und senkt dann den Blick.

»Bis zu ihrer Beerdigung habe ich nicht einmal von deiner Existenz gewusst. Ich dachte, Clara wäre einfach nur mit Paul durchgebrannt. Ihre Eltern haben niemals auch nur ein Wort über eine Schwangerschaft verloren. Als der Pfarrer dich erwähnte und ich dich dann nach der Ansprache draußen traf, zählte ich eins und eins zusammen.«

Wir schweigen kurz und lassen die ganzen neuen Erkenntnisse langsam sacken.

»Wie geht es jetzt weiter?«, frage ich schließlich leise.

Er schüttelt vorsichtig den Kopf. »Ich weiß es nicht. Du bist das erste Überraschungskind für mich. Ich habe auf dem Gebiet noch keine Erfahrung. Aber ich denke, wir haben noch genug Zeit das herauszufinden, nicht wahr?«

Ich muss ein wenig schmunzeln. Mein Herz ist auf einmal ganz leicht. Und das nicht nur, weil ich meiner Mutter endlich verzeihen konnte. Ich muss an etwas ganz anderes denken.

»Simon?«

»Ja?«

»Würdest du mir einen Gefallen tun?«

Er lacht. »Das geht ja gut los mit uns beiden. Aber ja, natürlich. Welchen?«

»Würdest du mich ins Siegerland fahren?«

Nachdem Simon mich davon überzeugen konnte, dass es besser wäre, erst am nächsten Tag zu fahren und nicht mitten in der Nacht, stehe ich schon früh morgens vor seiner Tür. Noch bevor meine Großeltern aus ihren Schlafzimmern kommen konnten, habe ich ihnen einen Zettel auf den Esstisch gelegt, auf dem ich versprach, auf jeden Fall wiederzukommen. Und das meine ich ernst. Wenn man einmal hinter ihre Fassade geschaut hat, sind sie gar nicht mehr so schlimm. Ein bisschen kommt es mir so vor, als hätte ich mich mit den Monstern unter meinem Bett angefreundet.

»Bereit?«, frage ich und hibbele nervös von einem Fuß auf den anderen.

Simon sieht nicht unbedingt bereit aus, aber darauf kann ich jetzt keine Rücksicht nehmen.

»Und diese ellenlange Fahrt nehmen wir jetzt auf uns, weil ...«, will er wissen, als wir in sein Auto steigen.

»Weil ich jemand sehr Wichtigem etwas sehr Wichtiges sagen muss.«

»Alles klar.« Er nickt und startet den Motor.

»Unsere Autofahrt ist lang genug. Du hast also jede Menge Zeit, meinen Geschichten zuzuhören«, feixe ich.

Simon die Geschehnisse der letzten Wochen zu erklären, ohne dabei wie eine komplett Irre zu klingen, ist gar nicht so einfach. Doch er ist genau wie meine Mutter es in ihrem Tagebuch beschrieben hat. Ruhig und verständnisvoll.

Er unterbricht mich nur, wenn er mir nicht mehr folgen kann, nickt ansonsten stumm, schüttelt empört den Kopf oder lacht auch an der einen oder anderen Stelle.

Es tut gut, das alles endlich loszuwerden und das Gefühl zu haben, dass ich diesem eigentlich fremden Menschen vollkommen vertrauen kann.

So geht die Fahrzeit schneller um, als ich gucken kann und wir befahren wieder bekanntes Gebiet. Wenn ich jemals einen Ort »Heimat« nennen konnte, dann Kreuztal. Diese unscheinbare Stadt mit all ihren Ecken und Kanten, ihren störrischen Bewohnern und märchenhaften Plätzen.

Kaum sehe ich Inges und Opas Häuser, schlägt mein Herz schneller. Und in diesem Moment schwöre ich, dass Fritz mein Opa bleiben wird. Denn, wenn er mich eins gelehrt hat, dann ist es lieben, ohne zu hinterfragen. Und Opas kann man nie genug haben.

Inges Blick, als sie mir die Tür öffnet, ist unbezahlbar. Ihre Augen werden groß und größer, bis sie schließlich begreift, dass ich tatsächlich vor ihr stehe und lachend ihre Arme um mich schließt.

»Mein Mädchen. Was tust du denn hier?« Ihr Blick fällt auf Simon, der mit etwas Abstand hinter mir steht und ihr freundlich zulächelt. »Wer ist das?«

»Das wirst du mir nicht glauben«, sage ich lachend und winke Simon ins Haus. »Aber er kann es dir jetzt gleich in Ruhe erklären. Ich muss zu Justus. Ist er da?«

Sie nickt, immer noch etwas überrumpelt. »Er ist nach nebenan gegangen, kommt erst später zum Abendessen wieder rüber. Was ist denn hier los? Nun lass mich nicht dumm sterben.«

»Übernimmst du das?«, frage ich an Simon gerichtet. Er nickt und klopft mir auf die Schulter.

»Go and catch him«, fordert er mich zwinkernd auf.

Das lasse ich mir nicht zweimal sagen. Meine Füße fliegen über den Asphalt. Obwohl der Winter seinem Namen heute alle Ehre macht, ist mir heiß vor Aufregung. Vor dem kleinen Gartentörchen bleibe ich stehen und zwinge mich zur Ruhe.

Wenn er mir gleich aufmacht, soll er keine glühende Struwwelliese vor sich stehen haben.

So gesittet wie möglich laufe ich auf die Haustür zu und stocke kurz davor. Im Wohnzimmer brennt Licht. Ich sehe Justus, der sich zu jemandem hinunter hockt. Derjenige sitzt im Sessel, doch die Rückenlehne ist so hoch, dass ich ihn nicht sehen kann. Opa? Durfte er doch schon aus dem Krankenhaus? Das Lächeln, das sich auf meinem Gesicht ausbreitet, gefriert zu einer Maske, als die eindeutig weibliche Person sich vorbeugt und Justus die Arme um den Hals schlingt.

Kathi.

Justus schiebt sie ein Stück weg, sagt etwas und lacht. Es ist ein glückliches, freies Lachen. Seine Augen glänzen.

Ich bin zu spät.

Kapitel 34
- Justus

Ich hätte nicht gedacht, dass ich das einmal sagen würde, aber ich bin erleichtert noch einmal mit Kathi gesprochen zu haben. Sicher, es war nicht einfach und auch nicht durchweg angenehm. Aber nun ist es über den Tisch.

Sie sieht traurig auf, aber immerhin weint sie nicht.

»Schade«, murmelt sie. »Ich hatte gehofft, du hättest es dir noch einmal anders überlegt.«

Sie reicht mir mein T-Shirt, das sie sich vor ein paar Wochen von mir geliehen hatte und lehnt sich im Sessel zurück. Ich lege es auf die Kommode und komme zur ihr zurück.

»Aber du verstehst es, oder?«, frage ich und hocke mich zu ihr herunter, um ihr in die Augen sehen zu können. »Ich liebe dich nicht. Es wäre nicht fair.«

Sie sieht mich lange an, bis sie ein leichtes Lächeln aufsetzt und mich spontan umarmt. »Ich bin froh, dass wir es hinter uns haben.«

Ich bin mir nicht sicher, ob sie damit dieses Gespräch oder unsere gesamte Beziehung meint.

»Ich auch«, lache ich und schiebe sie ein Stück von mir weg. »Zum Glück nimmst du das so locker.«

»Ich muss dir noch was sagen«, nuschelt sie fast unverständlich.

»Was?« Ich ziehe die Stirn in Falten und lege den Kopf schief. Wenn sie jetzt sagt, dass sie schwanger ist, raste ich aus.

»Damals beim Paintball. Luisa hat mich nicht am Hals getroffen. Sie hat auf mein Bein gezielt.«

»Ich weiß.«

»Ich komme mir ziemlich blöd vor. So bin ich normalerweise nicht. Aber ich war so eifersüchtig. Ich weiß. Das ist lächerlich, weil sie deine Schwester ist. Aber trotzdem ...«

»So lächerlich ist das gar nicht«, sage ich leise. So leise, dass ich nicht einmal weiß, ob sie es gehört hat.

In der Einfahrt vor Inges Haus steht ein fremdes Auto. »Bonzenkarre«, denke ich mir, werfe einen Blick in den Innenraum und staune nicht schlecht. Bei dem Besitzer scheint das Geld locker zu sitzen. Es wundert mich, dass Inge solche Leute kennt.

»Inge?«, rufe ich, als ich das Haus betrete. »Soll ich später wiederkommen?«

»Wir sind im Wohnzimmer«, antwortet sie mir.

Der junge Mann, der es sich mit einer Tasse Kaffee auf der Couch bequem gemacht hat, kommt mir seltsam bekannt vor. Als hätte ich ihn schon einmal irgendwo gesehen.

In seinen Augen spiegeln sich die verschiedensten Emotionen, als er mich entdeckt. Erstaunen. Erleichterung. Freude. Ich kann es nicht genau sagen.

»Faszinierend«, murmelt er, bevor er den Kopf schüttelt, als müsste er sich erst wachrütteln. Er steht auf und wischt sich die rechte Hand an der Hose ab, bevor er meine ergreift.

»Ich bin Simon. Es freut mich, dich kennenzulernen.«

Mein Blick huscht zu Inge, die mir fröhlich zunickt.

»Justus«, antworte ich unsicher. »Ich verstehe nicht ganz ... was ...«

»Wo hast du Luisa gelassen?«, fragt Inge und blickt suchend über meine Schulter in den Flur.

Versucht sie mir irgendetwas mitzuteilen? Soll ich einfach mitspielen? Ist es ein Geheimcode und bedeutet »Bitte rette mich. Der Kerl ist ein Serienkiller«?

Ich ziehe die Oberlippe schräg hoch und schüttele verwirrt den Kopf.

Der seltsame Simon lässt meine Hand wieder los und geht einen Schritt an mir vorbei, als würde er vermuten, dass sich hinter mir im Flur noch jemand versteckt hält. Hinter seinem Rücken gebe ich Inge noch einmal stumm zu verstehen, dass ich keine Ahnung habe, was hier vor sich geht.

Die Freude in ihrem Gesicht weicht allmählich einer anderen Emotion. Angst.

Er ist ein Serienkiller. Ganz eindeutig. Ich spanne die Muskeln an und mache mich auf das Schlimmste gefasst.

»Wo ist sie?«, fragt Simon und dreht sich wieder zu mir herum.

»Leute«, knurre ich, »jetzt mal ganz im Ernst. Wenn ihr mich verarschen wollt, habt ihr euch den falschen Tag dafür ausgesucht.«

»Luisa«, sagt Inge und ihre Stimme klingt so eindringlich, dass bei mir alle Alarmsirenen losschrillen, »sie wollte zu dir. Ihr Vater hat sie hergebracht.«

Mein Hirn ist überfordert mit diesen beiden Botschaften. Sie ist hier. Sie wollte zu mir. Und sie ist ... mit ...

»Ihr Vater?«, wiederhole ich und starre Simon an, als käme er von einem anderen Planeten.

Er hebt entschuldigend die Hände. »Ich hab es auch erst gestern erfahren.«

»Sie wollte zu mir?« Ich schalte endlich einen Gang höher. »Aber ... wann war das?«

Inge schaut auf die große Wanduhr. »Vor etwa zwei Stunden. Wir dachten, ihr hättet euch verquatscht.«

»Sie war nicht bei mir«, flüstere ich und spiele die Situation von vor zwei Stunden vor meinem inneren Auge noch einmal ab. Vor zwei Stunden war Kathi da.

»Scheiße.«

Ohne eine weitere Erklärung drehe ich um und renne aus dem Haus.

Ich muss sie finden.

Kapitel 35

- Luisa

Hier hat alles begonnen. Hier in diesem unscheinbaren Vorgarten. Jetzt ist er unscheinbar. Damals wirkte er auf mich wie ein kleines Paradies. An dem Holzbogen, der das Eingangstor überragt, wuchsen Weinreben und das Beet war voll von roten Rosen. Ein Anblick, der weder meine Mutter noch mich kalt ließ.

Jetzt scheint alles tot. In der früh einsetzenden Dunkelheit kann ich nur schemenhaft erkennen, wo sich die Wurzeln der Rosen befinden und auf den nächsten Frühling warten. Die Erde ist durch den Frost der letzten Tage hart wie Stein. Kleine Eiskristalle knirschen unter meinen Schuhen, als ich am Haus vorbei in den Garten laufe.

Die Hängematte, in der meine Mutter sich im Sommer so gerne sonnte, hängt noch immer zwischen den Obstbäumen. Wenn ich die Augen schließe, sehe ich sie vor mir. Die Sonnenbrille auf der Nase. Den Kopf in einer anderen Welt.

Langsam bewege ich mich auf die Hängematte zu und setze mich hinein. Die trockenen Äste geben knackende Geräusche von sich. Im Winter sind sie nicht stark genug für diese Belastung. Und ich fühle mich ganz ähnlich. Nach einem Hoch kommt ein Tief. Muss das immer so sein? Oder kann ich irgendwann aus dieser Spirale ausbrechen?

Vorsichtig stoße ich mich mit den Beinen ab und lasse die Matte leicht vor und zurück schaukeln. Mit geschlossenen Augen spüre ich den eisigen Wind in meinem Gesicht.

Justus ist glücklich. Und ich sollte das auch sein. Ich habe endlich meinen Vater gefunden. Ein Vater, der ehrlich, freundlich und liebevoll ist. Ein Vater, wie ich ihn mir nicht besser hätte wünschen können. Ich habe Großeltern. Sie sind nicht perfekt. Aber wer ist das schon? Ich bin mir sicher, im Laufe der Zeit könnten wir lernen, einander zu lieben.

Aber trotz allem kommt mein Herz nicht zur Ruhe. Es bricht, mit jedem Schlag ein Stück mehr.

Ich stoße mich noch einmal ab, mache mich zum Absprung bereit. Die Augen halte ich noch geschlossen. Die Äste knacken, ächzen unter der unnatürlichen Belastung und mit einem Mal umfangen mich starke Arme. Ein bekannter Duft. Der Duft nach Heimat. Ich spüre seinen Herzschlag an meinem Rücken, seinen Atem an meinem Ohr. Seine Wange an meiner.

»Ich möchte noch einen Gutschein einlösen.«

Ich wage es nicht, meine Augen zu öffnen. Atme tief ein und genieße den Moment. Einer seiner Arme lässt mich los. Ich höre etwas rascheln. Als ich aufschaue, hält er mir einen zerknüllten Zettel unter die Nase. In der Dunkelheit dauert es eine Weile, bis ich ihn entziffert habe.

»Das habe ich nicht geschrieben«, flüstere ich.

»Nein«, antwortet er und ich spüre, wie seine Grübchen sich vertiefen. »Das war ich.«

Ein Kuss

»Es ist der Wunsch meiner Wahl.«

Ich kann nicht aus meiner Haut. Es kann nicht alles gut sein. Auch, wenn mein Herz es sich so sehr wünscht.

»Dann solltest du vielleicht deine Freundin fragen.«

»Das tue ich doch gerade«, flüstert er und sein Atem kitzelt dabei an meinem Ohr.

Sanft legt er seine Finger an mein Kinn und dirigiert mich geschickt zu sich herum. Selbst in der Dunkelheit erkenne ich das strahlende Blau seiner Augen.

Seine Lippen sind nur Millimeter von meinen entfernt. Ich spüre seine Wärme. Mein Herz stolpert fast, so schnell schlägt es gegen meine Brust. Dann treffen seine Lippen auf meine. Wir verharren in dieser Pose, genießen das Gefühl und endlich schrillen keine Alarmsirenen mehr in meinem Hinterkopf.

»Nur dich«, sagt er leise. »Ich will nur dich.«

Etwas Kaltes berührt meine Nasenspitze und prickelt kurz darauf, bevor es verschwindet. Wir schauen beide gleichzeitig auf und ich atme überrascht aus, als ich tausende weiße Flocken auf uns herabsegeln sehe. Schnee. Da ist er endlich. Und ich weiß, es ist eine Entschuldigung. Von ihr an mich.

Unsere Probleme sind noch lange nicht gelöst. Ich werde wohl immer Schwierigkeiten haben, bedingungslos zu lieben. Und es wird nicht einfach werden, Justus davon zu überzeugen, dass er nicht notgedrungen wie sein Vater wird. Aber wir werden zusammen sein. Er und ich. So wie es von Anfang an sein sollte.

»Danke«, wispere ich in die kalte Nachtluft und schmiege mich in Justus' Arme.

Epilog

Meine Finger gleiten über das weiche Leder meines Koffers. Wie oft hat er mich auf meinen Reisen begleitet? Unzählige Male. Ich kenne jede Naht, jede Unebenheit, jede kleine Macke an ihm. Als meine Mutter ihn mir damals schenkte, ahnte sie wahrscheinlich nicht, wie viel er mir irgendwann einmal bedeuten würde. Es gab Zeiten in meinem Leben, da war er die einzige Konstante, die mir blieb.

Nun schließe ich ein letztes Mal meine Hand um seinen Tragegriff und hebe ihn auf das oberste Brett des Dachbodenregals. Hier wird er bleiben und vielleicht irgendwann einmal einen neuen Besitzer finden. Ich brauche ihn nicht mehr. Ich bin angekommen.

Als die Stufen der Leiter hinter mir knarzen, drehe ich mich nicht um. Ich weiß, dass er es ist. Die alten Holzdielen knirschen unter seinen Schritten. Dann schließen sich seine Arme von hinten um meinen Körper. Ich werde in eine feste Umarmung gezogen und seine Lippen berühren sanft meinen Hals.

Drei Jahre ist es her, dass wir wieder zueinander gefunden haben. Drei Jahre, in denen wir uns nur einmal im Monat sehen konnten. Doch mein Herz flattert immer noch vor Aufregung, wenn er mir seine Zuneigung auf diese Weise zeigt. Ich hebe eine Hand und streiche sachte über seine Wange, bevor ich mich zu ihm herumdrehe und ihn anlächele.

Justus senkt seinen Mund auf meinen und haucht einen Kuss darauf, dann flüstert er:

„Du hast Besuch."

„Schade", murmele ich zurück. „War gerade so gemütlich."

Schweren Herzens löse ich mich von ihm und er lässt mich wieder alleine.

Mit einem letzten Blick auf meinen Koffer, schalte ich das Licht aus und klettere die Leiter hinunter in den Flur. Ich muss über ein paar Farbeimer springen, um zur Treppe zu gelangen. Das Mintgrün verleiht dem engen Flur eine neue Frische.

Bevor ich hinunter gehe, bleibe ich vor der geöffneten Schlafzimmertür stehen. Opa Fritz' Bett ist zwar abgezogen, aber es steht noch. Dieser Raum ist der letzte, den wir renovieren werden. Noch riecht es nach ihm. Nach Wald und Tabak.

Als er vor knapp einem Jahr starb, hinterließ er eine große Lücke. Obwohl er nachweislich nicht mein echter Opa war, lasse ich mich nicht davon abhalten, ihn weiterhin so zu nennen. Justus und ich waren die einzigen Erben in seinem Testament. Wir erbten alles. Angefangen von seinen Bienen, über seinen Trecker, bis hin zum Haus, in dem wir nun gemeinsam leben. An den Kleiderschrank gelehnt, steht die Collage, die ich im Flur aufhängen möchte, sobald die Farbe getrocknet ist. Das gezeichnete Bild von seiner geliebten Emma sticht daraus hervor. Gleich daneben habe ich ein Foto von ihm in seinem Trecker platziert. Oma und Opa haben mir ein Bild von ihnen und meiner Mutter geschenkt. Wenn man es nicht weiß, könnte man meinen, ich säße als Dreijährige auf den Schultern einer jüngeren Opa-Version. Justus durfte natürlich auch nicht fehlen. Es ist ein schwarz-weiß-Bild, das ich heimlich von ihm aufgenommen habe, als er gerade in seine Uni-Unterlagen vertieft war.

Er studiert Gesellschafts- und Sozialwissenschaften. Irgendwie schon verrückt, aber er möchte die Menschen verstehen lernen. Neben dem Studium verdient er noch etwas Geld mit einem Job in einer Pizzeria dazu.

Ich hingegen habe mich immer noch nicht entschieden, was ich mit meinem Leben anfangen möchte. Ich bin nun 18 Jahre alt und bis auf einen Aushilfsjob in der örtlichen Buchhandlung konnte ich mich bisher für nichts so richtig begeistern.

Auf meinem Weg die Treppe hinunter höre ich bereits sein Lachen. Es klingt noch genauso fröhlich und unbefangen, wie ich es in Erinnerung habe. Ich laufe etwas schneller, überspringe die letzten Stufen und fliege in seine Arme.

„Yasin!“

Er fängt mich schnaufend auf und grinst mich dann an. „Hi.“

Er hat sich kaum verändert. Klar, er ist größer geworden, hat breitere Schultern und ein markanteres Gesicht. Aber sonst ist er ganz der Alte und ich fühle mich sofort in unsere gemeinsame Zeit zurückversetzt.

„Hab gehört, ihr braucht noch Möbelpacker?“, fragt er gleichzeitig an mich und an Justus, der gerade einen Spiegel im Flur aufhängt, gerichtet.

Justus lacht leise auf. „Möbelpacker, Maler und Tapezierer, Fensterputzer, Innendesigner … Such dir etwas aus.“

Da entdecke ich den blonden Wuschelkopf hinter Yasin.

Ich löse mich aus seiner Umarmung und trete einen Schritt an ihm vorbei.

„Sophie! Wo sind deine langen Haare hin?“

Sie setzt ein schiefes Lächeln auf. „Die haben mich so genervt.“

Mit einer Hand zerstrubbelt Yasin ihre Frisur und zieht seine Freundin dann zu sich heran. „Außerdem haben sie ihr hübsches Gesicht verdeckt.“

Bei dem Anblick der beiden zusammen breitet sich ein warmes Gefühl in meinem Bauch aus und endlich kann ich auch Sophie wieder in die Arme schließen. Lächelnd lässt sie es sich gefallen und schaut sich anschließend in unserer Chaosbude um. Zwischen neuen Möbeln und Kartons bleibt kaum noch Platz für unser Zusammentreffen.

„Also, wo fangen wir an?“, will sie wissen.

Bis spät in den Abend räumen und rücken wir. Am Ende herrscht immer noch ein heilloses Durcheinander, aber zumindest im Wohnzimmer können wir uns alle vier gemütlich auf Sofa und Teppich verteilen und mit dringend nötigen Energydrinks anstoßen.

Ich lehne mich erschöpft, aber glücklich zurück und betrachte meine Freunde, die sich ausgelassen lachend auf den neusten Stand der Dinge bringen.

Vor allem von Justus kann ich meinen Blick nicht abwenden. In den letzten drei Jahren hat er eine enorme Wandlung durchgemacht. Seine eisblauen Augen strahlen inzwischen eine Wärme aus, die mich beim bloßen Hinsehen glücklich macht.

Nur manchmal, wenn ihm oder mir jemand zu nahe tritt, kommt der alte Justus wieder durch. Dann sehe ich seine angespannten Kiefermuskeln und die Fäuste, die er in seinen Hosentaschen bildet. An manchen Tagen will er mit dem Kopf durch die Wand. An anderen ist er sanft wie ein Lamm.

Aber egal, welchen Justus ich gerade vor mir habe … Ich liebe ihn.

Ich strecke meinen Fuß auf dem Polster ein Stück aus und berühre ihn sanft am Bein. Seine Reaktion lässt mich lächeln. Er wendet den Blick nicht von unseren Freunden ab, doch seine rechte Hand wandert auf meinen Unterschenkel und streicht sanft darüber. Es ist eine selbstverständliche Geste. Ein Zeichen seiner Zuneigung. In diesem Moment, zusammen mit ihm auf der alten Couch, die wir vor dem Sperrmüll gerettet haben, bin ich glücklich.

Und egal, was die nächsten Jahre bringen, diese Erinnerung bleibt für immer.

Hallo du!

Ich danke dir. Dafür, dass du mir dein Vertrauen geschenkt und dieses Buch gekauft hast, ohne zu wissen, ob dir mein Schreibstil gefällt oder welchen Verlauf, Luisas und Justus‘ Geschichte nehmen wird.

Oder, dass du es gekauft hast, obwohl du es schon in der alten Version kanntest. Einfach nur, um mich zu unterstützen oder, um sie noch einmal im neuen Gewand zu lesen.

Wie hat dir die Geschichte gefallen? Schreib mir gerne eine Email über a.l.kahnau@gmail.com oder über meine Homepage: www.alkahnau.com

Bei Facebook und instagram (alkahnau_writer) bin ich natürlich auch unterwegs. Such mich dort einfach mit meinem Autorennamen.

Was mich riesig freuen würde: Hinterlasse mir doch eine Rezension bei Amazon. Ich schaue dort jeden Tag nach und mein Herz hüpft immer so schön, wenn ich eine neue Rezension entdecke. Es ist mir egal, ob du gut schreiben kannst oder nicht. Mich interessiert einfach nur deine Meinung.

Ich danke dir!

Wenn mein Schmerz eine Farbe hätte, dann wäre er lila.

Sanft fahre ich mit den Fingern über den Fleck. Er hat die Form eines Schwans. Mit langem Hals und breitem Körper. Sein Schnabel reicht bis an meinen untersten Rippenbogen, die Schwanzfedern berühren meine linke Hüfte. Ein Kunstwerk in Blau-Lila. Faszinierend, dass etwas so Grobes wie die Faust meines Stiefvaters etwas so Filigranes wie diesen Fleck erzeugen kann.

DIE LEUTE SAGEN WIR SIND EINE FAMILIE VOLLER VERSAGER

Ein Vater, der trotz Arbeit seine Familie nicht ernähren kann. Eine Mutter, die bereits in ihrer Jugend ihr erstes Kind bekam und nun mit bald vier Kindern und Haushalt überfordert ist. Eine kleine Schwester, die in der vierten Klasse noch am Daumen lutscht. Ein großer Bruder, der sein Leben nicht auf die Reihe bekommt und nachts sturzbesoffen in sein Bett kotzt.

Und dann bin da noch ich. Ich bin die Schlimmste von allen. Denn ich betrüge jeden Einzelnen von ihnen. Jeden Tag aufs Neue.

„DU BIST DEINES EIGENEN GLÜCKES SCHMIED."

In diesem Glauben wurde Juli großgezogen und dementsprechend selbstbewusst geht sie durch die Welt.
Juli ist klug, charmant und beliebt.
Als eine neue Mitschülerin in ihre Klasse kommt, ahnt sie nicht, dass diese ihr sehr bald zeigen wird, wie falsch sie lag.
Julis Leben gleicht plötzlich einem Sturzflug, dessen Ausgang ungewiss ist.

„Manchmal muss man einer langen Pechsträhne folgen, um an ihrem Ende das Glück zu finden."

Ariadne berechnet ihr Glück. Zwanghaft trägt sie alles, was ihr geschieht, in ein Tagebuch ein. Sie überlässt nichts dem Zufall. Und so plant sie auch die Reise zu ihrer Großmutter nach Griechenland bis ins kleinste Detail.
Pech für sie, dass ihre Mitfahrgelegenheit sich als ihr genaues Gegenteil herausstellt. Jules ist Freigeist durch und durch. Er geht, wohin der Wind ihn trägt und lebt von einem Tag in den nächsten.
Sich in diesen Mann zu verlieben, steht nicht auf Ariadnes Plan. Aber Jules stellt nicht nur ihre Liste, sondern auch ihr Leben völlig auf den Kopf.